Hermann Schmid

Alte und neue Geschichten aus Bayern

Hermann Schmid

Alte und neue Geschichten aus Bayern

ISBN/EAN: 9783743319974

Hergestellt in Europa, USA, Kanada, Australien, Japan

Cover: Foto ©Andreas Hilbeck / pixelio.de

Manufactured and distributed by brebook publishing software
(www.brebook.com)

Hermann Schmid

Alte und neue Geschichten aus Bayern

Alte und neue Geschichten

aus Bayern

von

Hermann Schmid

~~~

München, 1861.

E. A. Fleischmann's Buchhandlung.

August Rohsold.

Inhalt.

———

Das Todten-Gesicht.

———

Müde von anstrengender Bergwanderung war ich gegen Abend in der Thalschenke am See angekommen. Von der vorspringenden Ecke des Hausgärtchens bot sich eine herrliche Uebersicht über den mächtigen Wasserspiegel und die ihn begrenzenden Waldberge, allein die Schwüle des Tages hatte sich in ein mächtiges Gewitter gesammelt, das sich nun über den Bergen entlud, zugleich aber in einem tüchtigen Landregen längs des See's niederrauschte. Dadurch war der Aufenthalt im Freien unmöglich gemacht, und in der allgemeinen Gaststube summte und drängte es durch einander von Bauern, Handwerksburschen und Fuhrleuten, die der Regen unter Dach getrieben. Ich hatte mir daher ein Zimmer anweisen lassen, mich sogleich in dasselbe zurückgezogen und ließ nun erfrischende Kühle durch die kleinen Fenster einströmen, indem ich zeitweise im Auf- und Abschreiten davor stehen blieb und in den Regen hinaus starrte, der wie ein starkes graues Tuch sich über die Landschaft gespannt hatte.

Das Fernste, was ich zu erkennen vermochte, war ein schönes geräumiges Schloßgebäude, das einige hundert Schritte gegenüber aus einer Allee wilder Kastanien her-

vorſah. Die ganze Bauart ließ entnehmen, daß es einmal
der Sitz eines adeligen Geſchlechtes geweſen: jetzt hatten
die ſchlanken Erker und Spitzbogen vielfach dem proſaiſchen
Gebote des Bedürfniſſes Platz gemacht; Fäſſer und Gerä=
the aller Art verriethen, daß die alte Feudalburg zum
Bräuhauſe begradirt war. Nicht ohne Antheil hing mein
Blick eine zeitlang an den verödeten Räumen, und meine
Gedanken ergingen ſich in den Tagen der Pracht, wo ſie
von dem kräftigen Leben der Bewohner wiederhallten, die
wohl nicht von ferne geahnt, wie bald Gras über ihren
Spuren wuchern würde.

Der Regen hielt an und machte die Kühle empfindlich.
Das zwang mich, die Fenſter zu ſchließen, und nun, auf
den engen Raum meines Zimmers beſchränkt, begann der
Mangel gewohnter Beſchäftigung mir fühlbar zu werden.
Ich hatte die Wanderung nur zum Vergnügen angetreten,
mit dem Nebenzweck, die Flora der Vorberge etwas näher
kennen zu lernen. Ich trug daher weder Buch noch Brief=
taſche bei mir, nur die Botaniſirbüchſe und die Lupe zur
Beobachtung der feinern Pflanzentheile hatten mich be=
gleitet. Alles andere lag in einem Dorfe tiefer im Ge=
birge, das der Ausgangspunkt meiner Ausflüge war. Mich
der Langweile zu erwehren, begann ich die Bilder zu mu=
ſtern, mit denen die Wände verziert oder verunziert waren.
Ich ergötzte mich an der Geradlinigkeit der Beduten aus
Venedig, an der beblechten Uniform des Generaliſſimus
Schwarzenberg, und an der Naivetät, mit welcher ſich die
Schlacht von Auſterlitz auf einem Blättchen von wenig
Zollen breit machte.

Da wurde meine Aufmerkſamkeit durch ein Bild von
eigenthümlicher Art bleibend feſtgehalten.

Es war das Porträt eines Mannes in guten Jahren mit wohlgeformten Zügen, aber ernstem, man konnte fast sagen, traurigem Gesichtsausdruck. Die Perrücke mit den mächtigen Boucles an beiden Seiten bezeichnete ihn als Angehörigen der letzten Dezennien des abgewichenen Jahrhunderts. Was mich aber besonders anzog, war die eigenthümliche Manier, in welcher das Bild gefertigt schien. Es hielt die Mitte zwischen Bleistift=, Kreide= und Federzeichnung, und doch wich die Schraffirung von allem bisher Gesehenen so sehr ab, daß ich mich veranlaßt fühlte, das Bild mit Hülfe eines an die Wand gerückten Stuhles herabzunehmen und genauer zu betrachten. Damit war das Räthsel bald gelöst, aber auch meine Theilnahme in noch höherem Grade erregt.

Das Bild war Bild und Handschrift zugleich. Die einzelnen Züge und Striche desselben waren nämlich nicht Linien, sondern Zeilen einer ungemein feinen, nur in der Nähe als solcher erkennbaren Handschrift. Je nachdem Licht oder Schatten der Zeichnung es erforderte, war sie bald schwärzer, bald blasser gehalten, und mit solcher Genauigkeit, mit solcher Sicherheit gestellt und geführt, daß mir zu schwindeln begann bei dem Gedanken an den eisernen Fleiß, der zur Fertigung eines so sonderbaren Kunstwerks nöthig gewesen war.

Begreiflicher Weise ward meine Neugierde nach dem Inhalte der Handschrift rege; mit Hülfe meiner Lupe war es nicht schwer, sie zu enträthseln — und die kurze Sommernacht begann bereits im ersten Morgendämmern aufzuleuchten, als ich das Bild bei Seite legte, von mächtigen eigenthümlichen Empfindungen erschüttert.

Die Porträt=Handschrift lautete so:

1*

Im Namen Gottes und der heiligen Dreifaltigkeit.
Nachdem ich, Johann, Graf von L., nunmehr bereits das
sechzigste Lebensjahr erreicht habe, und demnach bereits die
Präsumtion wohl begründet ist, daß das erwünschte Ende
meines mühseligen Lebens nicht mehr ferne zu attendiren:
als habe ich nicht verfehlen wollen, meine Schicksale und
Aventures zu beschreiben. Ich gehe jetzt daran, bieweilen
mir das Augenlicht zu besagter schwieriger Entreprise noch
auszuhalten verspricht, damit jeder sich ein Beispiel und
heilsame Erhortation davon entnehmen möge, und damit
auch meine Befreundeten und Bekannten erfahren, daß ich
nicht captac mentis gewesen, sondern guten Grund gehabt,
mich selbst freiwillig zu lebenslänglicher Gefangenschaft zu
condemniren. Ich wähle dazu die Züge meines eigenen
Angesichts, welche ich einem Conterfey aus früheren Jahren
nachzeichne.

Heute, am Tage Epiphanias, da ich dieses schreibe,
sind es gerade vierzig Jahre, und war ein so schöner klarer
Aprilentag, wie heute, da ging ich als ein feiner und
wohlgemuther Studiosus auf dem Festungsglacis von Ingolstadt promeniren. Ich war von meinem gnädigen Herrn
Papa mit meinem Hofmeister dahin geschickt, um mich in
humanioribus noch etwas zu kultiviren, und Jura zu ab-
solviren. In meiner Familie war die Amtspflegschaft von
F. erblich, und ich als der einzige Sohn war bestimmt,
meinem gnädigen Herrn Papa alsbald abjungiret zu werden. Ich ließ es auch hierin an nöthiger Aufmerksamkeit
und Application niemals manquiren, doch zog mich eine
Art neugieriger Inclination immer mehr zu den geheimen
und abstrakten Wissenschaften. Hätte demnach für mein
Leben gerne recherchiret, wie es mit jenen Dingen be-

▓▓▓▓ welche den Menschen zu ihrem Heile verborgen und unbegreiflich sind — und war in Folge dessen in metaphysicis vollkommen zu Hause.

Damals war eben ein junger Professor nach Ingolstadt an die hohe Schule gekommen, der nachmals einen großen Namen bekam, a▓▓▓nicht zu seinem Heile. Der Professor hieß Weishaupt, und sollte das jus canonicum dociren, war ihm aber auch solche absonderliche Grübelei und Spitzfindigkeit lieber als das trockene Kirchenrecht. Dadurch kam es, daß ich näher mit ihm bekannt wurde und daß er mir hie und da in freundschaftlichem Discours seine Ansichten und Reflexions mittheilte. Damals herrschte an der hohen Schule ungemeines Leben und waren ungewöhnlich viele Studiosen zusammengekommen, denn Sr. churfürstliche Durchlaucht, Carl Theodor von Pfalzbayern, hatte die Lehrfreiheit proclamiret, und lockte dieses eine Menge des jungen Volkes von allen Seiten herbei.

Außer dem Studium und dem Hörsaal theilten sich die Studenten in zwei Partieen. Die eine davon bestand aus den Bürgerlichen; das war ein grober Schlag, führten alle mächtige eichene Stöcke, und waren bei jeder Occasion bereit, davon Gebrauch zu machen. Ihre Zusammenkünfte und Gelage hielten sie in der Schenke der alten ▓▓▓▓in am Kreuzthor, und nannten sich selbst die eichene Compagnie. Die andere Partie hießen sie spottweise die filigranene Compagnie, und gehörten dazu die jungen Edelleute und Söhne von Honoratioren, die nicht mit ihnen Gemeinschaft haben wollten und eine Ehrensache cavaliéroment auszumachen wußten. Obwohlen ich nun meines Standes und Education halber zu den letzteren gehörte, war ich doch auch den Eichenen nicht fremd, und kam das daher, weil ich im Hause der alten ███████nerin wohnte. Die hielt große Stücke auf mich, und hätte eher der ganzen Compagnie gekündet, als daß sie mich aus dem Hause ziehen lassen. Auch ich blieb gern, denn die Wohnung war angenehm, und die Eichenen ließen mich untribuliret, weil sie die ██████nerin und ihr obstinates Wesen gar wohl kannten.

Einer war aber dennoch unter den Eichenen, der war mir feind, und ließ es bei keiner Gelegenheit an einem Anlaß zum Rencontre fehlen. Das war ein böser und malitiöser Mensch und der ärgste Raufer von der Compagnie. Er hieß Winhard, war der Sohn eines Physici aus dem Sulzbachischen und sollte zum Arzten promoviret werden. Weil aber allgemein gesagt wurde, er habe schon manch Einem in der Holzerei den Rest gegeben, hieß er überall der Knochenbrecher; freilich nur insgeheim, denn wer ihn ins Gesicht so genannt hätte, dem würde er durch die That bewiesen haben, daß er den Namen nicht mit Unrecht trug. Seine Feindschaft gegen mich aber stammte daher, weil er die Tochter der alten Sprunnerin, die schöne Lene, in zärtliche Affection genommen, und da sie ihn nicht erhöret, sich eingebildet, ich sei ihm bei seiner Amour im Wege.

Dem war auch wirklich so, aber gan████████ einen Willen und noch mehr ohne mein Zuthun. Die Lene war ein blutjunges, aber hübsch aufgeschossenes Ding, als ich ins Haus kam, aber ich wußte gar wohl, was ich meiner Familie und hohen Extraction schuldig war. War auch zu sehr in meine mysteriösen Studia vertiefet, als daß ich Zeit gefunden, an derlei zu denken. Ich war daher wohl freundlich mit dem Jungferchen, wechselte auch hie und da ein paar gleichgültige Reden mit ihr, wenn sie mir auf der Stiege oder im Hausflur begegnete, aber ich kann sur mon honneur versichern und wird es mir noch in der letzten Stunde zu großer Consolation gereichen, daß ich ihr nie Avançen gemachet, wie sie einem redlichen Cavalier gegenüber einer Frauensperson nicht geziemen, die zu seiner ehelichen Gesponsin zu machen ihm verboten ist. Gleichwohlen konnte ich nicht hindern, daß das Jungferchen an mir Gefallen fand und alsbald in heftiger Passion und Zuneigung zu mir entbrannte. Sie hatte dessen in ihrer Unschuld auch kein Hehl, und war die alte Sprunnerin, als sie es gemerket, über mich sehr aufgebracht, weil auch sie vermeinet, ich hätte die Lene durch unziemliche Worte und Caressen inflammiret; überzeugte sich aber bald vom Gegentheil. Da ließ sie es an guten Reden und Ermahnungen nicht fehlen, stellte ihr auch einbringlich für, wie solche thörichte Liebe ihre gute Reputation und Leumund vernichten und sie für ihr ganzes Leben um jede Aussicht auf Versorgung bringen müsse. Bat und beschwor sie auch mit Thränen, des Heiles ihrer unsterblichen Seele zu gedenken. Die Lene war nicht widerspenstig: sie ließ nur den Kopf hängen und weinte still vor sich hin. Die Mutter hätte ihr nicht zu gebieten gebraucht, daß sie vermeiden solle, mich zu sehen, — sie that es ohnehin, und ich bekam sie gar nicht mehr zu Gesicht. Die Mutter war über dieses Betragen ihrer Tochter sehr erfreut und erzählte mir bald, daß nun auch das Weinen aufgehört habe und sie wieder still und ruhig fortlebe wie ehedem. Das Beste aber hoffte die Alte davon, daß der reiche Würzkrämer am Schlüsselmarkt ein Auge auf die Lene geworfen und sie als seine Hausfrau heimzuführen gebachte. Damit war das Glück ihrer Lene gemacht, und da diese als ein gehorsames Kind nicht widersprach, sondern mit sich machen ließ, was die Mutter wollte, so war sie ganz wohl getröstet und hatte mit nichts zu schaffen, als für die Aussteuer und das Ehrenkleid zu sorgen. Darüber war mehr als ein Jahr hingegangen und mir die Affaire beinahe ganz aus dem Gedächtnisse gekommen.

So standen die Sachen, als ich am Tage Epiphanias auf dem Glacis im ersten Frühlingssonnenschein promenirte. Ich dachte nicht mehr daran, daß mir die Sprunnerin vor einiger Zeit gesagt hatte, wie am folgenden Tage die Lene Hochzeit machen werde mit dem Würzkrämer am Schliffelmarkt. Meine Gedanken waren vielmehr bei ganz andern Dingen, denn der Weishaupt hatte mir letzther viel von großen Planen und Entreprisen erzählet, die er ins Werk zu setzen gedachte, und ging ich so ganz in tiefe moditationes versunken, dahin. Da stand mit einem male, wie aus der Erde gewachsen, der Winhard vor mir, und war ich gleich anfangs durch sein plötzliches und unvermuthetes Erscheinen frappirt, so war ich es noch mehr über dessen ungewohntes und gänzlich verändertes Aussehen. Sein sonsten etwas stark geröthetes Gesicht war aschenbleich, die Lippen blau und die Augen rollten ihm im Kopfe, wie einem Unsinnigen. Auch der Anzug war in größter Désordre, und die Haare fielen ihm ungepudert und unfrisirt auf die Schultern.

Unwillkürlich legte ich die Hand an den Degen, der Winhard aber rief mir entgegen: „Laß stecken, Gräflein, — wenn ich dir an den Leib wollte, würde dich das Federmesser auch nicht schützen! Ich will dich der armen Lene nicht auch in die andere Welt nachschicken.“ — Ich wollte auf die unziemliche Allocution nach Gebühr erwidern, allein die letzten mir unverständlichen Worte veranlaßten mich zu einer Frage nach deren Sinn. „So höre," rief Jener wieder, „höre, wenn du es noch nicht weißt! Die Sprunner-Lene ist todt, — vor einer Viertelstunde hat man sie am Fischerwöhr aus der Donau gezogen. —"

Mir war als ob ein Blitz vor mir in die Erde schlüge, ich wußte im Augenblick nicht, was ich thun und sagen sollte. Der Winhard aber schrie fort: „Erschrickst du jetzt, heuchlerischer Verführer? Schlägt dich endlich das Gewissen? Ja, sie ist todt — durch dich — deinetwegen! Und wenn alle Welt glaubt, daß du unschuldig bist, ich glaube es nicht! Ich sage, du hast ihr die wahnsinnige Leidenschaft ins Herz geschwatzt! Du hast ihr den Kopf verdreht und hast sie dann fahren lassen, wie du merktest, daß sie dein Weib und nicht deine Metze sein wollte! Sie war zu gut, dich zu verrathen, sie hat alles auf sich genommen, und die Bitterkeit hinunter gewürgt, bis sie ihr das Herz abdrückte! Aber du sollst nicht ungestraft sein. — Du hast der alten Mutter ihre Lebensfreude genommen, du hast mich elend gemacht: darum sollst du es auch sein, und wenn dich die Lebendigen schonen, so soll der Tod selber an dir Rache nehmen." — Der Strom seiner Verwünschungen war auf mich hereingestürzt, daß ich kein Wort vorzubringen vermocht. Mit einem male war er verschwunden, wie er gekommen war.

Ich stand erst eine Weile wie betäubt und wußte nicht, ob ich das wirklich gehört habe oder ob es mir nur in der Imagination so vorgekommen. Wie ich aber um den Wall herum durchs Kreuzthor in die Stadt eilte, da sah ich die traurige Wahrheit vor mir. Da trug man

die Lene zugedeckt auf einer Bahre der alten Sprunnerin
ins Haus, die war vor Jammer-selbst dem Tode nahe
und fiel aus einer Convulsion in die andere. Damals
kam großes Herzleid über mich. Auch war in der Stadt
viel Gerede und konnte ich dem Himmel nicht genug danken, daß man mir auch nicht das Mindeste nachsagen
konnte in meinem Betragen gegen die unglückliche Sprunner=
Lene, sonst wäre es mir wohl übel ergangen und hätte
an meiner Reputation merklichen Schaden gelitten. So
aber bedauerte alles das schöne Mädchen, und es hieß,
daß sie schon lange tiefsinnig und nicht bei sich gewesen,
als sie in der Gottverlassenheit ihrem Leben ein Ende ge=
macht. Darum erhielt sie auch ein ehrliches Begräbniß
und wurde unter großem Zulauf und allgemeiner Com-
miseration an der obern Pfarrkirche beerdigt. Unter den
Leidtragenden war auch der Winhard und sah aus wie
zertrellt und verloren; nach dem Leichenbegängniß aber
war er verschwunden, und hat niemand in bayrischen Landen wieder von ihm gehört. Wollte Gott, daß auch ich
so glücklich gewesen und dem giftigen Neidhart nicht wieder
begegnet wäre im Leben.

Die alte Sprunnerin litt es nicht, daß ich ihr Haus
verließ; war auch ohnehin nur noch ein halbes Jahr vor
mir, daß ich in Ingolstadt zu bleiben hatte.

Durch das beklagenswerthe Ende der guten Lene war
aber in meinem Gemüthe eine große Veränderung vorge=
gangen. Vorerst hatte mich die Liebe des Mädchens zu
mir wenig angefochten und war mir eher kindisch und
lächerlich vorgekommen; seit sie todt war, konnte ich die
Erinnerung an sie nicht los werden und war der Gedanke
an mir überall hin ein trauriger Begleiter. Und ob=

wohlen ich mir selber und mit gutem Rechte wiederholte, daß ich gegen die Lene nicht anders gehandelt, als es einem untadeligen Edelmann zustehet, so war es mir doch schmerzlich, daß ich ein so treues Herz hatte zurückstoßen müssen, und war so undankbar gewesen für die viele Liebe, die sie in den Tod getrieben! —

In so betrübter Gemüthsverfassung war meine Neigung zu spekulirenden Grübeleien noch größer geworden, und es war dem Weishaupt ein Leichtes, mich zu gewinnen, als er mir von der großen allgemeinen Verbrüderung der Menschheit erzählte, und wie er dazu den Weg bahnen wolle durch einen Geheimbund, dem alle Gutgesinnten als Erleuchtete angehören sollten. Der Orden wurde auch wirklich gestiftet und hieß der Orden der Illuminaten. Derselbe hatte vier Grade und stand unter Obern, die niemand kannte, denen aber jede Rede und jede Handlung der Mitglieder bekannt wurde. Der unterste Grad war der Minervalgrad, und den ertheilte mir Weishaupt vor meinem Abgange von der hohen Schule. Der Wahlspruch des Grades war: — — —

Es währte aber nicht lange, so wurde die Sache mit dem Illuminatenorden ruchbar, und ergingen mehrere landesfürstliche Mandate, welche die Theilnahme an solch geheimer Conföderation bei schwerer Strafe untersagten. Die Illuminaten kehrten sich nicht daran, denn sie zählten die mächtigsten und aufgeklärtesten Personen des Landes zu ihren Brüdern. Ist auch allbekannt, wie hierauf eine große Untersuchung begann, und wie alle, welche nicht reuig umgekehret, in schwere Strafe genommen wurden. Die angesehensten Ordenshäupter aber gingen flüchtig, denn es hieß, der Churfürst wolle auf den Rath seines Beicht=

vaters, Pater Frank ex soc. Jesu, ein Inquisitions=Tri=
bunal in den bayrischen Landen aufrichten. Vor dem
flüchteten sie, darunter Weishaupt selbst. In den Pa=
pieren des Edlen von Zwackh aber, der sich selbst ent=
leibte, wurde ein Verzeichniß vieler gefunden, die dem
Orden angehört hatten, und in der Liste fand sich auch
mein Name. Wurde daher auch ich gefänglich eingezogen,
mußte mehrere Wochen im Falkenthurm sitzen, und wurde
mehrmals auf's Schärffste von dem Commissarius Lippert
nach Malefikanten=Art inquirirt. Da ich nun meinem
Gewissen nach dabei stehen blieb, daß ich von dem Orden
nur Gutes und Löbliches wisse, rechnete man mir das als
besondere Verstocktheit an. Waren darum meine Befreun=
deten meinetwegen um so mehr in Sorgen, als ich bereits
dem Hofgerichte abjungirt war, und allgemein verlautete,
man wolle ein Exempel an mir statuiren, wie mit dem
Auditor M. von Burghausen geschehen. Mein gnädiger
Papa fand aber gleichwohl Mittel, die Sache zu meinen
Gunsten zu lenken. Wurde mir auch bald darauf die
höchste Entschließung Serenissimi eröffnet, daß ich den
Freiherrn von W., der damals in besonderer Mission nach
Rom geschickt wurde, dahin begleiten solle, um mich in
den Grundsätzen des katholischen Glaubens auf's neue und
besser zu befestigen.

Demnach hatte ich alle Raison, mich mit so gnädiger
Straf kontentirt zu halten, und reiste wohlgemuth nach
Rom. Es handelte sich aber darum, daß der Papst eine
neue Nuntiatur in München gegründet hatte als Vormauer
gegen den Illuminatismus, und daß seine apostolische
Majestät, Kaiser Josephus II., dagegen protestiret als ge=
eine unzulässige Ausdehnung der päpstlichen Gewalt.

Hatte auch die Bischöfe von Mainz, Trier, Köln und Salzburg bewogen, sich auf dem Emser=Kongreß dagegen zu erklären. Der neuernannte Nuntius in München, Monsignore Zoglio, war aber auch nicht müßig und veranlaßte die Bischöfe von Würzburg, Speier und Hildesheim zu einer Gegenerklärung. Sollte nun die Sache in Rom selbst ausgeglichen werden; ist solches auch zu Stande gekommen und der Nuntius Zoglio wohlbehalten in bayrischen Landen verblieben.

Damals saß auf dem Stuhle Petri zu Rom Papst Pius VI. aus dem edlen Geschlechte der Braschi aus Cesena. Das war ein ungemein frommer und in Glaubenssachen brenneifriger Mann, daneben auch von großer Prachtliebe und keine Kosten scheuend, wo es galt, eine schöne Anlage zu gründen oder ein Prunkgebäude zu errichten. Das bewies er, als er die neue Sakristei an der St. Peterskirche erbaut hatte, denn da wurde der Bau mit großem Pomp eingeweiht und alle Ambassadeurs und fremde Geschäftsträger dazu eingeladen.

Wie wir dann die Freitreppe zu dem neuen Gebäude hinanstiegen in feierlicher Prozession, war Sr. Heiligkeit Leib=Guardia zur rechten und linken Seite in Spalier aufgestellt. Ich schritt hindurch, ohne die Riesen mit ihren Hellebarden zu beachten, aber auf den, so der Hauptpforten zunächst stand, fiel mein Blick im Eintreten wie zufällig. Da kam mir dessen grimmige, bärtige Physiognomie wie bekannt vor, und wie ich mich darauf besann, wo ich den Mann wohl schon könnte gesehen haben, da fiel es mir siedend heiß ein. Ich erkannte, daß es der Winharb war, den ich nicht mehr zu sehen bekam seit dem Tage, da man die Sprunner=Lene eingrub hinter der obern

Pfarrkirche in Ingolstadt. Meine Andacht während des Gottesdienstes nach dem fatalen Rencontre war ein Merkliches gestöret und schwante mir's gleich, daß es nichts Gutes für mich zu bedeuten habe. Stund auch gar nicht lange an, so kam der Winharb zu mir und verlangte, mit mir zu reden, benahm sich aber um vieles anders als ich gedacht. Er bat mich sogar um Verzeihung wegen alles Torts, so er mir einmal im Unmuth und bösem Argwohn angethan, erzählte auch, wie er mit unbeschreiblicher Passion an dem Mädchen gehangen, und wie er keine Stunde seines Lebens mehr froh geworden seit ihrem Tode. Als ich den Menschen so lamentiren hörte, dauerte er mich, und ließ es geschehen, daß er manchmal Abends mich zu besuchen kam. Hatte er doch unter den Italienern und Schweizern niemand, mit dem er von der Heimat und von Ingolstadt reden konnte, und war im Ganzen ein wohl eruditer Mann. Bei diesen Besuchen geschah es, daß er mich oft über meinem Lieblingsstudium traf; das war noch immer allerlei geheime Wissenschaft, und hatte meine Neigung noch durch den geheimnißvollen Umgang mit dem Grafen Cagliostro zugenommen, der damals nach Rom kam, aber bald nachher von dem Inquisitionsgerichte als ein Erzketzer und Feind der Religion zum Tode verurtheilt wurde.

Eines Abends nun, da ich aus der St. Peterskirche trat, kam ein alter Mann an mich heran, und begehrte insgeheim mit mir zu reden. Als ich ihm das bewilligt, entdeckte er mir, er habe erfahren, wie ich ein großer Freund und Liebhaber von unterschiedlichem, geheimem Wissen sei, und besitze er ein ganz außerordentliches Geheimniß, das wolle er mir mittheilen. Auf meine Frage, was das sei, that er sehr heimlich und wollte erst reden, wenn ich ihm mit meinem Ehrenworte gelobt, zu schweigen. Ich that das und erfuhr nun, daß er das Todtengesicht habe: das sei die Gabe, an einem gewissen Zuge im Gesicht jedem Menschen es anzusehen, wenn er bald sterben wird. Gegen ein Geschenk von fünfzig Dukati wollte er mir die Gabe mittheilen. Ich lachte über den Vorschlag und ließ den Alten stehen; als ich aber weg war, fiel es mir immer wieder ein, meine Neugier war geweckt und es gereute mich, daß ich den Mann so kurz abgefertigt hatte. Entschloß mich auch, wenigstens noch Näheres darüber zu hören und zu erkunden, ob er mich bloß um einige Dukaten prellen wolle, oder ob wirklich etwas an der Sache sei. Ging daher andern Tages nach der Peterskirche, war aber von dem Alten nichts zu hören und nichts zu sehen. Dadurch wurde meine Passion genähret, und als ich mehrere Tage hintereinander vergebens wartete, kam ich mir ganz deplorable vor, daß ich eine so schöne Gelegenheit versäumet, mir sothane mystische Kenntniß zu verschaffen.

Endlich am achten Tage war der Alte wieder da. Ich ging auf ihn zu und erfuhr nun, daß das Geheimniß immer nur Ein Mensch auf der Erde besitzen dürfe; dieser aber könne es vor seinem eigenen Tode einem Andern mittheilen. „Ich bin gewiß," sagte der Alte, „daß ich nicht lange mehr zu leben habe, ich will daher mein Geheimniß verwahren, damit es nicht ausstirbt. Ich habe Sie dazu erwählt, Signor Conte, weil man mir sagt, daß Sie ein Mann sind, der die geheimen Wissenschaften ehrt. Aber ich bin arm: darum muß ich das Geheimniß verkaufen. Der Erlös soll die Aussteuer meiner Tochter sein, der ich sonst auch nichts hinterlassen kann. Zahlen Sie mir daher die fünfzig Dukati, Signor Conte, und das Geheimniß ist das Ihre." — „Und wer bürgt mir dafür," fragte ich, „daß Ihr mich nicht zum Besten habt, daß die Kunst etwas taugt?" — Der Alte lachte. „Ich will Ihnen eine Probe geben!" sagte er. „Vielleicht gibt der nächste Vorübergehende Gelegenheit dazu. Sehen Sie den päpstlichen Trabanten, der dort aus der Straße hervorkommt? — Wenn mich die Entfernung nicht täuscht" — der Alte hielt inne, als wenn er über etwas erschrocken wäre. Er murmelte etwas vor sich hin und rief dann: „Sehen Sie ihn!" — Es war der Winhard, der über den Platz hinging, ohne uns zu bemerken, denn es war schon fast dunkel geworden. „Ich sehe und kenne ihn," erwiderte ich). — „Desto besser," lachte der Alte, „desto besser! Der Mann trägt das Todeszeichen; ehe ein Tag vergeht, ist er eine Leiche. — Aber wenn es so ist, ist unser Handel dann abgemacht?" Die Neuheit der Sache und der Reiz des Geheimnisses hatten mir alle klare Besinnung genommen; ich sagte zu und beschied den Alten für den kommenden Abend in meine Wohnung.

Er fand sich pünktlich ein. Um mich zu überzeugen, hatte ich zuvor den Winhard aufgesucht und ihn in einer Osteria wohlgemuth sitzen sehen wie er der Flasche zusprach. Während ich das dem Alten erzählte, kam in aller Eile ein Diener aus der Osteria und brachte mir die Nachricht, der Winhard sei plötzlich auf den Tod erkrankt und könne nicht sterben, weil er noch etwas für mich auf dem Herzen habe. Dieses Zusammentreffen versetzte mich fast in einen fieberhaften Zustand; ich wollte dem Boten sogleich folgen, aber der Alte hielt mich zurück. „Ihr seht, daß recht habe, Signor Conte," sagte er, „der Trabant stirbt. Laßt uns erst unsern Handel abmachen, so lange wird er wohl zu leben haben." — Ich wußte kaum was ich that, als ich die 50 Dukaten hinzahlte. Der Alte strich sie hastig ein; dann hieß er mich niederknieen, und fuhr mir mit der flachen Hand über die Augen, indem er ein kabbalistisches Wort aussprach. Er lehrte mich auch das Zeichen, das Wort und die Art, was ich zu thun habe, wenn ich einmal das Geheimniß auf einen Andern übertragen wolle. Dann verließ er mich und ich eilte in die Osteria.

Wie ich den Winharb sah erschrack ich sehr, denn er trug das Todeszeichen, das mir der Alte gesagt, deutlich in den Zügen, durfte also nicht mehr zweifeln, daß ich wirklich die Gabe des Todtengesichts besaß. Der Win= harb streckte mir die Hand entgegen, dankte mir, daß ich kam, weil er sonst nicht ruhig sterben könne. Fragte mich auch hastig, denn der Athem ging schon schwer, ob der Alte mit dem Geheimniß schon bei mir gewesen. Ich sagte ja und daß ich schon dessen Besitzer geworden. Da wurde der Winharb im Gesichte roth und blau, wollte reden, konnte aber nicht mehr, streckte sich ein paarmal und war todt.

Mir wars von dem Erlebten auch ganz unbaß ge= worden und mußte ich mehrere Tage das Zimmer hüten. Da kam es, daß der Nepote des Heiligen Vaters, den er zum Duka von Braschi gemacht, aus Anlaß dessen ein großes Fest gab, von dem ich nicht wegbleiben konnte. Machte mich also zurecht und fuhr dahin.

Da begann mein Unglück und wurde ich zum Ersten= mal inne, welchen bösen Dienst meine Wißbegierde mir geleistet.

Die Gesellschaft bei dem Duka war außerordentlich zahlreich und glänzend. Die ganze Noblesse von Rom war zugegen, denn wenn sie sich auch in der Stille moquiret über den neugebackenen Herzog, so wollten sie es doch mit dem heiligen Vater nicht verderben, der in solchen Dingen ein gar heftiger und eigenmächtiger Herre war. Auch die Damen von Rom waren in aller Schönheit und ausgesuchtester Parure so zahlreich wie selten erschienen, denn es sollte die einzige Tochter des neapolitanischen Prinzipe L. zum Erstenmal in die Cercles eingeführt werden. Man machte außerordentlich viel Wesens von ihrer admirablen Schönheit, und ging das Gerücht, als sei eine Mariage zwischen ihr und dem Duka von Braschi intentiret.

Ich brachte einen Theil des Abends in der Nähe des Karbinals F. zu. Das war ein sehr bejahrter Herr und ungemein würdiger Prälat, auch von deutscher Abstammung, weßhalb er mir seit meiner Ankunft seine besondere Inklination zugewendet. Er sprach lange mit mir, und mein Blick ruhte mit innigem Gefallen auf seinen reinen Zügen, aus denen offenes ungeheucheltes Wohlwollen sprach. Mit einemmale war es, als wenn über dessen Antlitz ein Schleier herniederfiele und die Züge zuckten und schwammen durcheinander als wie in heftigem Kampfe. Der Karbinal schien nichts davon zu empfinden, denn er sprach unbefangen fort. Auch keiner der daneben Sitzenden nahm etwas wahr, denn sie blieben alle vollkommen ruhig. Ich stutzte; einen Augenblick später war das Gesicht des Karbinals so unbewegt als zuvor, — aber das mir allein sichtbare Todeszeichen war ihm plötzlich mit furchtbarer Deutlichkeit eingeprägt.

Ich mochte den Schrecken darüber äußerlich verrathen
haben, denn der Karbinal unterbrach sich plötzlich. „Was
ist Ihnen?" sagte er. „Warum starren Sie mich so an?
sind Sie unwohl?" Ich suchte mühsam mich zu fassen
und entgegnete, daß ich ganz wohl sei, daß ich vielmehr
ein plötzliches Unwohlsein seiner Eminenz befürchtet habe,
weil er mit einemmale so blaß geworden sei. Der Kar=
binal lachte, die Umstehenden mit, denn Niemand hatte
ein Blaßwerden bemerkt. „Das junge Blut steigt Ihnen
vor die Augen, mein Freund," sprach der alte Herr leut=
selig, indem er sich erhob. „Gehen Sie ein bischen in
die frische Luft. Ich bin ganz wohl, . . . und doch" —
fuhr er etwas langsamer fort, „in diesem Augenblick hat
es mich wie angeweht, und ich fühle meinen Kopf einge=
nommen. Das macht das späte Fest. In meinen Jahren
muß man um diese Zeit schon lange zur Ruhe sein. Ich
will auch jetzt gehen. Gute Nacht, auf Wiedersehen!"

Er ging, ich aber stürzte hinweg und mischte mich
ohne selbst recht zu wissen, was ich that, unter die fröh=
liche Menge. Ich zwang mich gewaltsam meinen Gedanken
eine andere Richtung zu geben. Es gelang mir auch auf
einen Augenblick, als die Verlobung des Duka mit der
jungen Neapolitanerin bekannt gemacht wurde und nun
der Saal von den Gratulationen und Evvivas wieder=
hallte. Begierig eilte ich hinzu, als das Brautpaar seine
Runde begann, um die gefeierte Schönheit ebenfalls zu
sehen. Sie war auch in der That überraschend schön und
kam, so viel ich schon von Ferne wahrnehmen konnte, im
reichsten Juwelenschmucke mit allem Aufwande einer Für=
stin heran. Jetzt war sie in meiner Nähe, wendete das
blühende Antlitz nach der Seite, wo ich stand — und ein

lauter Ausruf des Schreckens entschlüpfte mir unwillkürlich, denn — sie trug unverkennbar das Todeszeichen. Mein Schrei brachte einige Turbation und Eclat hervor, die ich mit Mühe dadurch zu beseitigen vermochte, daß ich mein Betragen mit der Ueberraschung über die ganz ungewöhnliche Schönheit der Braut entschuldigte. Sobald es anging, machte ich mich los und stürzte wie betäubt nach Hause.

Am andern Morgen weckte mich die Nachricht, daß ein Schlagfluß dem Leben des würdigen Kardinals ein Ende gemacht.

Auch die Prinzipessa erkrankte noch in der Nacht und war, ehe drei Wochen vergingen, an einem abzehrenden Fieber verschieden.

Es konnte nicht fehlen, daß diese beiden Todesfälle von sich reden machten; man brachte mein Benehmen damit in Verbindung, man trug Beobachtungen und Muthmaßungen zusammen, und die Folge war, daß nur zubald die allgemeine Ansicht feststand, daß ich zu denselben in einer geheimnißvollen Connexion stehen müsse. Die Einen behaupteten, ich habe das böse Auge; die Meisten aber riethen — von dunklen Gerüchten geleitet der Wahrheit näher, und sagten, daß ich es den Leuten ansähe, wenn ihnen der Tod bevorstünde.

Die Folgen davon wurden mir bald fühlbar. Man fürchtete und scheute mich; überall zog man sich von mir zurück, und wenn ich wegen angeknüpfter Verbindungen irgendwo erschien, entstanden Auftritte der Unruhe und des Schreckens, die mich bestimmen mußten, für immer wegzubleiben. Die Kunde beschränkte sich nicht auf die Umgebungen, in denen ich zu leben gewohnt war, — sie drang in das Volk. Wo ich mich blicken ließ, entfloh alles, die Kinder liefen schreiend vor mir davon, und wer mir durchaus nicht ausweichen konnte, blickte zur Erde und vermied es ängstlich, mich anzusehen, um nicht etwa in meinen Mienen die Todesbotschaft zu lesen.

Mein Zustand gränzte an Desperation. Tausendmal verwünschte ich meine unglückselige Neugier, und meine einzige Hoffnung beruhte darauf, den Alten wiederzufinden, dem ich die entsetzliche Gabe verdankte. Durch reiche Geschenke dachte ich ihn zu bewegen, daß er sie mir wieder abnehme und mir den Frieden und das Glück meines Lebens wieder gebe. Lange suchte ich vergebens nach ihm; als ich ihn erkundete war es zu spät. Ich fand nur die Tochter, von der er mir erzählte, ihn selber hatte man schon vor einigen Wochen begraben. Fand also nicht, was ich gesucht, wohl aber, was ich nicht gesucht hatte; das war die Gewißheit, daß ich das Opfer unerhörter Bosheit geworden war. Die Tochter des Alten war des Winhard Weib gewesen, und dieser hatte es nie aufgegeben, seine Rache an mir auszulassen. War demnach nur höllisches Lügenwerk und Verstellung, wenn er sich als versöhnt anstellte, und er war es auch, der den Alten an mich wies, und so meine ihm unverborgene Vorliebe für derlei geheime Wissenschaft zum Werkzeug seiner Bosheit machte. Es ward mir nun auch wohl begreiflich, warum der Alte so erschrak, als er in dem päpstlichen Trabanten, an dem er sein Probestück machen wollte, seinen Eidam erkannte; — nicht minder begriff ich, was der Winhard in der Sterbestunde noch mir sagen gewollt.

Leider aber ward mir mit solcher Erkenntniß nicht geholfen, vielmehr wurde mein Leidwesen immer ärger.

Eines Tags war es, als ob ich unter lauter Sterbenden herum ginge, und wohin ich nur sah, trugen fast alle Leute das Todeszeichen. Konnte daher nicht mehr in Rom bleiben, und sehnte mich nach Hause, wo mein Elend wenigstens niemand bekannt war, hoffte auch, daß daheim die unselige Gabe von mir weichen würde. Kaum hatte ich Rom verlassen, als dort ein großes Sterben ausbrach, das viele Tausende dahinraffte, und so ward mir ein schrecklicher Beweis, daß ich wieder recht gesehen.

Bei meiner Ankunft in Bayern schienen auch meine Angelegenheiten wieder zu prosperiren. Wohl war mein gnädiger Herr Papa inzwischen Todes verblichen und wäre ich hiedurch zum Amtspfleger in F. berufen gewesen, fand es aber gerathen, auf sothanes Amt zu resigniren, weil ich nicht in vielen Verkehr kommen wollte mit den Menschen. Ich scheute mich gar zu sehr, wieder eine Erfahrung meiner traurigen Vorhersicht zu machen, war auch darinnen eine Zeit lang vollkommen glücklich. So viel nur möglich lebte ich zurückgezogen auf meinem Schlosse, allwo ich diese triste Biographie niederschreibe, und es ist mir nur einigemal zu meinem Leidwesen passiret, das Todtengesicht zu haben.

Eines Tages aber geschah es, daß eine fremde Karosse in das Dorf kam, daran brach im Vorbeifahren am Schlosse ein Rad, so daß die Reisenden in demselben ihre Zuflucht suchten, und konnte ich nicht wohl vermeiden, sie zu empfangen. Es war die Freiin von M. mit ihrer Tochter, und reiste nach München an den Hof. Wie ich die Tochter sah, erfuhr ich wieder großen Schrecken, diesmal aber aus anderer Ursache. Das Fräulein hatte nämlich eine auffallende Aehnlichkeit mit weiland der unglücklichen Sprunner-

Lene von Ingolstadt, und hätte man sie, wann sie neben=
einander gestanden, sicher für Schwestern halten müssen.
Ich wurde dadurch auf sie aufmerksam, unterhielt mich
mit ihr, und es that mir innerlich wohl, nach so langer
Einsamkeit mit jemand reden zu können. Ich will aber
über das, was kommet, geschwinde hinweggehen, weil mich
die Erinnerung noch zu sehr betrübt. Das Ende war,
daß ich das Fräulein als meine Gemahlin heimführte,
und begann für mich eine so glückliche Zeit, wie keine
noch gewesen in meinem ganzen Leben.

Wir lebten nach wie vor zurückgezogen, denn meine
gute Anne war ebenfalls nicht portirt auf die Freuden
und Amusements der Gesellschaft. Dabei blühte sie jeden
Tag schöner und in vollster Gesundheit, und es vergingen
Monate, in denen ich meiner jammervollen Gabe gar
nicht gedachte. Glaubte demnach beinahe wieder, daß sie
von mir gewichen sei. Wohl tauchte meine Besorgniß
wieder auf, als mein gutes Weib mich mit einem Erben
zu erfreuen versprach, und verging kein Tag, wo ich sie
nicht mit wachsender Aengstlichkeit betrachtete. Aber sie
blieb gesund, und als die Stunde gekommen war, befan=
den sich Mutter und Kind frisch und wohl, wie Fischlein
im Wasser.

In der Freude meines Herzens vergaß ich meine
alte Gewohnheit und gab am Tauftage meines Söhnleins
ein großes Fest, zu welchem ich die Noblesse der Umgegend
einlud. Kamen auch alle und war Theilnahme und Jubel
überall; und als die Taufe vorüber war, nahm ich den
Kleinen und trug ihn der Mutter in das Bett. Die em=
pfing ihn mit weinenden Augen, und über dem Kinde
hielten wir uns einen Augenblick umarmt in unsäglicher

Freude. Aber — o mein Gott! die Feder entsinkt meiner Hand noch jetzt bei der Erinnerung, und sind doch fast dreißig Jahre seitdem verflossen. Wie ich mich wieder erhob, sah ich zu meinem Entsetzen das Todeszeichen an Mutter und Kind. Mit einem wilden Schrei stürzte ich am Bette zusammen und wußte nicht mehr, was mit mir geschah. Ich verfiel in eine hitzige Krankheit, und als ich wieder zu mir kam, erfuhr ich nur, was ich ohnehin schon wußte. Ein rasches Kindbettfieber hatte meine gute Anne schon des andern Tages dahin gerafft, und mein Söhnlein war ihr bald nachgefolget.

Ich war also wieder allein, und that nun vor Gott das feierliche Gelübde, daß ich mich ganz zurückziehen und kein menschliches Antlitz mehr sehen wolle mein Leben lang. Das habe ich auch gehalten und sind es bald dreißig Jahre, daß ich das Zimmer nicht verlassen, noch einen Menschen gesehen habe. Will auch ausharren also in Geduld und Einsamkeit, bis der Herr mich abrufet.

Die Zeit habe ich mir dadurch verkürzet, daß ich Zeichnungen, wie diese hier verfertigte, wird aber dieses wohl die letzte sein wegen Schwäche meiner Augen. Habe auch außerdem dem Studium der Philosophie obgelegen und der geheimen Wissenschaft, so die Cabbala geheißen. Bin auch durchgedrungen bis zu dem Kern alles Seins und Lebens, halte aber für wohlgethan, die Kunde mit in's Grab zu nehmen, denn es würde nur Confusion stiften und großes Herzeleid bringen über die Menschen. Besser darum, daß sie in der Unwissenheit verbleiben.

Auch das Todtengesicht nehme ich mit, und soll nach mir niemand so unglücklich werden als ich es gewesen. Schriebs und vollendete das am Tage Epiphanias, also daß ich seit dem Anfange gerade ein Jahr dazu gebrauchet. Betet für mich, alle, die ihr dieses leset. —

Am andern Tage, ehe ich weiter wanderte, unterließ ich nicht, mich bei dem Wirthe über das Bild zu erkundigen.

Der Morgen war herrlich. Das Gewitter hatte alles erfrischt und verschönt und der Himmel lag über dem Thale und dem Seespiegel wie eine blaue Cristallschale. Während ich in der in den See vorspringenden Ecklaube des Hausgärtchens mein Frühstück einnahm, setzte sich der redselige Wirth zu mir und gab mir bereitwillig zum Besten, was er wußte. Daß ihm der Inhalt der Handschrift unbekannt war, zeigte sich bald.

„Sehen Sie," sagte er, „das Kurze und Lange von der Geschichte ist, daß der Herr, der's gemacht hat, ein Narr gewesen ist. Es war der Graf, dem das Schloß da drüben gehört hat. Der war ein solcher Menschenfeind, daß er gar niemand sehen wollte, nicht einmal sich selber. In den Zimmern, die er sich herrichten ließ und wo er wie ein Gefangener lebte, hat darum auch kein Spiegel sein dürfen. Die Thür zu seinen Zimmern war von schwerem Eisen und innen mit starken Schlössern und Riegeln verwahrt. Durch eine Vorrichtung in der Wand mußte ihm ein Bedienter das Essen und was er sonst brauchte, hinein geben, aber das war wieder so eingerichtet, daß man dabei unmöglich ins Zimmer sehen konnte. Er ist auch an seiner Narrheit gestorben. S'kann in die vierzig Jahr' g'wesen sein, daß er so g'lebt hat, da hat auf einmal die Glocken aus seinem Zimmer ang'fangen zu läuten, und wie der Bediente hinauf ist — da waren die Schlösser und Riegel weg und die Thür stund in der Angel auf. Der Graf aber lag auf dem Kanapee, hatte das Gesicht mit einem Tuch zugedeckt, und rief ihm zu, er solle draußen bleiben, aber gehen und den Herrn Pfarrer holen, denn er werde noch heute sterben. Und was war geschehen? In dem Zimmer, wo der Graf wohnte, waren wunderschöne, deckenhohe Spiegel in den Wänden eingelassen. Wie er es nun zu seinem Gefängniß herrichten ließ, dachten die Werkleute, das Ding werde doch nicht lang dauern und es sei auch schade um die kostbaren Spiegel. Sie zogen also die seidnen Tapeten darüber, daß man nichts merkte. In der Länge der Zeit war nun die eine davon mürbe geworden und hatte sich abgelöst. Dadurch wurde ein Spiegel frei, der Menschenfeind sah sich darin und bildete sich ein, daß er nun sterben müsse. In der Einbildung ist er auch richtig g'storben, und ist dabei geblieben, keinen Menschen anzuschaun. Immer behielt er das Tuch überm Gesicht, selbst wie der Herr Pfarrer kam, der doch bei ihm war bis an's End'. Das Schloß ist dann verkauft worden, und bei der Versteigerung habe ich die alten Bilder erstanden, die droben hängen. Ich war damals ein junger Bursch und erinnere mich noch wohl an den Grafen, wie er in der Kapelle auf dem Paradebett lag. Er konnte seine siebzig Jahre alt sein, und hatte ein gutes Gesicht, daß man nicht hätte glauben sollen, daß er im Leben ein solcher Narr gewesen."

So erzählte der Wirth, und ich verabschiedete mich, um noch den oben Räumen des Schlosses einen Besuch abzustatten. Die Zimmer waren fast alle leer, unbewohnt und unverschlossen. Niemand hielt mich an, niemand

fragte, was ich wollte. In einem Eckzimmer mit wunder=
barer Aussicht über See und Gebirge glaubte ich das
Wohnzimmer des Todtensehers zu erkennen. Mindestens
hingen zerrissene seidne Tapeten über erblindete Spiegelreste
herunter.

Jetzt war Hopfen in dem Gemache aufgeschüttet.

Später lernte ich einen Verwandten des L'schen Hauses,
von einer Seitenlinie kennen. Ihm erzählte ich, was ich
wußte, und gelangte so zu einer Abschrift des Bildes.
Dieses selbst ist wieder in den Händen der Familie.

2.

Der Greis.

———

Was würdest du sagen, mein alter gemüthlicher Adam, wenn du jetzt mit mir wieder durch den Buchen= wald gingest, den wir zusammen so oft durchwandert haben? Da war es so einsam und so stille, daß man nichts hörte als das Zirpen der Singvögel oder das Hacken des Rindenspechts oder den Ruf eines seitab ziehen= den Hähers, und daß man fast erschrack, wenn einem un= vermuthet ein Menschenbild entgegentrat. Was würdest du sagen, wenn du unsere schönen Buchenstämme um= gehauen liegen sähest, daß der grelle Tag überall die grüne Dämmerung vertreibt, die wir so geliebt haben? Wenn du die Lokomotive auf der Eisenspur pfeilgerade durch das Herz unseres Waldparadieses heranschnauben hörtest? Wenn du die geputzten plaudernden Menschenschwärme sähest, die sie ausspeit, die den weichen Waldrasen zertreten und das Waldgevögel verscheuchen? Du würdest mit dem Lächeln, das dein gutmüthiges Angesicht so lieb machte, den Kopf schütteln, und würdest auf deinen gichtschmerzenden Füßen weiterhinken, bis du anderswo ein stilles Oertchen gefun= den hättest, wo nichts dich störte, auf den Herzschlag der Natur zu lauschen! — Aber du hörst, du siehst das alles nicht mehr! Die Freundin, der du dein Leben lang so treu gedient, hat dich ganz zu sich genommen und an ihr Herz gebettet: Du liegst da unten, deinem Lieblingsplätzchen nahe, wo die Würm an der Mauer des Friedhofs vorüber plätschert, der mit seinem wuchernden Gras zwischen Dächern und Obstbäumen fast wie ein Garten aussieht! — Du bist nun in der Hochschule der Mutter eingegangen und kennst ihr großes Geheimniß, das du hier so liebevoll im Kleinen belauschtest — und mich umweht es wie damals, als wir dich dort in die Grube gelegt hatten und dir dein Lieblingslied nachsangen über dem frisch aufgeschütteten Hügel! Damals gedachte ich in mir, ich wolle zu deinem Andenken in guter Stunde niederschreiben, was du mir davon erzählt hast, wie und warum dieses Lied dein Lieblingslied geworden und wie es dich vom Anfange bis zu der Schwelle geleitet hat, über die du nun hinüber geschritten bist.

Da fällt das Lied mir heute in die Hände, und die Noten sehen mich wie dunkle Augen an, die mich an dich und mein Gelöbniß mahnen — sei es denn erfüllt!

1.

Der alte Chorregent Lobermaier in Velburg war ein sonderbarer Mann. Es war ein Prachtexemplar jener alten Gattung von Musikmenschen, die ausgestorben oder doch im Aussterben begriffen ist. Ihm war die Musik das Leben, und zwar nicht im figürlichen Sinne, sondern wahrhaft und in greifbarer Wirklichkeit. Es gibt zwar auch heut zu Tage noch Leute genug, denen die Musik das „Leben" ist, weil sie ihnen entweder Brod gibt oder ihre Lieblings-Unterhaltung ausmacht — aber das war

bei diesen Musikern vom alten Schlage anders. Sie trie=
ben die Tonkunst nicht „nebenher," und wenn sie auch
ihren Unterhalt damit verdienten, so war doch das die
Nebensache; ihre ganze Seele aber war wie eingetaucht
in eine geistige Flut, die sie weihte und dadurch von
allem ausschied, was nicht zu dieser Art von Adepten
gehörte. — In den Klöstern, vorzüglich in den Abteien
der Benediktiner, war die Pflanzschule dieser Musikmen=
schen. Dort, meist als Singknaben angenommen, wuch=
sen sie in der Tonkunst und für dieselbe heran, übten sie
ihr Leben lang mit einer Art von heiligem Eifer und
sahen es am Abend ihrer Zeit als Pflicht und zugleich als
wohlverdienten Lohn an, die Kunst fortzupflanzen, andere
Singknaben heranzuziehen und — gelegentlich auch etwas
zu striegeln, wie sie weiland vom Pater Kapellmeister
gestriegelt worden waren.

Jetzt ist die Ausübung der Musik, namentlich auf
dem einsamern Lande, eine andere geworden; sie hat mit
der Aufhebung der Klöster ihren früheren Stütz= und
Mittelpunkt verloren, und erst allgemach beginnen Vereine
und Liedertafeln einen Ersatz dafür zu bieten. Wie ge=
sagt — die alten Kloster= und Chormusiker mit ihrer so
entschieden ausgeprägten Eigenthümlichkeit sind nahezu
verschwunden. Die einzigen Zeugen der musikalischen
Pracht, die in den verwandelten Stiftern heimisch war —
freilich zunächst nur für kirchliche Zwecke, oder zu einem
Konzert am Prälatenfeste — die einzigen Zeugen davon
sind noch die riesenhaften Orgelwerke, die verwaist in den
gewaltigen Kirchen stehen und auf denen nur noch ein
stümperhafter Dorfschullehrer sonntäglich sich und die Ge=
meinde quält.

Auch der alte Velburger Chorregent war Singknabe gewesen bei den Prämonstratensern in Speinshart und stand nun schon längst auf dem Abhange, wo es galt, singenden Nachwuchs heranzubilden. Außer den Kirchen= verrichtungen war der Unterricht der Singknaben seine einzige Beschäftigung, die er auch mit Eifer und Strenge betrieb, dafür aber sich rühmen konnte, daß auf dem Chore seiner Pfarrkirche weit und breit die besten Stim= men zu finden seien.

Die wenige Zeit, die neben diesen Berufsgeschäften ihm übrig blieb, brachte der Chorregent im Freien zu. Halbe Tage strich er in den Wäldern der Umgegend um= her, meist allein, nur mit einem Stocke und einer Waid= tasche versehen. In dieser brachte er dann Abends regel= mäßig allerlei sonderbares Gezeug mit nach Hause, das andere Leute kaum des Aufhebens werth gefunden hätten, das er aber sehr hoch hielt und stundenlang sich damit beschäftigte. Das waren verschiedene wohlriechende Kräu= ter, Moose und Pilze. Auch verstand es in der ganzen Gegend niemand besser, den Wachteln und Staaren auf dem St. Colomansberge die Sprenkel aufzurichten, oder den Forellen in der Laber Reusen und Angeln zu legen.

In Gesellschaft sah man den Alten nie. Früher, so lang das Kloster in Velburg bestanden hatte, war er im Refektorium desselben ein täglicher Gast zum Vesper= trunk gewesen, seit der Aufhebung zog er es vor, die Abende allein zwischen seinen Pflanzen und Singvögeln an dem lahmen Spinett zuzubringen, dessen Ton dumpf genug war, um keine Klagen der Nachbarn über nächtliche Ruhestörung veranlassen zu können. Nur zwei Tage im

Jahre machten eine Ausnahme. Da staubte er die alte
abfärbige Stutzperücke und den langen talararartigen Rock
aus, band blanke silberne Schnallen auf die Schuhe und
schritt so, das gewichtige Rohr mit dem schweren Silber=
knopf in der Hand, dem Gasthause zum grünen Kranze
zu, wo die gute Gesellschaft von Velburg sich zu versam=
meln pflegte.

Diese beiden Ausnahmstage waren der Namenstag
und das Geburtsfest des Prälaten von dem aufgehobenen
Kloster in Velburg. Das war ein würdiger, lieber Greis,
der es nicht vermocht hatte, sich von Velburg zu tren=
nen und nun, nachdem er den Prälatenstock hatte räu=
men müssen, bescheiden und genügsam in einer schlichten
Miethwohnung sein Ende abzuwarten beschlossen hatte.
Er hatte so viele Generationen hindurch da geschaltet und
gewirkt, hatte so vielen Gutes und Freundliches erwiesen,
daß er ein Gegenstand besonderer Verehrung im ganzen
Städtchen war. Für den Chorregenten kam noch hinzu,
daß er die schönen Abende im Refektorium als ebenso=
viele Heiligthümer in seinem Gemüthe aufbewahrt trug,
und daß der Prälat ein großer Verehrer und Gönner der
edlen Musik war, nämlich jener Musik, die auch Lober=
maier in sein Herz eingeschlossen hatte.

Wenn daher einer dieser Tage herankam, wurde von
den Bürgern und Bewohnern immer eine Festlichkeit be=
reitet, und der Chorregent ließ es sich nicht nehmen, zur
Erhöhung der Freude ein kleines Konzert zu veranstalten
und so seinen alten Gönner auch auf seine Weise zu ehren.

So war es einmal wieder Frühjahr geworden und
der Anselmustag wiedergekommen, an dem es meistens
schon allerwegen zu knospen und zu treiben anfängt. Der

Herr Prälat hieß Anselm, und so war denn am Abend
die lange Stube im grünen Kranz, — sehr mit Unrecht
ein Saal genannt — gedrängt voll geputzter und heiterer
Menschen. Die Begrüßungen und Beglückwünschungen
waren vorüber und alles war nun in traulichem Geplauder der Dinge gewärtig, die der Chorregent zu hören geben werde. Der machte ein ungemein vergnügtes Gesicht
und rieb sich einmal über das andremal die Hände, wie
einer, der sich auf das, was er vorhat, etwas zu gut thut.

„Ei, ei, mein alter regens chori," rief darum der
Jubelgreis, indem er den Alten zu sich hinwinkte, „Er
macht mir heute ein so seelenfrohes Gesicht; Er muß was
Besonderes im Hinterhalt haben — hab' ich's errathen?
Was hat Er denn?" — „Haben's allerdings errathen,
Hochwürden Gnaden," erwiderte Lobermaier, immer die
Hände reibend. „Ich habe auch was ganz Besonderes,
was ganz Apartes und Neues! Und noch dazu von —."
Der Chorregent hielt inne. — „Mein, thu' Er nicht so
geheimnißvoll! Von wem wird's sein, was wir hören
sollen! Ich müßte Ihn schlecht kennen, wenn ich nicht
wüßte, daß Er niemals so vergnügt aussieht, als wenn's
etwas von seinem lieben Haydn gibt! Nicht wahr?"

„Von meinem lieben Haydn?" rief Lobermaier etwas
befremdet. — „Nu, nu, werd' Er mir nur nicht gleich
hitzig!" entgegnete lächelnd der Prälat. „Von unserm
Haydn, unserm lieben Joseph Haydn also! Das ist ja
schön — und wohl gar etwas ganz Neues?" — „Freilich, Hochwürden Gnaden!" rief der Chorregent eifrig,
„Etwas Nagelneues! Ich hab' es von Wien über Salzburg ganz brühwarm erhalten; es sind noch keine zwei
Monate, seit es Haydn geschrieben. Freilich der Text —

ber paßt nicht recht zu einem Geburtstagsfeste, denn er handelt vom Alter und vom Tode..." „Ei, das sind für unser Einen gerade die rechten Geburtstags=Betrach= tungen!" bemerkte der Prälat. „Mach' Er nur schnell, lieber regens chori und laß Er mich das neue Lied un= seres Haydn hören! — Wie heißt denn der Titel?" — „Der Greis," antwortete Lobermaier, „es soll gleich los= gehen, Hochwürden Gnaden. Meine Buben warten schon in der Nebenstube drüben!"

Damit verschwand der Eifrige über der kleinen Estrade, die im Hintergrunde an der schmalen Seite des Zimmers errichtet war. Alles steckte die Köpfe zusam= men und flüsterte, denn man wußte, daß dies das Sig= nal war, welchem das Konzert auf dem Fuße folgen werde. Aber es verging Minute um Minute und weder der Chorregent erschien, noch sonst ein Musiker, ohne daß jemand die Zögerung sich erklären konnte.

Der Chorregent war indessen in der Nebenstube in gräulicher Verlegenheit. — „Aber das sieht die Burgl doch ein," polterte er eine stämmige verbutzt vor ihm stehende Dienstmagd an, „daß ich den Poldl nicht entbeh= ren kann? Draußen ist alles schon in Bereitschaft. Seine Hochwürden Gnaden wartet auf den neuen Cantus — was sollte ich denn sagen, wenn ich hinaus käme? Also muß der Bub her ohne Gnad und Pardon!" — „Er kann aber nicht, Herr Chorregent," antwortete die Magd phlegmatisch; „er liegt im Bett, hat die Masern, ist über und über wie Scharlach und schwitzt wie ein Braten!"

„Der Unglücksbub!" rief Lobermaier mit der Miene eines Verzweifelnden, und zerknitterte das abgenommene Sammtkäppchen grimmig zwischen den Händen. „Ich hab'

es ihm doch so sehr aufgetragen, er soll mir keine dummen Streiche machen! Aber da ist er sicher hinaus, Vogel= nester zu suchen, hat sich erkältet, und da haben wir die Bescheerung. Ich bin ein ruinirter Mann! Soll ich jetzt hinausgehen und den Leuten und Seiner Hochwürden Gnaden statt des versprochenen Gesangs erzählen, daß der Polbl die Masern hat? — Nein, mich kriegen sie draußen nicht mehr zu sehen — ich laufe heim und sperre mich ein — da liegt die ganze Gloria!" Damit warf er ein Notenheft zur Erde und wollte der Thüre zu.

Die Magd erwischte ihn aber am Rockflügel und rief: „So hören's mich doch nur an, Herr Lobermaier! Der Polbl meint . . ." „Der Polbl ist ein nichtsnutzer Schlingel," schalt der Alte umkehrend. „Er hat mir meine schönste Freude zu Wasser gemacht! Was kann der Unglücksbub meinen? Kann er mir einen andern schicken, der statt seiner singt?" — „Der Polbl meint," erwiderte die Magd in immer gleichem Phlegma, „ob des Schreiners Adam das Lied nicht auch singen könnt' — er hab's ja oft genug mit angehört, beim Probiren?" — „Schreiners Adam?" sagte der Chorregent überrascht und augenscheinlich froh, über die auch nur entfernte Möglichkeit, sich aus der Verlegenheit zu retten. „Wahr ist's, die Buben haben's alle oft genug gehört — aber das macht's nicht aus. Und der Adam hat eine Stimme, nicht stärker als ein Zwirnfaden. Und wenn ich ihn neh= men wollte, wo wird der Teufelsbub zu finden sein?"

„Ich bin schon da, Herr Chorregent," sagte ein etwas rundköpfiger, untersetzter Knabe und trat hinter der Magd hervor, deren Rockfalten bisher eine Art Wall für ihn gebildet hatten. Es war ein offenes Kindergesicht

3*

mit eben nicht bebeutenben Zügen, aber mit ein paar leb=
haften, ungemein gemüthvollen Augen.

„Herzens=Abam, bist bu ba?" rief ber entzückte Chor=
regent. „Unb bu willst mir aus ber Verlegenheit helfen?
Du getraust bir, ben Greis zu fingen?" — „Ja", ent=
gegnete ber Knabe fest; „ich hab' wohl aufgemerkt, wenn
ber Polbl probiren mußte." — „Haft bu, Herzens=Abam?
Das ift ja recht brav unb schön von bir!" schmeichelte
Lobermaier. „Aber ber Vortrag hat seine Haken! Weißt
bu benn Alles, was ich bem anbern Schlingel barüber
eingebläut habe?" — „Ich weiß alles recht gut unb will's
schon machen," antwortetete ber Knabe beherzt.

„Schön, Golb=Abamchen, schön!" erwiberte ber Chor=
regent; „aber wir können's nicht mehr probiren, bie Zeit
ift zu kurz unb sie würben's hinüber hören — also sage
ich bir, wenn bu mir einen Bock machst, so sollen beine
Ohren feuern, baß bu glaubst, bu hörst bie große Dom=
glocke von Kremsmünster läuten!" — Der Knabe machte
ein verbutztes Gesicht. — „Nun, nun," lenkte ber Alte,
bies bemerkenb, ein. „Du brauchst nicht zu erschrecken.
Wenn es gut geht, sollst bu..." Durch bie halb geöff=
nete Thüre sah jetzt bas rothe volle Gesicht bes Kranz=
wirths herein. „Der Herr Prälat laffen fragen, ob bie
Singerei balb los geht?" fragte er. „Die Gesellschaft
wirb auch schon ungebulbig." — „Gleich, gleich," ant=
wortete Lobermaier, ber im Augenblicke ber Entscheidung
wieder in bie vorige Verzagtheit zurückfiel. „Wir kommen
schon — vorwärts, ihr Buben!" Damit fuhr er sich über
bie Stirne, als wollte er ben Angstschweiß abwischen,
nahm einen Anlauf unb verschwand mit seinen Buben in
ber vom Kranzwirth weit aufgeriffenen Thüre.

In der langen Stube wurde es mäuschenstill, wie die Sänger eintraten. Rechts vorwärts als erster Dis= kantist stand Schreiners Adam, neben ihm ein hochauf= geschossener Bursche als Altist — links von diesem einer der Schullehrer des Orts, dem die Tenorpartie zugetheilt war, und an Adams Seite flankirte als Bassist der Chorregent selbst, den neugeworbenen Sopranisten halb beschützend, halb bedrohend.

Das Lied begann. Rührend erklang die Klage des Greisen, und in dem Stakkato der Worte: „Hin ist alle meine Kraft," in dem zögernden Fortschreiten des näch= sten Satzes: „Alt und schwach bin ich," gemahnte es die Zuhörer, als sähen sie den Alten wirklich hinfällig an seinem Stabe dahin schwanken. Man fühlte es bei der Trockenheit der folgenden Stelle, daß „Scherz und Reben= saft" ihn nur noch wenig zu erquicken vermögen, und doch sprach etwas aus der Achtelbewegung bei diesen Worten, was wie eine wehmüthige Erinnerung an die einst genos= senen Freuden klang. Immer ernster und trüber wird dann die Stimmung, wo die einzelnen Stimmen in wech= selnden, wie unzusammenhängenden Gängen klagen, daß „der Wangen Roth ist hinweg geflohn —". Jeder fühlte, daß etwas Entscheidendes nahe sei, und als nun in dem unnachahmlichen Pianissimo die unheimlich geisterhaften Schläge kamen, mit denen „der Tod an die Thüre pocht," da überlief es jeden wie ein ernstliches Grausen, als wenn es seine eigene Thüre wäre, an die gepocht würde, und man wagte kaum Athem zu schöpfen, während der inhaltschweren Viertelspause. Wie aber dann die vier Stimmen das gewaltige Unisono in DDdur einsetzten: „Unerschreckt mach' ich ihm auf —," da war alle Trau=

rigkeit und Beängstigung aus den Gemüthern verschwun=
den. Allen war leicht um's Herz geworden bei der trium=
phirenden Sicherheit, die aus diesen Tönen sprach. Und
nun setzte Schreiners Adam mit seiner zarten Stimme zu
dem: „Himmel — Himmel, habe Dank!" so lieblich und
ergreifend ein, daß man schon den Gesang von verklärten
Engeln zu hören vermeinte. Nach der Fermate aber be=
gann es durcheinander zu wogen, um zu versinnlichen,
wie des Alten „Lebenslauf ein harmonischer Gesang" ge=
wesen, erst schlicht und ruhig in dem heiteren ADur-Akkorde,
dann in dem schmerzlichen HMoll die Leiden und Hinder=
nisse andeutend, die zu überwinden waren, bis die Har=
monie durchdringt und mit der einfachen lieblichen Achtels=
bewegung schließt, die schon am Eingange dazu diente, in
der Erinnerung die Freuden der Jugend zu malen. Ern=
ster drohet nun die Gewalt der Leidenschaft in dem finste=
ren CisMoll nochmals zurückzukehren, aber mit dem Sie=
gesjubel des immer stärker anschwellenden DDur-Akkordes
ist aller Zweifel, aller Widerstreit für immer gehoben; —
was noch folget, ist nur ein heiteres Nachspiel, ein gefäl=
liger Wiederschein des Erlebten, der sich in den Wechsel=
Eintritten der einzelnen Stimmen ausspricht, während
Sopran und Baß in gehaltenen Tönen von der vollende=
ten Ruhe heiterer Selbstbetrachtung zeugen.

So ging das Lied zu Ende. Der letzte Dreiklang verhallte
immer schwächer und schwächer — in dem Saale aber war
es so stille, wie wenn, nach dem alten Sprichworte, ein
Engel durch das Zimmer geht. Der Prälat hatte die
Hände im Schooße gefaltet und sah, das silberweiße
Haupt sanft vorgeneigt, mit schimmernden Augen vor sich hin.

Dann athmete alles auf und ein Beifall brach los,

wie er wohl selten wärmer und wahrer zu hören ist. Der am meisten entzückte aber war unstreitig der alte Chorregent. In der Ueberfreude des ungestörten Gelingens faßte er den Schreiners Adam beim Kopf, bückte sich zu ihm herab und drückte ihm einen herzhaften Kuß auf die Wange. „Gold-Adam,“ rief er entzückt, „Herzens-Adam, ich habe dir all die Zeit her unrecht gethan. Ich habe deine Stimme nicht beachtet, weil sie nicht so ausgiebig ist, wie des Polbl seine, aber du hast mich bekehrt! Du hast gesungen, daß mir das Herz im Leibe lachte. Teufelsbub, wie er das Pianissimo herausbrachte — es war ordentlich nur ein Hauch — und das Portament! Aber ich will dir's vergelten, Adam, du sollst sehen, daß ich dir das gedenke!“ —

Der Erguß seiner Freude wurde durch den Prälaten unterbrochen, der den Alten zu sich rief, um ihm zu danken. „Bene fecisti, amice,“ sagte er, ihm die Hand entgegenstreckend und dann die seinige herzlich schüttelnd. „Ich hab' mich bei Ihm und bei unserm Haydn für den Geburtstagsgesang zu bedanken! Er hat recht gehabt, das ist etwas Apartes und ganz Besonderes — die ächte Musika, die züchtig und erhaben einherschreitet, wie ein himmlisches Frauenbild. Setz' Er sich zu mir, lieber regens chori — helf' Er mir der Flasche Niersteiner den Garaus zu machen. Heißt es doch auch bei uns Beiden schon, wie in seinem Liede, daß uns Scherz und Rebensaft wenig mehr erquicket! Nun, so wollen wir darauf anstoßen und trinken, daß wir einmal auch sagen können, unser Leben sei ein harmonischer Gesang gewesen, und daß wir, wenn's an unsere Thüre pocht, so unerschreckt aufmachen können, wie Haydns „Greis!“

Die beiden saßen nebeneinander und ließen gerührten Herzens die Gläser aneinanderklingen. Dann kamen auch die andern Bürger mit ihren wohlgemeinten und einfachen Lobsprüchen daher und gaben dem Chorregenten Anlaß, die Fatalitäten zu erzählen, die er ausgestanden. Schreiners Adam wurde dadurch eine halbe Stunde lang der Gegenstand allgemeiner Bewunderung, aber der Hauptrespekt blieb doch dem Lehrer, der es verstand, Schüler zu ziehen, die aus dem Stegreif so zu singen vermochten. Verschiedene andere Lieder folgten, noch einmal aber mußte der Greis gesungen werden — dann brach alles auf und ging in heiterer gehobener Stimmung auseinander. — Beim Fortgehen legte der Prälat noch streichelnd die Hand auf das braune Haar Adams und sprach: „Ich danke dir, Bübel, für deinen Gesang! Er hat mir große Freude gemacht — vielleicht denkst du einmal später an den heutigen Abend und dann wirst du es erst verstehen, was ich meine!" —

Er ging — das Leben Adams aber nahm von diesem Augenblicke an eine ganz neue Wendung. Bisher war es die Absicht seiner Eltern gewesen, ihn zu dem väterlichen Handwerk zu erziehen. Das Singen sollte er nur nebenher erlernen, weil er doch nicht „schwer daran trage," und weil er noch zu schwach war, um ihn an der Werkbank nachdrücklich anzustrengen. Von nun an ließ der Chorregent den Knaben nicht mehr von sich, er widmete dem Unterrichte desselben alle freien Stunden, lehrte ihn mehrere Instrumente spielen und überzeugte sich bald, daß seine musikalische Begabung ausschließender Ausbildung würdig sei. Die Eltern hatten auf die Versicherungen des Chorregenten hin wenig dagegen einzuwenden,

und so war es bald eine ausgemachte Sache, daß Schreiners Adam den Hobel weglegen und ein Musiker werden
sollte.

Ueber diesen Beschäftigungen des Lernens und Leh-
rens vergingen beiden einige Jahre um so angenehmer,
als der Alte den offenen Jungen bald persönlich lieb gewonnen hatte und dieser die väterliche Neigung mit kind-
licher Anhänglichkeit vergalt. So war er natürlich auch
der unzertrennliche Gefährte bei den Wanderungen seines
Gönners geworden, und so gern Adam seine musikalischen
Studien trieb, war es doch immer ein Fest, wenn der
Chorregent nach der Waidtasche griff und dadurch das
Zeichen zu einem Ausfluge gab. Draußen in der Wald-
frische, in dem Harzdufte der Tannen, da ging der Unterricht dann wieder an, aber wie ein heiteres Spiel für
beide. Der alte Lobermaier war kein Naturkundiger, aber
er hatte viel in und mit der Natur gelebt und sich eine
Anzahl von Beobachtungen und Erfahrungen eigen gemacht,
die für einen Gelehrten eine wahre Fundgrube der neue-
sten und wichtigsten Entdeckungen gewesen wäre. In dem
schlichten Gewande, in welchem der Chorregent sie gab,
konnten sie aber keine andere Wirkung hervorbringen, als
daß in dem Knaben mit dem Sinne und der Lust für
die Beobachtung der Natur auch die Liebe zu ihr entstehen mußte — diese Wirkung aber hatte sie reichlich.

So lernte der Knabe die Vogelgeschlechter, die Käfer-
familien und Würmersippschaften des Waldes kennen und
belauschte sie im Werden, Leben und Vergehen. Er wurde
vertraut mit allem, was im Walde wächst und grünt,
vom grauhaarigen Baumbart, der an der Tanne nieder-
hängt, von der narbigen Flechte, die an der Eichenrinde

sich festklebt, bis hinauf zu den Pilzen in ihren braunen
Wettermänteln, zu den Farren mit ihren stattlich aus=
gespannten Wedeln und zu den zierlich gezackten und ge=
blätterten Moosen. Seiner besondern Vorliebe erfreuten
sich aber die Pilze, bei denen der Vorzug ihrer Eßbarkeit
sich gehörig geltend machte. Bei den oft über den ursprüng=
lichen Plan ausgedehnten Waldwanderungen geschah es
nicht selten, daß der Magen zur gewohnten Stunde sein
Recht verlangte, ohne daß weit und breit die Möglichkeit
vorhanden gewesen wäre, ihn zu befriedigen. Dann
schaffte der alte Chorregent Rath. Während Adam Ab=
fallholz zusammenlas und ein lustiges Feuerchen anschürte,
sammelte der Alte eine Partie „Waldfleisch," wie er die
Schwämme nannte, holte aus seiner Tasche ein altes
Blech=Kasserol und Salz hervor, das er immer bei sich
trug, schnitt eine wilde Zwiebel oder etwas wilden Thy=
mian als Würze dran, und bald brodelte ein Waldessen,
das, auf ein paar Baumstämmen verzehrt, besser als
eine Klostertafel mundete. Wenn das Glück wollte, wurde
wohl auch eine Drossel oder sonst ein ins Garn gegan=
gener Vogel mitgeschmort, und das mußte man dem Alten
lassen, er verstand mit wenig, ja fast mit nichts schmack=
hafter zu kochen als der Klosterkoch von Speinshart, bei
dem er als Singknabe nebenher in die Lehre gegangen war.

Adam kannte die unscheinbaren Kinder des Wald=
bodens bald, er belauschte sie nach einem Regentage im
Entstehen, wenn sie noch nichts waren als ein weißes
unscheinbares Fädchen in der Erde, das sonst wohl nie=
mand beachtet hätte; und sofort bis zum vierten Tage,
wo sie, erst zu einer unförmlichen Kugel aufgequollen, aus
dieser mit Hut und Stiel sich loslösten. Er sah es jedem

Fleckchen im Walde auf den ersten Blick an, ob die Keim=
körner darin genug warme Feuchtigkeit und ob die jungen
Schwämme im Moose hinreichenden Schutz vor Schnecken
und anderem Ungeziefer finden würden; und wenn im
Sommer nach der Sonnenwende oft von ferne ein blauer
Duft an den Stämmen der Bäume im Walde hinzieht,
dann frohlockte er, denn er wußte, daß nun die Erde
warm genug geworden, ihm seine Lieblinge auszubrüten.

Mehrere Jahre gingen so vorüber. Adam war ein
tüchtiger Musiker geworden und hatte nach dem Verluste
der Knabenstimme sich vor allem an die Blasinstrumente
gehalten. Der Alte brummte freilich und sagte, er werde
sich die Stimme verderben, die sich außerdem unfehlbar
bei ihm ausbilden würde — er ließ ihn aber doch gewähren,
denn der Bursche wußte das Waldhorn zu blasen, daß er
troß seines Unwillens der Freude darüber sich nicht erweh=
ren konnte.

Inzwischen hatte der Krieg und besonders der ruf=
sische Feldzug unter den jungen Leuten große Lücken ge=
macht, die jüngeren mußten nachrücken in die Stelle jener
30,000, die von der Berezina nicht mehr zurückgekommen
waren. Auch Adam wurde aufgerufen, so hart es den
alten Lobermaier ankam, den lieb gewordenen Zögling zu
verlieren. — Er begleitete ihn noch ein Stückchen Weges
vor das Städtchen hinaus, und nahm mit einem Kusse
unter Vaterthränen von ihm Abschied. Dabei drückte er
ihm ein paar ersparte Thaler in die Hand, und auf eini=
gen ganz kleinen Zettelchen geschrieben die Partitur von
Haydns Greis. „Nimm das zum Andenken an mich und
an den Abend, wo wir uns kennen lernten," sagte er.
„Heb' es auf — vielleicht bringt dir's Glück!"

2.

Das Gefecht von Brienne war vorüber. Die Ver=
bündeten waren Neys Ungestüm gewichen, und Napoleons
Generalstab ließ sich's trefflich an der Tafel behagen, die
am Abend zuvor Blücher mit seinen Offizieren unberührt
und in größter Eile hatte verlassen müssen. Es hatte
gegolten, einer Gefangennehmung durch die Garden zu
entgehn, welche durch einen unbesetzt gebliebenen Zugang
des Parks eingedrungen waren. — Seinem Sturze nahe,
doch noch ohne Ahnung desselben, stand der gewaltige
Kaiser, die Hände wie gewöhnlich auf den Rücken gelegt,
in dem Saale des Schlosses, in welchem er in seinen
Knabenjahren als Zögling der Kriegsschule Plane gezeich=
net und Berechnungen angestellt hatte, um die Anfänge
der verheerenden Kunst zu erlernen, deren Meisterschaft er
so blutig bewährte. An eine Fensterbrüstung gelehnt, sah
er die große entlaubte Allee entlang nach dem Städtchen
hinab, dessen Schutthaufen noch einzelne Rauchwolken aus=
stießen. Darüber hin stürmte ein schneidend kalter Ost=
wind und schleuderte eine dichte Decke naßkalten Schnees
hernieder, als wollte er die Haufen von Russen=Leichen
bedecken, die noch unbegraben in den Straßengräben und
den angränzenden Gärten herumlagen. Eine Zeit lang
verharrte der Kaiser in seiner nachdenklichen Stellung,
schritt dann ein paarmal den Saal entlang und blieb zu=
letzt vor einer auf einem Seitentische ausgebreiteten Karte
stehen. Es war ein großer militärischer Plan der Um=
gegend und auf einer dieselbe durchziehenden walbigen
Reihe waren mehrere Punkte mit aufgeklebten Wachs=
bemerkbar gemacht. Napoleon blickte fest darauf

hin und rief dann, ohne aufzublicken, nach dem Fond des Saales hinüber. „Ist Caulaincourt noch nicht zurück?“ — „Nein, Sire,“ erwiderte ein großer Mann in der Uniform der berittenen Garden. „Ich habe in allen Richtungen nach ihm ausgeschickt; sein langes Ausbleiben läßt mich fast befürchten, daß ihm ein Unfall zugestoßen sein könnte.“

Der Kaiser murmelte etwas wie einen Fluch zwischen den Zähnen. „Treten Sie her, Gerard,“ rief er dann, „und sehen Sie in die Karte! Hier — die Anhöhe von La Rothière ist der Schlüssel zu unserer Stellung. Wenn es dem Kronprinzen von Württemberg gelänge, Gibry zu forciren und sich mit Wrede zu vereinigen, so wäre unser linker Flügel umgangen. Lassen Sie Duchesne wissen, daß er La Rothière behaupten soll; der Herzog von Belluno muß Gibry halten — um jeden Preis, bis ich selbst komme! Schicken Sie auch eine neue Ordonnanz an Mortier, er soll Troyes verlassen — augenblicklich! — und gegen Brienne vorgehen. Ich rechne darauf, ihn morgen früh vier Uhr in den Linien zu finden. Geben Sie der Ordonnanz Bedeckung mit, daß sie nicht von den Marodeurs angehalten wird.“

Der Kaiser schwieg, und unter den Offizieren im Hintergrunde entstand bei Gerards Annäherung eine allgemeine rasche Bewegung. Mehrere eilten fort, auch Gerard wollte den Saal verlassen, als der Kaiser, noch immer vor der Karte stehend, ihn zurückrief. „Wie stark ist das Korps des Kronprinzen?“ fragte er. — „Wir wissen es nicht,“ entgegnete Gerard ehrfurchtsvoll. „Der Wald von Eklance macht jede Rekognoscirung unverläßlich. Doch wurde diesen Abend ein württembergischer

Reiterlieutenant eingebracht; vielleicht daß von diesem —."
— „Ich will ihn sehen," antwortete der Kaiser und trat,
während Gerard sich entfernte, wieder in die Fensterbrü=
stung zurück.   Der Schnee fiel draußen wie zuvor und
der kurze Februartag fing bereits an in trübe Dämmerung
überzugehen.

Gerard kam bald zurück, mit ihm ein hochgewachse=
ner Jüngling, der ziemlich unbefangen vor dem Kaiser
stehen blieb und ihn militärisch grüßte.   „Württemberger?"
fragte Napoleon nach einem flüchtigen Blick.   „Ihr Name?"
— „Karl v. St.," entgegnete der junge Mann, „Lieute=
nant im württembergischen Reiterregiment Prinz Adam."
— „Wann verließen Sie Ihr Korps?   Wo steht es?
Wie stark ist es?" — „Das Korps des Kronprinzen von
Württemberg ist hinter dem Walde von Eklance aufgestellt,"
antwortete der Lieutenant fest, indeß ein dunkles Roth
rasch über seine Züge flog.   „Ich verließ es vor unge=
fähr zwei Stunden mit einem Fouragezuge, wagte mich
zu weit vor und wurde von den Garde=Lanciers gefangen.
Die Stärke des Korps können Eure Majestät am besten
durch einen Angriff erfahren."

Der Kaiser runzelte die Stirn.   „Was ich kann, weiß
ich ohne Sie," rief er.   „Ich will es von Ihnen hören.
Wie stark ist Ihr Korps?   Sind viele Russen dabei?
Antworten Sie!" — Der Jüngling schwieg einen Augen=
blick.   „Ich könnte leicht mit einer Lüge antworten und
irgend eine Zahl angeben," sagte er dann; „aber das
widerstrebt mir.   Daß ich die Wahrheit sagen soll, wer=
den Eure Majestät nicht im Ernste verlangen — es wäre
eine ehrlose Zumuthung, also ist's besser, ich schweige." —
Der Unmuth des Kaisers wuchs, er klemmte die Unter=

lippe heftig zwischen die Zähne, wie er zu thun pflegte, wenn ein Ausbruch zu erwarten war. Auch Gerard schien etwas derartiges zu vermuthen, denn er hatte bei der kühnen Antwort des Jünglings unwillkürlich die Farbe gewechselt.

„Sie vergessen, mit wem Sie sprechen," brach Napoleon los. „Ich werde Sie erschießen lassen, wenn Sie nicht gehörig antworten." — Der Lieutenant maß den zornigen Kaiser kaltblütig von oben bis unten. „Die Macht dazu haben Sie, Sire," erwiderte er, „das Recht nicht. Ich bin gefangen und — schweige." — „Gefangen oder nicht! Ich habe nicht Ursache, Umstände mit euch Deutschen zu machen. Ihr seid alle zu Verräthern geworden an mir! Wer will mir wehren, euch als solche zu behandeln?" — Der Württemberger entgegnete nichts, sondern blickte dem Zürnenden ruhig ins Gesicht.

Napoleon schien eine Antwort erwartet zu haben; als keine erfolgte, blickte auch er den Offizier fest an, so daß ihre Augen eine Sekunde lang sich begegneten.

Alles schwieg — der Kaiser legte die Hände auf den Rücken und that einige Schritt in den Saal. Plötzlich wendete er sich rasch um, trat hart vor den Gefangenen hin und sagte mit vollkommen ruhigem Tone: „Sie sind ein braver Mann. Wenn wir noch miteinander kämpften, würde ich Sie nicht aus den Augen verlieren. Da wir einmal Feinde sind — gehn Sie, ich ranzionire Sie. Ich will Ihrem Rathe folgen und durch einen Angriff zu erfahren suchen, wie stark das Korps Ihres Kronprinzen ist. — Sorgen Sie, Gerard, daß der Lieutenant sein Pferd wieder erhält." — „Ich wäre nicht gefangen, Sire," bemerkte der junge Offizier, „wenn es mir nicht unterm Leibe erschossen worden wäre."

Napoleon schien lächeln zu wollen. „So geben Sie ihm zum Ersatze meine braune Mira. — Es ist ein deutsches Pferd, Lieutenant, und sehr schnell. Benützen Sie es, Ihren Landsleuten die Nachricht zu bringen, daß sie mich bald zu erwarten haben."

Ehe der Lieutenant etwas erwidern konnte, war der Kaiser in ein Seitenkabinet getreten. Etwas überrascht verließ er dann von Gerard begleitet, den Saal, bald sprengte er auf dem ihm vorgeführten prachtvollen Rosse des Kaisers aus dem Thore, den waldigen Anhöhen zu, hinter ihm eine Abtheilung Garde-Lanciers, die beauftragt waren, ihn bis vor die Vorposten zu begleiten. —

Inzwischen war es immer dunkler geworden und die Nacht brach zuletzt mit ungewohnter Finsterniß ein. Der Himmel war dicht mit schwarzen Wolken bedeckt, auch das Schneegestöber hatte eher zu- als abgenommen, dazu blies der Wind noch schärfer und eisiger aus Nord-Ost; stoßweise hob er sogar den Schnee, der sich an Hügel und Vertiefungen gesammelt hatte, wieder empor und wirbelte ihn fort, so daß es unmöglich war, irgend einen Gegenstand auf Fußbreite vor sich zu sehen, einen Pfad zu finden oder nur im Freien auszudauern, denn der Wind schnitt bis ins Mark und spottete der wärmsten Umhüllungen. In den Linien der beiden feindlichen Heere war deßhalb völlige Ruhe eingetreten, alles suchte sich nach Möglichkeit vor dem Unwetter zu schützen. Man kroch unter Baracken und Zelte, und die Lagerwachen und Vorposten suchten sich durch rasches Aufundabschreiten der Erstarrung zu erwehren und riefen einander zu, um sich von ihrer gegenseitigen Wachsamkeit zu überzeugen.

Besonders schlimm war ein kleines Piket daran, das

erst gegen Abend von den Verbündeten vorgeschoben wor=
den war. Von einer vorspringenden Hügelspitze hatte es
die Bewegungen des Feindes zu überwachen, wenn derselbe
allenfalls die Dunkelheit der Nacht und des Wetters zu
einem Ueberfalle benützen sollte. Das Piket bestand in Reite=
rei und Fußvolk und war aus den verschiedenen verbündeten
Nationalitäten zusammengesetzt. Die Infanteristen waren
Württemberger, die Reiter bayrische Husaren mit einem
Trompeter, dann einige Kosaken, die zu dem schlimmen
Spiele die beste Miene machten und sich unter ihre Pferde
wie unter wandelnde Dächer niedergekauert hatten. Alle
waren in einem bedauernswerthen Zustande, der es auf
die Dauer unmöglich gemacht haben würde, einem Angriff
mit Erfolg zu begegnen. Die Fußgänger waren trotz ihrer
Mäntel bis ins Innerste durchfroren und vermochten kaum
noch, die vom Schnee naß gewordenen Gewehre in den
erstarrten Fingern zu handhaben. Den Reitern ging es
ebenso; mit einer Art stummer Resignation lehnten sie an
den Sätteln ihrer Pferde, die ebenfalls die Köpfe bedenk=
lich senkten und nur manchmal den dichten Schnee von
Mähne und Rücken schüttelten. Zu dem Gefühle der Kälte
gesellte sich noch das der Entbehrung, denn in den Mär=
schen und anstrengenden Bewegungen der vorausgegange=
nen Tage war kaum Zeit gewesen, die Bedürfnisse der
Nahrung aufs Eiligste und Dürftigste zu stillen. Der
Mangel machte sich nun durch die geringere Fähigkeit zur
Ausdauer bemerkbar, und es war nur das Gefühl von
der Wichtigkeit ihrer Pflicht, das die Ermüdeten von dem
Einschlafen abhielt und damit von dem wahrscheinlichen
Erfrieren rettete. Dies Pflichtgefühl war um so lebhafter,
als die meisten von den Infanteristen Freiwillige waren,

in denen der Wunsch, sich auszuzeichnen, mindestens einem
Theile der Anstrengung das Gleichgewicht hielt.

Nur Einer von allen vermochte es nicht, so ruhig zu
bleiben — das war der Husaren=Trompeter. Er hatte
den Zügel seines Schimmels dem Pferde eines Kameraden
über den Hals geworfen und schritt unablässig im Schnee
umher, nach allen Richtungen die Beschaffenheit des Bo=
dens und der Umgebung erforschend. Zwar kam er immer
wieder ermüdet und ohne Erfolg zurück, das hielt ihn aber
nicht ab, nach kurzer Ruhe in der nächsten Viertelstunde
seine Wanderung aufs neue zu beginnen.

So waren einige Stunden vergangen, Mitternacht
war nahe, und mit der Länge der Zeit hatte auch die
Schnellkraft der wenigen noch Muthigen nachgelassen. Es
war das Schlimmste zu fürchten, um so mehr als das
Wetter in seinem Ungestüm nicht nachließ.

Eben wandelte der Trompeter wieder eine kleine Ver=
tiefung hinab, als er hart vor sich Schritte zu hören
glaubte. Mit gespannter Pistole rief er dem Nahenden
Halt entgegen und war nicht wenig überrascht, sich deutsch
angeredet zu hören. Er trat näher und erkannte einen
württembergischen Reiter=Offizier, der abgestiegen war und
sein Pferd am Zaume nach sich führte. Es war von St.,
der nach langem Umherirren in der unbekannten Gegend
endlich die rechte Spur gefunden hatte. Wenige Worte
genügten zur Verständigung. Bald wußte der Angekom=
mene die Aufgabe des Pikets und auch dessen beunruhi=
gende Lage.

„Wer kommandirt den Posten?" fragte er hastig. —
„Niemand," erwiderte der Trompeter; „der Wachtmeister,
der uns führen sollte, ist nicht weit von da sammt dem Gaul

in eine Schlucht gestürzt und hat den Hals gebrochen. Seitdem kommandiren wir uns selber. Wenn's aber noch lange währt, werden wir alle bald das Kommando zum Wiederaufstehen überhören." — „Das darf nicht sein," rief der Lieutenant haftig. „Ich bin gewiß, daß der Feind gerade dieses Unwetter zu einem Angriff auf unsre Linien benützen wird. — Hier ist der vorgeschobenste Punkt — er muß um alles in der Welt in kampffähigem Zustande sein." — „So übernehmen Sie das Kommando des Postens," entgegnete der Husar, dessen Augen trotz Anstrengung und Kälte von Muth und Entschlossenheit funkelten. „Machen Sie die Leute ein bischen munter, — ich habe eben da vorne ein Ding entdeckt, das aussieht wie eine verlassene Scheune. Hätte die Baracke auch eher finden können, aber man ist wie blind und verdreht bei dem französischen Hundewetter! Will gleich kommen und rapportiren!"

Der Offizier trat zu den Uebrigen, in welche durch seine Gegenwart wieder einiges Leben und soldatische Haltung zurückkam. Es war dem Neuangekommenen nicht schwer, ihnen die Gefahr der Lage begreiflich zu machen — aber der Wille unterlag fast unter der Uebermacht der Erschöpfung.

Da, im gelegensten Augenblick, keuchte der Husaren-Trompeter heran. „Kommt!" sagte er, „Hieher, Herr Lieutenant! Die Scheune ist brauchbar und liegt noch ein bischen höher als dieser Platz; man kann die ganze Fläche noch besser übersehen als hier — das heißt, man müßte es können, wenn von Sehen die Rede wäre! Kommen Sie — ich habe schon ein bischen eingerichtet." —

Der Offizier überzeugte sich bald von der Wahrheit

4*

des allen so willkommenen Berichts. Er ließ den Posten bis zur Scheune rücken, welche etwa tausend Schritte vorwärts gelegen und geräumig genug war, um Mannschaft und Pferde unterzubringen. Es war ein ziemlich hohes Holzgebäude, durch dessen theilweise schadhaftes Dach dem Winde der Eintritt keineswegs ganz abgeschnitten war, das aber gegen den Aufenthalt im Freien wie eine bequeme geheizte Stube erschien. Die Pferde wurden in einer Ecke zusammengestellt, wo karge Strohüberreste auf früheren ähnlichen Gebrauch schließen ließen. Die Soldaten lagerten um eine mit Jubel entdeckte verlassene Herdstelle, und in wenigen Minuten prasselte ein wohlthuendes Feuer lustig darauf empor. Wie ihre erwärmende Wirkung sich fühlbar machte, begann die Leute sogar eine Art von Behagen anzuwandeln, und es war nun ein Spiel, den Dienst mehrerer Wachposten zu versehen, welche nach allen Seiten ausgestellt und immer nach einer halben Stunde wieder abgelöst wurden.

Mit dem Behagen aber kam auch das Verlangen nach mehr: Hunger und Durst machten sich geltend; freilich ohne Aussicht auf Befriedigung, denn die kleinen Handvorräthe in den Mantelsäcken waren schon lange aufgezehrt. Es war daher natürlich, daß dafür der Schlaf das Uebergewicht bekam und die Krieger in den verschiedensten Stellungen herumsitzend einnickten. Wieder war es der Husaren-Trompeter, der Leben in die Gruppe brachte.

Mit lautem Lachen brachte er einen Kochkessel herbei, den er vom Pferde eines Kosaken abgeschnallt hatte. Er war mit Eisstücken und Schnee gefüllt. „Ja, schaut nur hinein," lachte der Husar, „und wundert euch, was das zu bedeuten hat! Ich hab' mir's einmal vorgenommen,

heute euer Quartiermacher zu sein. Ein Obdach haben
wir — nun fehlt noch der Imbiß. Da seht, was hab'
ich hier?" — Er hielt triumphirend ein ziemlich großes
Stück Schinken in die Höhe. Man fragte lachend, wie er
dazu gekommen. „Es ist das letzte Vermächtniß meines
rothen Wachtmeisters, der vorhin den Hals gebrochen. Ich
weiß, daß er etwas auf Essen und Trinken hielt, so lang
sein Hals noch ganz war; da fiel's mir ein, seinen Man=
telsack zu durchsuchen — und das war der Fund, ein
Erbstück, in das wir uns reblich theilen wollen." Man
machte Miene, sogleich ans Theilen zu gehen.

„Geduld!" rief der Trompeter abwehrend und ließ
den Schinken in der Säbeltasche verschwinden. „Das ist
noch nicht alles! Seht hier, was wir von dem Wachtmei=
ster noch weiter geerbt haben. — Drei Citronen und die=
sen Pack Zucker — der Teufel weiß, zu was der Rothe
ihn bei sich hatte, hab' in meinem Leben nicht gewußt,
daß er ein solcher Verehrer von Limonade war. Aber uns
soll's gut thun, Kameraden! Das Eis und der Schnee im
Kessel sind zu Wasser geworden, — es fängt schon an zu
brodeln und sieden — hinein mit dem Zucker! Die Citronen
hineingepreßt! Und hier —." Er zog aus der Brustta=
sche eine mächtige Liqueurbouteille heraus. „Seht ihr den
rothbärtigen Kosaken," fuhr er leiser fort, „der dort schläft,
als müßt' er's für drei Wochen nachholen? Dem hab ich
sie gemaust und eine zerbrochene Flasche dafür hingelegt.
Wenn er wach wird, mag er glauben, was er will. —
Ha, wie das duftet! Hinein mit dem Goldwasser und siehe
da — das Ding ist fertig!"

Mit einer wahren Siegermiene schöpfte der Husar
aus dem Kessel in einen ledernen Mundbecher und bot ihn

mit militärischer Reverenz zuerst dem Lieutenant, der lachend kostete und rief: „Sie sind ein Hexenmeister, Trompeter! Das Ding sieht zwar einem Punsch so wenig ähnlich, wie diese Scheune einem Lustschloß, aber es mundet in der That nicht übel! Laßt es euch schmecken, Kameraden," rief er, gegen die Uebrigen gewendet. „Die Gesundheit unsres Küchenmeisters und jedes Braven, der's versteht, die Gelegenheit so beim Schopf zu fassen!"

Lauter Zuruf folgte, dann machte der Lederbecher die Runde. Das wärmende und stärkende Getränk verfehlte seine Wirkung nicht und war den Kriegern zuvor behaglich gewesen, so kehrte jetzt die Heiterkeit bei ihnen ein und die kurz vorher ausgestandenen Mühsale waren vergessen. Die befeuchteten Kehlen verlangten nach Gesang, denn ohne Lied ist dem Deutschen das edelste Getränk nur halber Genuß. Doch war ein Soldatenlied nicht räthlich, weil es zu weit hörbar geworden wäre und die Wachen verhindert hätte, auch leiseres Geräusch zu vernehmen.

„Ae vierstimmiges Lied wär' am beschte," meinte einer von den Infanteristen. „Aber mir werde koi's z'sammenbringe ohne Note'." Es war ein Tischler seines Zeichens, der in seiner Heimat einmal der beste Kirchsänger gewesen. — „Die Noten wären am End' zu bekommen," meinte der Trompeter, „aber wie wollen wir die vier Stimmen zusammenfinden? Der Prim-Tenor ist mein, den laß ich mir nicht nehmen!" — „Ich will den zweiten Tenor übernehmen," sagte ein anderer Infanterist, der früher Schullehrer gewesen. „Den ersten Baß könntest du singen, Weinhold!" rief er einem Dritten, einem ehemaligen Kollegen zu, der zustimmend nickte. „Und den tiefe Baß will

i rischtire," sprach der Tischler wieder. „Das Quartett
wär' also beieinander — also 'raus mit be Note'!" —

Der Husaren=Trompeter knöpfte die Jacke auf und
holte aus der Brusttasche einen starken Papierumschlag
hervor, aus welchem er die Stimmen zu Haydns Greis
behutsam herausnahm und einen Augenblick mit einer
Art von Ehrerbietung betrachtete. Natürlich wollte alles
wissen, wie er dazu komme, diese Blätter bei sich zu tra=
gen und so wohl zu verwahren. Der Trompeter konnte
nicht umhin, einige Worte von seiner Jugend zu sagen,
während alle aufmerksam zuhörten und auch der Lieute=
nant näher trat.

„Und so meine ich denn," schloß Adam endlich, „es
möchte wohl gehen, wie mir's der alte Chorregent ge=
wünscht hat, die Blätter könnten mir einmal Glück brin=
gen. Drum trag' ich sie bei mir und warte alle Stunden,
daß das Glück kommt!" — Des Lieutenants Blick hing
mit Interesse an dem Erzähler. „Ihr alter Chorregent
gefällt mir," sagte er; „lassen Sie uns immer das Lied
hören."

Es wurde gesungen — freilich nicht mit der Run=
dung, mit der es an jenem Abende in Velburg geschehen,
aber doch rein und kräftig genug, um seine Wirkung auch
bei dem geänderten Verhältnisse der Stimmlagen zu er=
proben. — Erst mochte es den Kriegern wohl sonderbar
vorkommen, sich ein Lied des Greisenthums vorsingen zu
lassen — aber schon die freundliche Erinnerung an die
Zeit, in deren vollster Blüthe sie noch alle standen, machte
einen angenehmen Eindruck. Die Gemüther waren vor=
bereitet, als die rührende Klage eintrat, von dem Wan=
genroth, das hinweggeflohn. Die nahende Todesmahnung

griff allen an das Herz — und bei dem Jubel des Schlusses fühlten sie sich so gehoben, daß in manchem Auge eine halb zerdrückte Thräne blitzte.

„Das ist ein herrliches Lied, Freund Trompeter," meinte tief aufathmend der Lieutenant. „Ich danke Ihnen dafür und Ihrem Chorregenten, der mir immer besser gefällt. Geben Sie mir den Becher, ich will auf sein Angedenken trinken. Sind wir auch noch jung und rüstig, das Lied ist doch als wäre es eigens für uns und für diesen Abend ersonnen! Lassen Sie mich die Blätter sehen — und dann singen Sie das Lied doch noch einmal." Er nahm die Blätter und besah sie einen Augenblick; dann zog er eine Bleifeder aus der Brieftasche und schrieb einige Worte darunter. „Ich habe mir erlaubt," sagte er, indem er die Blätter mit einem Händedruck zurückgab, „meinen Namen zur Erinnerung an diesen Abend darunterzusetzen. Möge er Ihnen so gewiß Glück bringen, wie jener Ihres alten Chorregenten! — Und nun noch einmal das wackere Lied!" —

Die Sänger begannen und kamen eben zu der Stelle, wo das Pochen des Todes hörbar wird — da krachte draußen ein Schuß. Im Augenblick sprang alles auf. „Hört ihr, Kameraden?" rief der Lieutenant, „da pocht es auch bei uns — freilich etwas lauter und unfreund= licher als im Liede, aber wir machen ihm auf, nicht minder unerschrocken!"

Mit Zuruf eilten alle hinaus und warfen sich muthig dem andringenden Feinde entgegen. Zuerst unterstützte die Nacht und die Unmöglichkeit, die kleine Zahl zu er= kennen, den Widerstand der wackern Schaar; und als der Morgen dämmerte und man zurückweichen mußte, rückten

die Kolonnen der Verbündeten bereits von allen Seiten
heran und begannen die Schlacht, welche mit ihrem Siege
endete.

Am andern Morgen hatte Napoleon das Schloß zu
Brienne geräumt. Der wüthendste Kampf hatte vor den
Aufstellungen des Kronprinzen von Württemberg getobt —
der Wald von Eklance, die Höhen von La Rothière und
der Weiler La Eibry mußten wiederholt mit dem Bajon=
net erstürmt werden. Dort, in der Nähe der Scheune,
die in der Nacht zuvor als Bivouak gedient hatte, saß
am Abend der Husaren=Trompeter mit zerschossenem Arm
und einer blutigen Binde um den Kopf. Mit verschwim=
menden Augen blickte er auf den württembergischen Reiter=
Lieutenant, der mitten in die Brust geschossen, durch die
Ruhe seines Antlitzes zeigte, wie unerschrocken er dem
anpochenden Tode aufgemacht hatte. Neben ihm lag sein
Pferd, das Geschenk des Kaisers.

3.

Einige Jahre später stand Adam auf dem Residenz=
platze zu München in etwas unscheinbarem Anzuge. Ueber
der Schulter trug er einen Dornstock, an welchem ein
schmales Kleiderbündel hing. Die Schuhe waren stark be=
staubt und auch das braungeröthete Gesicht zeugte von
langer und anstrengender Fußwanderung. Mit der freien
Hand hielt er einige in der Form von Bittschriften zu=
sammengefaltete Papiere, und blickte mit dem unverkenn=
baren Ausdrucke der Unschlüssigkeit vor sich hin.

Der Platz hatte damals ein von seiner heutigen Ge=
stalt vielfach verschiedenes Aussehen. Allerdings zog sich
links die Häuserreihe der Residenzstraße hin, wie noch

jetzt, allein die daran anstoßende Seite des Vierecks, wo
sich jetzt ein Flügel der Residenz erhebt, war noch von
dem alten Marienkloster „zur Stiege" eingenommen. Daran
stieß das nun in dem Wintergarten aufgegangene alte
Hoftheater. Das hierauf folgende Franziskanerkloster, das
mit seinem Kirchlein und dem Friedhofe weit in die Mitte
des jetzigen Platzes hereingereicht hatte, war gewichen, und
an der Stelle stieg das neue Theater empor, ein schönes
Gebäude, von außen bereits vollendet und nur noch der
innern Ausschmückung bedürfend. Die letzte Seite des
Vierecks bildete die Nebenfronte des Törring'schen Palais,
jetzt in einen griechischen Portikus verwandelt.

Der junge Mann stand noch so und hatte in seinem
Nachdenken ein Mädchen nicht bemerkt, das an ihm vorübergegangen und ihn mit Aufmerksamkeit betrachtet hatte.
Vermuthlich war er ihr durch sein zerstreutes Wesen und
den damit verbundenen Schein ländlicher Unbeholfenheit
aufgefallen. Sie ging dem alten Theater zu, aber unter
der Säulenhalle desselben wandte sie nochmals den Kopf,
um zu sehen, ob der sonderbare Mensch noch auf dem
nämlichen Platze stehe. Adam stand wirklich unverändert
und bemerkte die ihm gewordene Theilnahme nicht.

Endlich nach einigen Minuten schien er sich zu er-
mannen; er steckte seine Papiere in die Brusttasche seines
Rocks, nahm den Bündel in die eine, den Stock in die
andere Hand und schritt entschlossen ebenfalls dem Theater zu. Schon näherte er sich der Thüre, als diese von
selber aufging und das Mädchen wieder heraustrat. Wieder haftete ihr Blick eine Weile fest und fragend auf dem
Fremden. Dieser bemerkte sie seinerseits zuerst und nahm
wahr, daß aus den lebhaften braunen Augen des Mäd-

chens eine Freundlichkeit leuchtete, welche erwarten ließ, daß sie einen höflichen Gruß und eine bescheidene Anfrage nicht unwirsch zurückweisen werde.

Während er sich aber über das Grüßen besann, war sie an ihm vorüber, nicht ohne daß ein spöttisch-gutmü- thiges Lächeln um ihre Lippen zuckte. Beinahe im Augen- blicke aber schien sie sich anders zu bedenken, denn sie stand am Ausgange der Halle still und rief dem noch immer an der Thüre zögernden jungen Menschen zu, ob er ins Theater wolle, wen er suche, und ob er vielleicht nicht Bescheid wisse?

Dem sonst so gewandten und kecken Burschen war es bis dahin auf dem Gemüth gelegen, als wenn ihn der Alp drückte. Die neue und ungewohnte Umgebung, die unangenehmen Dinge, die er seit den anderthalb Stun- den seiner Ankunft schon erlebt hatte, verschüchterten ihn, daß schwerlich jemand in ihm den heitern, in jedem Sat- tel gerechten Husaren-Trompeter erkannt hätte. Nun, bei der Anrede des Mädchens war es ihm gerade so zu Muthe, als wenn die Sonne durch die Wolken eines verhangenen Tages bringt und das Himmelsgewölbe blauer und leuch- tender dasteht, als je zuvor. War es der Ton der Stimme, war es die unbewußte Ahnung der Nähe eines befreun- deten Wesens — Adam hatte mit einemmale die alte Zu- versicht und damit seine Heiterkeit wieder. Mit einem Gruße, der von dem linkischen Wesen von vorhin nichts mehr an sich trug, sondern dem gewesenen Husaren alle Ehre machte, stand er vor dem Mädchen und erzählte ihr munter alles und mehr als sie zu wissen verlangte.

So erfuhr sie denn bald, was ihn nach München geführt und so in der Nähe des Theaters gebannt hielt.

Auch ohne den Frieden wäre ihm nicht möglich gewesen, länger Dolman und Kalpak zu tragen, — der Schuß in den rechten Oberarm hatte ihm denselben so gelähmt, daß er weder Säbel noch Trompete gehörig führen und regieren konnte. Er war daher verabschiedet worden und hatte begreiflicher Weise nichts Eiligeres zu thun, als dem Neste an der Laaber zuzuwandern, aus dem er zu dem ersten Ausfluge gezwungen worden war. Es wäre schwer, die Freude zu schildern, in der sein Herz aufwallte, als er das Städtchen vor sich liegen sah, und als die stattliche Burgruine dahinter ihn schon von weitem grüßte. Das Nest war auch in den paar Jahren dasselbe geblieben, — aber seine Bewohner waren vielfach andere geworden. Die mit ihm flügge gewesen, waren in alle Winde verflogen und durch jungen fremden Nachwuchs ersetzt; von den älteren hatten gar viele schon die große Herbstwanderung in eine mildere Gegend angetreten. Darunter fast alle, die ihn näher angingen oder ihm sonst besonders lieb und werth gewesen waren.

Auch der alte Chorregent hatte die Rückkehr seines Lieblings und Schülers nicht abgewartet. Er hatte rüstig und munter seinen Chor versehen und Singbuben geschult bis zum letzten Tage. An diesem hatten die Glocken schon das zweitemal „zusammen" geläutet, allein Lobermaier, sonst der Erste auf dem Orgelstuhle oder an seinem Pulte — ließ noch immer auf sich warten. Ein paar Ministranten liefen in den Chorröcken eilig hinüber, ihn zu mahnen — sie fanden die Thüre seines Zimmerchens angelehnt, der Chorregent aber saß völlig angekleidet und zum Kirchgange bereit am Tische. Er war wie sonst, nur der Kopf war ungewöhnlich tief nach vorne zu

herabgesunken und ruhte mit unterlegten Armen auf den
Notenblättern, die geöffnet vor ihm lagen. Es waren
Haydnsche Kompositionen, darunter „der Greis." — Der
Tod war dem alten Musiker mitten in seiner Lebens=
beschäftigung so leise, so unhörbar auf den Zehen genaht,
daß er das verhängnißvolle Pochen gar nicht vernommen
zu haben schien. Er wurde hart an der Kirche begraben,
gerade unter einem Fenster in der Nähe des Chores, und
wenn die Orgel in der Kirche zu tönen begann, braus=
ten die Schallwellen über dem Grabe des Chorregenten
so nahe hin, als wollten sie denjenigen begrüßen, der so
oft mit Meisterhand über ihnen gewaltet.

Adam hatte ihn zuerst in der wohlbekannten Woh=
nung und als er diese leer gefunden, unter dem Kirchen=
fenster aufgesucht; dann schritt er schweren Herzens dem
elterlichen Hause zu. Auch diese war das alte — aber
an der Hobelbank im Fenster pfiff der alte Schreiner nicht
mehr, wie er gewohnt gewesen war. Adams älterer
Bruder hatte das Anwesen und das Geschäft übernommen
und stand an des Vaters Ehrenplatz, während dieser auf
selbstgekräuselten Hobelspänen und in der selbstgefügten
Lade Feierabend gemacht hatte. Der neue Meister war
verheirathet und die Frau schaltete und waltete so rührig
und lustig, als wenn es nie anders gewesen wäre. Die
alte Meisterin, Adams Mutter hatte sich von der neuen
Haushaltung in ein Kämmerchen zurückgezogen, das sie
wenig mehr verließ und in welchem sie, der langgewohn=
ten Thätigkeit entbehrend, rasch geistig und körperlich ein=
geschrumpft war, so daß sie jetzt fast Mühe hatte, sich
ihres jüngsten Sohnes zu erinnern.

Unter solchen Umständen war das Leben Adams in

seiner alten Heimat nicht nur kein angenehmes — es fehlte geradezu der Grund, auf dem er es für die Zukunft gedeihlich einrichten konnte. Der halbgelähmte Arm macht ihm den Erwerb durch Musik schwer, denn die meisten Instrumente verlangen eine gleichmäßige Brauchbarkeit beider Hände. Wenn er sich also auch hätte entschließen wollen, auf Tanzmusiken und Hochzeiten mit der Geige oder Klarinette herumzuziehen, oder bei Kindstaufen und Jahrtagen mit der Trompete dem Zuge voranzublasen, so wäre ihm auch dieser saure Verdienst bald unmöglich geworden. Das widerte ihn aber an, denn es war ein schlichter, aber tüchtiger Kern in ihm, der sich dehnte und drängte und in die Höhe wollte.

In dieser Verlegenheit kam ihm die Nachricht sehr erwünscht, daß bei dem Hoftheater in München die Tenoristen selten seien und dort für gute Stimmen prächtige Aussicht sich öffne. Das war ein Wink von oben! Hatte er doch, was man dazu brauchte, eine wenn auch nicht große, doch markige und angenehme Tenorstimme. Hatte er doch bei dem Chorregenten Lobermaier singen gelernt — es war gewiß, auf diesem Wege konnte er es noch weit bringen, dabei war der Arm ihm nur wenig hinderlich. — So konnte die Prophezeihung des Alten doch noch wahr werden und die Bekanntschaft mit demselben ihm Glück bringen. Der Entschluß war bald gefaßt und ebenso schnell ausgeführt, und wenige Tage später stand Adam auf dem Theaterplatze zu München, wie wir ihn eben stehen sahen.

„So bin ich denn hergewandert," schloß er seine Erzählung, „und mein erster Gang war ins Theater. Ich meinte eben, es brauche nichts, als hingehen und sagen:

da bin ich! — Aber die Noth an Tenoristen muß doch
so gar groß nicht sein, als man mir's daheim vorgemacht
hat. Anstatt mir ein Kompliment bis auf den Boden zu
machen und mich schnurstracks zum Intendanten zu füh=
ren, schlug mir der Portier die Thüre vor der Nase zu
und schrie mir durchs Guckloch heraus: der Intendant sei
mit der neuen Oper vollauf beschäftigt — es könne nie=
mand zu ihm — und Tenoristen hätte man hier schon
genug!" —

Das Mädchen hatte den etwas ausführlichen Bericht
mit unverkennbarer Theilnahme angehört; bei dem Schlusse
aber brach sie in ein lautes und so herzliches Lachen aus,
daß der Erzähler sie verwundert anblickte und sich unwill=
kührlich anschickte, in dasselbe einzustimmen.

„Haben Sie denn," kicherte sie, „dem Portier gesagt,
daß Sie eine Stelle als Tenor suchen? — Das haben
Sie gut gemacht!" fuhr sie fort, als Adam bejahend nickte.
„Sie werden den Unwillen und die Antwort des Portiers
begreiflich finden, wenn ich Ihnen sage, daß er einen Sohn
hat, einen großen häßlichen Bengel, der die anderthalb
Fisteltöne in seinem Halse für einen schönen Tenor hält
und den er gern in die offene Stelle einschmuggeln möchte." —
„Der Schlingel!" rief Adam und fuhr sich unmuthig
durch das Haar, das er noch militärisch zugeschnitten trug.
„Und ich habe mich von dem Menschen einschüchtern las=
sen und bin mit der ganzen Geschichte so zaghaft gewor=
den, daß ich schon im Begriff war, alle Hoffnung auf=
zugeben! Ich wollte fast keinen Versuch mehr machen zu
dem Intendanten zu kommen, und entschloß mich nur aufs
Gerathewohl, bei dem groben Portier nochmal anzufra=
gen, wenn ich denn hoffen dürfte, einmal vorzukommen.

Aber nun will ich gleich hin und mich zum zweitenmal gewiß nicht abspeisen lassen." — „Bleiben Sie," sagte das Mädchen, „es macht mir Vergnügen, Ihnen vielleicht einen kleinen Dienst erweisen zu können. Ich will Ihnen den Gang zum Portier ersparen und Sie auf dem Eingange des Personals ins Haus führen. Folgen Sie mir — wir müssen zwar einen kleinen Umweg machen, allein beim Theater werden Sie noch öfter erfahren, daß ein Umweg nicht immer auch der weitere Weg ist."

Adam folgte seiner Führerin bereitwillig bis zu einem Seitenthürchen, das er gar nicht bemerkt hatte, und tappte dann durch allerlei halbdunkle Gänge und über große und kleine Treppen hinter ihr her. Mit einemmal stand sie an einer Thüre still, öffnete und hieß ihren Schützling eintreten. Es war ein Vorzimmer, in dem ein paar Die= ner sich langweilig auf den Stühlen dehnten. Sie flü= sterte einem davon ein paar Worte zu, worauf dieser sich erhob und mit einem Blicke auf Adam in der Hauptthüre verschwand. „Es soll mich freuen, wenn Sie Ihren Wunsch erreichen," sprach sie dann freundlich zu diesem. „Guten Tag!" Damit war sie zur Thüre hinaus, ohne daß Adam Zeit gehabt hätte, für ihre Freundlichkeit zu danken oder sie nach ihrem Namen zu fragen, wie er sich während der Wanderung durch die finstern Gänge fest vorgenommen hatte. Er war ärgerlich über sich selbst und machte sich wegen seiner Ungeschicklichkeit Vorwürfe; allein er hatte nicht lange Zeit dazu, denn die Thüre, durch welche der Diener verschwunden war, ging auf — der Diener winkte ihm, Adam fand kaum noch Muße, seinen Stock und Bündel abzulegen und stand eine Sekunde spä= ter vor dem Intendanten Babo.

Der Dichter des „Otto von Wittelsbach" war ein hochgewachsener Mann von martialischem Aussehen, aber das etwas stark geröthete Gesicht, von wenigen ganz weißen Haaren umgeben, hatte einen wohlwollenden, ermunternden Ausdruck. In einen großen Sessel gelehnt und in einem auf seinen Knieen liegenden Buche blätternd, hörte er Adam aufmerksam zu, der nach ein paar auffordernden Worten sein Gesuch vortrug.

Als er geendet hatte, schlug Babo die großen freundlichen Augen, die bisher auf dem Buche geruht hatten, empor und sah dem Bittsteller fest ins Gesicht. „Sie sind also Tenorist und wollen in den Chor eintreten?" sagte er mit einem leisen Anfluge von Mannheimischem Dialekte. „Recht schön — recht brav!" fuhr er dann fort, indem er die ihm übergebenen Zeugnisse durchging. „Sie haben also auch gedient: aber verstehen Sie denn auch etwas italienisch?" — Adam sah ihn verwundert an und verneinte. „Sie staunen?" fuhr Babo lächelnd fort. „Ich will Ihnen das Räthsel lösen. Wir haben hier deutsche und italienische Oper und für jede eigenes Personal, nur der Chor muß begreiflich in beiden Dienste thun. Die Italiener, namentlich die Damen, sind ein etwas häkeliges Volk — da gibt es hundert kleine Anstände. Um diese zu vermeiden, habe ich meinem Kapellmeister Winter zugesichert, niemand mehr in den Chor aufzunehmen, der nicht etwas italienisch versteht. Also begreifen Sie wohl," schloß er aufstehend, „daß ich dieser Zusage nicht entgegenhandeln kann. Angenommen auch, daß Sie die andern Erfordernisse besitzen, muß ich bedauern, Ihr Gesuch nicht bewilligen zu können."

Damit gab er Adam die Zeugnisse zurück, der sie

verblüfft empfing und mit einem verwirrten Bückling sich zurückzog. Obwohl die Entscheidung bündig gegeben war, wußte er doch im Augenblicke sich kaum zu fassen. Es summte ihm im Kopfe, und ohne recht zu wissen wie, gelangte er durch das Vorzimmer in den dunklen Gang.

Da, in der Ungewißheit, wohin er seinen Weg zu nehmen habe, wurde ihm das Erlebte erst vollkommen klar und ein unendlich bitteres Gefühl überkam ihn bei dem Gedanken, daß ihm nun auch dieses Mittel, sein Fortkommen zu finden, abgeschnitten war. Was sollte er beginnen! —

Während er dies in betrübter Seele erwog, hörte er hinter sich hastige Schritte, wie eines Laufenden und fühlte sich von rückwärts am Aermel gefaßt. Es war der Theaterdiener, der ihm meldete, er möchte umkehren und nochmals zum Intendanten kommen.

Babo kam ihm schon an der Thür des Zimmers entgegen und hieß ihn eintreten. Er war aber nicht mehr allein — in der Fensterbrüstung lehnte ein hagerer Mann mit dunklem Gesichte und kohlschwarzen Haaren. Es war Katzianer, der Heldenspieler des Theaters.

„Sie haben," begann Babo, „von Ihren Papieren etwas verloren, was mein vollstes Interesse erweckt und worüber ich mir einigen Aufschluß erbitten möchte." Dabei übergab er Adam ein zusammengefaltetes Blatt. Es war des alten Lodermaier Partitur zu Haydns Greis. „Ich lese auf diesem Blatt die Unterschrift Karl v. St.," fuhr er fort; „dieser Name ist mir nicht unbekannt — wer war es, der ihn hieher schrieb?" — „Er war ein Lieutenant im zweiten württembergischen Reiter=Regiment Prinz Adam und ist bei Brienne geblieben. Die paar Zeilen schrieb er mir am Vorabend zum Andenken." — „Sie verbinden mich," erwiderte Babo, „wenn Sie mir Anlaß und Her= gang mittheilen." — Adam erzählte.

Babo war während der Erzählung aufgestanden und im Zimmer langsam auf= und abgegangen. Beim Schlusse stand er abgewendet und betrachtete mit großer Aufmerk= samkeit ein an der Wand hängendes Frauengemälde. Dann trat er zu Adam. „Lieutenant von St.," sagte er, „war mein naher Verwandter, meiner Schwester Sohn. Ich danke Ihnen in ihrem und meinem Namen für die Mittheilung dieses freundlichen Bildes aus den letzten Stunden eines lieben Verlornen. — Was meinen Sie, Katzianer?" fuhr er dann gegen diesen gewendet fort. „Unter diesen Umständen wird mir's unser Peter Winter wohl verzeihen müssen, daß ich eine Ausnahme mache. Nehmen Sie den jungen Mann mit, — ich höre eben Vecchi unten im Probezimmer — er soll ihn prüfen, und wenn die Stimme entspricht, soll er auf= und angenommen sein." —

Adam versuchte zu danken. „Lassen Sie das," ent= gegnete Babo. „Sie werden dafür sorgen, daß meine Ausnahme sich rechtfertigt. Das ist stillschweigende Be= dingung bei unserm Handel — nicht wahr?" Er nickte ihm freundlich zu, und der überglückliche Adam folgte dem voranschreitenden Katzianer zur Prüfung. In einer Viertelstunde darnach eilte er mit leuchtendem Angesicht an dem verdutzten Portier vorüber, der nicht gleich begreifen konnte, wie der von ihm abgewiesene Mensch nun doch ins Haus gekommen sei.

Schon am zweiten Tage darnach hatte er seine neue Thätigkeit zu beginnen und trat mit Herzklopfen in den Bühnenraum. Dieses Herzklopfen hatte mehr=

fachen Grund. Einmal wird sich niemand eines eigen=
thümlich beengenden und doch nicht unbehaglichen Ge=
fühls erwehren können, wenn er zum erstenmal eine
Bühne betritt, zumal bei Tage, wo das unvermeid=
liche Halbdunkel durch die Unklarheit der Gestalten und
Umrisse den Eindruck erhöht. Dazu kam aber, daß Adam,
als er sich dem Kapellmeister wie gebührend vorgestellt
hatte, von diesem etwas sonderbar empfangen worden war.
Winter war so allgemein als eine sehr derbe Natur be=
kannt, daß Adam wegen seiner ohne dessen Zuthun erfolg=
ten Aufnahme ein paar Artigkeiten erwartet hatte. Es
kam aber nicht so. Winter — ein großer, etwas vier=
schrötig aussehender Mann — maß den sich Vorstellenden
von oben bis unten und ging dann, ohne ein Wort zu
sagen, an den Schreibtisch, auf welchem ein Wust von
Notenpapieren herumlag. Eine Anzahl schöner bunter
Tauben stieg darauf hin und her und pickte sich die da=
zwischen gestreuten Körner und Krumen. „Da nehm' der
Herr," sagte dann der Kapellmeister, indem er dem Cho=
risten einen Part hinreichte und zugleich aus einer gewal=
tigen Dose eine unmäßige Prise nahm. „Morgen ist die
zweite Spielprobe zu der neuen Oper. Der Chorführer
ist krank geworden — Vecchi sagt, der Herr trifft gut —
sehe 'Se mal, wie Se damit fertig werden!" Damit
schnupfte er wieder heftig wie zuvor, lachte spöttisch vor
sich hin und that dann einen starken gellenden Pfiff, auf
welchen die Tauben wie eine Wolke sich von allen Seiten
erhoben und flatternd und flügelschlagend sich ihm auf
Kopf, Hals und Rücken setzten.

Verwirrt entfernte sich Adam und ging eilig davon,
seine Partie zu studiren und zu lernen. Sie war nicht

schwer; darum war er mit dem musikalischen Theile bald
fertig — aber der italienische Text war eine unbesiegbare
Schwierigkeit. Er begriff natürlich rasch, daß es darauf
abgesehen war, ihm und seinem Gönner eine Verlegenheit
zu bereiten. Ebenso rasch war er aber auch entschlossen,
es nicht dazu kommen zu lassen, obwohl er im Augenblicke nicht einsah, wie das zu machen sei. Der Zufall
kam ihm jedoch dabei zu Hülfe. Wie er nach längerem
Besinnen eben im Begriffe war, auszugehn und sich nach
einem italienischen Sprachmeister zu erkundigen, kam ihm
auf der Treppe der Eigenthümer des Hauses entgegen,
worin er sich ein schlichtes Stübchen gemiethet hatte. Es
war ein großer, breitschultriger Mann, hatte alle Feld-
züge der vergangenen Jahre mitgemacht und füllte nun
als Hartschier in der Leibgarde die verdiente Veteranen-
muße damit aus, daß er abwechselnd mit Karabiner und
Haarbeutel in den Gängen der Residenz Wache stand, und
in dem kühlen Dunkel der Hofbrauerei für die tägliche
Erneuerung des Haarbeutels — natürlich im bildlichen
Sinne — sorgte. Der Hartschier mochte seinem neuen
Miethsmanne einige Beklommenheit angemerkt haben; auf
seine gutmüthige Frage erfuhr er, was denselben drückte,
und war nicht wenig erfreut, daß er aus der Verlegenheit helfen konnte. „Steigen's nur gleich wieder 'rauf
mit mir," rief er. „Da brauchen's kein' Sprachmeister!
Ich bin als junger Mensch zweimal nach Loretto gewall-
fahrtet — wär' nit übel, wenn ich nit so viel Italienisch
im Leib' hätt'." •
Adam ließ sich nicht nöthigen, und der bezopfte Dol-
metscher versah sein Amt über Erwarten gut. Er brachte
seinem Scholaren zugleich das Nöthigste der Aussprache

bei, so daß dieser den zwanzigmal wiederkehrenden Text der Chöre bald ganz erträglich abzusingen vermochte.

So ging er wohlgemuth der ersten verhängnißvollen Probe entgegen und ahnte nicht, daß statt des Ungewitters, das er beschworen zu haben glaubte, ein noch drohenderes über ihm schwebte. Freilich, als er näher kam, stellte sich das schon gemeldete Herzklopfen ein und wuchs bedeutend, als von den vielen Leuten, die in dem halbdunklen Raum herumstanden, ihn niemand beachtete. Eine Gruppe jüngerer Männer, die er für seine neuen Standesgenossen hielt, erwidert seinen Gruß nur mit vornehmer Nachläßigkeit und begann unter sich ein bedenkliches Flüstern, das dem Neuling nicht entging. Um sich zu beruhigen, musterte er die übrige Gesellschaft und bemerkte, daß die Probe in wenig Augenblicken beginnen werde. Im Proscenium saßen einige Damen auf Stühlen; daneben wandelten ein paar feingekleidete Herren in lebhaftem Gespräche auf und ab, sämmtlich durch die dunkle Gesichtsfarbe, das noch dunklere Haar und das rasche Mienen- und Geberdenspiel die italienische Abstammung verrathend. Aus der Tiefe seines Kastens guckte schon der Souffleur herauf; im Orchester zuckten die einzelnen Töne und Passagen der Stimmenden wirr durcheinander, und im Hintergrunde, hart vor dem Zuschauerraum, der sich in undurchdringliche Nacht verlor, hatte Kapellmeister Winter bereits Platz genommen, im Begriffe, den Taktstock zu ergreifen.

Eben tönte der Schlag aufs Pult, das einleitende Ritornell begann — Adam aber hörte nichts davon, denn im nämlichen Augenblicke fühlte er sich von einer weichen Hand leise am Aermel gezupft und unwillkürlich folgend stand er hinter einer großen gemalten Felswand vor einem

Frauenzimmer. So dämmerig es war, erkannte er doch sogleich den Glanz der freundlichen Augen, die ihm schon einmal zum Wegweiser gedient hatten.

„Es freut mich, Sie hier zu sehn," sagte das Mäd= chen, „denn ich sehe daraus, daß ich Sie neulich zu guter Stunde getroffen habe. Aber Sie sind ein Pechvogel, wie es scheint! Sie sollen den Part des ersten schottischen Kriegers singen, den Nabolini abgegeben hat, weil er krank geworden ist. Ich seh's, weil Sie die Partie in Händen haben. Alles im Hause ist darauf gespannt, wie es heute dem „ersten Krieger" gehn werde, und Sie sind ganz ruhig. Am Ende wissen Sie gar nicht, welche Be= wandtniß es mit dieser Partie hat, und warum Nabolini krank geworden ist?" — „Nicht ein Wort weiß ich von alledem," entgegnete der neugeworbene erste schottische Krie= ger. „Ist das Ding denn so gefährlich?" — „Das eben nicht," lachte das Mädchen, „aber es hat immer seinen Haken! Hören Sie denn — wir haben gerade noch Zeit bis zum ersten Chor, — ich will zum zweitenmal Ihr Wegweiser sein!"

Die Erzählung war kurz. Die Oper „Evelina," welche gegeben werden sollte, hatte in Mailand einen mehr als zweifelhaften Erfolg gehabt. Dennoch sollte sie zur Ausführung kommen, trotz der Verwahrung Winters, der die Musik für ein elendes Gedudel erklärte, und ungeach= tet des Widerwillens aller Mitglieder, denen die Rollen nicht gefielen. Die Balsovani bestand darauf, die Evelina zu singen, weil der obskure Mästro einmal zu den Ver= ehrern ihrer Jugend zählte — und der Prima Donna assoluta war es nicht schwer geworden, bei Hofe das Ge= bot der Aufführung zu erwirken. Am wüthendsten darüber war Signora Schiasetti, die der Nebenbuhlerin den Triumph nicht gönnte, dies durchgesetzt zu haben, und der es miß= fiel, als Graf Eduard von Douglas in dem Costume eines Bergschotten zu erscheinen. Vergeblich hatte sie lange im Stillen kabalisirt und versucht, Torri oder Zuchelli zu einem Streiche zu gewinnen, der Sängerin und Oper gleichzeitig lächerlich machen sollte. Endlich war es ihr bei dem ersten Chortenor Nabolini gelungen. In der Mitte des ersten Akts hat Evelina eine große Scene und Arie, worin sie die Härte ihres Vaters Sermondo, des Gebieters von Tura beklagt, der sie mit dem Grafen Albano von Rochester vermählen will, während ihr Herz schon an Eduard Douglas verloren ist. Sie beschließt zu sterben; während sie aber den Dolch ins Herz stoßen will, stürzt einer der herumstehenden Krieger herbei und ent= reißt ihr die Waffe gerade noch zur rechten Zeit. Darauf war der Plan gebaut. Die Valsovani legte in der Arie alles verhaltene Feuer los, und kam zuletzt bei einer hals= brechenden Roulade an, die den Todesgedanken zur Wirk= lichkeit machen sollte. Sie endete mit einer schmelzenden catena di trilli; auf dem letzten Tone hielt sie ziehend und klagend aus, wie eine Nachtigall, und wollte wäh= rend dessen den Dolch langsam in die Brust senken. Es konnte nicht fehlen, die Stelle mußte durchschlagen — aber die Dame trillerte und trillerte fort, die Spitze des Dolches war schon in der nächsten Nähe des Busens an= gelangt und noch immer ließ sich die Hand nicht blicken, die ihn abhalten sollte, tiefer einzubringen. Sie zog den Triller fort mit dem letzten Rest von Athem, daß sie kirschbraun wurde im Gesicht — endlich mußte sie abbre= chen, und unter allgemeinem Gelächter stürzte nun erst

der Schottenkrieger Nabolini herbei, fing die dolchbewaff=
nete Hand und empfing zugleich von der erbosten Sig=
nora eine so derbe Ohrfeige, daß er sich um seine Achse
drehte. Die Probe mußte unterbrochen werden, und es
war begreiflich, daß heute alles auf die Wiederholung im
höchsten Grade gespannt war. Nabolini ließ sich krank
melden, und das Interesse stieg bei der Erwartung, wer
sein Nachfolger sein und wie es ihm ergehen werde.

„Es ist kein Zweifel," schloß das Mädchen seinen
Bericht, „daß man Ihnen den ersten Krieger aus Bosheit
gegeben hat. Der Kapellmeister denkt, Sie würden eine
neue vielleicht noch größere Ungeschicklichkeit begehen; da=
rum hat er Ihnen von allem nichts gesagt. Zu gleicher
Zeit hofft er sich an der widerspenstigen Valsovani und
am Intendanten zu reiben, weil er Sie ohne ihn aufge=
nommen hat. Aber Sie wissen nun, was Sie zu thun
haben, machen Sie Ihre Sache gut. — Hören Sie, drau=
ßen zankt man schon wieder! — Fort, es ist unnöthig,
daß man uns beisammen sieht. Vergessen Sie die Triller
nicht!" — Damit war sie fortgehuscht, und Adam trat
wieder auf die Bühne.

Hier war es etwas laut geworden. Die Probe war
bis zu der verhängnißvollen Scene der Valsovani ohne
Störung fortgegangen, hier aber nahm die Donna das
Tempo so unausstehlich langsam, daß Winter die Geduld
verlor, abklopfte und nochmal anfangen ließ. „Machen
Sie doch, daß Sie von der Stelle kommen, Signora,"
rief er hinauf; „das Ding hört sich ja an, als wenn
man in Syrup watete!" Die Dame schoß einen wüthen=
den Blick herunter und begann wie zuvor, nur um We=
niges bewegter. — Heftiger klopfte Winter ab. „Noch

viel zu langsam!" rief er. „Es kann nichts schaden, wenn Sie prosto nehmen, so werden wir mit dem Bettel eher fertig! — Da capo! — Eins, zwei drei!" —

„Der Tempo sein so ganß rekt," eiferte die Dame herunter, „ma Signore maestro wollen verderben der musica. — Aber die musica di maestro Coccia sein su kut dasu — sein viel besser als alle musica dei maestri tedeschi, besser als die Betulia liberata!" — „Das verstehen Sie nicht, Signora," schnaubte der nun erst zornige Kapellmeister entgegen. „Der Stümper da dürfte froh sein, wenn in seiner Musik ein einziger Ge= danke vorkäme, wie der schlechteste in meiner Betulia libe= rata! Also vorwärts, Marsch! Sie haben zu singen, das Tempo ist meine Sache! Fangen Sie an, meine Herren. Eins, zwei, drei!" —

Das Orchester fiel ein; wohl oder übel mußte Sig= nora Valsovani eintreten und wurde bald von dem raschen Tempo fortgerissen. So kam die verhängnißvolle Stelle heran und sie hatte im Eifer vergessen, sich vorher zu er= kundigen, wer ihr diesmal das Leben retten solle. Nado= linis Nachfolger stand indessen schon lange schlagfertig in der Nähe und entledigte sich eines kleinen in die Arie eingehängten Rezitativs so sicher und mit so frischer Stimme, daß Winter nach ihm hinüberblickte und dabei die Augen= brauen zusammenzog, wie er zu thun pflegte, wenn er zufrieden war. Von da an, während der Roulade und der catena di trilli, stand Adam wie auf der Lauer, um ja den rechten Augenblick nicht zu verpassen. Er that es unbewußt mit so viel natürlichem Ausdruck, daß er das Ansehen eines Menschen hatte, der die Handlung eines Andern erräth und nur die entscheidende Bewegung ab=

warten will, um sie zu hindern. Dadurch bekam die Situation einen Anstrich von Wahrheit, der die so nahe liegende Lächerlichkeit ausschloß. Bei dem letzten Triller, als die Valsovani den Dolch senkte, faßte der schottische Krieger mit der rechten Hand über ihre Schulter den Dolch, während er zugleich mit der Linken sie umfaßte und seitwärts zog, als wenn sie im Uebermaß der Leidenschaft in sich zusammenbräche. Beifälliges Geflüster entstand; die Valsovani, durch das Gelingen ermuntert, sang, sich aufraffend, das Schluß=Allegro mit unübertrefflicher Bravour, so daß die wirklich schwache Musik ein ganz anderes Aussehen bekam und selbst das Orchester in Applaus ausbrach.

Auch der schottische Krieger erhielt seinen Theil davon. Signora Valsovani welschte ihm mit der freundlichsten Miene, die ihr zu Gebote stand, die Aufforderung zu, es bei der Aufführung ebenso brav zu machen. Der Chor betrachtete ihn als ebenbürtig und kam ihm nun freundlich entgegen, denn er hatte guten Eindruck gemacht und sich seinen Platz erobert. Am angenehmsten war ihm das Lächeln seiner zweimaligen Retterin, die ihm über die Bühne her, nur ihm merklich und verständlich zunickte.

Seitdem begann für Adam eine freundliche Zeit. Der Dienst war angenehm, nicht anstrengend und ließ viel freie Zeit übrig; die Einnahme war für bescheidene Bedürfnisse mehr als genügend. Die freien Stunden benutzte er in der Art seines alten Lehrers Lobermaier — er wurde wieder ein Waldläufer und lag oft Tage lang draußen im Schatten, allerlei Holzgeräthe schnitzelnd, oder Vögel stellend und angelnd. Die Hauptfreude jedes Jahres aber fiel in die Zeit, wo sich der Waldboden mit Schwämmen zu bedecken begann. Dahin verlegte er jedesmal seine

Urlaubswochen, während welcher er gar nie in die Stadt und nur Nachts aus dem Walde kam. Da wurde beobachtet und verglichen, gesammelt und getrocknet, daß es in seinem Stübchen gar bald aussah wie in einem phantastisch ausgeputzten Naturalienkabinet. Auch die früher geübte Kochkunst wurde wieder hervorgesucht, und es war ihm ein Hochgenuß, wenn er einem bevorzugten Collegen ein kostbar bereitetes Gericht „Waldfleisch" vorstellte, daß dieser vor Essen kaum zum Lobe kam. — Die Collegen hatten ihn nach und nach alle liebgewonnen. Anfangs war es allerdings ungern gesehen worden, daß er sich von ihren Zusammenkünften und Unterhaltungen fast immer fern hielt; dann hatte man sich daran gewöhnt und zuletzt fand man ihn interessant und hörte ihm mit Vergnügen zu, wenn er von seinen Ausflügen erzählte und schilderte, was er draußen im Walde alles sah und hörte. Er mußte das auch so einfach und doch so anziehend zu geben, daß manchen die Lust ankam, ihn zu begleiten. Dazu entschloß er sich aber nur ein paarmal, und es waren nur sehr wenige, die er zum zweitenmal mitnahm. Bei den meisten war ihm irgend eine Unachtsamkeit im Beobachten und Aufsuchen seiner Lieblinge störend. Insbesondere war ihm alles zuwider, was das freie Werden und Wachsen von Pflanze oder Thier im Walde beeinträchtigte. Ein junger Mann, dem er sonst wohlwollte, verdarb es mit ihm für immer, weil er eine fast mannshohe, prachtvoll bastehende Königskerze ohne Sinn und Zweck mit dem Spazierstock abschlug; ein anderer durfte nicht mehr mit, weil er einen wilden Bienenstock auseinander störte, bloß um sich an dem Gesumme der jungen Thierchen zu ergötzen.

Manchmal kamen solche Erzählungen im Probenzim-

mer oder in müßigen Zwischenräumen auf der Bühne vor.
Dann erzählte Adam besonders eifrig, denn er hatte keinen
aufmerksamern Zuhörer als seine Retterin, die sich dann
jedesmal mit einigen vom weiblichen Chor in die Nähe zu
postiren wußte. Mit dieser hatte sich ein Verhältniß eigener Art gebildet. Adam benahm sich gegen sie mit einer
gewissen dankbaren Unterwürfigkeit, die sich in vielen kleinen
gern angenommenen Aufmerksamkeiten aussprach. Weiter
zu denken verbot er sich selbst, denn „Mamsell Pepi" stand
eine bedeutende Stufe über dem einfachen Choristen, da
sie kleine Solopartieen sang, wie z. B. die Guliru, eine
von Myrrhas Gespielinnen im unterbrochenen Opferfest.
Pepi ließ sich die stille Huldigung um so lieber gefallen,
da es ihrer Eitelkeit schmeichelte, in etwas die Beschützerin
zu spielen, und die äußere Erscheinung des jungen Mannes
nichts weniger als unangenehm war. Zu einer engern
und wärmern Annäherung kam es nicht, — vielleicht weil
der Augenblick dazu noch nicht gekommen war.

Eines Tages traf es sich, daß Adam mit Pepi im
Probenzimmer allein zusammenkam. Es war ein heißer
Sommertag, kurz vor Johannis, also nahe an der Zeit,
wo mit dem Urlaub Adams Waldfahrt beginnen sollte.
Der Plan dazu beschäftigte ihn schon aufs lebhafteste, und
so kam es zu Erzählungen und Schilderungen, mit deren
Feuer nur die Aufmerksamkeit der Zuhörerin zu vergleichen
war. Aus ihren Fragen und Zwischenreden blickte unverkennbar das Verlangen hervor, all die beschriebenen
Herrlichkeiten einmal auch schauen zu dürfen. Es ergab
sich daher ganz natürlich und nothwendig, daß Adam fragte,
ob sie Lust hätte, eine solche Waldfahrt mitzumachen? —
„Gewiß," war die Antwort, „aber leider geht es nicht an.

Es würde sich schlecht schicken, mit Ihnen so allein im
Wald herumzuziehen!" —

Adam glühte; mit einemmal kam ihm der Muth zu=
rück, der ihn mit Ablegung der Husarenjacke fast verlassen
zu haben schien. „Ich wüßte wohl ein Mittel, daß sich's
doch schickte," sagte er rasch. — „Was Sie sagen!" ent=
gegnete Pepi, indem sie in ahnender Verwirrung die Au=
gen niederschlug. „Welches Mittel wäre das?" — „Wenn
— wenn — wenn wir uns — heirathen," platzte Adam
nach einigem Zögern heraus. Pepi schwieg, denn sie ver=
mochte vor Bewegung und Ueberraschung nichts zu erwi=
dern, aber dafür war bei Adam das Eis gebrochen und
es floß ihm nur so vom Munde. „Sagen Sie ja, Pepi,"
schloß er seine Rede. „Ich bin Ihnen gut vom Herzens=
grund — Sie sind mir auch nicht feind, das weiß ich, —
also frischweg ja, ich meine, wir taugen zu einander und
sind für einander bestimmt." — Sie sagte ja und wehrte
dem Glücklichen nicht, der sie an sich zog und ihr einen
herzhaften Kuß auf die warmen Lippen drückte.

„Wünsche wohl zu bekommen, beiderseits," rief es
lachend zur Thüre herein. Es war der Inspizient, der
beide zu rufen kam, denn sie hatten im Feuer der Unter=
haltung vergessen, daß auf der Welt außer ihnen eben
Opernprobe gehalten wurde.

Pepi wollte sich purpurroth vor Verlegenheit von
Adam losmachen; der aber ließ sie nicht, sondern rief dem
Störer lustig zu: „Immer herein, Herr Inspizient! Sie
kommen gerade recht, um es dem ganzen Personal nach
Stand und Würden zu verkünden, daß Mamsell Pepi ver=
sprochen hat, mit mir in Urlaub und ins Schwammsuchen
zu gehen. Und damit sie das in Ehren kann, will ich

gehn und sie unsern Collegen vorstellen als meine Braut!"
Die Neuigkeit, wenigen unerwartet — wurde freudig auf=
genommen, und alles freute sich schon auf die Hochzeit,
von der man jedenfalls etwas Eigenthümliches erwartete.

Das fehlte denn auch nicht. Die Trauung wurde in
frühester Tageszeit kurz und still vollzogen; dann machte
sich die ganze Gesellschaft zu Fuß auf den Weg nach einem
kleinen Dörfchen, das etwa eine Stunde hinter einer an=
genehmen Eichenwaldung lag. Dort sollte Mahlzeit, Ge=
sang und Tanz den Tag feiern. So hatte es der Bräu=
tigam bestimmt und dabei zur Bedingung gemacht, daß
man miteinander gehen, nicht den nächsten Weg wählen,
sondern einen kleinen Umweg durch den Wald machen wolle.

Das ging Anfangs auch wunderherrlich. Alles war ent=
zückt über den prachtvollen thauigen Morgen und wandelte
singend und scherzend auf dem moosigen Waldwege, unter
den blitzenden und goldschimmernden Wipfeln hin. Auch
die hunderterlei Dinge, auf die Adam aufmerksam machte,
wurden gebührend betrachtet und bewundert. Als aber
der Wald nach ein paar Stunden noch immer kein Ende
nahm, begannen die Gesichter sich zu verlängern. Man
kam zu der Vermuthung und dann zur Ueberzeugung, daß
man den Weg verloren hatte. Vergebens schritt Adam in
der rosenfarbensten Bräutigamslaune voraus und hörte
nicht auf, alle Schönheiten und Merkwürdigkeiten am Wege
zu zeigen und hervorzuheben. Er hatte bald keinen Zu=
hörer mehr als seine junge Frau, — und als vollends die
Morgenkühle einer empfindlichen Mittagsschwüle wich, da
schlich alles verdrossen und mürrisch hinter den beiden drein.

Endlich blieb Adam stehen. „Nun wollen wir uns
links halten," sagte er, „in fünf Minuten sind wir am

Ziel. Ich habe euch nur ein bischen in der Runde ge=
führt, damit das Essen besser schmeckt!" — Ein Sturm
von Vorwürfen brach über den muthwilligen Verführer
herein; der aber lachte, daß er sich schüttelte, sprang flink
voraus durch das Dickicht und wies nach dem Dörfchen,
das im Thale zwischen Zwetschgen= und blühenden Flieder=
bäumen lockend hervorsah.

Der Anblick machte die überstandenen Mühseligkeiten
vergessen. Man flog die Anhöhe hinab und nahm das
Wirthshaus wie im Sturm — aber neues Entsetzen, er=
höhte Verwirrung! Niemand im Hause wollte von dem
erwarteten hochzeitlichen Mahle etwas wissen, und es war
schwer zu entscheiden, wer verblüffter aussah, die so bitter
getäuschten Gäste oder die ihnen gegenüberstehende Wirthin.
Darüber war man einig, das war außerm Spaß! —
Voll Ingrimm suchte man den Bräutigam, der sich dem
drohenden Ungewitter durch die Flucht entzogen zu haben
schien, und man fand ihn — in der Küche. Da stand er
auf einem Schemel, vor einem in wenig Augenblicken ent=
zündeten gewaltigen Feuer. In Hembärmeln und eine
Brustschürze vorgebunden, schwang er einen mächtigen Koch=
löffel und perorirte den Heranstürmenden entgegen: „Habt ihr
gemeint, euch an den vollen Tisch zu setzen ohne Arbeit,
ihr Faulpelze? Wer essen will, muß arbeiten! Frau Wirthin,
Küche und Keller, Milchkammer und Eierkorb, Schmalz=
butte und Hühnerstall gehören heute mir — ich mache
nicht alle Tage Hochzeit! Marsch hinaus, Gesindel! Fangt
die Hühner vom Mist! Seht, ob ihr Tauben erwischen
könnt! Eier herbei, Butter herbei, Mehl herbei! — Für
ein paar Forellen sorgen meine Legangeln — in einer
Stunde muß die Tafel servirt sein!"

Was wollte man machen! Wollte man auf die Mahl=
zeit nicht ganz verzichten, so mußte man gute Miene zum
bösen Spiele machen. So entstand bald ein gräuliches
Jagen, Geflatter und Geschrei im Hofe und auf dem Tau=
benschlage. Alles rannte durcheinander, trug hin und
wider und half, zum großen Ergötzen der Wirthin, die
einmal über's andere versicherte, es käme ihr vor, als ob
Franzosen in's Haus gefallen wären, die hätten es da=
heim bei ihrem Vater akkurat so gemacht. Die Frauen
und Mädchen rupften und brühten, die Männer schürten
und rührten: man fand bald ein lustiges Behagen an der
ungewohnten allgemeinen Thätigkeit, und als der Meister=
Koch von seinem Schemel herab das Zauberwort erschallen
ließ: „Zu Tisch!" — da wunderte sich alles, daß das Un=
glaubliche so schnell und so angenehm geschehen war, und
man ging in der heitersten Laune zu Tisch. Der Bräuti=
gam hatte den Küchen=Ornat wieder abgelegt und wurde
bei seinem Erscheinen mit lautem Jubel begrüßt. Die
Tafelzeit und die Nachmittagsstunden verflogen unter Lachen,
Singen und Scherzen; keines vermochte sich zu erinnern,
je angenehmer gespeist, sich jemals besser unterhalten zu
haben.

Der Abend brach zu früh ein und mahnte zur Rück=
kehr. Als man sich zögernd zum Aufbruch rüstete, trat
Adam vor, dankte für die freundliche Theilnahme und er=
klärte, man solle sich nur getrost auf den Weg machen.
„Ich habe für einen zuverläßigen Führer gesorgt," sagte
er, „der euch aufdem kürzesten Wege in die Stadt bringt —
ich und mein Frauchen haben uns bei der Wirthin ein=
gemiethet; wir wollen unsere Brautwoche hier im Grünen
verbringen. Eh' ihr aber geht, habe ich eine Bitte an euch.

In euern Liederbüchern habt ihr auch „den Greis" von Haydn. Es ist zwar ein ernsthafter Brautgesang, aber ich meine, neben dem vollsten Lichte der Freude thut ein kräftiger Schlagschatten gut, und man soll ja bei jedem Anfang auch ans Ende denken. Stellt euch hinter das Gebüsch neben der großen Linde dort — singt mir das Lied, und dann thut mir den Gefallen und geht ruhig eure Wege."

Es geschah. Im obern Stocke des Hauses lehnte das junge Paar, sich fest umschließend und sah schweigend in den weißlichen Schimmer und in die Schatten der aufgerollten Mondnacht hinaus. Aus dem Lindendunkel empor stieg aber der Gesang, wie ein mondbeschienener klingender Springquell, und wie er erlosch, herrschte feierliches, wellenloses Schweigen in dem weiten Thale. Nur die Stimmen der Nacht erklangen; jene Stimmen, die in der Nähe der Städte der Lärmen der Menschen übertäubt und die nur zu hören bekommt, wer in einsamer Abgeschiedenheit sein Ohr an's Herz der Natur legt. Es war als hätten sich die Stimmen vor der Ruhe zu „einem harmonischen Gesang" geeinigt — und nun im Entschlummern zirpten, quollen und schwanden sie einzeln fort — ein süßbetäubendes liebliches Chaos.

4.

Dreißig Jahre vergingen ruhig und immer gleich, wie ein Fluß, der sich in der Thalebene ausbreiten kann. Der Grundton in Adams und seines Weibes Leben war und blieb stille Heiterkeit, unerschüttert von den kleinen Mühseligkeiten und Leiden, die, wenn auch im Augenblick unangenehm, doch das Gemüth beleben und stärken, wie er-

quickender Wellenschlag. Nur in den letzteren Jahren
waren die Schläge stärker und dichter gefallen. Beide waren
alt geworden — älter als die Beschäftigung bei der Bühne
gestatten wollte, bei welcher die Erscheinung ein so wesent=
liches Element ist. So lange die Stimme hielt, wurden
beide als gut einstudirte Säulen des Chors werth gehalten,
als der Wohlklang aus den Kehlen floh, waren sie unnütz —
und erhielten eines Tages gleichzeitig die Entschließung,
die sie ihrer Dienst enthob. Der Abschied aus den Kreisen
einer lange betriebenen und liebgewordenen Beschäftigung
war hart — doppelt, weil er den Mangel im Geleite
hatte, denn mit der Thätigkeit war auch der größte Theil
der Einnahme verloren. Und doch fanden beide sich mit
Ruhe in die schlimme Lage, denn sie trugen miteinander,
und ihre Gemüther waren in der langen, fast wolkenlosen
Ehe ineinander gewachsen, wie ein paar in der Jugend
zusammengebundene Bäumchen. Dabei blieben ihre Ver=
hältnisse nach außen die alten, die Sorge und Entbehrung
blieb bei ihnen in dem Zwiegespräch der höchst bescheidenen
Wohnung — den besuchenden Freund empfingen dieselben
freundlichen Gesichter, derselbe herzliche Gruß wie zuvor.
Sogar für den Bedürfenden blieb noch immer ein Platz
am Tische, ein Geldstück in der Tasche — nicht selten mit
eigener schwerer Entbehrung erübrigt.

Auch die Wahrheit des alten Spruches erprobte sich,
daß Unglück nie allein kommt. So lange Adam gesund
gewesen, lag in der fast völligen Freiheit, die er nun be=
saß, nur ein neuer Genuß, denn sie gestattete ihm ja,
seiner Neigung zum Verkehr mit der Natur unbeschränkt
nachzugeben. Nun hinderte nichts das alte Pärchen an sei=
nen Waldwanderungen, und es war gleich, ob sie Wochen oder

6*

Monate in dem Dörfchen an der Würm saßen, das seit ihrem Hochzeittage ihr Lieblings-Aufenthalt geblieben war. Waren die Wanderungen auch stiller und langsamer als sonst, so mangelte ihnen doch Reiz und Schönheit nicht, denn die Natur um die Alternden herum war dieselbe geblieben in unverwelklicher Jugend, und die Fühlfäden ihrer Seele waren nicht stumpfer geworden, wenn sie auch nicht mehr so elastisch erzitterten, wie vor dreißig Jahren.

Da nahm die Gicht in den müde gelaufenen Beinen Adams Platz — und dahin war mit einemale alle Lust, alles Glück, das ihm so lang und so reich geblüht hatte. Wohl zog er nach wie vor zur guten Jahreszeit aus in das liebe Würmthal — einst des Dichters Balde gefeierten Aufenthalt, aber aus der lustigen raschen Fußwanderung war der mühselige Umzug eines Kranken geworden. Wenn er dann Tage lang vor dem Hause saß, war es sein liebster Trost, daß er nach den Wipfeln des Waldes hinübersehn konnte. Nun war es ihm doppelt lieb, wenn ihm etwas von den Gewächsen und Erzeugnissen des Waldes zu Gesicht kam. Darum unterrichtete er andere Spaziergänger, die dem redseligen Alten gern zuhörten, seinen Rathschlägen folgten und dann nicht selten selbst bleibende Freude fanden an dem neuen Geschäfte des Suchens und Sammelns. Wer ihn nicht kannte, mußte ihn lieb gewinnen, wenn er die Freude sah, mit welcher er die Ausbeute musterte, sichtete und reinigte! Jedes eigenthümliche Moosfaserchen, jeder Käfer, und besonders die Schwämme, vom lächerlichen aufgeblasenen Bovist bis zum kleinsten Mückenhut, der auf morschen Tannenstrünken wuchert, und bis zum bläulichen lieblich duftenden Champignon — alle waren ihm alte liebe Bekannte, die er begrüßte, wie einen Freund, den er

lange nicht gesehn und der eigens zu ihm gekommen, weil
er ihn nicht mehr zu besuchten vermochte.

Auch die Gicht war darum nicht im Stande, Adams
frohen Sinn zu brechen, — der beste Beweis, daß die
Ruhe und Heiterkeit seiner Seele nicht bloßer Anstrich,
sondern wirkliche angelebte Farbe der Gesundheit war.
Seine Augen blieben klar und lebhaft, wie sie gewesen,
und blickten in alter Liebe, wenn sie auf seiner Pepi ruh=
ten, die ihm nun eine sorgsame rastlose Pflegerin war,
wie sie ein liebevolles herzliches Weib gewesen.

Die schwerste Zeit brachte immer der Winter. Da
galt es in den kalten Adventnächten jeden Tag früh fünf
Uhr in der Kirche auf dem Chore zu sein, um einen
kärglichen Nebenverdienst nicht zu verlieren. Gerade um
diese Zeit wollten aber Adams Beine den Schmerzensdienst
am wenigsten thun, und es war rührend zu sehen, wie
weder Schmerzen noch Schneegestöber den Alten abhielten,
seine Pflicht zu thun. Der Weg bis zur Kirche hätte für
einen rüstigen Gänger kaum eine Viertelstunde betragen,
Adam hatte an seinem Krückenstocke eine volle Stunde
daran zu schleichen, und doch machte er den Weg unver=
drossen, war selbst der Erste, der seinem Leiden eine muntere
Seite abzugewinnen wußte — und niemals stiegen ihm
die Wolken betrübend bis zum Herzen oder Kopfe hinauf.

Das liebste aber war ihm ein kleines gemiethetes
Gärtchen hart vor dem Stadtthore, das mit ein paar
mächtigen Linden und Eschen besetzt, einen grünen Schlupf=
winkel bildete, der an Wald und Waldluft erinnern konnte,
wie ein Tropfen an die Quelle. Dort war ihm jeder
willkommen, der ein schlichtes Herz und offene Rede mit=

brachte, doppelt wenn er Stimme besaß, um bei den Chören und vierstimmigen Gesängen mitzuwirken, die einen Theil der Unterhaltung jedes Abends bildeten. Lust am Gesange war es, die auch mich dahin führte, und weil meine Stimme dem Alten gefiel, wurde er bald mit Vorzug mein Rathgeber und Lehrer, bald mein Freund.

Eines Abends hatten wir vielerlei durcheinander gesungen und probirt, namentlich von den neuern vielfach verkünstelten Quartetten, so daß wir abgespannt nach Besserem und Befriedigendem verlangten. Man griff nach Haydn — und der Zufall brachte uns den „Greis" in die Hände. Wir sangen das Lied von Adams seinen Bemerkungen geleitet, wieder und wieder, stets mit steigendem Entzücken. Adam aber wurde bei jeder besseren Wiederholung stiller und in sich gekehrter. Als man aufbrach, blieb ich noch eine Weile bei ihm sitzen und beredete die an ihm ungewohnte und darauf auffallende Stimmung. Da erzählte er mir seine Geschichte von dem Liede, wie ich sie wiedergegeben habe.

„Siehst du, so ist mir „der Greis" lieb und werth geworden," schloß er, „und du kannst dir wohl erklären, warum er gerade heute eine so besondere Wirkung auf mich gehabt hat, wo ich selbst schon in den Schuhen meines alten Chorregenten stehe! — Ich habe mich oft an seine letzten Worte erinnert; daß mir „der Greis" Glück bringen werde — und früher habe ich mir oft gedacht, das sei eben doch nur ein frommer Wunsch gewesen und sei nicht in Erfüllung gegangen. Damals war ich aber noch jünger und nahm alles leichter so, wie es sich eben von außen zeigt. Seit ich so viel sitzen muß in Schmerzensnächten, wo ich nicht

schlafen kann, habe ich mir das Leben und Treiben auf
der Welt auseinander gelegt und auch inwendig ein bis=
chen hineingesehn. Seitdem weiß ich erst, daß Lober=
maiers Glückwunsch doch in Erfüllung gegangen ist. Er
hat mir den Weg gezeigt, auf dem es allein für uns
Freuden gibt, die aushalten — das ist der Weg zur
Natur! Er hat mir die Musik mitgegeben auf diesem
Weg, und das ist ein sanfter, redlicher und lieber Führer,
der das Herz weich macht und den Kopf offen. — So
bin ich im Grunde doch glücklich gewesen und bin es noch
— denn auch mein Lebenslauf ist dahin gegangen wie „ein
harmonischer Gesang" — und wenn ich das gewisse Klo=
pfen höre, so hoffe ich gefaßt zu sein und werde „uner=
schrocken" aufmachen!" —

Es kam so — kurze Zeit darnach. Der wiederkeh=
rende Sommer hatte ihn noch einmal in sein Lieblings=
dörfchen an der Würm gelockt — aber er genoß auch die
Aussicht in den geliebten Wald nicht lange. Ein stärkerer
Anfall seines Leidens warf ihn auf's Lager und machte
es zu seinem letzten.

Tags darauf geleiteten ihn viele, die ihm Freund ge=
wesen, auf den kleinen Dorfkirchhof hinüber. Es war
ein herrlicher Tag — die Morgensonne strahlte aus dem
holdesten Blau herunter, als sollte die Natur bei dem letz=
ten Wege ihres kindlichen Verehrers in schönster Fülle
prangen, und wie man ihm einen dicht und voll gefloch=
tenen Eichkranz auf den Sarg legte — da rauschte und
wehte es morgendlich kühl über die blitzende Würm vom
Walde her, als wollten auch die Bäume dort den lang=
jährigen Freund zum letztenmale grüßen!

Ueber dem Hügel sang man ihm den „Greis."

Die Leser aber, die das Lied nicht kennen, mögen eines Abends ihre gesangkundigen Freunde zusammenbitten und es sich vorsingen lassen. Wenn sie dann um Krug, Bowle oder Flasche sitzen und die mächtigen Töne an ihre Herzen bringen, dann mögen sie mit den Gläsern anklingen und an den alten Chorregenten und seinen wackern Schüler denken.

3.

Falkenstein.

1.

Der Abend senkte sich schon mit längern Schatten ins Thal, und die Gipfel des Gebirges begannen von der untergehenden Sonne vergoldet zu werden. Auch auf den Zinnen des Bergschlosses Falkenstein lag noch der röthlich goldene Schimmer, während auf dem Kirchthurme und den Häusern des Dörfchens, das sich hart unter demselben an die steil aufsteigende Felswand hinschmiegte, bereits so tiefes Dunkel ruhte, daß dasselbe kaum gestattete, die niedrigen Giebel von den Baumwipfeln, aus denen sie hervorragten, zu unterscheiden. Es war ein heißer Sommertag gewesen, und die Luft wehte nun um so erfrischender von den Schneegipfeln der Alpen herüber. Auf die ganze Gegend war das Gepräge tiefer erquickender Ruhe, stärkenden Aufathmens nach langer mühseliger Arbeit so unverkennbar ausgegossen, daß die Betglocke des Dorfs, deren Töne auf den Fittichen des Abendwindes leise dahinschwammen, wie die Stimme des ganzen Bergthales anzuhören war, das darin einen gemeinsamen Ausdruck des Gebetes und Dankes gefunden.

Nur im Schloßgarten zu Falkenstein schien diese friedliche Stimmung nicht eingezogen zu sein. Wohl blitzten

die letzten Strahlen der Abendsonne durch das dichte Laub
der hohen Edeleschen, die an der Stelle, wo der Felsen
mit dem Schlosse sich plötzlich absenkte, den Abgrund wie
eine Mauer umstanden: der Strahl des Springbrunnens,
der den engen, zu einem Gärtchen benützten Raum, zierte,
funkelte im Wiederschein der grün einfallenden Lichter
und die steinernen Sitzbänke der Je länger = Je lieber = Laube
waren durch eine Lücke des Gebüsches hell und warm=
sonnig beleuchtet, aber in den beiden Gestalten, die auf
ihnen sich gegenüber saßen, war ein so verdrießlicher Ernst
ausgeprägt, daß der Widerspruch mit der Umgebung jedem
unbefangenen Beobachter augenblicklich bemerkbar werden
mußte.

Die eine dieser Gestalten war ein junger Mann mit
einem hageren Gesichte von unangenehm auffallender Blässe,
und mit ein paar grauen scharf stechenden Augen, die un=
ruhig umherliefen und nur selten wie starr an einem Ge=
genstand hängen blieben. Er war ungemein zierlich: das
sorgfältig weiß gepuderte Haar war kunstreich in eine
runde Locke verschlungen, die Weste umstarrte mit zierli=
chen Goldstickereien das weiß gefältete Jabot, an den kur=
zen Beinkleidern und von den Schuhen blitzten reiche per=
lenbesetzte Schnallen und zwischen den magern, von Rin=
gen strotzenden Fingern drehte er unmuthig eine Taba=
tière von schöner getriebener Arbeit.

Ihm gegenüber saß ein Mädchen, kaum ein wenig
über die Kinderjahre hinaus, aber mit einem Ausdruck
besonnenen weichen Ernstes in den Zügen, der nicht zu
dem jugendlichen Aussehen paßte. Das Gesicht war schmal
und wohlgebildet und schien allen Ausdruck nur von den
großen Augen zu erhalten, die so dunkelbraun waren, wie

das Haar, das sie leicht gescheitelt und ohne Puder den Rücken hinabwallen ließ. Den schlanken Leib umfloß ein einfaches aber reiches Kleid von blauer Seide, um die Mitte von einer gleichfarbigen Schnur in vollen natür= lichen Falten zusammengehalten.

„Enfin," unterbrach der junge Mann das eingetretene minutenlange Schweigen, „enfin, ma chère cousine muß mich für keinen Idioten halten, der solche Dinge glaubt. Das sind nicht die sentiments, die einer Dame von so hoher Extraction zukommen. Nicht heurathen wollen? Eh pourquoi donc? Der souveraine Erbgraf von Fal= kenstein ist doch ohne Zweifel eine Partie..."

„Es gibt nur Einen Erbgrafen von Falkenstein, und der ist mein Vater," unterbrach ihn das Fräulein mit Würde. „Wie oft muß ich Euch das wiederholen?"

„Und wie oft muß ich Euch wiederholen, ma chère cousine," erwiederte der junge Mann, „daß Euer Vater der Erbgraf zu Falkenstein w a r? Daß Falkenstein kai= serliches Manns=Lehen? Daß es, weil Euer Vater zur Zeit der französischen Wirren aus guten Gründen vorzog, das Weite zu suchen, erledigt ist und daß ich als nächster Agnat die Anwartschaft darauf habe? Wenn ich Euch nun meine Hand biete —"

„Mein Vater wird, er kann noch immer zurück= kommen."

„Er mag sich eilen. Morgen um zehn Uhr geht der Termin zu Ende, den ihm der Reichshofrath gegeben hat, um sich von der Anklage der Felonie zu reinigen. Die kaiserlichen Kommissarien sind schon unterwegs. Wenn er aber nicht erscheint und er wird nicht erscheinen —"

„Dann hat mein Bruder noch das Vorrecht vor Euch."

„Euer Bruder?" schrie der junge Mann auffahrend. „So seid Ihr wirklich albern genug, an das Märchen zu glauben? Der ist als Knabe von fünf Jahren gestorben, und liegt unten in der Gruft. Ihr könntet ihn liegen sehn durch den Glasdeckel des Sargs, wenn Ihr nicht entêtirt wär't in Eurem Eigensinn!"

Das Fräulein machte rasch eine abwehrende Geberde, als wollte sie die Vorstellung von ihrem im Sarge lie= genden Bruder, halb aus Abscheu, halb aus Angst von sich fern halten. Der junge Mann schien es nicht bemer= ken zu wollen. Er war aufgestanden und fuhr nun, hart vor dem Fräulein stehend, mit unverkennbarer Bosheit fort.

„Das sind nur Ausflüchte, leere nichtssagende Aus= flüchte! Ma chère cousine weiß so gut, wie ich, daß ich morgen Erbgraf von Falkenstein bin, und ich weiß nicht minder gut, was hinter dieser Weigerung, meine Hand anzunehmen, steckt. Ihr habt den Bauernjungen im Kopf!"

„Was meint Ihr!" rief das Fräulein — doch ihr erglühendes Antlitz verrieth dem Lauernden nur zu deut= lich, daß sie wußte, wohin die Rede ziele.

„Was ich meine?" fuhr der andre mit gesteigertem Hohne fort. „Was anders, als daß ma chère cousine, die hochedelgeborne Grafentochter, es amusant findet, einen Roman mit dem Bauernburschen, dem Sohne des Sebel= bauers, zu spielen!"

Die augenblickliche Verwirrung des Fräuleins hatte rasch ihrer gewohnten Festigkeit Platz gemacht. Sie er= hob sich und sah den jungen Mann mit einem Blicke an, in welchem Stolz und Verachtung so ausdrucksvoll ge= ?t waren, daß er überrascht, noch ehe sie zu reden ??, einen Schritt zurück trat.

„Sobald Ihr," sagte sie dann, „Erbgraf von Fal=
kenstein seid, werde ich Euch, als dem Haupt der Familie,
Rede stehn über das was mir zu thun beliebt; bis Ihr
das aber seid, Vetter, untersteht Euch nicht mehr, in sol=
chem Tone mit mir zu reden, oder Ihr sollt erfahren,
wie ich, wenn auch ein schutzloses Weib, auf eine Belei=
bigung zu antworten vermag!"

„Hoho, Ihr seid unwirsch?" rief der Junker wieder.
„Das zeigt mir erst recht, daß ich den wunden Fleck ge=
troffen habe. Ich habe genug für heute, der Zank führt
zu nichts. Der Bauer mag sich hüten, mir in den
Weg zu laufen; Ihr aber, ma chère cousine, Ihr
sollt morgen dem Erbgrafen Rede stehn — darauf verlaßt
Euch!"

Mit diesen Worten schnippte er die Dose, aus der
er eine Prise genommen, heftig zu, wandte sich um und
verschwand hinter dem Gebüsche, das, zu einem Lauben=
gange ineinandergebogen, gegen den Schloßhof führte.

Das Fräulein war nach seiner Entfernung wieder
auf die Steinbank gesunken, und saß nun, die schönen
schlanken Hände über die Knice gefaltet, in halbgebeugter
Stellung vor sich auf den Sandboden hin; auf ihrer
Stirne aber lag es wie eine trübe Wolke der Wehmuth.

Sie war nicht lange so gesessen, als es ihr gegen=
über hoch in den Zweigen einer gewaltigen Edelesche zu
rauschen anfing: eine Sekunde später theilte sich das dichte
Laub und ein junger stattlicher Mann stand, sich mit
Einem Satz von dem Geäste herunterschwingend, vor der
Ueberraschten.

„Willibald," rief sie stammelnd und verwirrt, indeß
der Angekommene sich mit freier natürlicher Anmuth vor

ihr auf ein Knie niederließ, ihre ergriffene Hand mit zahl=
losen feurigen Küssen überdeckend.

„Ich bin es, Serene," flüsterte er mit gedämpfter
Stimme, als ob er gehört zu werden fürchte — „ich
habe Alles mit angehört. . ."

„Verwegener," hauchte Serena entgegen, „wie kannst
Du es wagen. . ."

„Ich wage nichts," unterbrach sie Willibald. „Nie=
mand ahnt mein Hiersein, niemand hält es für möglich,
die Felsenwand gerade hier, wo sie am steilsten ist, zu er=
steigen. Gönne mir den Augenblick zu Deinen Füßen. . ."

„Wenn mein Vetter zurückkäme. . . ."

„Er wird nicht, ich habe gesehn, wie er ins Schloß
trat mit dem Ortsrichter, der ihm vom Hofe entgegen kam."

„Und wenn auch niemand kommt — was willst Du
hier? Wozu soll das führen?"

„Wozu das führen soll?" fragte Willibald, die Worte
langsam und entschieden betonend, und sich aus seiner
knieenden Stellung erhebend. „Der feine Vetter hat also
nicht umsonst geredet, ich höre in diesen Worten, daß Du
Dir seine Lehre zu Herzen nimmst."

„Nicht diesen Ton, Willibald," erwiederte Serena, die
sich wieder zu sammeln begann, „er kränkt mich und du
thust mir doch Unrecht damit."

„Unrecht? Und doch. . ."

„Komm', setz Dich hier neben mich und höre mich
ruhig an. Es ist nur noch eine Viertelstunde, bis es
völlig dunkel ist — Du darfst nicht säumen, wenn Du
Deinen gefährlichen Weg glücklich zurückkehren sollst."

„Mag's, — ein Fehltritt brächte die Sache auf ein=
mal ins Reine."

„Schäme, Dich..., was hast Du für Grund zu solch' unchristlichen Reden? Worüber klagst Du?"

„Ich klage nicht, wenn Du so mit mir sprichst... Was hast Du mir zu sagen?"

„Höre denn. Ich brauche Dich nicht zu erinnern, daß ich Dir, der seit vielen Jahren mit mir aufwuchs, immer eine freundliche Gespielin, eine treue Freundin war und Du wirst nicht sagen können, daß ich Dich's jemals fühlen ließ, daß zwischen uns beiden ein Unterschied des Standes besteht."

„Wo will das hinaus?"

„Auch jetzt, nachdem die Kinderjahre hinter uns liegen, bin ich, nachdem Du zurückkehrtest von Deiner Wanderung, gegen Dich unverändert geblieben, wie ich vielleicht nicht gesollt. Aber nun wirst Du es begreifen und entschuldigen, wenn ich, nicht in meiner Gesinnung, aber in meinem Betragen gegen Dich eine Aenderung eintreten lasse, die meine Ehre erfordert... wir dürfen uns nie mehr auf solche Weise sehn, diese Unterredung muß die letzte sein."

„Die letzte?" murmelte Willibald zwischen den Zähnen. „O ich begreife, ich entschuldige! Was hätte ich einzuwenden, ich armer gemeiner Knecht aus der niedrigsten Hütte da drunten? Zum Spielzeug, zum Zeitvertreib war der Bauernjunge gut genug, das verbot die Ehre nicht.. aber nun.. o es ist ja vollkommen klar, vollkommen begreiflich!"

„Willibald!" rief Helene begütigend inzwischen, doch der Erzürnte fuhr fort zu toben: „Ich muß es mir ja gefallen lassen! Muß mich noch bedanken für den gnädigen Spaß? Ich will aber nicht — ich will nicht, sag ich Dir,

Du schöne gleißende Schlange, falsch wie alle andern von
diesen Menschen, die sich mehr dünken, als wir! Warum
hast Du mir den Himmel gezeigt, wenn es mein Fluch ist,
ihn nie zu erreichen? Aber wenn es mein Fluch ist, so
sei's von nun an auch der Deine! Du hast recht gesagt,
Serena, diese Unterredung ist unsere letzte .. geh' Du
Deinen Weg in der Höhe, aber finde nie, was Du jetzt
von Dir stoßest, weil es ein Bauer in der Brust trägt,
ein Herz, das Dich liebt, wie ich Dich geliebt habe!"

Ehe Serena zu antworten, oder ihn aufzuhalten ver=
mocht hatte, schwang sich der Jüngling über den Felsenrand
unter den Büschen hinab. Aufschreiend stürzte Serena
dahin und horchte nun mit ängstlicher Anstrengung dem
Knistern und Brechen der Aeste und Zweige, das immer
tiefer, immer ferner und immer schwächer zu vernehmen
war. Nachdem es stille geworden, raffte sie sich gewaltsam
empor, und schritt wankenden Fußes und Thränen im Auge
aber fest und ruhig im Herzen durch die inzwischen herein=
gebrochene Nacht dem Schlosse zu.

2.

Um dieselbe Zeit war unten im Dorfe in einem der
äußersten Häuser noch Licht, während in den übrigen allen
die Dunkelheit bereits seit geraumer Zeit entnehmen ließ,
daß die Bewohner von der Mühe des Tages ausruhten.
Es war ein ansehnliches Bauernhaus, und in der sauber ge=
fegten, getäfelten Stube sah es traulich und einladend aus.

An dem großen Eichentische in der Einen Ecke, über
welcher ein Cruzifixbild unter einigen verdorrten Blumen=
kränzen angebracht war, saß ein alter Bauer mit halb
kahlem Scheitel, von dem nur zu beiden Seiten an den

Schläfen dünnes silberweißes Haar herabfiel. Die Züge des kräftig geformten und sonnengebräunten Gesichtes kündigten ein entschlossenes Gemüth an und das dunkle Auge, das unter den weißen buschigen Augenbrauen vorleuchtete, widersprach diesem Ausbrucke nicht.

Ihm gegenüber saß ein noch älterer Mann, dessen dunkles faltiges Gewand den Klostergeistlichen erkennen ließ, und dessen weißer Bart lang und breit auf die Brust herabhing.

Durch das eine Fenster der Stube, welches geöffnet war, klangen die letzten Schläge des Abend=Gebetläutens herein, und der Mönch beendigte eben die andächtige Pause, in der beide versunken gewesen, indem er das kahle Haupt mit dem kleinen Lederkäppchen bedeckte und seinem Gesellschafter den üblichen guten Abend bot.

Nachdem dieser den Gruß erwidert und die auf dem Tische stehenden Weingläser nochmal gefüllt hatte, fuhr der Mönch in dem zuvor abgebrochenen Gespräche fort.

„Wie ich Euch sage, Sedelbauer," sprach er. „Der liebe Gott verlangt von uns armen und schwachen Menschen nie so Besondres und Ungewöhnliches. Er hat uns den Verstand in den Kopf und das Gewissen in die Brust gelegt, und wer die brauchen will, findet immer das Rechte, was er zu thun hat, heraus."

„Es kann aber doch absonderliche Fälle geben," meinte der alte Bauer.

„Nichts für ungut," erwiderte jener, „aber ich glaub's nicht, und wenn einer wirklich schwankt, und nicht gleich weiß, welchen Weg er gehen soll, so soll er nur das thun, was für ihn das Nächste ist; was er in redlichem Gemüth für die Gegenwart für's Beste hält. Das soll er thun

und nicht viel kopfbrechen und klügeln und voraus berech=
nen für die Zukunft — denn die steht ja doch nicht in
seiner Macht, sondern in der Hand dessen, der Alles wohl
zu machen weiß, wenn's auch noch so bedenklich aussieht."

Der Bauer wollte eine Einwendung vorbringen, aber
er konnte nicht dazu kommen, denn der Mönch war, wie
man sagt, in den Zug gekommen, und fuhr eifrig fort:
„Das ist die Wahrheit, mein Freund und der heilige
Kirchenvater Cyprianus schon hat es gesagt. Hab' es auch
immer erprobt gefunden, mein ganzes langes Leben lang.
Es ist, Ihr könnt mir's glauben, manch Einer zu mir
gekommen, und hat sein Herz und seinen Kummer vor
mir ausgeschüttet, wie ihm die eine Pflicht das, und die
andere das zu thun gebiete, und wie er nun nicht wisse,
welche er erfüllen solle, weil er es nicht könne, ohne die
andere zu verletzen: ich hab' einem jeden den gleichen Rath
gegeben, und ich weiß keinen, der ihn befolgt, und dann
nicht hinterher gekommen wär', um mir zu danken."

„Ich weiß auch davon zu reden," meinte der Bauer,
dem Mönche über den Tisch hinüber die Hand bietend,
die dieser ergriff und treuherzig schüttelte.

„Das ist's auch," fuhr er fort, „was mich freut, und
warum ich mir von meinem Abt ausgebeten habe, daß er
mich nicht im Kloster ließ, sondern hinausschickte unter die
Leute, um ihnen ein Freund und Berather zu sein. Will
auch aushalten dabei, so lang meine Kräfte es erlauben —
und dann will ich heimgehn in meine Zelle, und die
paar Tage, die mir etwa noch übrig bleiben, anwenden,
auch an mich zu denken und mich zur großen Reise in die
noch engere Zelle vorzubereiten. — Ihr aber," fügte er
aufstehend hinzu, „nehmt Euch das auch zu Gemüth, was

ich gesagt habe. Es will mich bedünken, daß Ihr was auf
dem Herzen habt; ich hab's wohl gemerkt, daß Ihr immer
davon anfangen und mich um Rath fragen wolltet." „Ihr
habt's beinahe errathen," unterbrach ihn der Bauer mit
eigenthümlichem Lächeln. „Ich habe da heut in dem alten
Historienbuch, das Ihr mir gabt, die Geschichte von einem
Mann gelesen, der sich zu Tode martern ließ, um sein
gegebenes Wort zu halten. Er hätte nur zu reden gebraucht, um sich Gut und Geld zu erwerben, und hätte nicht
einmal Jemand Schaden gethan. Was sagt Ihr? War das
Recht?" — „Recht war's gewiß," erwiderte der Mönch:
„aber wohl kaum, was man in der Welt klug nennt.
Worthalten ist eine heilige Sache — auf dem Worthalten
beruht die ganze Welt." — „Ihr sagt also," fragte der
Bauer wieder, und sein Auge hing fest an dem des Pa-
ters — „Ihr sagt, man muß immer Wort halten?" —
„Das sag ich." — „Wenn nun einer großes Unheil dadurch verhüten könnte, wenn er ... „Sein Wort bräche?
Nicht doch — es soll keiner der Vorsehung vorgreifen
wollen. Wer sein Wort gegeben, der halt' es, das Unheil
abzuwenden steht in Gottes Hand. Den Rath würde ich
einem solchen Manne geben: nehmt ihn auch für Euch,
wenn Ihr was inwendig zu verarbeiten habt! Seht, wie
Ihr in Euch fertig werdet und wenn's geschehen ist, dann
sagt's, daß ich mich mit Euch freue. Und nun gute Nacht
— es ist schon spät und mir thut Ruhe Noth."

Unter diesen Reden waren beide vor die Thüre der
Stube getreten und standen nun unterm Hausthore, das
der Bauer dem Mönche, der jede weitere Begleitung ab-
lehnte, öffnete. Dann trennten sie sich, indem dieser in
die Nacht hineinschritt, die ihn bald verhüllte, während

7*

jener noch einen Augenblick auf der Schwelle steh'n blieb, und zum Himmel emporsah, an dem eben aufziehende dichte Wolken die Sterne zu verhüllen begannen. Sein ganzes Wesen verrieth innere Unruhe, die nun, da er sich allein befand, um so stärker sichtbar wurde. „Die Nacht ist unheimlich finster," sprach er leise vor sich hin — „es ist, als ob ein Gewitter heraufzöge! Dort, gerade hinter dem Schlosse ballen sich die Wolken wie ein Gebirg zusammen ... der Herr behüte uns alle in Gnaden — es stehn ohnedem genug Wetter über uns! Ich will aber dem Pater folgen, will Gott die Sorge überlassen für das, was kommen soll — und will thun, was mir nach meinem besten Wissen das Nächste ist und das ist ... Wort halten!"

Etwas beruhigter, wie man es nach jedem Entschlusse ist, weil durch denselben die Beängstigungen des Zweifels von der Seele genommen werden, wollte der alte Mann in das Haus zurückkehren, als der Hall eilender Schritte, die durch die stille Nacht weithin vernehmbar waren, und in der Richtung gegen das Haus zu näher zu kommen schienen, ihn veranlaßte, inne zu halten. Das geübte und noch ungeschwächte Ohr des Bauers hatte sich auch nicht getäuscht — die Schritte kamen immer näher und nach einigen Augenblicken stürmte eine dunkle schlanke Gestalt in das Gehöft, und stand, mehr als dieser überrascht vor dem Greise. „Woher so hastig und so spät, Willibald?" fragte dieser mit einem Tone, der wie ein Vorwurf klang, und hob die Leuchte, die er in den Händen trug, so, daß ihr volles Licht auf das Angesicht des jungen Mannes fiel. Dieser antwortete nicht, der Alte aber, der die Blässe seines Gesichtes und den zerstörten Ausdruck seines Blicks wahrgenommen, ergriff ihn fest

und wie gebieterisch bei der Hand, und sagte, indem er
ihn in die geöffnete Thür nach sich zog, mit ernstem rasch
veränderten Tone: „Komm' ins Haus und in die Stube —
hier ist kein Platz zu Erörterungen." Mechanisch folgte
Willibald und sank in der Stube ebenso auf die Bank,
den Kopf in seine auf die Kniee gestützten Hände schwer=
müthig herabsenkend. Eine kleine Weile blieb der Alte,
der die Leuchte auf den Tisch gestellt, vor ihm stehn und
sah ihn mit ruhigem durchbringenden Blicke an. „Was
geht mit Dir vor, mein Sohn?" begann er dann, als er
sah, daß dieser in seinem Schweigen verharrte, mit etwas
gemildertem Tone. „Ich sehe es schon seit geraumer Zeit
mit an, daß etwas Besondres in Dir sich regen muß.
Du darfst nicht glauben, daß ich die Dinge nicht sehe,
weil ich nicht Alles gleich berede. Du hast die Lust zur
Arbeit verloren, Du treibst dich den halben Tag draußen
im Feld und Wald herum, als wärst Du ein Jäger oder
was Du gewesen, ein Kriegsknecht — Du bist nicht mehr
munter und zutraulich, wie Du es immer gegen mich
warst, Deine Augen sind matt und Deine Wangen blaß ..
Sprich, mein Sohn, wirst Du mir nicht erklären, was
mit Dir vorgeht?"

Der Sohn saß unbeweglich in seiner gebeugten Stel=
lung und erwiederte nichts.

„Du antwortest mir nicht?" fuhr der Vater fort.
„Ich kann nicht glauben, daß Du das Zutrauen zu mir
verloren hast — ich muß also denken, daß Du Grund
hast, Dich dessen, was Dich bedrückt, vor mir zu schä=
men. Ich will Dir daher das Bekenntniß ersparen und
Dir, damit Du siehst, daß das Alter meine Augen noch
nicht stumpf gemacht hat, Deine Thorheit im Spiegel

zeigen. — Du kommst aus dem Schlosse von dem Fräulein! Glaube nicht, daß es mir entging, daß der Antheil, den Du an ihr nimmst, seit Deiner Rückkehr ein wärmerer geworden ist, als Dir zusteht! Ich kenne auch den unbesonnenen Kletterer recht gut, der manchen Abend die Felsenwand des Schloßberges hinansteigt, um das Fräulein zu sehn. Du kannst auch überzeugt sein, daß ich schon lange mit Dir darüber geredet und Dich von Deiner Thorheit abgehalten hätte, wenn ich das Fräulein nicht so genau kennte und nicht wüßte, daß sie Deine Ueberspanntheit gewiß nicht theilt und daß der Augenblick nicht mehr ferne ist, wo sie sich vermählen und Deinem kindischen Betragen für immer entrückt sein wird."

„Vater!" rief Willibald unter den Händen hervor und seine Brust arbeitete wie von krampfhaftem, mit Gewalt unterdrücktem Schluchzen erschüttert.

„Ich hab' es gesagt," wiederholte dieser. „Dein Betragen ist kindisch. Weil Du in der Kindheit mit dem Fräulein zusammen sein und spielen durftest, bildest Du Dir ein, Du habest auch jetzt, wo Ihr beide erwachsen seid, ein Recht auf den alten Umgang und die alte Vertraulichkeit und denkst nicht daran, daß sie weder eine Bäurin, noch Du ... ein Graf werden kannst."

In Willibalds Seele flammte es. Nachdem die Schranke des Geheimnisses gefallen war und er sich an keine Rücksicht mehr gebunden sah, stand seine Liebe zu Serenen in ihrer ganzen Reinheit und Stärke vor seinem Bewußtsein, und er scheute sich nicht mehr, sie offen zu bekennen. „Und wäre sie aus dem höchsten Geschlechte der Erde — ich liebe sie, mein Vater!" rief er auflodernd, „und nur mit dem Tode wird diese Liebe enden!"

„Das wäre sehr traurig," erwiederte kopfschüttelnd und mit besorgter Miene der Vater, „aber ich glaube es nicht. Ich kenne Dich besser als Du Dich selbst; darum weiß ich, daß Du es über Dich gewinnen, Dich zusammen nehmen und dann selber bald einsehn wirst, wie thöricht Du warst."

„Das Leben hat keine Freude für mich!" rief Willibald, „wenn ich Serena nicht mehr denken soll. Der Gedanke an sie kann mich zu Allem treiben und fähig machen, ohne sie will und kann ich nichts. Soll ich denn nur da sein, um zu essen und zu arbeiten? Ein solches Leben ertrag ich nicht!"

Bekümmert sah der Alte den Jüngling an: er mochte sich die Leidenschaft noch nicht so stark, noch nicht so zum Widerstande gereift gedacht haben und schien nun die Mittel zu überlegen, die ihm dagegen zu Gebote stünden. „Armer Junge, wenn's so steht, dauerst Du mich," sagte er mit einem schlecht verhehlten Seufzer. „Es ist ein schönes mächtiges Gefühl, wenn es zum erstenmale warm wird im jungen Herzen, und es kann Vieles möglich machen, was sonst unmöglich ist — Dir aber ist dieses Loos nicht bestimmt! Ich sehe jetzt ein, daß es besser gewesen wäre, die Sache nicht so weit kommen zu lassen, — mindestens hätte ich dann Dir und mir erspart, zu einem Mittel zu greifen, das Dich gewiß, aber nur sehr schmerzlich zur Besinnung bringen wird."

Willibalds Auge hing forschend an dem des Vaters. „Du wirst," fuhr dieser fort, „Dich vielleicht in Deinem Gemüthe, wie junge Leute und Liebende pflegen, mit Plänen und Vorstellungen ergötzt haben, wie Du Dich auf irgend eine Art hervorthun und emporschwingen wolltest, um dann als ein ebenbürtiger Bewerber um Serenens Hand auftreten zu können. — Das Alles sind mindestens für Dich leere Luftgebilde. Und wenn Du in diesem Augenblicke reich, geehrt und als der Sprößling eines der edelsten Häuser im Lande dastündest — es wäre umsonst. Serena könnte nie und nimmer die Deinige sein!"

„Warum, mein Vater?" stürmte Willibald empor. — „Nenne mir das Hinderniß, damit ich es vernichte. Ich scheue keines!"

„Dazu hab' ich keine Macht — ein Eid bindet meine Zunge! Das aber kannst Du wissen, daß über dem Hause des Erbgrafen von Falkenstein ein unheilvolles unburchdringliches Geheimniß ruht, das den Segen und den Frieden aus seinen Hallen scheucht, und das vielleicht .. wahrscheinlich nie sich enträthseln wird!"

Willibald mochte, wie alle Bewohner der Umgegend wohl auch schon von den geheimen Begebenheiten gehört haben, mit denen das Gerede über die Herren von Falkenstein sich trug, und mit denen es das unerklärte Verschwinden des letzten Erbgrafen in Verbindung brachte — darum traf ihn das Gewicht der väterlichen Worte doppelt und er verstummte im Gram, weil er nur zu gut wußte, daß sein Vater so etwas nicht sagen würde, wenn es nicht die Wahrheit wäre, und daß ebenso alles Dringen in ihn um nähere Aufklärung ein vergebliches sein würde. Wie von selbst glitt seine eine Hand in die Tasche seines Kollers und holte daraus ein sorglich zusammengelegtes Papierchen hervor, das er zwischen den bebenden Fingern drehte.

Der Vater, der sich einen Augenblick abgewandt hatte, bemerkte, indem er wieder näher trat, das Papier. Ein entsetzlicher Gedanke fuhr ihm durch den Kopf, und ehe Willibald sich dessen versah, hatte er ihm dasselbe entrissen und geöffnet. Er fand nichts darin, als ein unscheinbares weißlich aussehendes Pulver. „Was soll dieß in Deinen Händen?" frug er mit vor Aufregung bebender Stimme. „Du denkst daran, Hand an Dich selber zu legen?"

Willibald schwieg, stumpf vor sich hinstarrend.

„Ist es möglich," begann der Alte wieder — „daß mein Sohn sich so weit vergessen, so tief sinken konnte? Ich will Dir nicht sagen, daß Du kein Recht hast, das Leben, das Du Dir nicht gegeben hast und dessen Zweck und Ende nur der Herr kennt, frevelhaft abzukürzen; ich will Dir nicht sagen, daß es Sünde, himmelschreiende Sünde gegen das bestimmte Gebot Gottes ist — ich will Dich nur fragen, was Du von einem Soldaten denken würdest, der seinen Posten verläßt, weil er ihm unangenehm oder wohl gar gefährlich dünkt? Ich meines Theils halte ihn für einen Elenden, für einen Feigen! Du warst selbst Soldat — frage Dich selbst um Deine Antwort und dann geh' hin und lege Hand an Dich! Dieß Pulver behalte ich, damit mir, Du magst nun thun, was Du willst, kein Theil daran zugerechnet werden kann — der Weg ist Dir darum nicht verschlossen, laß den Säbel, den Du mit Ehren getragen, Dir den Dienst erweisen, oder schieße Dir eine Kugel vor den Kopf; Du hast die Wahl, jetzt kann ich Dich noch bedauern, weil ich Dich liebe — von Dir hängt es ab, ob ich in Zukunft mit Verachtung an Dich denken soll!"

Damit ergriff der alte Mann, der hoch aufgerichtet, Willibald die zürnenden Worte entgegengeschleudert, die Leuchte vom Tisch und verließ die Stube.

Willibald blieb brütend und im schweren Zwiespalt seines Gemüths eine Weile im Dunkel sitzen; dann erhob er sich auch, um sein Lager zu suchen, auf dem ihn der grauende Morgen noch schlaflos, aber entschlossen fand. Das Wort des Vaters hatte nachgeklungen in seinem Innern, und er war bereit, das Kommende zu ertragen.

3.

Am andern Morgen war ungewöhnliches Leben in dem alten Bergschlosse Falkenstein. Der Felsensteig, welcher zu demselben hinanführte, war von Landleuten bedeckt, die alle von weit her herbeigeeilt kamen, um zu erfahren und Zeuge zu sein, wie über Ihren Gebieter und Herrn Gericht gehalten werde und wer von nun an über sie herrschen solle. Der niedrige breitgewölbte steinerne Thorbogen hallte vom Waffengeklirr der Reiter wieder, welche mit den kaiserlichen Kommissarien noch spät in der Nacht eingetroffen waren, und nun die Zugänge des Schlosses besetzt hatten. Ein verlassenes Kämmerchen neben dem Thorbogen hatten sie schnell zur Wachstube eingerichtet, und saßen nun da trinkend und plaudernd und die Ankommenden musternd, hie und da auch einem Mädchen, das sich unter diesen befand, ein keckes Witzwort zurufend. Die Gruppe der Soldaten in ihren breit zurückgeschlagenen Röcken mit den hohen, bis auf die Kniee reichenden Stiefeln, gleichen Handschuhen und dem großen, einem breiten Bandelier getragenen Pallasch, bildete den Gegensatz zu den Formen des Schlosses, das mit

seiner ächt mittelalterlichen Bauart, seinen Zacken und
Zinnen, wie zurückgeblieben in eine neuere Zeit hereinsah
und unwillkührlich auf den Gedanken brachte, wie nun
das Geschlecht, das in jenen Räumen hauste, als noch
das Ritterthum blühte und noch Pulver und Kugeln nicht
an die Stelle von Bolzen und Pfeilen getreten war, noch
vor ihnen vollends zu Ende gehe.

Beim Eintritt in den Schloßhof trat die Schönheit
des Schlosses in seiner alten Bauart erst recht lebendig
hervor und noch jetzt, da die Zerstörung lange darüber
hereingebrochen und nur ein Trümmerhaufen übrig geblieben ist, wird dasselbe als Muster dieses Stils bewundert.

Vom Schloßhofe führte eine schmale gewundene Treppe
in den großen Rittersaal, dessen hohe gewölbte Fenster in denselben herniedersahen und wovon zwei auf einen Söller mit
schön behauenem Steingeländer führten. Im Saale selbst war
schon um neun Uhr Morgens eine so große Volksmenge
versammelt, daß er sie kaum zu fassen vermochte und noch
strömte es durch das Thor beinahe ununterbrochen herein.
Im Hintergrunde des Saales war eine Estrade errichtet,
auf der sich eine lange grün behangene Tafel mit hohen
Lehnstühlen hinzog und den Sitz des Gerichts erkennen
ließ. Hinter demselben war an der Wand der Reichsadler
angebracht.

Unter der Volksmenge, ganz vorne an den Schranken,
welche vor der Erhöhung angebracht waren, stand der alte
Sebelbauer Wallner, und sah mit trüben tiefsinnigen
Blicken vor sich hin, ohne sich durch das Gerede irre machen
zu lassen, das hundertstimmig, gleich dem Gebrause eines
Wassersturzes, um ihn herum ertönte. Dieses Gerede hatte
von allen Seiten nur Einen Gegenstand — nämlich das

bevorstehende Gericht und die Schicksale des Grafen Falken=
stein, über dessen Namen, Habe und Ehre heute ent=
schieden werden sollte.

„Wie ich Euch sage, Guntram," sagte ein großer breit=
schulteriger Mann zu seinem Nachbar, einem kleinen ge=
schmeidigen, etwas buckligen Männchen hinüber, das der
anhängende Scheersack als den Baber des Dorfs kenn=
zeichnete. „Der alte Graf kann noch immer wieder kom=
men. Er war ein gar lieber leutseliger Herr, und nie=
mand glaubt's, daß er fähig gewesen, an Kaiser und Reich
zum Verräther zu werden. Er wird irgendwo verborgen
leben, bis seine Unschuld an den Tag kommt." — „Ei
was," rief der Baber mit hastiger knarrender Stimme
entgegen, „Unschuld an den Tag kommen! Jetzt nach
achtzehn Jahren! Wenn er sich rechtfertigen könnte, hätte
er wohl nicht so lange zugewartet, und es bis auf den
letzten Augenblick anstehen lassen, wo sein Hab und Gut
seinem einzigen Kinde verloren gehen soll. War es doch
schon im Jahre 1692, daß die Franzosen Heidelberg an=
gezündet und das schöne Schloß mit Pulver gesprengt haben,
liegt doch der Friede von Ryswick schon dazwischen und
ist nun schon bald wieder zehn Jahre, daß wegen der Erb=
folge in Spanien Krieg geführt wird! Zeit genug, seine
Unschuld zu beweisen, wenn er es gekonnt hätte!" —

„Es ist aber doch möglich," fuhr der zuerst Redende
wieder fort. „Ich glaub's einmal nicht, daß der Graf
ein Verräther war!"

„Und warum nicht? Weil er gegen Euch Bauern immer
freundlich war und Euch die Haut nicht ganz über die
Ohren zog? Oder weil er ein Eisenfresser war, der seine
Dragoner herumfuchtelte, wenn sie sich einmal ein kleines

Plaifir machen wollten, daß sie nach Gott schrieen? Ihr
Bauern seid und bleibt unverständige Menschen und werdet
nie etwas von der Politik begreifen. Der Graf kann trotz=
dem aus statistischen Gründen bei der Uebergabe von
Heidelberg einverstanden gewesen sein."

„Aber," mischte sich ein bärtiger Gesell in's Gespräch,
dessen Art und Kleidung errathen ließen, daß er Soldat
gewesen — „war es denn nicht der Commandant Heiders=
dorf, der die Feste ohne Noth übergab? Und ist er nicht
dafür mit einem Fußtritt aus dem Deutsch=Orden gestoßen,
und nachdem ihm der Degen zerbrochen und um's Maul
geschlagen worden, auf einem Schinderkarren im ganzen
Lager der Reichsarmee herumgeführt worden? So hab'
ich's all meine Tage erzählen hören und ich bin doch selbst
damals in der Nähe gewesen, und mit dem Markgrafen
Ludwig von Baden aus Ungarn herbeimarschirt, um dem
bedrängten Schwabenland zu helfen."

„Mag alles sein, mein werther Freund," erwiderte
etwas gereizt über den unerwarteten Widerspruch, der
Baber. „Demungeachtet kann ich Euch für gewiß ver=
sichern, daß der Graf Falkenstein damals als Oberst von
Macdonald Dragonern in Tübingen stand, und daß es
ihm ein Leichtes gewesen wäre, herbeizukommen, und den
Ruin der Stadt und des schönen kurfürstlichen Schlosses
zu hindern."

„Nun, wir werden ja sehen, was das Gericht ver=
handelt," fügte ein Vierter bei. „Wer weiß auch, ob der
gute Graf nicht schon lange todt ist, daß er also weder
zurückkommen, noch sich vertheidigen kann."

Wallner hatte all das Geplauder mit halbem Ohre
angehört, ohne sich zu regen; bei dieser letzten Aeußerung

aber flog es wie ein plötzlicher Schrecken über ihn, und er konnte sich nicht enthalten, den Sprechenden einen Augenblick anzusehn; schnell jedoch ermannte er sich wieder und sah starr vor sich hin, wie erst.

Gleichwohl war der Blick nicht unbemerkt geblieben, und hatte die Folge, daß das Gespräch nun mit gedämpfter Stimme weiter geführt wurde. „Wir würden bald wissen, was an der Sache ist," flüsterte der Bauer dem Soldaten zu, „wenn der da reden wollte." Dabei winkte er mit den Augen pfiffig auf Wallner hin. „Er ist beim Regimente des Grafen, und immer in absonderlicher Gunst bei ihm gestanden — er muß um Alles wissen. Aber er ist ein Geheimnißkrämer und thut immer als wär' er zu hoch, um mit unser Einem, wie's Brauch ist, von Krieg und Frieden zu plaudern."

Während dieß unten vorging, waren durch eine Seitenthüre drei Männer auf die Estrade eingetreten, in deren Einem wir den jungen Mann wieder erkennen, der die Anwartschaft auf das Lehen Falkenstein und auf die Hand der jungen Gräfin hatte. Er war in eifriger Unterhaltung mit seinem Gefährten, einem höchst zierlich gekleideten, etwas ältern Manne, mit von Ausschweifungen entnervtem ausdruckslosem Gesichte. „Ich verlasse mich in diesem Punkte ganz auf Sie, mon cher Marquis. Die Franzosen sind unstreitig die maîtres in allen Affairen von Geschmack und Elegance. Sobald das Schloß mein ist, werde ich dafür sorgen, daß es eine andere Gestalt bekomme. „Fort bien, Monsieur le Comte," näselte der Andere entgegen. „Sie werden sehr wohl daran thun. Fi donc, was für eine Bauart! Diese Thürme, diese Ecken und Spitzen und Zacken — sie stechen einen ordentlich in

die Augen. Ich werde Ihnen einen Baumeister aus Paris
recommandiren: un de mes amis — der wird das Schloß,
ce vieux chateau feudale, umgestalten in ein Palais dans
le grand style de Versailles!" „Bien obligé, mon cher
Marquis," erwiderte der junge Graf. „Wär' ich nur schon
in Besitz und Eigenthum des Schlosses," fügte er mit
einem Seitenblicke auf den Dritten zu, der bisher · noch
kein Wort gesprochen, und inzwischen von einem der
Fenster aus, an das sie getreten waren, die Schloßgebäude
gemustert hatte. Es war ein hageres blasses Männchen
mit etwas gekrümmtem Rücken, auf dem ein kurzes Män=
telchen nach spanischem Schnitte hing, das sonderbar ab=
stach gegen die große französische Allonge=Perücke, mit der
die kleine Figur gekrönt war. Es war der Schreiber des
Gerichts, der Bakkalaureus Haselwanger. Er verstand
sehr wohl, was der Blick des Grafen zu bedeuten hatte,
und verfehlte nicht, pflichtschuldigst zu betheuern, wie es nach
seinem Dafürhalten keinem Zweifel unterliege, daß der
Herr Graf noch heute die offene Anwartschaft auf das er=
öffnete Lehen haben werde. — „Und die Bestätigung des
Kaisers," fragte der Graf. — „Wird einem Cavalier wie
Eure hochgräfliche Gnaden nicht schwer zu erwirken sein!
Seine Majestät unser allergnädigster Kaiser Josephus
primus, den Gott erhalte! ... ist ein zu einsichtsvoller
Regent, um nicht Euren Verdiensten volle Gerechtigkeit
widerfahren zu lassen. Zudem werden in dem lustigen
Wien gar viele sein, die sich's zur Ehre rechnen, wenn sie
bei Serenissimo für Eure Gnaden interzediren dürfen." —
„Wird mir lieb sein, Herr Sekretarius," entgegnete der
Graf, „doch meine ich, es habe bereits zehn Uhr geschlagen;
laßt uns gehn, die Herren Commissarien herzugeleiten."

Beistimmend folgte der Marquis der Einladung, während der Sekretarius mit einem tiefen Bückling bei Seite und an das untere Ende der langen Tafel trat, welches ein gewaltig großes Schreibzeug als seinen Platz bezeichnete.

Im Saale trat unter der bewegten Volksmenge einen Augenblick auflauschende Stille ein, veranlaßt durch die Entfernung der beiden Herrn, indem daraus entnommen wurde, daß nun der Beginn der bevorstehenden Feierlichkeit und damit Befriedigung der Neugierde in Kürze zu erwarten sei. Bald trat jedoch die frühere brausende Unruhe wieder ein, indem die Anwesenden sich erzählten, daß der Kleinere der beiden Herrn der künftige Schloßbesitzer und Herr sei, daß er im Aeußern dem alten Grafen, seinem Vetter nicht ähnlich sehe und daß er ihm auch an Milde und Güte des Gemüths sehr ungleich sein solle. „Schade," rief der Bauer, der neben dem Baber Guntram stand. „Jammerschade, daß das brave Fräulein nun so leer abziehn muß aus dem Schlosse, wo sie geboren und daheim ist, und daß das edle Grafenhaus so zu Ende geht!" — „Damit hat's auch seine eigene Bewandtniß," entgegnete ein andrer und ich meine immer, der alte Sebelbauer dort könnte uns auch darüber reinen Wein einschenken, wenn er wollte! Es war doch ein Sohn des Grafen da, ein feines Bübchen, älter als das Fräulein und weiß Niemand recht, wie es zuging, daß er nach seines Vaters Entfernung so rasch und unvermuthet starb..." „Dummer Schnack," eiferte der Baber dazwischen, — „das weiß niemand besser als ich. Hab' ich doch das junge Herrlein gesehen und untersucht, ob es todt sei und bin dabei gewesen, wie es in der Gruft in der Schloßkapelle beigesetzt worden. Ihr seid nun einmal darauf ver=

feffen, ihr Bauern, überall etwas Befonderes zu finden. Gefchieht es nie, daß einem von Euch das einzige Kind oder der einzige Sohn ftirbt, und daß eins heute roth und morgen todt ift?"

In diefem Augenblick wurde das Gefpräch durch den Eintritt des Gerichtshofs unterbrochen. Die Lehensver= handlung ging vor fich. Der Gerichtsfchreiber verlas das Dekret des kaiferlichen Reichshofraths, durch welches der Graf Richard von Falkenftein zu Falkenftein befchuldigt war „die Uebergabe der Stadt und des Schloffes Heidel= „berg an die Franzofen, da er doch, nach dem bereits er= „folgten Ausfpruche des Kriegsgerichts, vollkommen im „Stande war, es zu thun, nicht verhindert und dadurch „das Crimen Feloniae gegen feinen Allergnädigften Lehens= „herrn den Kaifer begangen zu haben." Daffelbe fchloß mit der Aufforderung an den Grafen, fich binnen fechs Monaten vom Tage des Dekrets an Vormittags zehn Uhr in dem Schloffe Falkenftein zu feiner Vernehmlaffung und Verantwortung hierwegen „vor Sr. kaiferlichen Majeftät „eigens abgeordneten Commiffarien zu ftellen, widrigenfalls „gegen ihn als gegen einen Ungehorfamen verfahren und „nach kaiferlichen Lehnrechten weiter erkannt werden würde."

Nach der Verlefung erklärte der Commiffarius, daß die dem angefchuldigten Grafen angegönnte Frift abgelaufen fei und befahl dem Gerichtsfchreiber, unter Trompeten= fchall die letzte nochmalige Aufforderung ergehn zu laffen. Da fchmetterten die Trompeten vom Söller des Saales und von den Schloßzinnen in drei gemeffenen Abfätzen herunter, daß der Schall weithin zu vernehmen war, und zwifchen jedem Abfatze wurde die Aufforderung hörbar, Graf Falkenftein oder wer fonft für denfelben das Wort zu führen im Sinne habe, solle erscheinen. Athemlose Stille lag auf der ganzen Versammlung und pochenden Herzens hofften Alle darauf, daß sich eine Stimme erheben würde — aber Alles blieb stille und kein Fürsprecher erschien.

Der alte Sebelbauer lehnte regungslos in einer Ecke des Saales an der Wand, die beiden Hände vor das Gesicht geschlagen und seine Brust bebte sichtbar vor der Gewalt innerer Bewegung.

Nach kurzem Zwischenraume wurde das Urtheil verkündet. Dasselbe erklärte den Grafen als schuldig der Felonie und deßhalb Schloß Falkenstein als nur in der Mannslinie erbliches Reichslehn mit allem Zugehörigen für verwirkt.

Als die Verlesung des Spruches beendigt war, lastete auf der versammelten Menge wieder einen Augenblick die Stille des Todes, nur Ein Ton, der wie gewaltsam unterdrücktes Schluchzen klang, ward im Saale vernehmbar. Er war aus der Brust des Sebelbauers gedrungen, der sich rasch abwandte und hastig den Saal verließ.

4.

Der Gerichtshof erhob sich und das Volk, im hundertzüngigen Gespräche drängte dem Ausgange des Saales zu.

Da erscholl plötzlich vom Schloßhof herauf gewaltiges Geschrei. „Mörder, Mörder," riefen viele Stimmen verwirrt durcheinander. „Greift ihn, haltet den Mörder!" „Was ist geschehen?" rief der kaiserliche Commissarius, rasch auf den Söller trat, mit lauter Stimme hin. — „Der junge Graf Falkenstein liegt drinnen im

Schloße" — rief ein Diener entgegen — „von einem Bauer erstochen! Da bringen sie den Burschen eben heraus . . ."

Im Volke, das sich theils so schnell als möglich aus dem Saale in den Hof hinabgedrängt hatte, theils oben alle Fenster besetzt hielt, entstand eine neue flutende Bewegung und alle Augen richteten sich auf eine kleine Nebenthüre, aus der einige Diener und die Dragoner einen schlanken jungen Menschen hervorschleppten, dem die Hände kreuzweise auf den Rücken gebunden waren . . . es war Willibald.

Der alte Sebelbauer war ungefähr bis zum Schloßthore gekommen, als ihn der Lärm und das Gedränge aufhielt. Er erblickte Willibald, und drängte sich nun kaum seiner Sinne mächtig, wie mechanisch durch das Gewühl vor, aber mit einer Kraft, daß ihm niemand zu widerstehn vermochte. Inzwischen war der Commissarius herabgekommen, zu Willibald getreten und hatte ihn über das Vorgefallene befragt.

Willibald war töbtlich blaß. Aber er hielt sich fest und aufrecht. „Es ist wie die Leute sagen," antwortete er dem Commissarius, „ich habe den Grafen erstochen, weil er mich beleidigt und nach mir geschlagen hat — macht mit mir, was Ihr für Recht haltet!"

Aus der Thüre trat nun eilfertig der Baber heraus, und berichtete dem Commissarius. „Welch ein Unglück!" schrie er, „tobt, mausetobt! Der Stich ist mitten durchs Herz gegangen!"

„Bringt diesen Burschen in sichern Gewahrsam," rief jetzt der Commissar. „Der Delinquent ist convictus und confessus und soll von kaiserlicher Majestät Blutbann ein Exempel statuirt werden!"

Willibald wurde ergriffen und weggeführt. Der Vater trat ihm entgegen: „Sohn," rief er, „ich kann es nicht glauben ... sage mir selber, ist es denn möglich, ist es wahr?"...

„Es ist wahr, Vater," murmelte Willibald dumpf und mit gesenktem Blick. „Verzeih' mir Gott den Kummer, den ich Euch mache, ... aber ich konnte nicht anders..."

„Nun so sei Gott Dir und mir gnädig," schrie der Alte im Tone des höchsten Jammers auf, und als die schwere Eisenthüre hinter Willibald zuschlug, war es einen Augenblick, als entwiche die Kraft aus dem riesigen Körper, als wolle er in die Knie zusammenbrechen. Im nächsten Augenblick aber hatte er sich wieder zusammengerafft, und ging mit festem entschlossenem Schritt wieder der Saal= treppe zu, auf welcher er verschwand.

„Sein Vater! Sein armer Vater!" murmelte das Volk unter sich, und machte scheu dem finster vorüber Schreiten= den Platz.

Brausend zerstreute sich dann das Volk nach allen Richtungen den Schloßberg hinab und rasch lief die Kunde durch dasselbe, die der Gefängnißwärter einem Bekannten im Vertrauen mitgetheilt, daß das peinliche Verfahren gegen Willibald, weil die kaiserlichen Commissarien gerade da seien, noch heute beginne und da er Alles unumwunden eingestehe, bald zu Ende sein werde. — —

Im Innern des Schlosses war man indessen um die Leiche Falkensteins beschäftigt gewesen, und hatte manches Mittel versucht, das rinnende Blut und das mit ihm ent= weichende Leben aufzuhalten. Es war aber vergebene Mühe, die Waffe war, wie Guntram berichtet hatte, mitten durch's Herz gedrungen. Der Anblick des Todten selbst

bot mehr einen widrigen, als einen traurigen Anblick bar.
Die schon im Leben unschönen harten Züge hatte der Tod
noch mehr entstellt, indem er die Leidenschaft, von der sie
im Momente besselben verzerrt gewesen sein mußten, wie
im versteinerten Abbrucke festgehalten hatte. Das gebrochene
Auge starrte unheimlich unter den halbgeschloßnen Libern
hervor, vor den Mund war blaßblutiger Schaum getreten
und die linke Hand war krampfhaft, wie drohend, um die
Brustwunde geballt. Nachdem alle Hoffnung aufgegeben
und die Leiche nach Gerichtsbrauch dem Mörder zur An-
erkennung vorgezeigt worden war, eilte man, dieselbe wegzubringen und noch für den Abend wurde Alles in Bereitschaft gesetzt, um sie in dem Erbbegräbniß des Schlosses
der ewigen Ruhe zu übergeben. Pater Makarius, den wir
schon im Hause des Sedelbauern kennen gelernt haben,
war zu diesem Ende herbeigerufen und bei Einbruch der
Dämmerung bewegte sich der Leichenzug mit wehenden
Fackeln queer durch den Schloßhof der Kapelle zu. Diener
des Hauses trugen den Sarg und die anwesende Dragoner-
mannschaft geleitete denselben mit kriegerischen Ehren. Auch
die kaiserlichen Commissarien, der Marquis und der Gerichtsschreiber hatten sich angeschlossen und stiegen mit in
die Gruft hinab. Der Sarg kam neben dem des als
Knabe gestorbenen Grafen Falkenstein zu stehn — und so
lag der Ehrgeizige, der noch vor wenig Stunden im Voll-
gefühle seiner Jugendkraft die Hand nach dem Schlosse
ausgestreckt hatte, jetzt in starrer Gemeinschaft mit dem,
dessen Erbe er als das seine betrachtet hatte.

Von der Familie selbst begleitete Niemand den Todten,
denn Serena hätte es, auch wenn sie gewollt, nicht vermocht. Seit der unseligen That lag sie ununterbrochen

in einem ohnmachtähnlichen Zustande da, der nur manch=
mal auf Augenblicke durch fieberhaftes Irrereden unter=
brochen ward. Ihre alte Dienerin, rastlos um sie be=
schäftigt, besorgte sogar für ihr Leben. „Es ist auch kein
Wunder," wisperte sie dem Pater, der sich um das Be=
finden Serenas zu erkundigen gekommen war, durch die
halbgeöffnete Thüre zu. „Es ist kein Wunder, wenn das
arme Kind alle möglichen Zustände bekommen hat und
aus einem Krampf in den andern fällt. Hat doch der
ruchlose Mensch, der Willibald, den jungen Grafen, der
ein so schmucker, artiger Herr war und es so gut mit dem
Fräulein im Sinne hatte, in ihrem Zimmer vor ihren
Augen, ja so recht eigentlich zu ihren Füßen niedergestoßen,
daß das Blut des armen Ermordeten ihr das Kleid und
die Hände besprihte!" — „Aber sagt mir nur, Frau Kune=
gund," erwiederte der Pater, ebenfalls mit gedämpfter
Stimme, „wie ist denn der Willibald hieher gekommen?
In des Fräuleins Zimmer? Und wie ist er dazu ge=
kommen, eine so blutige That zu begehen, da ich ihn doch
Zeitlebens als einen braven ordentlichen Burschen gekannt
habe?" — „Das weiß noch Niemand so Recht," antwortete
Frau Kunegund. „Es war Niemand weit und breit in
der Nähe, als das Fräulein, Willibald und der Graf.
Ich komme in aller Ruhe den Gang da drüben herauf,
da hör' ich Willibald laut schreien, darauf jemand einen
durchbringenden Jammerton ausstoßen — ich eilte, und
wie ich näher kam, da war's bereits geschehn, der Graf
lag blutend am Boden, das Fräulein in Ohnmacht und
Willibald stand zwischen beiden, den blutigen Dolch in der
Hand. Ich schrie um Hilfe — aber es war zu spät, der
Graf röchelte nur noch ein paarmal, streckte sich und war

tobt; er konnte also nicht mehr erzählen, was vorange=
gangen war. Das Fräulein kann es auch nicht, denn die
liegt seither zwischen Leben und Sterben und was der Böse=
wicht, der Willibald, sagt, das weiß nur das Gericht." —
„Sonderbar, höchst sonderbar," meinte der Pater, als Se=
rena, die inzwischen etwas zu sich gekommen war, sich auf=
richtete, und rief: „Wer ist hier, Kunegund? Mit wem
sprichst Du?" Auf deren Antwort hieß sie den Pater
näher treten, und erkundigte sich eifrig nach dem, was in=
zwischen vorgefallen sei. Als sie Willibald's Verhaftung
erfuhr, flog ihr eine dunkle Glut über Nacken und Gesicht
und sie hatte Mühe, sich aufrecht zu erhalten. „Geh,"
sagte sie dann nach einer kleinen Pause, „geh Kunegund,
laß mich mit dem Pater allein!" — Widerstrebend und
sichtbar ärgerlich gehorchte diese, indem sie unter der Thüre
scheltend vor sich hinmurmelte: „Geheimnisse! Nichts als
Geheimnisse! Darum ist kein Segen in dem Hause, weil
sich überall die Geheimnisse eingenistet haben!" Dann ging
sie hinab, um in der Küchenstube ihren Aerger in einem
Glase Wein hinabzuschwemmen. Dort traf sie den Baber
Guntram, der bereits in ähnlicher Weise bemüht war, sich
von den Anstrengungen des heutigen Tags zu erholen, und
bald waren beide im eifrigsten Gespräche über die wahre
öffentliche und die sagenhafte geheime Chronik des Hauses
Falkenstein vertieft.

Nach einiger Zeit verließ Pater Makarius, sichtbar
ergriffen, das Zimmer des Fräuleins, und schritt dem
Theile des Schlosses zu, wo das Gefängniß war. Willi=
bald lag indessen im Kerker des Schlosses, einem hohen
engen Gewölbe, dessen schwarzgraue feuchte Wände von
der in einer Mauerblende stehenden Lampe nur dämmerig

beleuchtet wurden. Alle Schauer ewiger nächtlicher Einsamkeit wehten durch den unterirdischen Raum und brüte-
ten über dem Unglücklichen, der, in einem Winkel auf
einen Strohbündel hingeworfen, kein Zeichen des Lebens
von sich gab. Er schien unter der Last der Ereignisse zu
erliegen und wie willenlos bereit, über sich ergehn zu
lassen, was kommen möge. So mochte er seit dem Augenblicke seiner Verhaftung über zwölf Stunden gelegen haben;
der Tag, der Abend war vergangen und die Nacht schon
bis zur Mitte vorgerückt, ohne daß ein zu ihm bringender Ton, ein einfallender Lichtstrahl ihm den Wechsel der
Zeit verrathen hätte. Da rasselten die Riegel an der
schweren Eisenthüre, die oberhalb der Steintreppe in das
Verließ herabführte, und greller Fackelschein fiel mit einmal herein. Ueberrascht wendete der Gefangene sich um
und sprang im nächsten Augenblick mit einem Ausruf des
Staunens empor, denn auf der Schwelle, vom Fackellicht wie
von einem ihr gebührenden Scheine umflossen, stand Serena.

„Willibald!" rief die holde Erscheinung, die Stufen
herabeilend, „warum hast Du das gethan?"

Einen Augenblick hatte Willibald die Arme ausgestreckt, wie jemand, der eine Lufterscheinung umarmen
will. Einen Schritt war er vorwärts geeilt und es
hatte den Anschein, als würde er die herabschwebende Gestalt Serenens in seinen Armen empfangen. Aber schnell
war diese Erregung wieder vorüber. Ausbeugend trat er
seitwärts und begrüßte die Gräfin mit einer unterwürfi-
gen Verbeugung. Er hatte mit schnellem Auge wahrgenommen, daß dieselbe nicht allein gekommen und daß die
Gestalt des Gerichtsschreibers in der Tiefe stehen geblieben war.

Serena aber ließ sich durch Willibalds Zurückhaltung nicht beirren, mit lautausbrechenden Thränen sank sie ihm an die widerstrebende Brust und vermochte kaum ihre Frage zu wiederholen.

„Ich verstehe Sie nicht, Fräulein," rief dieser endlich, „aber ich bin schon glücklich zu sehen, daß Sie Ihren ehemaligen Spielkameraden noch nicht ganz vergessen haben!"

„Nein, Du entgehst mir nicht, Willibald," weinte Serena entgegen. „Ich kann Dich nicht so geradehin dem entsetzlichen Schicksale Preis gegeben wissen, das Dich erwartet! Ich kann Dich nicht schuldlos verloren wissen!"

„Schuldlos?" erwiederte Willibald mit einem eigenthümlich schmerzvollen Lächeln. „Der Ort, wo Sie mich finden, Fräulein, kann Ihnen bezeugen, daß ich das nicht bin, wären Sie auch nicht selbst Zeugin meiner That gewesen."

„O Gott, woran erinnerst Du mich," jammerte Serena immer schmerzlicher. „Wer weiß besser als ich . . ."

„Daß ich nicht zu retten bin," fiel ihr Willibald rasch ins Wort, sie verhindernd, mehr zu sagen. „Wollten Sie daran noch zweifeln, so wird Ihnen," fuhr er fort, um sie auf die Gegenwart des Gerichtsschreibers aufmerksam zu machen, die sie zu vergessen schien, „jener Mann, der jedes Wort zu bewahren hat, das wir sprechen, bekräftigen, was mich für ein Spruch erwartet."

Ehe Serene antworten konnte, fügte er hastig mit leiser, dem Lauscher nicht vernehmbarer Stimme hinzu: „Was soll das, Serene? Fühlen Sie nicht, wissen Sie nicht, daß es so sein muß? Wollen Sie mir das Letzte, das Einzige unmöglich machen, was ich für Sie thun kann?" — „Gehn Sie, Gräfin," fuhr er dann wieder mit lauter Stimme fort, „der Kerker ist kein Aufenthalt für Sie, gehn Sie; ich bin getrost, denn ich weiß, daß Sie meiner gedenken werden!"

„Und warum Sie? warum Gräfin?" flüsterte Serene. „Wenn das Entsetzliche sein muß — noch kann ich es nicht glauben — bin ich des alten traulichen Tons nicht mehr werth?"

„Ich kenne jetzt meine Stellung, Gräfin," erwiderte Willibald ernst; „Sie selbst haben mich darüber aufgeklärt. Aber die Eine Bitte, die ich an Sie richten möchte, ist, daß ich, wenn ich zum letztenmale zur Sonne empor steigen werde, Sie noch einmal sehn darf. Ihr Anblick wird mir der Engel sein, der mich auf dem schweren Gange geleitet und aufrecht hält! Dann, wenn ich dem Leben nur mehr für Minuten angehöre — dann darf ich mein Herz wieder reden lassen: dann wieder Du, wie in der Kinderzeit."

Serena war zu bewegt, um antworten zu können — stumm ergriff sie Willibalds Hand, und preßte sie an ihre von Thränen überströmenden Augen. Dieser hatte schnell den Gerichtsschreiber herbeigewinkt, der die halb Willenlose, halb Widerstrebende mit seiner Hilfe die Stufen hinauf brachte. Noch eine Sekunde und die Thüre flog ins Schloß und über dem Kerkerraume und ihrem Bewohner lag die alte Nacht. In seiner Seele aber war es licht, denn das Erscheinen Serenens ließ ihn glauben, daß sie seine Empfindungen theile. So erwartete er gefaßt den Morgen. —

Während dies vorging, mußte auch sein alter Vater noch geschäftig sein in dem einsam gewordenen Hause, denn durch die Ritzen der geschlossenen Läden schimmerte

Licht. Pater Makarius, von Besorgniß um den alten Mann erfüllt, hatte sich noch spät in der Nacht aufgemacht, um ihm mit Rath und Trost beizustehn; allein als er an dem Fensterladen pochte, verlosch plötzlich das Licht und kein erwiedernder Laut ließ sich auf sein wiederholtes Rufen vernehmen. „Er folgt meinem Rathe," sagte der Pater im Weggehen zu sich selbst; „er will es mit sich und Gott allein ausmachen! Möge er ihm beistehn, denn die Last ist schwer geworden auf den Schultern des armen Wallner!"

5.

Kaum graute der Morgen des nächsten Tages, als wieder von allen Seiten her das Landvolk herzuströmte, um Zeuge des Gerichts über Willibald, den Sohn des Sebelbauers zu sein. Allgemein war die Theilnahme an ihm, denn man kannte und liebte ihn weit und breit als einen wackern Burschen und wenn auch nicht zu läugnen war, daß er ein etwas hoffärtiges und stolzes Wesen habe, das nicht recht zum Bauernkittel passe, so konnte doch niemand begreifen, wie er zu einer so blutigen That gekommen war.

Der Saal, welcher Tags zuvor über die Ehre des Hauses Falkenstein richten sah, war auch der Schauplatz des Gerichts über den Mörder des letzten Abkömmlings aus dem unglücklichen Geschlechte. Kopf an Kopf gedrängt stand lautlos das Volk, als der Richter mit den Schöffen und dem Gerichtsschreiber eintrat, und nun den schwarzen Stab, das Zeichen seiner Gewalt, ergreifend, das Zeichen gab, den Anfang des endlichen Rechttages zu beläuten. Während die Schloßglocke in einzelnen lang=

samen, dumpfen Schlägen erscholl, öffnete sich eine Sei=
tenthüre und Willibald trat, von dem Nachrichter und
seinen Knechten geleitet, vor die Versammlung. Er er=
schien sichtbar erschöpft und bewegt, aber seine Stirne
war klar, seine Haltung fest, wie das Bewußtsein der
Schuld Beides nicht zu haben pflegt. Nur als er seinen
greisen Vater erblickte, der wie Tags vorher ganz vorne
an den Schranken stand, hielt sein Schritt einen Augen=
blick zögernd inne, die Röthe innerer tiefer Erregung trat
auf sein Antlitz, doch schnell schlug er den Blick zu Bo=
den und als er sich auf den ihm angewiesenen Platz, den
sogenannten Armensünderstuhl setzte, war wieder die frühere
Blässe über sein Antlitz gebreitet. Der Vater aber stand
hoch aufgerichtet mit ernster Miene da; an seinem ganzen
Wesen gab sich die nach langen innern Kämpfen errun=
gene starre Ruhe des Entschlusses kund, und wer nicht
gewußt, wie nahe ihn das Vorgehende berühre, hätte es
aus dem kalten Gesichte, aus der fast reglosen Haltung
nimmermehr errathen.

Das Gericht begann nun, und nachdem der eine der
Schöffen, ein hagerer alter Mann von ehrwürdigem Aus=
sehen auf die Frage des Richters geantwortet hatte, daß
das peinliche endliche Gericht nach laut Kaiser Karls V.
und des hl. Reichs Ordnung wohl besetzt sei, richtete die=
ser an Willibald die weitere Frage, ob er bei seinem, vor
dem Gerichte abgelegten Bekenntnisse beständig bleibe und
ob er nach der Vergünstigung des Gesetzes einen Fürspruch
begehre.

„Herr Richter," begann Willibald mit ruhiger lauter
Stimme, „ich bedanke mich eines Fürsprechen; ich bedarf
deß nicht. Ich bleibe dessen beständig, was ich dem Ge=

richte angegeben habe. Ich wollte zu dem Fräulein, um
Urlaub zu begehren, weil ich zu verreisen gedachte und
weil sie immer gegen mich sehr gnädig gewesen. Da trat
mir an der Schwelle der Graf mit höhnischen Worten
entgegen und fragte, was ich an diesem Orte suche. Ich
weigerte mich, ihm Rede zu stehn, weil er noch nicht Herr
des Schlosses und ich nicht sein eigner Mann sei. Da
schmähte er mich und schlug nach mir. Mich aber überkam der Zorn — und ich stieß dem Grafen den Dolch
in die Brust."

„War es des Inquisiten eigener Dolch?"

„Nein — ich glaube nicht, ich trug keinen bei mir..
er wird wohl in der Nähe gelegen sein, daß meine Augen
auf ihn fielen.."

„Und weiter hat der Beklagte zu seiner nothhaften
Vertheidigung nichts vorzubringen?" fragte der Richter.

„Nichts," antwortete Willibald, wie erschöpft auf seinen Stuhl zurücksinkend.

Eine feierliche Pause trat ein, während welcher die
Schöffen und der Richter leise und eifrig mit einander
sprachen. Im Saale war kaum nur ein Zug zu hören.

„Wohlan denn," begann dann der Richter feierlich, „so
frage ich die Schöffen des Rechtens."

Langsam erhob sich der alte Mann, der schon früher
gesprochen hatte und rief mit tiefer, vor dem Gewichte seiner Rede und vor Theilnahme bebender Stimme: „Herr
Richter, ich spreche, es geschieht billig auf alles gerichtliche
Einbringen und Handlung, was nach des Gerichts Ordnung Recht, und was auf genugsame Alles Fürtrags Be-
sichtigung schriftlich zu Urtheil verfasset ist!"

„Gerichtsſchreiber,“ befahl der Richter weiter, „öffnet
das Urtheil!“

Dieſer erhob ſich und las: „Auf Klag’, Antwort und
alles gerichtliche Fürbringen, auch nothbürftige, wahrhaf=
tige Erfahrung und Erfindung, ſo deßhalb, Alles nach
laut Kaiſer Karls V. und des hl. Reichs Ordnung ge=
ſchehn, iſt durch die Urtheiler und Schöffen dieſes Gerichts
endlich zu Recht erkannt, daß Willibald Wallner, ſo ge=
genwärtig vor dieſem Gericht ſteht, des Todſchlags halben,
ſo er an dem Grafen Kaſimir von Falkenſtein geübt hat,
mit dem Schwert vom Leben zum Tod geſtraft werden
ſoll und ſoll dazu, weil ſolche That an einer hohen treff=
lichen Perſon geſchehen, vor der endlichen Tödtung öffent=
lich auf einem Wagen bis zur Richtſtatt umgeführt und
der Leib mit glühenden Zangen geriſſen werden. Alles
von Rechts Wegen!“

Lautloſes Entſetzen laſtete auf der Menge — Willi=
bald hatte beide Hände vor das Angeſicht geſchlagen, ſein
Vater ſtand mit blitzenden Augen und fieberhaft geröthe=
tem Antlitz noch höher aufgerichtet da. Schon griff der
Richter nach ſeinem Stabe, um durch Zerbrechen deſſel=
ben den Verurtheilten dem Nachrichter zu übergeben —
da rief der Alte mit ſtarker, durch den ganzen Saal bröh=
nender Stimme: „Halt! Haltet ein, Herr Richter, und
höret mich erſt: Ich habe Dinge zu erzählen, die von
großer Wichtigkeit für das Gericht ſind.“ Wie ein be=
ginnender Sturm fingen die Stimmen des Erſtaunens
und der Erwartung im Saale zu brauſen an. Willibald
ſelbſt war aufgeſprungen, und ſah ſeinen Vater ſtarr mit
weit geöffneten Augen an. „Was thut Ihr, Vater?“
rief er ... Doch dieſer winkte ihm gebieteriſch zu,

zu schweigen und wiederholte sein Verlangen, gehört zu werden.

Der überraschte Richter befahl ihm, vorzutreten und zu reden. „Hütet Euch aber," setzte er bei, „uns mit nutzlosen Worten hinzuhalten, die den Spruch des Gerichts in keiner Weise alteriren werden, mögen sie auch noch so wohlgemeint sein und Euch als dem Vater noch so sehr vom Herzen kommen!"

„Ich werde das nicht thun," entgegnete ruhig der Alte, „wohl aber wird das, was ich erzählen werde, Euch werth genug dünken, es zu hören. Vergönnt aber, daß Fräulein Serene von Falkenstein hieher gerufen werde, denn es gebührt sich, daß sie vor Allen erfahre, was ich zu sagen habe — und dann, laßt einen Becher Wein zu meiner Stärkung bringen .. ich bin erschöpft und werde deß bedürfen."

Auf einen Wink des Richters entfernte sich einer der Diener und kehrte bald mit einem Becher zurück. Serenen brauchte er nicht erst zu rufen, denn im selben Augenblicke trat sie durch die Seitenthüre ein. Sie war schön wie immer, aber die Rosen der Wangen hatten unheim= licher Blässe Platz gemacht, und auf der sonst so klaren Stirn lagerte eine schwere trübe Wolke innern Leidens. Mit feinem Anstande nach allen Seiten grüßend, trat sie vor, doch ihr Auge blieb gesenkt, und vermied es, dem auf sie gerichteten Willibalds zu begegnen.

Um die Ursache ihres Erscheinens befragt, erklärte sie, sie habe dem Gerichte gleichfalls eine Entdeckung zu machen. „Wohl," erwiderte der Richter, „so möge zuerst der Alte sprechen."

Inzwischen hatte der Diener dem Alten den verlang=

ten Becher Wein gereicht und dieser stand nun, das Ziel aller Augen im ganzen Saale, hoch aufgerichtet da und seine Blicke glänzten von ungewohntem Feuer! Einen Moment blickte er dann, noch immer schweigend, in den Goldgrund des Gefäßes — nun aber erhob er es in der Hand und rief: „Dem Andenken des Grafen Richard von Falkenstein! Auf das Gedeihen und Fortbestehen seines edlen Hauses! Mag auch der Trinkspruch manchem hier nicht an Ort und Zeit erscheinen: bald wird es Allen klar sein, daß ich ein gutes Recht habe, so zu sprechen und zu handeln!" Damit trank er den Becher in langem Zuge aus, setzte ihn wie von einem plötzlichen Schauder geschüttelt, bei Seite, und begann nun, tief athemholend, zu erzählen.

6.

„Fast Allen wird es bekannt sein, daß ich lange Jahre hindurch der Diener des Grafen war, und daß ich sein besondres Zutrauen genoß — niemand aber weiß, wie das kam und warum es so war. Ich möcht' es nun gerne ausführlich erzählen und meinem Herrn, von dem ich nicht weiß, ob er noch lebt oder ob er mich schon da drüben erwartet, ein kleines schwaches Angedenken für die Liebe und Güte bereiten, die ich von ihm erfahren hab' — aber ich habe keine Zeit zu verlieren und es ist noch viel, was ich zu sagen habe. D'rum will ich's nur kurz erzählen, daß ich ein tollbreister unnützer Bube war in meinen jungen Jahren. Einmal war ich in Strafe verfallen, weil ich Wild geschossen hatte, denn das Wildschießen war meine Leidenschaft, zum größten Herzleid meiner armen Mutter. Weil ich nun erwischt wor=

ben war, wie ich einen stattlichen Hirsch erlegt hatte,
sollte ich eben in eine Sauhaut genäht und mit Hunden
verhetzt werden. Da kam der Graf dazu und weil ihn
meine Jugend dauerte, befahl er, mich loszulassen und
fragte mich selber, was er mit mir beginnen solle. Ich
bat, er solle mich in seinen Dienst nehmen, und für ihn
jagen lassen. Das gefiel ihm. „Ich muß in den Krieg,"
sagte er lächelnd — „willst Du mit?" Ich sagte ja, und
seit jenem Augenblick hab' ich den Grafen nicht mehr
verlassen und bin sein treuer dankbarer Diener gewesen
bis zu dieser Stunde. Wie wir nun in des Reichs und
des Kaisers Dienst hie und da herumgezogen in Lothrin=
gen und am Rhein', will ich nicht erzählen. Wir waren
beisammen bei Ensisheim und bei Saßbach, und überall
im Breisgau und in der Pfalz hinter den französischen
Mordbrennern her, und bei Wien, mit dem tapfern Polen=
könig die Türken zu verjagen. Immer aber war ich um
den Herrn, der zuletzt gar nicht mehr ohne mich sein
wollte, mir in allen großen und kleinen Dingen vertraute
und mich in seinem Zelte schlafen ließ. Vor Wien aber
traf ihn ein türkischer Pfeil mit Widerhaken in den Fuß,
daß er elend balag und meinte, sein Leben lang ein Krüp=
pel bleiben zu müssen. Da es nun etwas ruhiger ge=
worden, der Graf auch zu dienen nicht mehr vermochte,
beschloß er heimzuziehn nach Falkenstein. Da erholte er
sich auch gar bald und wurde wieder stark und rüstig —
aber an den Krieg und ans Fortziehn dachte er bald
nicht mehr, denn es war kein Jahr ins Land gegangen,
so hatte er die hochselige Gräfin heimgeführt und wie
er erst ein tapferer Soldat gewesen, war er nun ein
freundlicher Herr im Schloß und für die ganze Gegend.

Seinen Verwandten war es freilich nicht lieb, denn sie hatten alle gehofft, er werde unvermählt sterben, damit ihnen die Güter zufielen. Deßhalb grollten sie ihm heimlich und mieden es, ihn zu besuchen; er aber war so recht glücklich, und weil er das war, wollte er, daß es mir, seinem treuen Diener, auch so gut werden solle, und gab mir den Sedelhof zu Lehen, wo ich auch bald an der Seite meines guten, mir schon lang vorangegangenen Weibes saß. So dauerte das Glück sieben volle Jahre durch und dem Grafen war während dieser Zeit ein Sohn geboren worden. Da kam die Nachricht von dem neuen Einfall der Franzosen in Schwaben zu uns. Der Graf vernahm mit Ingrimm, wie die Wüthriche die schönsten Flecken und Dorfschaften ausgeplündert, die Weiber entehrt und Alles niedergehauen hatten und als der Kaiser einen Aufruf ergehn ließ, rief er mich eines Tags aufs Schloß und sagte: „Was meinst Du, Alter, ob wir noch nicht verlernt haben, den Säbel zu führen? Was meinst Du, wollen wir helfen, den Schurken das Handwerk zu legen? Ich will nochmal hinaus und will an mein Weib, meinen Sohn und meine Habe denken, damit es ihnen einst nicht auch ergehe, wie den unglücklichen Schwaben! Willst Du mit?" Ich blieb natürlich nicht zurück, wohin der Graf ging und so zogen wir zum kaiserlichen Heerlager. Der Abschied war freilich traurig genug; die Gräfin weinte bitterlich, als ginge ihr das Unglück, das bald genug kommen sollte, im Geiste vor, denn sie hoffte schnell wieder Mutter zu werden. Dagegen war große Freude beim Heer, wie wir ankamen. Der Graf als ein geübter Kriegsmann war wohl aufgenommen und der Kaiser gab ihm das Regiment Dragoner, bei dem wir selber zuerst gestanden. Wie wir in Tübingen lagen, standen uns die Franzosen ganz nahe gegenüber und schwärmten in Einem fort auf uns herüber, weil wir ihnen im Wege standen. Da kam eines Abends spät ein Reitender aus dem Hauptquartier und übergab dem Grafen einen Brief. „Sonderbar!" sagte dieser, als er das Schreiben erbrach, und maß dabei den Ueberbringer vom Kopf bis zu den Füßen. „Indessen," fuhr er fort, „Siegel und Unterschrift sind ächt... ich lasse dem Generalissimus sagen, es würde pünktlich geschehn." Der Bote ging, und der Graf befahl, das Regiment solle aufsitzen. „Es ist freilich sonderbar, daß wir ohne einen Handstreich gehn und dem Feinde Platz machen müssen... indeß das haben die im Hauptquartier zu verantworten — ich bin durch die Ordre gegen jeden Vorwurf gedeckt." Damit steckte er den Brief tief unter seinen Lederkoller, wie er mit recht wichtigen Dingen pflegte und bald darauf trabten wir näher dem Rheine zu. Während wir aber marschirten, überholten uns die Franzosen, und nahmen und verbrannten das schöne Heidelberg. Alles schrie über Verrath und es war wohl klar, daß man uns absichtlich weggeschickt hatte, um den Schandstreich nicht verhindern zu können.

Wie wirs erfuhren, war der Graf außer sich und rief einmal übers andremal: „Gott sei Dank, daß ich die Ordre in Händen habe!" Unser Nachtquartier aber hatten wir hinter einem kleinen Gehölz. Als wir Abends zum Rekognosziren ausritten, rauschte etwas im Gebüsche neben uns — wir konnten aber nicht ermitteln, was es gewesen war. Nur mir war es in der Dämmerung vorgekommen, als hätte ich eine bekannte Figur durchs Gesträuch schlüpfen sehen; weils aber schon halb dunkel war, meinte ich, ich hätte falsch gesehen und schwieg. Auch wußte ich im Augenblick nicht, woher mir die Figur bekannt vorkam und wo ich sie etwa schon gesehn haben mochte. In der Nacht, nachdem die Feuer ausgelöscht worden waren, schliefen wir Alle in unsern Mänteln neben den Pferden — ich nicht weit vom Grafen entfernt, so daß ich auf ihn hinsehn konnte. Es war mir gar nicht recht wohl zu Muthe und ich machte mir so allerlei Gedanken — zuletzt überwältigte mich aber die Müdigkeit und ich schlief ein. Mit Einem Mal wars, als ob mich etwas wach rüttelte und wie ich die Augen aufschlug, sah ich eine Gestalt in aller Eile vom Grafen weghuschen. Es war dieselbe, die ich schon zuvor im Gehölze bemerkt hatte und jetzt fiel es mir auch auf einmal ein, woher sie mir bekannt war. Es war Niemand andrer als der Mensch, der uns ein paar Tage zuvor die Marschordre gebracht hatte. Mir schoß es gleich durch den Sinn, daß der Kerl nichts Gutes im Schilde führe; wüthend sprang ich auf ihn los — aber er war flinker als ich und entwischte. Der Graf war über dem Lärmen erwacht, und wie ich ihm das Vorgefallene erzählte, da kam es ihm auch bedenklich vor und es war sein Erstes, nach der unglückseligen Ordre zu sehen. Er hatte sie sich, um recht sicher zu gehn, unter den Kopf gelegt — aber nun war sie mit all den Schriften, die sonst noch in der Brieftasche zusammengesteckt hatten, verschwunden. Der gute Graf stand einen Augenblick wie versteinert — dann faßte er sich und befahl mir, gegen Niemand etwas zu erwähnen.

Indessen kam schon nach einigen Tagen das Gerücht in's Lager, daß der Commandant von Heidelberg und

alle, die mit einverstanden gewesen seien, vor's Kriegs=
gericht gestellt und bestraft werden sollten. Auch der Graf
ward unter diesen genannt, und wurde ihm Schuld ge=
geben, als sei er eigenmächtig vom Posten gewichen, um
dem Feinde Platz zu machen. Wie er es erfuhr, und ihm
ein guter Freund zusteckte, daß schon der Befehl unterwegs
sei, ihn zu verhaften, befahl er mir Nachts zu satteln, und
wir ritten still und unvermerkt fort, bis wir an eine
Schenke in einem großen Walde kamen, wo sich zwei
Straßen trennten. Da machten wir Halt und nachdem
wir einen kleinen Imbiß genommen, rief mich der Graf,
der auf dem ganzen Wege sehr gegen seine Gewohnheit
in stummen Gedanken vor sich hingebrütet hatte, zu sich:
„Wolf," sagte er, „Du bist ein ehrliches Gemüth und ich
habe erfahren, daß Du es treu mit mir meinst. Ich will
Dir darum eine große Sache anvertraun. Du hast ge=
hört, Wolf!" fuhr er dann fort, „daß sie mich für den
Ueberfall von Heidelberg verantwortlich machen wollen:
ich aber weiß jetzt nur zu gut, wie es damit zugegangen,
und daß ich verloren wäre, wenn ich mich stellte und ein
gerechtes Urtheil hoffte. Aller Beweis würde mich nichts
helfen, weil sie Einen brauchen, den sie zum Schein strafen
können und weil es mir doch nichts nützen würde, zu sagen,
was ich weiß. Ich habe darum beschlossen, fort zu gehn,
und verborgen zu bleiben, bis eine andere Zeit kommt,
in der ich reden und mich vertheidigen kann. Ich will
nicht mehr heim; Du aber geh' hin, erzähle es meinem
Weibe, und tröste sie, denn wenn ich sicher sein soll, muß
ich für sie, meinen Sohn und das arme Kind, das seinen
Vater noch nicht gesehn hat, fortan sein, wie ein Todter! —
Nun aber das Wichtigste. Sie werden mir den Prozeß

machen und mein Schloß als verwirktes Lehen einziehen
wollen. Meinen Vettern, die dann die Anwartschaft haben,
und denen schon meine Heirath widerwärtig war, wird
dann mein Sohn ein Dorn im Auge, und der Stein des
Anstoßes sein. Sie werden, ich kenne sie dafür, sie werden
trachten, ihn aus dem Wege zu räumen, und der hilflose
kaum dreijährige Knabe wird niemand haben, der ihn und
sein Recht vertheidigt. Darum muß auch er — ich habe
mir's wohl überlegt — zu seiner Sicherheit scheinbar
sterben und für die gierigen Vettern, für alle Welt, ja
für seine eigene Mutter sogar todt sein — nur nicht für
Dich. Wenn Du in Falkenstein angelangt bist, so warte,
bis ich Dir einen Mann sende, der Dir diesen Ring ...
betrachte ihn genau .. überbringt. Es wird ein welscher
Künstler sein, der es versteht, menschliche Gestalten aus
Wachs täuschend nachzuformen. Dann gib meinem Sohne
den Inhalt dieses Fläschchens zu trinken, das ich Dir hier
übergebe und das Du sorgfältig aufbewahren wirst. Er
wird davon in einen tiefen Schlaf verfallen, der ihn einer
Leiche vollkommen ähnlich macht. Dann verbreite die
Nachricht seines plötzlichen Todes, lasse das Wachsbild,
das jener Mann anfertigen wird, statt seiner begraben, ihn
selber aber nimm zu Dir und erziehe ihn als Deinen Sohn.
So rette ich ihn vor den Nachstellungen meiner Verwandten,.
und kann ich gereinigt und gerechtfertigt wiederkehren, so
ist er mir und mein Besitzthum ihm erhalten ... sollte
ich nicht wiederkommen, so ist es besser für ihn, daß er
seinen unglücklichen Vater nie kennen lernt, als daß er als
der Sohn eines Verräthers arm und geächtet durch's Leben
geht. Dann lohne mir an ihm, Wolf, was ich an Dir
gethan und sei ihm an meiner statt."

Der gute Herr war gewaltig ergriffen, wie er mir das sagte, aber er ließ es nicht merken. Erst mußte ich ihm einen furchtbaren Eid schwören, das alles zu thun, dann stieg er zu Pferde, rief mir noch einmal zu: „Gedenke, was Du mir gelobt hast!" und in einem Augenblick war er meinen Augen entschwunden, die ihn auch seither, seit vollen achtzehn Jahren nicht wieder erblickt haben und sich wohl schließen werden, ohne noch einmal so glücklich gewesen zu sein."

Tief Athem schöpfend hielt der Redende inne. Alles lauschte in tiefster Spannung und nachdem er sich eine Thräne aus den Augen gewischt, begann er wieder.

„Als ich hier ankam, sah ich gleich, wie sehr der Graf Recht gehabt hatte. Man fahndete von allen Seiten auf ihn, und auch von den Vettern waren, angeblich zum Besuch und Beileid schon mehrere gekommen, und besahen sich das Besitzthum, meinend, das Leben eines Kindes sei ja ein gar unsicher Ding. Doch getrauten sie sich nicht mehr zu verrathen, sie zogen wieder ab; ich bemerkte aber sehr wohl, daß von Zeit zu Zeit allerlei verdächtige Gestalten sichtbar wurden, die auf den Knaben lauerten. Die Nachrichten, die ich der Gräfin bringen konnte und durfte, trafen die arme Frau mit einer Gewalt, die ihre innere Kraft zerbrach, und sie zu einem hinsiechenden Schattenbild machte. Ihr einziger Trost war ihre Kinder, der muntere blühende Knabe, und das zarte kaum geborne Mädchen. Mit Schaudern dachte ich an das, was mir noch zu thun bevorstand; allein Wochen vergingen, ohne daß der verheißene Künstler sich einfand, und ich dachte schon, der Graf werde sich anders besonnen haben. Aber bald pochte es Nachts an meiner Thüre, und der Mann

trat ein, mir zu seiner Beglaubigung den nur zu wohl=
bekannten Ring überreichend. Ich kämpfte lang in meinem
Gemüthe — aber ich hatte mein Wort gegeben, ich sah
ein, daß es zum Besten des Kindes sei, und gehorchte.
Gleich am andern Tage begann der Fremde, in einer
hintern Stube eingeschlossen, seine geheimnißvolle Arbeit,
die um so besser gelang, als der Knabe täglich in mein
Haus kam. Der Fremde machte ihm allerlei Spielwerk
und hatte auf diese Art Gelegenheit, ihn sprechend ähnlich
nachzubilden. Als das Bild vollendet war und ich es
zuerst betrachtete, erschrack ich über die furchtbare Aehnlich=
keit — nur die Röthe des Lebens war weggenommen und die
Züge wie im Tode erstarrt. So mußte auch ich nun an's
Werk schreiten. Arglos trank der Knabe aus meiner Hand
den betäubenden Trank und kaum war er nach Hause ge=
kommen, als er, wie der Graf vorhergesagt, entschlafend
umsank und todt erschien. Niemand ahnte, Niemand er=
kannte die Täuschung — und das einzige Auge, dem sie
vermuthlich nicht entgangen wäre, das der Mutter, sah
den Kleinen nicht mehr, weil ihr Leiden sich durch den
Schmerz zu einem solchen Grade gesteigert hatte, daß man
Grund hatte, für ihr eignes Leben zu fürchten. So ge=
lang mir, auf den Niemand Argwohn hatte, dem man
vielmehr in der allgemeinen Bestürzung Alles vertrauend
überließ, den Knaben mit seinem Bilde zu verwechseln,
und dieses in der Gruft beizusetzen, während ich das noch
immer schlafende Kind in mein Haus und von da weiter
brachte, wo es Niemand kannte und wo Niemand seine
Herkunft ahnte. Der Knabe war noch unvermögend,
Andres als einzelne Laute auszusprechen und so durfte ich
wohl hoffen, daß die Sache unentdeckt bliebe. — Nach

einigen Jahren starb die Gräfin an ihrem langen Siech=
thum. Auch mein Weib war heimgegangen und so nahm
ich den Knaben zu mir, indem ich ihn für den Meinigen
ausgab, der inzwischen bei seinen Großeltern, die ihn zu
sich genommen hatten, gestorben war. Und dieser Knabe,
dieser ächte Sohn und Erbe meines gütigen Herrn, des
Grafen Falkenstein," schloß Wallner mit hervorbrechender
Rührung, indem ihm die Kniee zu beben begannen, daß
er genöthigt war, sich auf einen Stuhl zu stützen — "dieser
Schmerzenssohn ist hier!" Dabei war er, so gut er es ver=
mochte, vorgetreten, und wies auf den Verurtheilten.

"Willibald?" rief Serene, "Er mein Bruder?" —
"Ich nicht Euer Sohn? Ich ein Falkenstein?" rief dieser
selbst und sank zu des alten Mannes Füßen.

"Nicht Willibald," erwiederte dieser mit brechender
Stimme. "Mein Sohn, der diesen Namen trug, ist längst
nicht mehr.. Du bist Engelbert, Graf von Falkenstein!"

War bis zu diesem Augenblicke auf dem Saale und
der ganzen Versammlung das tiefe lastende Schweigen der
Erwartung gelegen, so brach nun Staunen und Freude
in einen um so brausendern Jubel aus und hallte vom
Gewölbe wieder. Während dessen waren, von Wallner
zusammengeführt, Serena und Engelbert einander in die
Arme gesunken, beide selig und doch mit wie verschiednen
Empfindungen!

"Ich sehe an den Augen des Richters," fuhr Wallner
dann wieder fort, "daß er die Beweise meiner Angaben
erwartet. Sie sind hier. Ich übergebe Euch hier den
Ring des Grafen, den er mir zusandte, nebst einem eigen=
händigen Schreiben desselben, das mir den geworbenen

Auftrag bestätigt. Lasset in der Gruft des Schlosses nach=
sehn — Ihr werdet das Wachsbild finden!"

Der Richter besah die übergebenen Stücke und sicht=
bar schwand bei deren Prüfung der Zweifel aus seiner
Miene. „Warum aber," begann er dann, „warum habt
Ihr bis zu diesem Augenblick geschwiegen? Ihr hättet
großes Unheil verhüten können!"

Mit Wallner war inzwischen eine ebenso rasche als
auffallende Veränderung vorgegangen. Das Gesicht war
tödtlich blaß, die Augen aber flammten von unnatürlichem
innern Feuer und die große kräftige Gestalt war mit
einem Male wie von einer ungeheuern Last vernichtet und
gebeugt. Serene bemerkte es zuerst und geleitete ihn mit-
Engelbert, da er schwankte, an einen Stuhl. „Um Gott,
edler treuer Mann, was ist Euch?" rief sie. „Erhebt
Euch, das Glück mitzugenießen, das Ihr gegründet . . ."

„Ich dank' Euch," erwiederte Wallner mit Anstren=
gung, „aber meine Zeit hier geht zu Ende. Ihr werdet
glücklich sein ohne mich. Der Herr Richter aber muß erst
noch Antwort haben auf seine Frage. Ich habe geschwie=
gen, weil ich meinem Herrn mit Wort und Eid g e l o b t
h a b e, es zu t h u n, und n i c h t e h e r zu reden, als
bis er selber wieder komme, oder eine Stunde
vor meinem eigenen Tode. Er ist nicht gekommen,
und so lange es sich nur um Geld und Gut handelte, die
Willibald verlieren sollte, habe ich treulich geschwiegen —
das Alles hätte er ja wieder erhalten können . . . aber
das Unheil, das er nun beging, ließ mir nicht länger Zeit
zu warten. Ich mußte sagen, was ich wußte, um ihn
vielleicht vom schmählichen Tode zu retten — aber ich war
auch entschlossen, mein Wort zu halten, und weil ich erst

eine Stunde vor meinem eigenen Tode reden durfte, beschloß ich selber zu sterben. In dem Becher, den ich vorhin geleert, war Gift ... dasselbe, Willibald, das ich Dir entriß ... ich fühle, daß es bald seine Wirkung gethan haben wird ..."

Vom tiefsten Schmerz zerrissen, warf sich Willibald neben dem Leidenden nieder. Serene zerfloß in Thränen.

„Weinet nicht," erwiederte Wallner, immer schwächer werdend ... „ich habe meine Pflicht gethan ... für den Ausgang bin ich dem Himmel nicht verantwortlich ... Lebet wohl, meine Lieben ... gedenket meiner in Eurem Gebet ... und wenn Euer Vater einmal zurückkommt, so sagt ihm .. wie ich gestorben bin ..."

Inzwischen war Pater Makarius, zum Troste des Sterbenden herbeigerufen worden. „Unglücklicher," rief er, „was habt Ihr gethan?"

„Ich habe ... Euern Rath befolgt," erwiederte der Sterbende mit der letzten Kraft, „ich habe gethan ... was mir das Nächste schien ... Gott wird mir verzeihn, daß ich mit der Sünde des Selbstmords vor ihn trete ... er ist gerecht und gütig ... ich hoffe von ihm zu hören ... geh' ein zu mir ... Du treuer Knecht ... denn Du hast redlich ... Wort gehalten ..."

Die letzten Laute verloren sich in einen schweren Seufzer, mit dem er zurücksank und die Seele aushauchte.

7.

Das Ueberraschende und Unerhörte von Wallners Erzählung sowohl, als sein Tod und die Art desselben hatte nicht verfehlt, den gewaltigsten Eindruck auf die ganze Zuhörerschaft zu machen. Richter und Schöffen verließen

ihre Sitze, und die Gerichtsverhandlung war mit Einem
Schlage in ein ganz anderes Bild umgewandelt. Um den
Todten, der mit der Miene des tiefsten Friedens dalag,
hatte sich eine bewegte Gruppe voll Trauer und Mit=
leidens gebildet; das Volk aber strömte, laut erregt und
im tausendzüngigen Gespräche aus dem Schloße den Berg
hinunter, die Kunde der sonderbaren Ereignisse überallhin
eifrig verbreitend. Der alte Wallner wurde von allen
bedauert und gepriesen. Man wetteiferte, sich aus seinem
Leben einzelne Züge des Edelmuthes und der Herzensgüte
zu erzählen, denn er war immer gut gegen Jedermann ge=
wesen, und jetzt, da man wußte, welche schwere Last er in
seinem Innern ganz allein und ungeahnt zu tragen und
zu verarbeiten gehabt, jetzt war es ihm auch von allen
Seiten verziehn, daß er im Uebrigen ein wenig verschlossen
und kalt gewesen. Wohl bekreuzten sich Alle, wenn sie be=
dachten, wie er Hand an sich selber gelegt und nun so in
seiner Sünde ohne Beicht und Absolution von hinnen ge=
fahren; aber die einfachen Gemüther konnten es, dieser
Befangenheit ungeachtet, nicht dahin bringen, ein hartes
Urtheil über ihn auszusprechen. „Was ist es auch mehr,"
meinte der bärtige frühere Soldat, „als wenn er in der
Schlacht geblieben wäre? Wenn ein braver Kerl im Felde
sieht, das und das wenn ich thäte ... wenn ich jene Schanze
nähme, oder hinter jener Linie herumkäme, dann wär'
unsere Sache gewonnen! Und wenn er sich nun entschließt
und reitet hinein, mit Bewußtsein und Willen hinein in den
gewissen Tod, wer wird ihn schelten? Tödtet er sich nicht
auch selbst, und wird ihn nicht Jedermann als einen Helden
loben, der sich aufgeopfert für die Andern?! So ist's auch
mit dem Alten, und ich möcht' der nicht sein, der zuerst

einen Stein gegen ihn würfe!" — "Ihr könnt nicht Un=
recht haben," erwiederte der Bauer, der schon im Saale
mit ihm gesprochen. "Ich mein' halt, das Beste wird
sein, wir überlassen das Gericht unserm lieben Herrgott
und beten ein Vater unser für die arme Seele!"

"Schade nur," fiel ein Andrer ein, "daß der alte
Graf so traurig zu Grunde gegangen ist; denn er muß
wohl zu Grunde gegangen sein, sonst hätte er nicht so lang
zugewartet, und wär' gekommen. Aus dem, was der
Sebelbauer erzählte, hat man's wieder recht deutlich gesehn,
was er für ein guter Herr gewesen ist."

"Nun ich denke," antwortete der Erstere, "wenn der
Willibald wirklich sein Sohn ist und unser Herr wird,
wir sollten's um nichts schlimmer haben. Er war ein
guter Junge sein Lebenlang und weil er als Bauer auf=
gewachsen ist, hat er's erfahren, wie Unser einem zu Muthe
ist, und wird uns gnädig sein."

"Hab' mirs oft gedacht," begann der Erstere wieder,
"daß der Junge ein Wesen hatte, das über seinen Stand
war. Nun begreift man wohl, warum! Wird aber doch
einen harten Stand haben, bis er sich herauswindet: denn
er hat denn doch einmal den jungen Grafen umgebracht,
und muß gerecht werden dafür."

"Ja, es ist und bleibt ein schlimmer Handel," meinte
der Soldat, "und wenn nicht der Kaiser hilft . ."

Während sie so redend dahingegangen waren, richtete
sich auf einmal unweit des Dorfs aus einem Wassergra=
ben neben der Straße eine menschliche Figur empor, in
der Alle, trotz des Schlammes, mit dem sie bedeckt war,
bald den Baber erkannten. Er hatte zu oft den ihm von
Frau Kunegunde kredenzten Becher geleert und war un=

fähig, allein weiter und nach Hause zu kommen. „Ihr habt Euch eine besondre Liegerstatt ausgesucht, Meister Guntram," rief lachend der eine der Bauern, indem sie dem Betrunkenen auf die Beine halfen. „Könnt Ihr Euer Bett und den Straßengraben nicht von einander unterscheiden?"

„Das ist kein Wunder," spottete der Soldat, „der Meister hat damals, wie er das Knäblein des Grafen un= tersuchte, lebendig und todt nicht zu unterscheiden vermocht."

So betrunken der Baber war, fühlte er doch den ihm beigebrachten Seitenhieb. Schimpfend wollte er sich von seinen Führern losreißen, um über den Spötter her= zufallen; diese aber hielten ihn mit kräftigen Armen so fest gefaßt, daß er sich fügen mußte. Nachdem er heim= gebracht worden, zerstreuten sich Alle, in ihre Hütten und Häuser die wichtige Kunde des heutigen Tages tragend.

Im Schlosse war indeß der Richter beschäftigt gewe= sen, die ihm übergebenen Papiere nochmal zu durchgehen und zu prüfen. Willibald lehnte in sich versunken am Fenster des Zimmers, während Serena beschäftigt war, die Leiche Wallners, die in einer Halle untergebracht wor= den, einfach und im Sinne des Dankes zu schmücken, von dem ihr Herz gegen den redlichen Diener durchdrungen war. Elternlos und in gewissem Sinne rein sich selbst überlassen, war sie herangewachsen und je lebhafter mit jedem Jahre das Gefühl dieses Mangels in ihr hervor= trat, desto tiefer war der Eindruck, den die Erzählung und Handlungsweise Wallners auf sie gemacht hatte.

Nachdem der Richter seine Durchsicht geendigt hatte, trat er, sich erhebend, mit einer Verbeugung vor Willi= bald. „Nach Allem, was vorgegangen und ich hier ge=

lesen, kann ich nicht mehr zweifeln, daß ich in Ihnen, mein werther Herr, den ältesten Sohn des Grafengeschlech= tes Falkenstein zu veneriren habe. Ebenso zweifle ich nicht, daß der Kaiser nicht anstehn werde, die Lehensfolge anzuerkennen — gleichwohl aber kann ich Sie nicht so ohne Weiteres entlassen, da Sie mir als inhaftirt wegen einen criminis necis überliefert worden. Sie werden es mir daher nicht verdenken, wenn ich stehenden Fußes nach Wien abreise, um Sr. kaiserlichen Majestät persönlich zu rapportiren, und werden sich der anständigen leichten Haft nicht entziehen, in der ich Sie bis zu meiner Rückkehr halten lassen muß."

„Auch ohne Haft," erwiederte Willibald, „sollen Sie mich finden, wie Sie mich verlassen haben. Reisen Sie mit Gott, Herr Kommissarius, und machen Sie, daß ich Sie bald wieder willkommen heißen kann."

„Willkommen — ja," erwiederte der Kommissarius, „und hoffentlich dann mit einer freudigern Miene als Ihre jetzige ist, denn diese will sich nicht recht mit einem neu= gefundenen, und um das Armensünderstühlchen eingetausch= ten Platze auf der Reichsgrafenbank vertragen. Gott be= fohlen, — ich nenne Sie schon jetzt, wie Sie bald alle Welt nennen muß — Gott befohlen — gedenken Sie Ihres gehorsamen Dieners in Gnaden, Herr Graf von Falkenstein!"

Damit entfernte sich der höfliche Mann, blieb aber in der halboffnen Thüre noch einen Augenblick sichtbar, wie er den davor aufgestellten Dragonern Befehle ertheilte.

Willibald lehnte regungslos wie zuvor am Fenster. „Ja," murmelte er vor sich hin, „eine Grafschaft hab' ich gewonnen .. aber was verlor ich dafür! .. O der Preis ist zu theuer . . ."

Serena's Eintreten unterbrach sein Selbstgespräch.
Es war das Erstemal, daß sich die beiden allein gegen-
überstanden, seit sie wußten, daß sie Geschwister waren.
Beide waren in hohem Grade befangen; Willibald, weil
er wirklich mit aller Glut einer leidenschaftlichen Liebe an
ihr hing, und weil dies Gefühl mit dem trennenden
Schnitte, der ihm mit dem Worte Schwester durch's Herz
gefahren war, weder auf einmal verschwinden noch in das ge-
bührende ruhigere Maß zurücktreten wollte. Serene dagegen
ahnte und kannte diese Leidenschaft, und fühlte sich dadurch
eingeschüchtert, ihn als Bruder zu behandeln, während doch
gerade diese Stellung vollkommen dem Grade der Neigung
entsprach, welche sie von jeher für ihn empfunden hatte.
Gleichwohl brach Serena das Schweigen zuerst. „Engelbert . . . Bruder . . . theurer innig geliebter Bruder,“ rief
sie mit überströmender Innigkeit, im Auge den ganzen
Ausdruck ihrer schönen Seele. — „Bruder!“ rief Willibald
mit wild aufflammendem Antlitz . . . „Ich kann das Wort
aus Deinem Munde nicht hören, Serena! O gib mir die
Zeit wieder, wo Du die Herrin — ich nichts war als der
niedre Knecht. Nimm all' meine Hoffnungen und Reichthümer,
aber gib diese Zeit, gib mich mir selbst . . . gib mir mei-
men Himmel wieder . . .“ Mit unaufhaltsam ausbrechendem
Schluchzen stürzte er zu ihren Füßen und überströmte ihre
Hand mit glühenden Thränen. Ueberrascht und betäubt
hielt sie eine Sekunde lang den Ausbruch dieser Leidenschaft
aus — dann riß sie sich, ohne ein Wort zu sagen, los,
und war, eh er zu sich kam und sie aufzuhalten vermochte,
verschwunden.

Willibald verließ das Zimmer nicht und Wochen
vergingen, ohne daß die Geschwister sich wieder sahen. Auch

von Wien war noch keine Nachricht angelangt. Wallner
war inzwischen, da ihm als Selbstmörder ein feierliches
Leichenbegängniß nicht zu Theil werden konnte, auf Sere=
nen's Wunsch in der Schloßkapelle begraben worden.

Endlich kam eines Tages noch spät bei einbrechender
Dunkelheit eine schwere Karosse in den Schloßhof gerollt.
Ein großer hagerer Mann mit kahlem Scheitel stieg aus
und verlangte zu Serena geführt zu werden. Als sie ihm
im Besuchs=Saale entgegentrat, schrack der Mann zusammen
und bebte, daß er sich kaum aufrecht zu halten vermochte.
„Sie ist es," rief er mit gerührter Stimme, „das sind
Leonorens Züge, das ist Leonorens Gestalt — o komm
an mein Herz ... Du Niebesessene und Wiedergefundene ...
meine Tochter!" Der alte Mann wankte ihr mit aus=
gebreiteten Armen entgegen — sie suchte ihn zu unter=
stützen und sank ihm an die Brust. Wenige Worte reichten
zur Aufklärung und Beglaubigung hin, und voll Entzücken
eilte Serena, dem Vater auch den Sohn entgegen zu führen.

Nachdem es zu einiger Ruhe gekommen war, er=
zählte Graf Falkenstein seine Erlebnisse. Das Wesentliche
bestand darin, daß der Ueberfall und die Zerstörung Heidel=
bergs durch die Franzosen im Einverständnisse mit dem
Marchese Pimentelli geschehen war, der bestochen worden
und als allmächtiger Günstling des Kaisers Joseph I.
alle Mittel in Händen hatte, um die Enthüllung des
wahren Sachverhalts zu hindern. Vergebens hatte Falken=
stein aus den Niederlanden, wo er in tiefster Verborgen=
heit gelebt, mehrere Male versucht, dem Kaiser eine Dar=
stellung der Wahrheit zukommen zu lassen. Pimentelli
hielt den Kaiser so umlagert, daß keine Silbe, kein Buch=
stabe anders als durch ihn dahin gelangen konnte. Er

war es gewesen, der die Ordre gegeben, welche Falkensteins
Regiment zur Zeit des Ueberfalls beseitigt hatte, aber er
war es auch gewesen, der sie wieder in seine Hände zu
bringen wußte, um so in Abrede stellen zu können, daß
eine solche Ordre überhaupt gegeben worden sei.

Da rief der Herr der Herrscher den Kaiser vom Leben
ab, mit ihm stürzte der gefürchtete Pimentelli, und Kaiser
Karl VI. bestieg den Thron. Nun war es Falkenstein ein
Leichtes gewesen, sich Gehör und eine, zwar späte aber
nachdrückliche Rechtfertigung zu verschaffen. Der Günstling,
gegen den, als er aufgehört hatte, furchtbar zu sein, die
Klagen aus der Erde wuchsen, endete in dem öden Mun=
katsch, Falkenstein wurde feierlich und förmlich als un=
schuldig erklärt, und ihm alle Ehren und Güter zurück=
gegeben. So kam er in dem Schlosse seiner Väter wieder
an, hoffend — dort im Kreise seiner wiedergefundenen Kin=
der sein Leben noch einmal in späte Herbstblumen ent=
blühen zu sehen.

Nachdem er die Erzählung beendet, rief der Graf:
„Und nun meine Kinder, laßt mich nicht mehr zögern,
einer heiligen Pflicht zu genügen. Folgt mir in die Gruft
an das Grab Eurer guten, im Leibe mir vorangegangenen
Mutter und an das Grab meines braven Wallner! Wohl
mag mancher über seine beschränkte Ehrlichkeit lächeln und
ihn einen Thoren schelten — mir und Euch war er treu
bis in den Tod, und wie viele können sich rühmen,
solche Freunde zu haben! Kommt, und ihrem Andenken sei
die nächste Stunde nach dem Wiedersehn geweiht!"

Beide folgten ihm und die schweigende Mitternacht
allein war Zeuge des Todtenopfers, das in der Kapelle
den begrabenen Theuren dargebracht wurde.

In den folgenden Tagen zerstreute Serena's Bericht über die Tödtung des Grafen Falkenstein den letzten Rest von Sorge, den der Vater wegen dieser Angelegenheit noch gehegt hatte. Er erfuhr, daß der Vetter an jenem verhängnißvollen Morgen in Serenens Gemach gedrungen, und als sie seine wiederholten Bewerbungen verschmähte, sie mit so empörenden Zumuthungen gedrängt habe, daß sie, sich seiner zu erwehren, um Hilfe schrie. Auf ihren Ruf stürzte Willibald herein und stieß, als er Serenen in seinen Armen sich sträuben sah, den Schurken in aufflammendem Zorne zu Boden. Da er hienach nur vertheidigungsweise gehandelt, und die Vertheidigte noch dazu seine Schwester war, hoffte der Graf, daß der Kaiser das strenge Urtheil mildern werde. So geschah es auch. Engelbert bekam den Befehl, sich im spanischen Kriege von dem auf ihm liegenden Makel zu reinigen und ging nach einiger Zeit dahin ab, nachdem er von Serena kalt und förmlich Abschied genommen hatte.

So schön übrigens die Hoffnungen des Grafen beim Wiedereintritt in sein Stammschloß gewesen waren, so sehr sanken sie in kurzer Zeit wieder. Serena bestand darauf, ihr Leben im Klosterschleier zu enden, weil sie die Schuld am Tode ihres Vetters auf sich zu tragen glaubte und sein Blut dadurch zu sühnen hoffte. Alle Vorstellungen des Vaters waren vergeblich und mit schwerem Herzen mußte er sie bald selbst in die Hallen begleiten, wo sie fortan nur dem Herrn gehören sollte. Ob Engelberts unheimliche und unveränderte Leidenschaft nicht zu diesem Entschlusse beitrug, blieb unenträthselt.

Dieser kam, mit kriegerischen Ehren ausgezeichnet, nach Jahren zurück, gerade recht, um seinem Vater die

Augen zuzubrücken, ben ein rascher Schlagfluß dahinriß. Fortan wohnte er allein in dem mächtigen Bergschloſſe, bei Tage jagend, bei Nacht über finſtern Gedanken und Erinnerungen brütend. Er ſtarb unvermählt und mit ihm ging das Geſchlecht der Falkenſteiner zu Ende. Ueber ſeinem Grabe verfiel das Schloß nach und nach und ſteht nun in Ruinen als Zierde der Gegend, von jedem bewundert, der den Inn entlang die Straße gegen Kufſtein zieht. Ueber Serenens Grabſtein ſchreitet, wer das Portal der Kirche auf der Inſel Frauenchiemſee betritt, doch iſt die Schrift ſeit der langen Zeit faſt bis zur Unleſerlichkeit abgenützt. Im Volke der Umgegend aber lebt noch die Sage von dem braven Diener der Grafen Falkenſtein, und er wird immer als ein Beiſpiel angeführt, wenn die Rede iſt von dem alten Spruche: Ein Mann, ein Wort!

4.

Eigener Herd.

1.

In dem freundlichen Gebirgsdorfe Seekirchen war es am Morgen des Sankt Michaelstages ungemein laut und lebhaft. Sonst wurde in den Vormittagsstunden eines Werktages zu dieser Jahreszeit nichts hörbar, als der eintönige Taktschlag der Drischeln in den Scheunen oder das helle Klingen der Sense, die hie und da ein Bursche vor dem Hofthore bengelte, um noch vor Mittag das nöthige Grünfutter hereinzubringen; heute aber waren alle diese Arbeits = Töne verstummt und durch Stimmen festlicher Freude ersetzt. — Es gab eine Hochzeit im Dorfe.

Eben schlängelte sich der Brautzug durch den Hohl= weg, welcher mit Schlehen, Brombeeren und Haselstauden überwachsen und eingefaßt, den Kirchenhügel hinauf führte. Die Personen waren von dem Grün verdeckt, und nur stellenweise schimmerten die weißen und rothen Flatter= bänder an den Hüten durch das hangende und rankende Gebüsch. Desto reichlicher wurde das Ohr bedacht; der Wind trug die Töne von Clarinette und Horn herüber, welche dem Zuge voran musizirten; dazwischen gellte mancher helle langgehaltene Juhschrei, und mancher Pistolenschuß

weckte ein rollendes Echo in den Waldbergen jenseits
des Sees.

Am Ende des tiefer gelegenen Dorfes, wo die letzten
Häuser sich an dem sonnengebleichten Kieselstrande des Sees
hinzogen, stund eine starke, hochgewachsene Bauernmagd
mit sonnenrothem Gesicht. Sie lehnte an der Umzäunung
eines grasigen Abhangs und blickte nach dem Kirchenhügel,
die eine Hand über den Augen, um sich vor den Sonnen=
strahlen zu schützen, die für einen Herbsttag sich noch hell
und warm genug auf die Hänge und Wiesenbreiten legten.
Die andere Hand hing gesenkt am Leibe herab und hielt
die Sichel, denn die Dirne hatte eben aufgehört, frisches
Gras von den Rainen zu mähen. Dasselbe lag seitwärts
am Boden, in ein großes grobes Tuch zu einem Bündel
zusammengebunden. Das Gesicht der Magd war von ge=
sunder, kräftiger Rundung, mit regelmäßigen Zügen, denen
zur Schönheit nur wenig fehlte. Im Ausdruck desselben
und in der Haltung des ganzen Körpers sprach sich jenes
sichere Selbstbewußtsein aus, welches man häufig bei Per=
sonen findet, die nach innen und außen auf sich selbst an=
gewiesen sind.

Mit der einrahmenden Umgebung bot die ganze Er=
scheinung ein ansprechendes Bild. Links stieg das Dorf aus
Baumwipfeln gegen den Kirchenhügel an; rechts, etwas in
den See vorgebaut, lag die Mühle, zu der der umzäunte
grasige Abhang gehörte. Hinter derselben stieg eine braune
Felsenwand in steilen und doch buschigen Aufstufungen em=
por. Darüber fiel wie ein hie und da unterbrochenes
Silberband mit mächtigem Rauschen ein kleines Bergwasser

herab, das durch die Gewalt seines Sturzes das schwere
Mühlwerk wie spielend bewegte.

Jetzt war der Zug aus dem Hohlwege hervorgetreten und bewegte sich über den freien Abhang der weitgeöffneten Kirchenthüre zu. Mit mäßig scharfem Auge konnte man nun die einzelnen Gestalten des Zuges vollkommen unterscheiden und sah nach einander die Musikanten, die Ehrenmutter und den Ehrenvater, die Kränzeljungfern und das Brautpaar selbst in die Kirche treten. Dann ward es ringsum so stille, als wäre das ganze Thal nur die Vorhalle des Heiligthums, in welchem jetzt ein so ernstes Band geknüpft wurde: als feierte Alles mit, ihm Bestand zu erflehen. Nur Wind und Wasser rauschten und zogen fort, damit auch die Mahnung der Vergänglichkeit nicht fehle.

Die Trauung mochte zu Ende sein, da wurden von der Mühle her Schritte hörbar, und eine starke, rauhtönende Mannsstimme rief mehrmals den Namen Loni.

Die Magd am Zaune war bis dahin in unveränderter Stellung gestanden; bei diesem Tone wendete sie sich rasch, hob mit Einem Schwung die Grasbürde auf den Kopf und schritt dem Eingange gegen die Mühle zu. Hart am Fallgitter des Zaunes kam ihr der Rufende schon entgegen, bei dessen Anblick der Ausdruck des Widerwillens noch stärker hervortrat, der schon bei dem ersten Laute seiner Stimme auf dem Gesichte des Mädchens sichtbar geworden war.

Es war der Müller, ihr Dienstherr, ein Mann von ganz ungewöhnlicher Körperlänge und ebenso auffallender Magerkeit. Er war schon einige Jahre über die sechzig hinaus und beugte sich etwas von vorne über, theils aus Nachlässigkeit, theils weil er brustkrank war. Die gelbe Blässe, welche die schlaffen Züge des Gesichts und den fast ganz kahlen Schädel überzog, machte einen widrigen Ein-

druck, der durch die flackernden, unsteten Augen noch er=
höht wurde. Trotz des Hustens, der ihn in kurzen Ab=
sätzen überfiel, hielt er unablässig einen schmutzigen hölzer=
nen Pfeifenstummel im Munde und blies dichte Wolken
stinkenden Tabaks von sich.

„Wo steckt das Weibsbild?" schrie er. „Die Kühe
blöken sich drinnen fast zu Tode, und du hast dich wohl
in den Schatten gelegt und geschlafen?" — In diesem
Augenblicke trat der Hochzeitszug wieder aus der Kirche
und die Töne des Horns schwebten herüber. Der Müller sah
mit pfiffigem Lächeln hinauf. „Nun begreif' ich's! Du hast
dich hinstellen müssen und den Zug angaffen! Hast wohl auch
heimlich ein Auge gehabt auf den schmucken Loher=Hans und
greinst nun, weil er die Gretl vorgezogen hat, die doch
gerade eine so arme Betteldirne ist wie du? Stell' dich
hin und sinnir' in deiner eigenen Zeit am Feierabend;
jetzt marschir' hinein an die Arbeit."

Loni war bei der heftigen Anrede Anfangs ihrer
Wege gegangen, dann blieb sie stehen und sah den Alten
ruhig an. „Bist wieder wild, G'stab'müller?" sagte sie,
als er schwieg. „Meinst, ich soll dich fürchten, wenn du
so abscheulich thust? Du hast noch nie Ursach' gehabt,
über mich zu schänden, während der drei Jahr', daß ich
bei dir bin. Ich hab' die Blaßel'n noch nie vergessen,
und wenn du im Stall gewesen wärst, so hättest du ge=
sehen, daß ich sie auch heute gut versorgt habe. Ich hab'
auch schon oft über'n Feierabend hinaus für dich gear=
beitet, und du kannst es mir wohl vergönnen, wenn ich
einen Augenblick gebetet hab', daß es der Gretl gut geht
in ihrem neuen Stand. Sie ist eine Schulkamerädin von
mir, und ich gönn's ihr von ganzem Herzen, daß der

Hans sich nicht hat irr' machen lassen von seinen reichen
Befreundeten."

Der Alte hatte seine grobe Hitze sichtbar schon nach
den ersten Worten bereut und bemühte sich nun, ein Lä=
cheln zu Stande zu bringen, das einlenken und gutma=
chen sollte. „Ja, ja, du hast recht, Loni," sprach er mit
dem weichsten Tone, dessen er fähig war. „Du bist ein
braves Weibsbild, und ich kann nicht klagen über dich.
Aber du kennst mich ja, wenn mich die fliegende Hitz' an=
geht! Du hast recht gehabt, daß du nach der Kirche
hinüber geschaut hast. Ich lob' den Hans darum, wie
du; daß er nicht nach Geld geheirath' hat, ... es gibt
noch gar manches arme brave Mädel, das einen reichen
Mann verdiente —."

„Mach' dich nicht so schön, Müller," sagte die Dirne,
„es steht dir nicht an." — „Nun, dir wär's wohl gar
zuwider?" fragte der Alte mit einem lauernden Seiten=
blick. „Du sagtest wohl gar nein, wenn Einer käme und
dich den Kirchweg hinauf führen wollte?"

„Narr," entgegnete Loni mit unverhehltem Spott,
„warum sollt' ich Nein sagen, wenn der Rechte kommt?
Aber der Rechte muß kommen, verstanden? — Schau,
Müller," fuhr sie nach einer kurzen Pause fort, indem sie
näher trat und ihm zutraulich die Hand auf die Schulter
legte. „Arm oder reich — Menschen sind wir alle, und
was Mensch heißt, das hat's in sich, daß es mit Seines=
gleichen gern irgendwo sich niederlassen und sagen möcht',
da bin ich daheim, das ist mein eigener Herd. — Hat
doch der Fuchs im Walde seinen Bau und jeder Vogel
sein Nest! Aber Gleichheit muß dabei sein, Müller, es
muß einem alten Fuchs nicht einfallen, sich einen Vogel

in seinen Bau zu holen! — Verstanden?" Damit gab sie lachend dem Alten einen leichten Schlag auf die Schulter und schritt rasch dem Hause zu, die schwere Grasbürde auf dem Kopfe anmuthig wiegend.

Der Gestadmüller sah ihr nach, hustete und blies stärkere Tabakwolken von sich. „Fehlt sich nicht, du hoffärtiges Weibsbild!" brummte er dann vor sich hin. „Ich hoff', ich brauche nicht viel älter zu werden, daß ich eine zahlende Zeit erlebe, — dann will ich dich wohl merken lassen, ob ich dich verstanden habe!" Undeutlich vor sich hinmurmelnd, ging er langsam der Mühle zu, trat ärgerlich einen Mohnkopf in den Boden, der aus der Umfassung des kleinen Gärtchens einen kümmerlichen Ausweg gesucht hatte, und verschwand darauf im Mühlwerke, wo man seine Stimme noch lange scheltend forttören hörte.

Loni war indeß in den Kuhstall getreten und streute das duftende, thaufrische Gras in den blanken Steinbarren den Thieren vor, welche die bekannte Pflegerin freundlich begrüßten und sich ihr wie liebkosend entgegen drängten. Die Dirne streichelte sie aber nicht, wie sie sonst zu thun pflegte; sie ging schweigsam und nachdenklich der Arbeit nach, und auch als sie sich zum Melken angeschickt hatte, blieb sie stumm, während sonst die Wände von ihrem Gesange widerhallten. Sie war unzufrieden mit sich selbst; sie überlegte hin und her, und wie es einem übervollen Gemüthe geht, brach sie zuletzt in ein halblautes Selbstgespräch aus. „Hm," murmelte sie, „ich hätte den Alten nicht so abschnauzen sollen ... er ist ein heimtückischer Mensch und trägt mir's gewiß nach! ..."

Plötzlich unterbrach sie sich durch einen lauten Aufschrei und blickte erschrocken nach der Hinterwand des

Stalles, wo unter dichten Hollunberbäumen versteckt ein
kleines, halbblindes Fenster nach dem Gras= und Obst=
garten führte. An dem Fenster war deutlich geklopft wor=
ben — es klopfte wieder, und wie sie hinzutretend öffnete,
sahen aus einem kühn geschnittenen, braunen und schnurr=
bärtigen Gesicht ein paar lachende blaue Augen auf sie
herein. „Du Tapp," redete sie den Burschen an, „wie
kannst du mich so erschrecken! Und was fällt dir denn
ein, jetzt unter der Zeit daher zu kommen, mitten durch
den Garten! Willst du, daß dich der Klaubauf, der
Müller, sieht?" — „Laß gut sein, Loni," flüsterte der
Bursche entgegen, „er soll mich nicht sehen, er ist so eben
aus dem Hause. Da drüben unter dem großen Feldbirn=
baum spaziert er in seinem müllerblauen Kittel die An=
höh' hinauf. Rathe, Mädel, wohin er geht?" — „Was
kümmert's mich?" erwiderte Loni, „mir kann's gleichgül=
tig sein." — „Wer weiß, wer weiß!" entgegnete pfiffig
der Bursche. „Meinst du, es hat nichts zu bebeuten, baß
ich so unter der Arbeitszeit daher gelaufen komme im
Feiertagsstaat, den du freilich durch das Stallfenster nicht
sehen kannst, in das kaum mein Schnauzbart hineingeht —?
Ich denke immer, du kannst in beinem Kasten nachsehen,
ob nichts mehr fehlt zum Brautanzuge!"

Das Mädchen wurde von diesen Worten wie von
einem elektrischen Schlage berührt. Ein tiefes Roth über=
beckte ihr flammend das Gesicht bis unter die Haare;
durch die arbeitgestählten Nerven flog ein unwillkürliches
Zittern, und es währte einige Sekunden, bis sie zu spre=
chen vermochte. „Balthes," sagte sie bann, „wie magst du
so bummen Scherz treiben?"

„Scherz?" lachte dieser zum Fensterchen herein, „Ernst

ist's, Schatz! Wenn nicht Alles schief geht, gehn wir in ein paar Wochen den nämlichen Weg, den heute die Gretl mit dem Loher-Hans gegangen ist. Hör' nur zu! — Du weißt, ich habe diese Tage drüben im Landgericht gearbeitet, es gab was an dem alten Dache auszubessern. Da kam einmal der Herr Landrichter zu mir herauf, sah mir bei der Arbeit zu und lobte mich, daß es mir so flink und sauber von der Hand gehe. Ich sagte, das sei noch gar nichts, und wenn ich erst wüßte, für wen ich denn eigentlich arbeite, da sollte es mir noch flinker und sauberer aus der Hand gehn. Nun fragte der Herr Landrichter wieder, wie ich das meine? Und weil er ein alter, leutseliger Herr ist, so hab ich mir ein Herz gefaßt und hab' ihm Alles erzählt. Ich habe ihm gesagt, daß wir uns gern haben und uns heirathen möchten, daß wir aber alle zwei nichts haben, als unsere gesunden Arme und was wir gelernt haben, und was wir mit Beidem uns miteinander verdienen können, und ob er uns nicht behülflich sein wolle, daß wir zusammen kommen und auch unsern eigenen Herd hätten. — Der gestrenge Herr hörte mir freundlich zu und meinte dann, wir sollten es einmal probiren und um die Heirath einkommen. Es sei allerdings schlimm, daß wir gar nichts besäßen, keinen Grund und Boden, kein Haus, gar nichts, als was wir mit der Händearbeit verdienen. Das sei bloßer Lohnerwerb, sagte er, da hänge die Erlaubniß zur Heirath ganz von der Gemeinde ab, und wenn die Nein sage, könne das Landgericht und selber die Regierung nichts dagegen machen. Das stehe so im Gesetze, denn die Gemeinde habe das... ich weiß nicht mehr recht, was er sagte — das...ja, das Veto hat er's geheißen. Weil ich aber ein so tüchti-

ger Zimmermann sei, so könn' es doch wohl gehn, wenn
du auch eine rüstige Person seiest und wenn die Gemeinde
uns gut wolle. Ich solle einmal kommen und unsre Zeug=
nisse bringen. Das ließ ich mir nicht zweimal sagen.
Unsre Schreibereien hab ich ja schon lang in meiner Truhe
liegen; am andern Tag nahm ich sie mit hinüber, und
wie die Arbeit zu Ende war, ging ich zu dem Herrn
Landrichter und gab sie ihm. Der war sehr damit zu=
frieden, nahm das Gesuch gleich auf und meinte nur, du
solltest eigentlich auch dabei sein und es unterschreiben,
allein er hoffe, du werdest nicht Nein sagen, wenn ich die
Sache durchbrächte. Ich habe dir seither nichts davon ge=
sagt, aber jetzt muß ich heraus damit, denn wie heute die
Trauung droben vorbei war in der Kirche, ließ mich der
Herr Pfarrer durch den Ministranten in die Sakristei
rufen. Dort nahm er mich in die Ecke neben dem Beicht=
stuhl und erzählte mir, unser Gesuch sei ihm vom Land=
gericht zugeschlossen worden, er wünsche uns alles Glück
und werde die Sache noch heute vorbringen. Es sei
heute ohnehin Gemeindesitzung, da habe er die Männer
von der Armenpflege auch dazu rufen lassen, und wenn
es Gottes Wille sei, so könnten wir einander heut noch
als Brautleute gute Nacht sagen. — Begreifst du jetzt,
Loni, wohin der Müller geht?"

Das Mädchen hatte mit steigender Unruhe zugehört,
allein diese Unruhe war keineswegs jene angenehme Er=
regung, in welche man durch eine freudige Ueberraschung
versetzt zu werden pflegt; sie hatte vielmehr die größte
Verwandtschaft mit einer unangenehmen Empfindung. Zu=
letzt war dieser Ausdruck ihres Wesens nicht mehr zu ver=
kennen und ging in so völlige Bestürzung über, daß sie

auch dem braußen stehenden Burschen nicht entgehen
konnte.

„Aber wie ist mir denn?" begann er wieder. „Du
stehst ja da wie versteinert und red'st kein Wort? Und
wenn ich recht seh' in der Dunkelheit da brinnen, so spielst
bu ja ordentlich alle Farben? Reut's dich etwa ober hast
mich nicht begriffen, Loni?" — „Ich hab' dich nur zu
gut begriffen," antwortete sie endlich mit weinerlicher
Stimme, „aber wie soll ich mich freuen, wenn ich voraus
weiß, baß es umsonst ist? Hättest du mir gesagt, was
bu vorhast, bann hätte vielleicht aus der Sache etwas
werden können, aber so wird dir auch die Freude bald
in den Brunnen fallen, wenn ich dir erzähle ..." Hier
brach das mühsam verhaltene Weinen offen aus und unter lautem Schluchzen fuhr sie fort: „Es ist noch keine
Stunde her, baß mir der Müller wieder mit seinen ver-
blümelten Anträgen nachgegangen ist — ich hab' im Augenblick auch nicht daran gedacht, was er für ein großes
Thier ist bei der Gemeinde — ba hab' ich ihn spotthaft
angelassen — hab' ihn einen alten Fuchs geheißen —- und
wenn jetzt die Sitzung ist, so wirst bu sehen, er tränkt
es uns ein, und macht uns die ganze Glückseligkeit zu
Wasser."

Balthes schwieg einen Augenblick, auch ihn hatte der
bedenkliche Zwischenfall stutzig gemacht; aber er besann
sich bald, benn er fühlte, baß es in keinem Falle an ihm
war, den Muth zu verlieren. „Das hättest bu freilich
bleiben lassen können," sagte er, sich hinterm Ohr krauend,
„aber ba es einmal so ist, so erschreckt mich der alte
Mülleresel noch lange nicht! Er ist eben auch ein Ein-
zelner wie jeder andere im Ausschuß. Die anderen haben

alle nichts gegen mich und dich — der Herr Pfarrer ist
für uns — wisch' dir die Augen ab, Loni, es müßte schlimm
zugehen, wenn dessen Worte nicht mehr gelten sollten, als
was ihnen der Müller vorhustet. Aber zur Vorsicht will
ich hinüber, will nochmal den Herrn Pfarrer bitten, und
auch ein Wörtel mit dem Wirth reden. B'hüt dich Gott,
Loni! Sei mir vergnügt und gib mir die Hand heraus
zum Fenster. Am Abend nach Gebetläuten wart' ich auf
dich bei der großen Linde am See. Sag ein kräftiges
Stoßgebet her, wenn's dir gar zu schwer wird um's Herz,
und am Abend sehen wir uns wieder als Braut und
Bräutigam und können das Fleckchen aussuchen, wo wir
unsern eigenen Herd bauen wollen."

Er streckte die Hand zum Fenster herein, faßte die
Loni's, welche sie wortlos hinreichte, und nach einem kräftigen herzlichen Druck war er verschwunden. Loni fuhr
sich mit den Händen nach der Stirn, als wollte sie etwas
Drückendes dort wegnehmen; dann ließ sie dieselben in-
einandergefaltet sinken und stand einen Augenblick wie betend, den Blick zu Boden gekehrt. Zuletzt riß sie sich mit
einem gewaltsamen Ruck empor und ging wieder ruhig
an die unterbrochene Arbeit.

Indessen hatte der Wirth im Dorfe die große obere
Stube, so gut es anging, als Sitzungssaal hergerichtet,
denn da die Gemeinde ein eigenes Haus nicht besaß, war
kein anderer geeigneter Platz zu haben. Ein langer tan-
nener Tisch mit kreuzweise gestellten Beinen war in die
Mitte des länglichten Vierecks getragen und darum herum
dreibeinige hölzerne Stühle gereiht. Nur am obern Ende
des Tisches stand für den Herrn Pfarrer ein alter leder-
ner Lehnstuhl mit hoher Lehne und großen gepolsterten

Seitenohren. Gegenüber am untern Tischende saß der Schullehrer hinter einem mächtigen Tintenfaß und schnitt sich die Federn zum Protokoll zurecht. Er hatte nicht mitzurathen, sondern nur die Verhandlung niederzuschreiben, darum mußte er mit einer Bank als Sitz vorlieb nehmen. An den Wänden herum hingen rundlich ausgezackte Scheiben von blankem Weißblech, vor denen bei vorkommenden Tanzmusiken die Kerzen wie vor Wandspiegeln aufgesteckt wurden. Die kleine Estrade, auf der dann die Musikanten saßen, war zur gebührenden Erhöhung der Feierlichkeit zur Hälfte von einer Draperie in den Landesfarben versteckt.

Die Mitglieder der Berathung hatten ihr Erscheinen nicht beeilt; der Müller war der Erste, der durch die halb aufgedrückte Thüre hereinsah, und wie er Niemand als den Schullehrer wahrnahm, mit seiner Pfeife eintrat. „Guten Morgen," sagte er, „was gibt es denn so Wichtiges, daß wir so mitten im Tage daher müssen?" — „Was wird's geben, Meister Müller?" antwortete der Lehrer mit respektvoller Verbeugung. „Ueber den Leonhardsberg soll die Fahrstraße breiter und zügiger gemacht werden —." — „Versteh' schon," hustete dampfend der Müller, „die Gemeinde soll's zahlen! Es gibt eine neue Umlage und wir werden Fuhren thun müssen —." — „Was Ihr geschickt im Rathen seid!" lachte der Schullehrer. „Dann haben wir noch ein Heirathsgesuch, das soll bei der Gelegenheit gleich mit abgemacht werden; nun das wird für Euch ohnehin nichts Neues sein."

„So?" fragte der Alte stutzig. „Wer will denn heirathen in der Gemeinde, daß ich schon im Voraus drum wissen soll?" — „Ei, wie stellt Ihr Euch an, Meister

Müller!" sagte der Lehrer und legte vor Verwunderung die Feder weg. „Ihr werdet nicht wissen, daß Eure Loni heirathen will?" — Der Müller verfiel in einen Husten, als wenn er ersticken wollte. Wie er wieder Athem hatte, rief er lachend: „Die Loni? Wirklich, die Loni? Ja, ja, das hab' ich freilich schon lange gewußt, aber ich habe nicht gedacht, daß das Ding so auf der Extrapost gehen soll! Ja, das weiß ich schon lang, — aber wen will sie denn heirathen, die ver... die ver... liebte Person?" — „Als wenn es ein Geheimniß wäre, daß sie es mit dem Zimmer-Balthes hat!" rief der Lehrer wieder, „Das weiß fast jedes Kind im Dorfe!"

Der Müller hustete wieder ganz entsetzlich. „Freilich, freilich," sprach er dann, „das weiß jedes Kind! Ich hab' es auch gewußt, — aber ich weiß gar nicht, wie ich manchmal bin. Ich hab' es ganz vergessen. — Hm, hm, das sind ein paar gar ordentliche und fleißige Leute, — die wird man wohl heirathen lassen müssen?" — „Das meint der Herr Pfarrer auch," erwiderte der Lehrer rasch. „Er hat darum auch mit den andern Männern allen schon geredet und wird wohl auch zu Euch noch kommen." — „Ei, der liebe Herr!" hustete der Müller, „das sieht ihm ganz ähnlich. Da will ich doch gleich hin und will ihm entgegen gehn. Fällt mir auch gerade ein, daß ich mit meiner Pfeife so mir nichts, dir nichts da hereingelaufen bin in den Sitzungssaal. Das will sich doch nicht schicken. Auch kann der Pfarrer den Tabakgeruch nicht leiden. Nun, wir sehen uns ja bald wieder, Schullehrer."

Damit eilte er hinaus und wollte draußen seiner Galle über die unliebe Neuigkeit Luft machen; er hielt aber an sich, denn aus der Vertiefung der Stiege tauchte soeben die wohlbeleibte Gestalt des Wirthes empor.

„Eben recht, daß du mir so allein begegnest, Rössel= wirth," rief er demselben entgegen. „Ich muß mit dir reden. Nimm mir's nicht übel, ich habe dich noch nie gedrängt wegen den tausend Gulden, die ich dir im vori= gen Spätjahr geliehen habe. Es war auch nicht nöthig, ich hab's nicht gebraucht bis jetzt. Aber jetzt mußt du schon schauen, daß du Richtigkeit machst. Bis Weihnach= ten ist der letzte Termin, daß ich dir zuwarten kann."

Der Wirth war aufs unangenehmste überrascht. Er kratzte hinter den Ohren und schob seine grüne Schlegel= kappe von einer Seite auf die andere. „Du fällst mir schön mit der Thür ins Haus!" versetzte er. „Bis Weih= nachten! Das kann ich nicht, da dürft' ich nur gleich das Rössel verkaufen. — Ich hab' allzuviel Geld in dem letzten Ochsenhandel stecken. Warum mußt du denn das Geld so Knall und Fall haben?" — „Es ist halt nicht anders," erwiderte der Müller ruhig. „Du bist mir Manns genug dafür, und ich wollt' dich gewiß nicht drücken, aber ich muß. Du weißt ja auch schon, daß meine Oberdirne, die Loni, sich's in den Kopf gesetzt hat und durchaus hei= rathen will. Das Weibsbild hat mir die Wirthschaft geführt, seit meine Alte todt ist; ich muß nun meine Base zu mir nehmen drüben aus dem Tirolischen. Aber die hat mir's schon erklärt, daß sie nur dann kommt, wenn ich ihrem Vater tausend Gulden leihe, damit er den Ka= puzinern zu Reutte den schweren Zehent abkaufen kann und sich leichter haust. Wo soll ich das Geld hernel= men? Ein Keil treibt eben den andern."

Der Wirth warf ärgerlich seine Schlegelkappe ister

Wand. „Also damit das Mädel heirathen kann, soll ich
mir all die Ungelegenheiten machen? Das wäre mir
eben recht! — Sie hat ja die Erlaubniß zum Heirathen
noch nicht. Da hat Unsereiner auch noch ein Wort drein
zu reden! — Freilich, der Herr Pfarrer hat mit mir und
den meisten schon geredet, der glaubt, wir sollten Ja
sagen."

„Da siehst du," entgegnete der Müller, „es sind ein
paar Leute, gegen die nichts einzuwenden ist. Wir müssen
eben einwilligen." — „Das werd' ich bleiben lassen!"
schrie der Wirth, immer unmuthiger werdend. „Gerad
heraus, Gestadmüller, ist's das allein? Wenn die Loni
bei dir bleibt, kann ich dann die tausend Gulden noch
eine Weil' haben?" — „Ja, wenn die Loni bliebe!" sagte
achselzuckend der Andere. „Sie wird aber heirathen und
nicht bleiben! Aber wenn's geschehen könnte, ohne daß
man den beiden Leuteln ihr Glück aufhält, — ich hab'
sonst keine Ursach'."

„Gut," sagte der Wirth und hob die weggeworfene
Mütze wieder auf. „Die Loni heirathet diesmal nicht,
und wenn's der Pfarrer zehnmal will. Der Rösselwirth
weiß so was auch zu machen. Gleich red' ich mit dem
Vorsteher. Der möchte gern seinen Schwiegersohn, den
Jäger-Toni von Hall auf die Gemeinförsterei bringen, der
muß schon mit sich handeln lassen. — Adies, Müller, ver=
laß dich auf mich, es bleibt beim Alten!" Der Wirth
eilte die Treppe mit aller Schnelligkeit hinab, welche sein
Leibesumfang zuließ. Langsam folgte ihm der Müller.
Er hatte, was höchst selten geschah, die Pfeife ausgehen
lassen und ließ sich in der Küche einen Span geben, sie
wieder anzuzünden. „So, Loni," brummte er vor sich

hin, „der alte Fuchs hat ein Feuerchen angemacht, daß für diesmal dem Vögerl das Nestbauen vergehen wird."

Nach etwa einer halben Stunde saßen der Gemeinde-Ausschuß und die Armenpflege im hohen Rathe beisammen. Schon wollte der Pfarrer seinen Vortrag beginnen, als es schüchtern an der Saalthüre klopfte. Auf das „Herein" des Lehrers ging dieselbe auf und der Zimmer-Balthes trat herein, den runden grünen Hut verlegen in den Händen drehend. „Nichts für ungut, liebe Männer," begann er mit einer linkischen Verbeugung, „ich hab's erfahren, daß ihr heut euern Beschluß fassen müßt' wegen meiner Heirath mit der Loni von der Gestadmühle. Da hab' ich mir das Herz gefaßt, hereinzukommen, und will euch bitten, liebe Männer, ihr möchtet mir und der Loni geneigt sein und uns heirathen lassen. Ich denk', wir werden der Gemeinde keine Schand' und keinen Schaden machen."

Der Redefluß des schlichten Burschen war zu Ende, er schien eine Antwort zu erwarten und stand in unbeschreiblicher Verwirrung vor den bäurischen Richtern seines Geschickes. Es lag etwas Rührendes in dieser hochgebauten, kernigen Gestalt, in dem braunen, kühngeschnittenen Gesicht. Man sah es seiner ganzen Erscheinung an, daß Verzagtheit oder Unschlüssigkeit ihm unbekannte Dinge waren. Um so gewinnender war die Unbeholfenheit, dieses völlige Vergessen der inwohnenden Kraft; um so einschmeichelnder das verlegene Lächeln um den bärtigen Mund und der fast weiblich weiche Strahl der blauen Augen.

Dem Pfarrer schienen ähnliche Vorstellungen durch den Sinn zu gehen, denn er blickte den hübschen Burschen

mit sichtlichem Wohlgefallen an. „Es ist gut, Balthes,"
sagte er freundlich nach einer Weile, da sonst Niemand
das Wort nahm. „Eure Sache ist in guten Händen;
es wird geschehen, was mit dem Wohl der Gemeinde und
euern Wünschen sich verträgt."

„Allemal wahr!" sprach der Vorsteher, ein riesiger
Bauer mit silberweißem langem Haar. „Aber das ist
auch wahr, daß es dir sehr pressirt, Balthes. Du könntest immer noch ein paar Jahre arbeiten, ehe du ans
Heirathen denkst. Du könntest dir so viel erhausen, dir
ein kleines Fleckchen Grund zu kaufen und eine Herberg
zu zimmern. Dann mein' ich, wär's alleweil noch Zeit."

Balthes wurde dunkelroth im Gesicht. Eine heftige
bittere Empfindung stieg ihm unverkennbar mit Gewalt
auf, aber er drängte sie zurück und sah nur einen Augenblick auf den Boden nieder. „Du kannst recht haben, Vorsteher," versetzte er dann ruhig, „aber ich mein', ich hab'
auch recht. Ich bin just so jung nicht mehr, daß ich so
übrig Zeit zu warten hätte. Ich hab' den Dreißiger bald
auf dem Rücken, — wie lang soll ich warten, bis ich auch
was Eigenes hab'? Jetzt bin ich gesund und frisch an
Seel' und Leib, jetzt kann und werde ich arbeiten. Wenn
ihr mich jetzt heirathen laßt, so soll die Herberg' bald gezimmert bastehn und auch der Grund mein eigen sein,
auf dem sie steht. Wenn ich noch allein für mich fort-
hausen soll, geht's gewiß nicht so gut! — Schau, Vorsteher, du hast leicht reden. Wie du ausgewachsen warst,
hast du dich in deinen schönen Hof hineingesetzt, du weißt
darum gar nicht, wie einem armen Teufel um's Herz ist,
der sich alles erst erobern muß. Weiß Gott, ich gönn'
dir's von Herzen, daß du besser dran bist, aber drum

vergönnt's auch mir, daß wir zusammen kommen, so lang
wir noch Luft und Lieb' zu der Arbeit und eine Freud'
am Leben haben — nicht erft dann, wenn die Loni ein
altes Weibsbild ist und ich ein zusammengeraderter Kerl! —
So, und jetzt nichts für ungut, liebe Männer! Ich wie=
derhol' halt meine Bitt', — denkt nur an das alte Sprü=
chel: Jung gefreit, hat keinen gereut!" — Noch eine
halbe linkische Verbeugung wie bei seinem Kommen, und
der Bittfteller war verschwunden; die Berathung ging
ihren Gang.

Am Abend saß Loni, auf Balthes wartend, unter
der großen Linde am See. Das Wetter hatte fich wäh=
rend des Tages geändert; der Himmel war mit bleifarbi=
gem Regengewölk überzogen, und die Sonne ging glanz=
los unter, nur ein dunkelrother Streifen an den Bergen
hin ließ die Stelle erkennen. Vom See ftieg dichter Ne=
bel auf, und aus den Bergschluchten fuhr ein haftiger,
fröftelnder Wind hervor, der die Wipfel rauschend durch
einander beugte, als wäre er ärgerlich, daß er die feft an
den Zweigen haftenden Blätter noch nicht herabschütteln
konnte.

Es war schon sehr dämmerig, und Loni wartete mehr
um ihr gegebenes Versprechen zu halten, als um die so
wichtige Entscheidung ihrer Angelegenheit zu erfahren.
Ueber diese machte sie sich keine Täuschung, seit sie den
Müller aus der Sitzung heimkommen gesehen hatte. Sie
vermied es, ihm zu begegnen, und gab sich den Anschein,
als bemerke sie ihn nicht, denn sie konnte eines unbeftimm=
ten Gefühles in sich nicht Herr werden, als habe sie sich
ein Unrecht gegen ihn vorzuwerfen, weil sie ihn als ihren
Dienftherrn nicht schon lange ins Vertrauen gezogen habe.

Dennoch fand sie Gelegenheit, einen Seitenblick auf ihn
zu werfen — und sie wußte genug. Auf dem Gesichte
des Alten lag unverkennbar eine so hämische Freude, daß
sie über deren Veranlassung nicht zweifeln konnte; — sie
sah, daß ihre Hoffnungen vernichtet waren. Sie erwar=
tete daher Balthes mehr in der Absicht, zu hören, was
nun geschehen solle, und um ihn vielleicht von unüberleg=
ten oder gewaltsamen Schritten abzuhalten.

Endlich kam er die Anhöhe vom Dorfe herab. Hätte
sie noch eine Vermuthung des Bessern in sich getragen, so
wäre sie bei seinem Anblick verschwunden. Der sonst so
muntere Bursche schritt langsam und niedergedrückt den
Rain herab; kein Lied, kein fröhlicher Schrei verkündete
sein Kommen, wie es in den Bergen Sitte ist und sonst
auch seine Gewohnheit war. Jetzt erblickte er Loni im
Schatten der Linde und eilte zu ihr hin. Wortlos stan=
den sie einige Augenblicke sich gegenüber, dann brach Bal=
thes in krampfhaftes Schluchzen aus und fiel dem Mäd=
chen mit dem Ausdrucke so heftiger Leidenschaft um
den Hals, daß es nur durch diese erklärlich wurde, wie
er zu solchen Zeichen innerer Erweichung gebracht wor=
den war.

„Es ist eine Schand', Loni," rief er unter strömen=
den Thränen, „aber ich kann nicht anders, ich muß flen=
nen wie ein Schulbub' — es ist mir zu tief ins Leben
gegangen." — „Komm' nur zu dir," sagte Loni, selbst
aufs schmerzlichste bewegt, „ich weiß schon alles; ich hab'
es dem Müller am Gesicht abgelesen! Aber muß ich als
Weibsbild dir sagen, daß du dich zusammennehmen sollst?
Jetzt heißt's überlegen, was weiter zu thun ist!" — Der
Bursche hatte sich im Uebermaße seiner Aufregung zu Bo=

ben geworfen und brückte das glühende, thränennasse Ge=
sicht ins Gras. „Ich werde mich zusammennehmen," ent=
gegnete er stockend. „Ich hab's gethan, so lang ich unter
den Leuten war, denn ich wollt's Keinem rathen, daß er
herginge und sagte, er hätte mich weinen gesehen. Aber
da, da bin ich ja allein mit dir! Da muß ich meinem
Herzen Luft machen, wenn's nicht zerspringen sollt'. —
Und was weiter zu thun ist?" fuhr er auffspringend mit
rasch verändertem Tone fort, „das ist auch schon überlegt.
— Es kommt nur auf dich an, ob du willst." — „Das
brauchst du mich nicht zu fragen," antwortete Loni, und
ohne daß er ihr übergehendes Auge bemerken konnte, zeigte
der zitternde Ton der Stimme, daß das Wort aus dem
tiefsten Herzen kam.

Balthes brückte sie innig an sich und fuhr fort. „Der
Herr Pfarrer hat mir alles erzählt. Alle haben Nein
gesagt, bis auf ihn selber und den saubern Müller. Er
sagt, es ist offenbar eine abgeredte Sach' unter ihnen ge=
wesen. Wir sollen halt in Gottes Namen warten und in
einiger Zeit wieder anhalten oder unser Glück anderswo
probiren. Ich will aber nicht warten und mich dann
wieder abweisen lassen! Ich will's nicht wo anders
probiren, denn wie sollen mich fremde Leute aufnehmen,
wenn's die nicht thun, die mich kennen von Jugend auf und
die wissen, daß ich ein ordentlicher Kerl bin? Dableiben
kann ich auch nicht mehr. Ich könnt' die Gesichter nicht
von mir herumgehen sehen. Wenn mich Einer anlachte,
so müßt' ich glauben, er lacht mich aus, und es gäb' ein
Unglück. — Also muß ich fort und ich will fort, und
weiß auch schon wohin. Wenn du versprichst, Loni, daß
du mit mir gehst und bei mir bleibst, so bau' ich dir ein

eigenes Haus, und kein Mensch soll mir's verwehren. Willst du?" —

„Du bist von jeher rechtschaffen gewesen," antwortete Loni nach einigem Bedenken. „Du wirst jetzt auch nichts Unrechtes im Sinn haben; also sag' ich ja, ich geh' mit dir und bleibe bei dir!" — „So bleib' in der Mühle noch, bis der Winter vorbei ist," sprach Balthes. „Im Aus= wärts komm' ich und hole dich ab. Sag' bis dahin keiner Seele was davon. — Ich komme gewiß, so gewiß als ich in den Himmel kommen will."

Vom Dorfe herüber tönte das Nachtläuten.

Balthes nahm den Hut ab, umschlang Loni mit dem einen Arm und rief: „B'hüt dich Gott, Herzens=Loni, wenn der Schlehborn ausschlägt, bin ich wieder da. Wir gehn gleich da auseinander, — im Dorfe drinnen braucht's Niemand zu wissen, daß wir beisammen gewesen sind. Ein halbes Jahr ist freilich eine lange Zeit — aber sie geht auch vorbei. — Das Gebetläuten drüben ist aus . . . mit dem letzten Glockenschlag gib mir den letzten Kuß. Und so b'hüt dich Gott, Loni — b'hüt dich Gott tausend, tausendmal!" — Rasch sich losreißend verschwand der Bursche in der hereingebrochenen Dunkelheit. Loni wan= delte langsam der Mühle zu.

Tags darauf war Balthes verschwunden. Niemand im Dorfe wußte, wohin er gerathen war, Niemand war auch nach Monaten im Stande, nur eine Spur von ihm auszufinden. Loni, welche seine Abwesenheit gar nicht zu bemerken schien, wagte man nicht zu fragen; und wie es das Thal eingeschneit hatte, dachte kein Mensch mehr an den Verschwundenen.

Das Gerede ging aber aufs Neue und stärker los,

als im beginnenden Frühjahr eines Tages auch Loni sich
entfernt hatte, ohne daß man wußte oder errathen konnte,
wie und wohin. Damals war die Auswanderung nach
Ungarn sehr im Gang, die meisten glaubten daher, beide
hätten sich auch dorthin gewendet; und wieder nach Mo=
naten waren beide vergessen.

2.

Ein Jahr war seither vorüber gegangen, und der
Frühling begann wieder einzuziehen in den Thälern. Die
Sonnenstrahlen waren schon mächtig genug, um den Schnee
auf den Berghängen zu schmelzen und die Eisdecken der
Gipfel dünner zu machen. Voller rauschten die Berg=
wasser herunter, und wenn man nach den Bergen hinüber=
sah, so waren sie mit jenem unnachahmlichen grünen Duft
überzogen, welcher durch die Spitzen der hervorknospenden
Blätter entsteht.

Ein milder, blauer Tag war wolkenlos zu Ende ge=
gangen, so daß selbst nach eingetretener Dunkelheit in den
Häusern das Bedürfniß nicht fühlbar wurde, die Fenster
zu schließen. Auch der Pfarrer zu Seekirchen ließ durch
die gegen den Garten führenden Fenster noch die weiche
Abendluft einströmen, während er selbst beim Kerzenlicht
am Tische saß und in einem Buche blätterte. Von Zeit
zu Zeit hob er den Kopf empor und horchte dem Gesang
einer Amsel, welche jedes Jahr in dem Haselgesträuche des
Gartens nistete und heuer zum erstenmale flötend und
schmetternd ihre Anwesenheit kund gab.

Der Pfarrer war ein bejahrter Mann von angeneh=
mem, würdevollem Aeußern. Auf dem etwas stark ge=
nährten Körper und den breiten Schultern saß ein wohl=

geformter Kopf mit hoher Stirn und dunklem, lockigem
Haar, das eben anfing, sich mit Silber zu besprengen.
Das runde Gesicht war von dem Ausdrucke des offensten
Wohlwollens beseelt, und in den munteren, beweglichen
Augen blitzte es nicht selten wie Spott oder Lachlust.
Pfarrer Brunnhuber war auch überall als ein vortreff=
licher, jovialer Herr bekannt, der ernst und streng seine
Schuldigkeit that, außerdem aber am liebsten fröhliche Ge=
sichter um sich sah und bei Gelegenheit selbst mitlachte von
Herzensgrund. Er war es noch so gewohnt aus dem
heiteren Zusammenleben im Benediktinerkloster zu Tegern=
see, dessen Conventual er bis zur Aufhebung gewesen war.
Bei dieser hatte er die Pfarre Seekirchen erbeten, um seinem
Lieblingsorte so nahe zu bleiben als möglich. In den
Mußestunden schrieb er an einer Geschichte des Klosters
und war auch jetzt wieder mit einer hiezu gehörigen Vor=
arbeit beschäftigt.

Plötzlich hielt er inne und blickte empor, denn er
glaubte, draußen vor dem Fenster auf dem Kieswege das
Knarren von Fußtritten vernommen zu haben. Er hatte
sich auch nicht getäuscht, das Geräusch dauerte fort, und
er hatte eben Zeit, sich lautlos zu erheben und an einen
dunklen Wandpfeiler zu treten, als vor dem geöffneten
Fenster eine große dunkle Männergestalt sich aufrichtete.
Während der Pfarrer noch überlegte, was er thun solle,
tippte die Gestalt leise an die geöffneten Scheiben und
rief mit möglichst gedämpfter Stimme: „Herr Pfarrer!
Euer Hochwürden, sind Sie da?" — Dem Angeredeten
kam die Stimme bekannt vor; er entschloß sich also kurz
und trat rasch hart an das Fenster. „Hier bin ich," sagte
er, „was soll's?"

Die Reihe des Erschreckens war an den draußen Stehenden gekommen, denn bei dem plötzlichen Vortreten des Pfarrers sprang er hastig ein paar Schritte seitwärts. Dadurch kam er aus dem Schatten des Hauses zu stehn, so daß ihm das volle Mondlicht hell ins Gesicht schien. Der Pfarrer erkannte ihn. „Balthes!" sprach er verwundert. „Wo kommst du auf einmal her und was willst du von mir?" — „O Herr Pfarrer," erwiderte der Bursche mit unverkennbarer Schüchternheit, „ich hab' eine gar große Bitte — wenn Sie nur mit mir gehn wollten!" — „Mit dir?" fragte lächelnd der Pfarrer. „Um diese Zeit, und wohin denn?" — „Zu einem sterbenden Menschen, Herr Pfarrer ... zu einem Kranken, der die letzte Oelung verlangt." — „Dann braucht es keiner Bitte. Ich bin gleich bereit; geh indessen den Berg hinunter und rufe den Meßner, daß er sich auch fertig macht."

Der Bursche ging aber nicht, sondern kraute sich im Haar und erwiderte: „Das thut's nicht, Hochwürden! Sie müssen ganz allein mit mir gehn und müssen mir auch versprechen, niemand zu sagen, wohin ich Sie führ'." — „Sonderbar!" versetzte der Pfarrer. „Warum soll ich allein gehn? — Bursche, du gehst doch nicht auf schlechten Wegen und denkst, daß ich dir dabei helfen und hehlen soll?" — „Haben's keine Sorge," rief Balthes treuherzig entgegen. „Ich bilde mir was d'rauf ein, daß ich einmal was gegolten habe bei Ihnen, und ich mein', ich hätt's noch immer nicht verscherzt. Ich bitt', was ich bitten kann, Herr Pfarrer — schlagen's mir's nicht ab! Es wär' gar zu hart, wenn ich allein wieder zurückkommen müßte!"

Der Pfarrer besann sich noch einige Augenblicke, während welcher er Balthes fest betrachtete. „Ich will dir trauen," sagte er dann. „Erwarte mich am Kirchenweg, — ich werde sehn, daß ich unbemerkt aus dem Hause komme. Haben wir weit zu gehn?" — „Wenn wir erst über'm See sind, eine kleine Stund'," antwortete der Bursche flüchtig und sprang wie ein Hirsch über die Staketen des Gartenzauns.

Wenige Minuten nachher schritten beide auf einem näher zum See führenden Seitenwege den Hügel hinab. Weit seitabwärts vom Dorfe in einer dunkeln Bucht lag ein schöner geräumiger Nachen, den der Pfarrer auf Balthes Bitte bestieg. Kein Wort war bis dahin gesprochen worden, Balthes eilte unverkennbar bald vom Ufer wegzukommen. Auch dann schwieg er, schob den Kahn mit der Ruderstange kräftig in das tiefere Wasser, setzte die beiden Ruder ein und zog sie so gewaltig, daß schon nach einigen Sekunden die hohe Flut erreicht war. Es war zugleich eine breite dunkle Stelle des Wassers, weil der Schatten eines Berg= rückens sich darüber legte, während außerhalb die Wellen im Monblicht wie zerflossenes Silber schimmerten. Jetzt zog Balthes die Ruder ein, athmete auf und sagte getrost: „Jetzt ist's gewonnen — da bemerkt niemand mehr den Nachen und auch im Dorf, hoff' ich, hat uns kein Mensch gesehn."

„Wirst du nun bald herausrücken, du unnützer Bursche?" begann der Pfarrer, „und wirst mir sagen, wohin du mich führst? Wer ist der Kranke? Wo ist er? Wie steht es mit ihm?" — „Wer es ist," antwortete Balthes nach eini= gem Besinnen, „das kann ich noch nicht sagen? Ich bitte also, Herr Pfarrer, fragen Sie mich nicht darum. Wie es mit ihm steht? Nun, Gott gebe, daß es nicht zum Schlimmsten geht! Wie ich fort bin, war wohl noch gute Hoffnung, aber Sie wissen ja, es ist oft gar schnell um einen Menschen gethan. Aber wohin der Weg geht, kann

ich Ihnen jetzt schon sagen. Sehen Sie da droben über
dem dunklen Tannenbühl den Felsen, der so schnurgerade
in die Höhe geht, und darauf das graulichweiße Wesen,
das man in der Ferne kaum unterscheiden kann?"

„Das sehe ich freilich," erwiderte der Pfarrer. „Das
ist ja die alte Schloßruine, der Rauhenstein! Ich glaube,
es steht nichts mehr davon, als ein Thurm, der auch alle
Minuten einstürzen kann." — „Auf den Rauhenstein geht's
hinauf, Herr Pfarrer!" entgegnete der Bursche mit mühsam
unterdrücktem Lachen. „Der Thurm ist just so baufällig
nicht." — „Also wirklich da hinauf?" fragte der Pfarrer
nochmal und sah bedenklich zu der Ruine empor, die finster
von dem gewaltigen Felsblock heruntersah. „So ist der
Rauhenstein bewohnt? Oder ist ein Unglück geschehen?
— Balthes, du bist doch nicht ein Wilderer geworden?"

Der Stoß des am Ufer anprallenden Kahnes unter=
brach den Fragenden. Balthes zog den Nachen völlig an's
Land und half dem Herrn aussteigen. „In einer halben
Stunde," sagte er treuherzig, „wissen Hochwürden alles.
Haben's Geduld bis dahin. Es geht steil bergauf, da
strengt das viele Reden die Brust gar zu sehr an." —
Während dieser Worte hatte er aus dem Dickicht eine La=
terne hervorgeholt, Feuer geschlagen und schritt nun munter
den schmalen und wurzelreichen Bergweg hinan, der auch
mit dieser Beleuchtung schwierig genug zu steigen war.

Stark athemholend und sich den Schweiß abwischend
kam der Pfarrer endlich am Fuße des Felsens an, auf
dessen Höhe die Ruine von Rauhenstein emporstieg. „Ver=
fluchter Spitzbube!" schnaubte er, „führt mich da in der
rabenschwarzen Mitternacht im Walde herum, und verleitet
mich wohl gar, ihm zu irgend einem Schelmenstreich be=

hülflich zu sein! Aber du irrst, Bursche! — Doch was
ereifere ich mich? Warum bin ich mitgegangen, ich gut=
herziger Narr! Sollte man denken, daß man in der Seel=
sorge solche Abenteuer erleben muß! — Und wie sollen
wir da hinauf kommen in das Felsennest? Dazu muß man
nothwendig eine Eule oder Fledermaus sein."

Während der Pfarrer auf einem umgefallenen Baum=
stamme sitzend so seinem Unmuth Luft machte, sah auch
Balthes betrübter darein als bisher; seine frohe Zuversicht
schien ihn etwas verlassen zu haben.   Doch raffte er sich
endlich auf und ermunterte den Pfarrer zum Aufbruch.
„Geben's mir nur kouragirt die Hand," sagte er, „es geht
nur ein paar Fingerlang durch's Gebüsch, dann haben wir
einen schönen und breiten Weg."

Er bog um die Felsenwand, die nach drei Seiten sich
unersteiglich in die Höhe streckte.   Auf der Rückseite stieg
der Berg allmählig hinan, und die ehemals zu dem Schlosse
führende Straße schlängelte sich in bequemen Windungen
bis zu diesem empor, wenn man den Anfang derselben
überwunden hatte.   Dieser war durch dichtes, fast undurch=
bringliches Gestrüpp so unkenntlich gemacht und versteckt,
daß ein mit der Oertlichkeit nicht vertrautes Auge hier
nicht wohl einen Weg gesucht haben würde. — Glücklich
und wohlbehalten brachte Balthes den ängstlich an ihn sich
klammernden Pfarrer durch die verschlungenen, thautropfen=
den Sträucher, und nach einigen Sekunden waren beide
durch den zerfallenen Thorweg in dem ehemaligen Burg=
hofe angelangt, in welchem zerfallenes Mauerwerk unter
Ginster, Disteln und Farnkräuter in wüster Verwirrung
herumlag.   Auch das Erdgeschoß des noch stehenden riesen=

haften Thurmes war durch Geröll uneben gemacht und zeigte nicht die mindesten Spuren von Bewohntheit.

Bedenklich sah der Pfarrer um sich, als auf einen eigenthümlichen Ruf des Burschen, der wie der Schrei eines Hähers klang, in der Decke eine Fallthüre sich auf= that und aus dem beleuchteten Raume eine wohlgefügte Leiter langsam herabgelassen wurde.

„Steigen Sie hinauf, Hochwürden," bat Balthes, und als dieser stutzend zögerte, faßte er ihn treuherzig am Arm und fuhr mit weicher, fast gerührter Stimme fort: „Sie brauchen sich nicht zu fürchten, Sie thun gewiß ein gutes Werk. Haben Sie dem Balthes bis daher getraut, so können Sie auch die paar Sprossen getrost hinaufklettern." — Kopfschüttelnd fügte sich der Pfarrer dem Unvermeid= lichen. „Es ist merkwürdig!" murmelte er während des vorsichtigen Hinaufsteigens vor sich hin, „eine förmliche Räuberhöhle! Gerade so wie ich's in meiner Jugend in den Ritterbüchern gelesen habe!"

Jetzt waren beide oben angelangt, und der Pfarrer bemerkte gar nicht, daß Balthes rasch die Leiter heraufzog und die Fallthüre schloß — so überrascht stand er da. Er hatte einen wüsten, unordentlichen Raum erwartet und stand mit einemmale in einem zwar einfachen, aber un= gemein wohnlich eingerichteten Gemache. Der Fußboden war aus schneeweißen, höchst reingehaltenen Tannenbrettern fest und genau gefügt und sah sogar zierlich aus, weil er durch die dazwischen hinlaufenden Tragbalken von dunkler Holzart kunstlos in mehrere Felder getheilt war. An den Wänden des viereckigen Gemaches lief bis zu halber Höhe leichtes Holzgetäfel mit einfachen, aber gefälligen Füllungen herum. Dadurch war der Anblick des groben und etwas

zerklüfteten Mauerwerks versteckt, dessen oberer Theil, noth=
dürftig glatt behauen, durch die dunkle Steinfarbe ange=
nehm mit der Holzwand kontrastirte. Daran schlossen sich
die Balken der Decke mit den darüber gelegten Brettern
übereinstimmend an. Die halbrunden Schießluken waren
etwas erweitert und mit eingeglasten Fensterstöcken ver=
sehen, die von außen nicht bemerkt werden konnten, weil
sie an der innern Seite des sehr dicken Mauerwerks ein=
gesetzt waren. In einer Ecke stand ein hoher Schrank,
gegenüber vor einer um die Wand laufenden Bank, ein
einfacher Tisch, alles sauber von Tannenholz gezimmert.
Darüber hing ein Kruzifix mit einigen Heiligenbildern,
wie es in den Wohnstuben des Landvolks Sitte ist. An der
andern Seite war eine geräumige Lade mit sauberem Brett
angebracht, vor welchem jetzt mit abgewandtem Gesicht eine
nach den sichtbaren Umrissen wohlgebaute kräftige Frauen=
gestalt kniete. Das Licht der auf dem Tische stehenden
Lampe fiel hell auf dieselbe und vollendete den eigenthüm=
lichen Gesammteindruck des kleinen Bildes.

Verwundert blickte der Pfarrer in der Stube herum
und sah die Knieende. — Mit einer Frage auf den Lippen
wandte er sich nach Balthes um und schwieg noch ver=
wunderter, als auch dieser demüthig und mit bittweise er=
hobenen Händen vor ihm kniete. „Was soll denn das be=
deuten?" fragte er endlich beinah unmuthig. „Werde ich
endlich einmal erfahren, wo und bei wem ich denn eigent=
lich bin, was ich soll und wo der Kranke ist, zu dem man
mich gerufen hat?"

„Verzeihung, Hochwürden!" rief Balthes auf den
Knieen näher rutschend, „Verzeihung, daß ich Sie so an=
gelogen hab', — aber ich habe kein anderes Mittel gewußt,

Sie hieher zu bringen. Verzeihung!" — „Verzeihung!"
rief auch die Frauensperson, welche herbeieilend dem Pfarrer
zu Füßen stürzte und seinen Rockzipfel an den Mund drückte.

„Loni!" schrie der Pfarrer auf, „du bist da? — O —
jetzt geht mir ein Licht auf in der Sache!" — „Ver=
zeihung!" riefen die beiden wieder und bringender.

„In Gottes Namen," erwiderte der Pfarrer. „Was
will ich machen, ich muß es wohl verzeihen, nachdem ich
einmal den weiten Weg gemacht habe bei Nacht und Nebel.
Aber jetzt steht auf und heraus mit der Sprache! Es ist
also kein Kranker da?" — „Nein," antwortete Balthes,
„aber doch ist jemand da, dem Ihr geistliches Amt Noth
thut, — aber zuerst setzen Sie sich nieder, Herr Pfarrer,
Sie werden müde sein von dem Bergweg."

Der Pfarrer nahm am Tische unter dem Kruzifix
Platz, Loni kauerte wieder in der Nähe des Bettes nieder,
während Balthes unfern vom Tische sich auf einen Schemel
niederließ. Nach einem Augenblick sammelnden Schweigens
begann er seine Erzählung.

„Euer Hochwürden wissen, wie die Gemeinde uns ab=
gewiesen hat, — aber das können Sie nicht wissen, 'wie
schwer mir die Abweisung auf's Herz gefallen ist. Es
kann sein, daß dasselbe gar vielen geschieht, die sich doch
drüber trösten. Die machen im Elend und in der Hoff=
nung fort, bis sie ihr Ziel nach zehn oder fünfzehn Jahren
doch erreichen, oder bis sie zu alt und zu müd geworden
sind. Ich hab' nicht so sein können, mir hat sich mein
ganzes Gemüth umgekehrt, und ich hab' in den ersten
Stunden nicht gewußt, ob ich selber in's Wasser springen
oder den heimtückischen Gestadmüller hineinwerfen soll.
Wie ich dann ruhiger geworden bin, hab' ich angefangen

nachzudenken, und habe mich selber gefragt, ob es denn
gerade so sein müßte? Weil wir arm sind und nichts haben
als unsern guten Willen, sollten wir schlechter daran sein
als andere, die so glücklich gewesen sind, reiche Eltern zu
haben? Das ging mir nicht ein! Und zudem, daß die
Reichen ungehindert sind und sich Haus und Hof einrichten
können, wie und wann sie mögen — zudem sollen sie noch
das Recht haben, dem Armen zu erlauben oder zu ver=
weigern, daß er sich seinen eigenen Herd baue? — Nein,
das kann nicht sein, denn dieses Recht bringt jeder Mensch
bei der Geburt mit auf die Welt, — das darf ihm nie=
mand nehmen oder verkürzen. Und wenn's geschieht, so
ist's ein Unrecht, das man nicht zu leiden braucht. Drum
war ich entschlossen es nicht zu leiden — wollte die Ge=
meinde mich nicht, so konnte auch ich die Gemeinde ent=
behren; drum wollte ich fort und wollte zeigen, daß sie
nicht nöthig gehabt hätten, vor uns so sehr auf der Hut
zu sein. Aber wohin? Einen Augenblick dachte ich nach
Ungarn und ans Auswandern — aber auch nur einen
Augenblick! Wie ich auf meine lieben Berge hinsah, da
wußte und fühlte ich, daß ich nicht fort konnte.

„Da fiel mir plötzlich der Rauhenstein ein. Ich hatte
einmal beim Holzfällen mich verirrt und in dem Thurme
übernachtet. Da hatte ich in dem Gemäuer mich umgesehen
und gefunden, daß es wohl wieder herzurichten sei. Auf
einmal war mir vollkommen klar, was ich wollte. Ich
nahm meine sieben Sachen mit mir und zog in den Thurm.
An Holz fehlte es nicht in der Runde, und so hatte ich
die Stube fertig, ehe zwei Monate in's Land gingen, und
ich meine, ich habe gezeigt, daß ich mich auf's Zimmern
von Grund aus verstehe. Nun war freilich mein Vorrath

an Geld und Speisen zu Ende — ich verdingte mich also auf die andere Seite des Berges hinüber als Holzknecht. In der freien Zeit habe ich die Stube vollends fertig ge= macht, und habe für meinen Lohn Mehl und Kartoffeln gekauft und aufbewahrt, damit Vorrath im Hause sei. Auf's Frühjahr holte ich dann die Loni ab und führte sie hieher. Es gefiel ihr ganz wohl, und wie ich ihr sagte, ich hätte uns da einen eigenen Herd gebaut, sie solle bei mir bleiben und mit mir leben, da fiel sie mir um den Hals und meinte, wenn ich mit ihr da oben bleibe, so hätte sie unten im Thal nichts zu suchen."

Balthes schwieg, als erwarte er eine Antwort. Da solche nicht erfolgte, fuhr er fort: „So leben wir nun seit der Zeit ruhig und vergnügt. Früh geh' ich an die Arbeit; die Loni besorgt indeß das Haus. Abends komm ich heim, vergnügter als der König sein kann, und keines hat noch hinaus verlangt aus dem Rauhenstein oder zurück unter die Menschen." — Balthes hielt wieder inne, denn der Pfarrer war aufgestanden und schritt nachdenklich durch die Stube. „Jetzt ist's freilich etwas anderes," sagte er dann, sich ebenfalls erhebend. „Seit einigen Wochen ist's nicht mehr beim Alten mit uns — seitdem haben wir eine schwere Sorge auf dem Herzen, und in den letzten Tagen haben wir's nicht mehr ausgehalten. Drum hab' ich mir heut das Herz in die Hand genommen und bin hinüber zu Euer Hochwürden, damit Sie unserm Kummer ein Ende machen."

Mit diesen Worten nahm er die Lampe vom Tisch und trat mit einladendem Wink dem Bette näher. Der Pfarrer trat hinzu, — Loni erhob sich rasch und schlug, über und über mit Purpurröthe übergossen, ein lang hin=

gebreitetes Tuch zurück. Auf dem Bette, sorglich eingehüllt, lag ein schlafendes Kind von ungemein lieblichem Ausdruck, obwohl das Gesichtchen mit krankhafter Blässe überzogen war und die unruhigen Athemzüge desselben verriethen, daß es sehr leidend war.

Ergriffen blickte der Pfarrer auf das Kind, ergriffen weilte sein Blick auf der Mutter, die in Verwirrung, Sorge und unendlicher Liebe sich zu demselben niederbeugte, während der kräftige Vater seitwärts stehend, mit der einen Hand sich die Augen wischte, mit der andern die Lampe empor hielt, daß ihr röthliches Licht gemildert auf die Gruppe fiel.

„Ja, ja," sagte der Pfarrer dann, „ich fange an alles zu durchschauen und wundere mich nur über meine Verwunderung, denn es ist alles gegangen, wie es gehen mußte! Ihr seid beide ein paar brave ordentliche Leute," fuhr er dann gegen die Eltern gewendet fort, „ich begreife auch recht gut, wie ihr zu dem Entschluß gekommen seid, — aber wenn ihr glaubt, ich soll's loben und euch Recht geben, da irrt ihr. Was ihr gethan habt, ist gegen das Gesetz. Was sollte daraus werden, wenn jeder, dem etwas nicht nach Wunsch ginge, es ebenso machte, wie ihr? Wer in der menschlichen Gesellschaft leben will, muß ihre Gesetze achten."

„Wir leben auch nicht in der menschlichen Gesellschaft und wollen's nicht," erwiderte Balthes bitter. „Sie haben uns nicht gewollt unter sich!" — „Sprich nicht so," entgegnete jener. „Euer Entschluß zu gehn, war freiwillig. Aber wenn es so wäre, dann hat man dich vielleicht aus der Thüre gewiesen, und du hast dich nun am Thürgerüst festgesetzt. Wer aber Herr über die Stube ist, ist der nicht auch Herr über das Thürgerüst? Bist du hier auf deinem

eigenen Grund und Boden? Bist du nicht wieder in der
Markung einer Gemeinde, die so gut wie die von See=
kirchen, das Recht hat, darein zu reden, wenn sich jemand
in ihrem Eigenthum niederlassen will?"

„Wir thun der Gemeinde nichts zu leid," antwortete
Balthes, „wir haben nichts von ihr, denn die Luft kann
sie uns nicht aufhalten, die kommt von Gott. Ich glaub's
wohl, daß sie's nicht leiden würden, wenn sie wüßten, daß
wir da sind; aber sie wissen's nicht und erfahren's auch
nicht, denn Euer Hochwürden, den ich aus Zutrauen her=
beigeführt hab', werden uns nicht verrathen." — „Ich werde
thun, was ich für meine Schuldigkeit halte," entgegnete
der Pfarrer. „Aber wenn ihr auch noch eine Weil' ver=
borgen bleiben könnt, habt ihr keinen andern Herrn über
euch? Ist, was ihr thut, denn recht vor Gott, von dem
ihr doch die Luft habt, wie du selber sagst? Er selber hat
den Ehstand eingesetzt, und ihr lebt da mit einander und
braucht seinen Segen nicht und meint, es thut's eben so auch?"

„Wir sind Eheleut' vor Gott," rief Balthes heftig auf=
springend, „wir haben's uns feierlich versprochen und ge=
schworen und werden's halten. Auch hab' ich sagen hören,
der Wille der Eheleute sei das Hauptstück bei der Ehe!"
„Bist du so aufgeklärt, Balthes?" fragte der Pfarrer ent=
gegen. „Meinetwegen! — Aber du, Loni, meinst du nicht,
es wäre schöner gewesen, du hättest noch eine Weile Ge=
duld gehabt und wärest dann offen vor aller Welt mit
dem Kränzel an den Altar getreten und dürftest dich nun
mit deinem lieben Kinde da frei sehen lassen und nicht in
einen Waldwinkel verkriechen?"

Loni war schon bei den ersten Worten des Pfarrers
in Thränen ausgebrochen und auf das Bett zu ihrem Kinde

hingesunken. Jetzt glitt sie zu diesem herab und zu den Füßen des Pfarrers hin. „Ja, Hochwürden," schluchzte sie, „Sie haben recht! So lang wir allein waren, haben wir's nicht so beachtet und eingesehen; aber seit der Kleine da ist, hat's mir keine Ruhe mehr gelassen. — Es fällt mir gar zu schwer, daß er so im Wald aufwachsen oder in der Welt herumlaufen soll als ein armseliges lediges Kind, das jedes über die Achsel anschaut. Es fällt mir gar zu hart, daß der arme Wurm nicht einmal getauft ist und keinen Namen hat! — Wie er nun vollends krank gewor= den ist, da hab' ich nicht mehr geruht, bis der Balthes zu Ihnen hinunter ist. Hochwürden sind immer gut ge= wesen gegen uns und freundlich — lassen Sie sich er= bitten, daß Sie unser Bübel taufen und uns einsegnen!"

Der Pfarrer war erweicht. „Steh auf, Loni," sagte er. „Es ist mir leid um euch zwei, daß es so gekommen ist, und wenn ich auch nicht loben kann, was ihr gethan habt, so will und kann ich euch drum auch nicht verdam= men. Es ist recht, daß ihr aus eurem Zustand heraus= wollt, und wenn ich dazu helfen kann, soll's an mir nicht fehlen. Alles, was ich jetzt thun kann, ist, das Kind zu taufen. Das darf ich, weil es so krank ist; — aber euch einsegnen, Leutchen, ohne obrigkeitliche Erlaubniß darf ich nicht, das ist gegen das Gesetz." — „Ja, ja," murrte Balthes unmuthig, „alles was wir wollen, ist gegen das Gesetz! Das Gesetz ist nur für die Reichen da! — Daß auch dem armen Teufel sein Recht geschieht, dafür gibt's kein Gesetz!"

„Du trotziges, verstocktes Gemüth!" fuhr der Pfarrer auf, „willst du immer die Schuld nur auf andere schieben und deinen eigenen Fehler nicht einsehen? Du verdientest

einmal zu erfahren, ob das Gesetz nicht auch zu beinem
Schutze da ist! — Aber ich will dir dein Gerede auf
beinen Unverstand auslegen und wegen der Loni und wegen
des unschuldigen Kindes thun, was ich kann. Wenn ihr
mir also versprecht, alles anzuwenden, um aus eurem
jetzigen Zustande in einen richtigen hinüberzukommen, so
will ich mit dem Herrn Landrichter insgeheim reden, was
zu machen ist, und will indessen den Buben taufen." —

„Ich versprech' alles, was Sie wollen, Hochwürden!"
rief Loni mit sichtbarer Freude. — „Und du?" fragte der
Pfarrer den Burschen, der trotzig schweigend zu Boden
sah. — „Wenn's Euer Hochwürden machen können," sagte
er jetzt, „ohne daß ich klein beigeben muß vor den hoch=
müthigen Seekirchner Bauern und vor dem Reibkragen in
der Gestabmühl' . . . so sag' ich nicht nein . . . der Loni
wegen. Aus Lieb' zu mir ist sie hieher gegangen; sie blieb
auch jetzt noch da aus Lieb' zu mir, aber sie thät's über
Macht, und das soll sie nicht."

„Gut," sprach der Pfarrer, „so ist's abgemacht, und
du, Loni, bring' einen Krug reines Wasser zur Taufe. —
Aber wie sieht es dann mit einem Pathen aus? Wo sollen
wir den hernehmen in der Wildniß?"

„Den Pathen hätten wir schon," erwiderte Loni und
lächelte vergnügt mit ihrem verweinten Gesicht, „aber zu=
gegen ist er freilich nicht. Im vorigen Spätherbst hat
der Balthes im Wald zwei verirrte Jäger gefunden; es
waren Herren aus der Stadt. Er hat sie mit hergebracht
und sie haben bei uns übernachtet. Am andern Tage hat
sie der Balthes wieder hinausgeführt auf den Weg nach
Tegernsee zu. Den beiden Jägern hat's bei uns recht wohl
gefallen, und besonders der Eine war ein gar freundlicher

alter Herr. Er hat mir meinen Zustand wohl angesehn, und wie er in der Früh' fortging, hat er sich mir als Gevatter angetragen, wenn wir noch keinen hätten. Wir nahmen's an, und er sagte, er müsse nun in die Stadt zurück. Aufs Frühjahr aber komme er wieder, da woll' er nachsehen, ob ein Bub da sei und ob's also richtig sei mit der Gevatterschaft. Wir sollten den Buben nur Mar taufen lassen und im Schloß nach des Königs seinem Leib= gemsenfänger fragen."

„Leibgemsenfänger?" lächelte der Pfarrer, „Einen solchen gibt es nicht. Der Mann hat sich einen Spaß mit euch gemacht. Indeß wir haben doch einen Namen. Also zur Sache!"

Nach des Pfarrers Anordnung wurde alles zur heiligen Handlung nach Möglichkeit bereitet und dieselbe ernst und würdig vollzogen. Balthes hielt den Knaben in tiefer männlicher Rührung, während Loni in ihrem Schluchzen zu ersticken drohte. Als es vorüber war, reichte er ihn der Mutter hin, welche ihn brünstig ans Herz drückte. Dann aber legte sie den Kleinen auf's Lager, blickte Balthes an, und wie von einem gemeinsamen Zuge getrieben, stürzten sich beide leidenschaftlich in die Arme. „Gott hat schon halb geholfen!" stammelte sie, „Er wird auch die andere schwere Hälfte von meinem Herzen nehmen und wird mich vor allen Leuten zu deinem ehrlichen Weibe machen, wie ich es jetzt vor ihm allein bin!"

Der Pfarrer stand nebenan, faltete die Hände und konnte ein paar leise Worte des Segens nicht unterdrücken. „Aber Leute," mahnte er dann, „da drüben überm Stein= horn wird's schon ganz hell, es geht gegen Morgen. Nun eile, Balthes, daß du mich wieder nach Hause bringst — sie könnten sich leicht ängstigen um mich."

Balthes war rasch bereit, und nach kurzem herzlichem Abschied ging's wieder die Leiter und den übrigen halsbrechenden Weg hinab bis ans Seeufer. Rasch fuhren sie über den dunklen See, dessen Wellen schon der Morgenwind aus dem Schlummer zu wecken begann. An der andern Seite angelangt, trennte sich der Pfarrer von Balthes mit dem wiederholten Versprechen seiner Unterstützung. Während der Nachen fast geräuschlos zurückglitt, stieg der würdige Alte den Hügel zum Pfarrhause empor, Kopf und Herz voll wunderlicher ungewohnter Gedanken und Empfindungen. Er fühlte die Anstrengung der weiten Wanderung und der durchwachten Nacht nicht — vielmehr hob seine Brust sich sanft und leicht, theils in den linden Wellen der erfrischenden Morgenluft, theils in der Erhebung des Bewußtseins, ein paar wackere Menschen dem Glücke und der Erkenntniß näher gebracht zu haben.

Inzwischen kniete Loni noch immer wachend an dem Lager ihres Kindes. Es schlummerte noch immer, aber die Athemzüge gingen weniger schwer, als wolle die Krankheit sich zum Bessern wenden. Mit unersättlichem Blick hing sie an dem kleinen Wesen, nannte seinen Namen und beugte sich küssend darauf nieder, als wenn ihr es noch einmal und nun erst recht geschenkt worden wäre. Als es zu dämmern begann, öffnete der Knabe die Augen, blickte frisch und begehrlich um sich, und bei dem Anblicke der Mutter spielte das erste Lächeln um die wortlosen Lippen.

Die Sonne ging prachtvoll auf; ihr erster Strahl fiel durch das Thurmfenster in das Gemach, als Balthes dasselbe betrat. „Balthes," rief Loni und eilte ihm jubelnd

entgegen, „es geht dem Buben besser — er kennt mich —
er hat mich angelacht!" Und in beider Herzen ging ein
Strahl des Entzückens auf, leuchtender noch als alle Pracht
des hereinströmenden Tages.

3.

Die nächtliche Wanderung des Pfarrers war indessen
nicht unbeachtet geblieben.

Am Abend des folgenden Tages saßen die Bauern
von Seekirchen in gewohnter Weise beim Rösselwirth hinter
dem Bierkruge zusammen. Die Stube war gedrängt voll,
und durch den Tabakdampf summten und schrieen die
Stimmen durcheinander in Augen und Ohren betäubender
Verwirrung. Besonders laut und eifrig ging es in einem
kleinen hölzernen Verschlage zu, durch welchen die vordere
Ecke des Zimmers zum Aufenthalte für die Standesperso-
nen des Dorfes eingerichtet war. Dort saßen die Vorsteher, der Bader, der Lehrer und der Gestabmüller beisammen; in der Ecke lehnte der Rösselwirth und ging ab
und zu, um auch nach den Gästen in der großen Stube
zu sehen.

Heute war die Unterhaltung besonders lebhaft, denn
man erzählte und besprach Spuk- und Geistergeschichten.
Die Meinungen blieben getheilt. Der Bader, welcher auf
der Schule einige materialistische Ideen aufgeschnappt hatte,
erklärte alles für Täuschung und fand hiebei den Beifall
des Wirths, der behauptete, daß noch kein Gespenst einem
beherzten Manne Stand gehalten habe. Der Lehrer wollte
die Sache dahingestellt sein lassen; er zog sie in's Theo-
logische und meinte, die Fügungen des Herrn seien oft
wunderbar. Entschieden gläubig waren nur der Vorsteher

und der Müller, und jeder wußte grauliche Beweise zu erzählen, die er entweder selbst erlebt oder die in seiner Familie vorgekommen waren.

„Was wollt ihr dagegen sagen?" rief der Vorsteher.
„Haben wir's nicht erst noch in diesen Tagen erlebt, daß
fast jede Nacht in dem Thurme des verfallenen Schlosses
Rauhenstein Licht zu sehen war, das mit dem ersten Hahnen-
schrei verschwand? Ist das nicht handgreiflich? Was kann
das Licht anders sein als der Geist des Ritters oder der
Burgfrau, die im Leben, weiß Gott was verbrochen und
vielleicht ungerechtes Gut vergraben haben, und nun umgehen müssen, bis Einer den Muth hat und sie erlöst?"
— „Wer weiß denn auch, ob die Geschichte wahr ist,"
wendete der zweifelsüchtige Baber ein. „Ich habe wenigstens noch keinen gehört, der das Licht selbst gesehen hätte.
Es ist eben ein blindes Gerede unter den Leuten." —
„Nein, nein," berichtigte der Müller hustend. „Wahr ist's,
ich habe das Licht selbst gesehen — erst diese Nacht noch.
Es brannte ganz hell mehrere Stunden lang, verschwand
und kam wieder und flackerte auf und ab, wie ein Irrwisch.
Wie es grau wurde hinterm Steinhorn, — patsch, da war's
wie weggeblasen!"

Das Gespräch bekam durch diese neueste Mittheilung
frisches Leben und alle bekämpften aufs eifrigste den Baber,
welcher mit physikalischen Gründen nachwies, daß es nur
Dünste sein könnten, die aus den ohne Zweifel vorhandenen
unterirdischen Grüften aufgestiegen seien und sich entzündet
hätten.

Da erhielt die ganze Sache durch die Ankunft eines
neuen Gastes eine unvermuthete Wendung. Dies war der
Küster des Orts, ein ausgedienter Kavallerist, der zwar

nicht als ebenbürtig in dem Verschlage galt, aber doch hie
und da geduldet wurde, weil er unstreitig die meisten
Neuigkeiten zu erzählen wußte. Dieser hörte kaum, wovon
gesprochen wurde, als er lachend ausrief: „Unrecht habt
ihr alle miteinander! Es sind keine brennenden Dünste
und keine Geister, es sind Menschen mit Fleisch und Blut,
die dort ihr Wesen haben! Glaubt ihr's nicht?" fuhr er
dann bei der allgemeinen Verwunderung fort, mit der
diese Nachricht aufgenommen wurde. „Ihr dürft mir's
glauben, — ich hab' es selbst gesehen, ich bin heute Nacht
droben gewesen auf dem Rauhenstein."

Ein allgemeiner Ausruf des Erstaunens begrüßte die
überraschende Mittheilung. Der Meßner setzte gelassen
den Krug an, trank nach Bequemlichkeit und ließ dann
seine Blicke mit großer Selbstzufriedenheit auf den neu=
gierigen Gesichtern herumgehen. „Ihr wollt wissen, wie
ich auf den Rauhenstein gekommen bin? Ich seh's euch an
der Nase an — nun so merkt auf, das ist so zugegangen!
Es war mir gestern Abends gar nicht so wohl wie sonst —
der Kopf that mir weh und ich konnte nicht einschlafen.
Denk' ich mir, vielleicht vergehts, wenn du hinausgehst
und einen Spaziergang machst in der Nachtfrische. Ge=
sagt — gethan. Ich spaziere so in dem Gebüsch am See
dahin und denke an gar nichts ..."

„Das ist die erste Lüge," flüsterte der Wirth dem
Bader zu. „Ich wett', der Spaziergang hat meinem Fisch=
behälter gegolten — werde morgen gleich nachsehen." —
„Auf einmal," fuhr der Meßner fort, „auf einmal hör'
ich's rauschen und plätschern im See, und wie ich hinsehe,
da rudert ein Schiffel daher in aller Geschwindigkeit —
am Spitz ein Bursch, der anzieht, als wenn's wer weiß

was gelte, — und neben ihm sitzt — wer, meint ihr
wohl? — Nun, ihr errathet's doch nicht! Neben ihm
sitzt ... unser Herr Pfarrer!"

„Weiter, weiter!" schrie alles, da der Erzähler inne
hielt. — „Habt nur Geduld," — erwiderte er und that
wieder einen tiefen Zug aus dem Kruge. „Meint ihr, so
etwas greift Einen nicht an? Ich spür's noch in allen
Gliedern! — Also, wie ich den Herrn Pfarrer erkenn', so
kommt mir die Sache ganz absonderlich vor und ich mach'
mir so meine eigenen Gedanken. Wenn's noch eine geist-
liche Verrichtung geben sollt', so müßt' ich doch auch dabei
sein ... Was kann's also sein, als eine Spitzbüberei, die
man vorhat mit ihm. Ich besinn' mich nicht lang und
lauf' wie ein Jagdhund am Gestad' hin, wie ich seh', daß
das Schiffel auf der Rauhensteiner Seite anlegen will.
Bis ich aber hingekommen bin, waren alle zwei schon
heraus, und ich sehe bergauf im Wald vor mir Licht. Ich
besinn' mich nicht lang und stolpere nach — richtig, sie
sind's! Der Bursch voraus mit der Latern', der Herr
Pfarrer hinterdrein. So geht das Ding fast eine Glockenstund' immer in die Höh', immer über Wurzeln und
Steiner, — auf einmal steh' ich oben hart vor dem Rauhenstein — und die zwei sind verschwunden. Was wollt' ich
jetzt machen? Herunter konnt' ich nicht mehr bei der Nacht,
da hätt' ich mich zehnmal erstürzt — ich besinn' mich nicht
lang und denke, du wartest eben, bis die beiden wieder
kommen; alleweil wird der Herr Pfarrer auch nicht da
oben bleiben. Ich setz' mich also unter's Gebüsch — und
richtig, nach ein paar Stündeln kommen sie wieder daher,
mitten aus den Mauertrümmern heraus, wo kein sterblicher
Mensch einen Weg gesucht hätte."

„Und du haſt den Burſchen nicht näher geſehen und
erkannt?" riefen mehrere wie mit einer Stimme. — „Frei=
lich hab' ich," entgegnete der Meßner triumphirend, „er iſt
ja ſo nahe an mir vorbei, wie ihr da vor mir ſitzt, und
ich habe ja alles gehört, was er mit dem Herrn Pfarrer
geredt hat im Heruntergehen." — „Nun, wer war es?"
rief der Vorſteher und ſtemmte die gewaltige Fauſt auf
den Tiſch.

„Du thuſt recht, Vorſteher," ſagte der Meßner, „daß
du dich einſtemmſt, ſonſt reißt dich die Verwunderung um,
wenn du alles weißt. Es kann euch andern auch nicht
ſchaden, wenn ihr euch ein biſſel anhaltet ... Der Zim=
mer=Balthes iſt's, den kein Menſch mehr weiß ſeit dem
vorigen Herbſt! Der hat ſich in dem Rauhenſteiner Thurm
zurecht gerichtet, und wenn du die Loni ſuchen willſt, Geſtab=
müller, ſo kannſt du auch nicht irr' gehen — die zwei
leben da droben wie die Vögel im Hanfſamen."

Im erſten Augenblick waren alle Zuhörer mäuschen=
ſtill — ſie waren buchſtäblich verblüfft und ſahen den Er=
zähler und ſich unter einander mit zweifelhaften und fra=
genden Augen an. Der Vorſteher faßte ſich zuerſt, denn
er fühlte, daß es ſeiner Würde gelte. Um dieſe zu wah=
ren, ſchlug er mit der Fauſt auf den Tiſch, daß die Krüge
in die Höhe hüpften und ſtieß ein paar derbe Flüche aus.
„Was unterſteht ſich das Bettelvolk?" ſchrie er, „iſt das
der Reſpekt, den man der Obrigkeit ſchuldig iſt? Weil
wir ihnen das Heirathen nicht erlaubt haben, ſetzen ſie
ſich uns zum Spott gerade vor die Naſe hin. Meinen
halben Hof ſetz' ich dran, daß das nicht gelitten wird!
Die Bergwieſer Gemeinde wird's ebenſowenig leiden —

gleich morgen will ich hinüber und dann geraden Wegs zum Landgericht!"

Der Vorsteher sprach die allgemeine Stimmung aus; Niemand widersprach ihm, sondern alle beeiferten sich, ihn in seinen Aeußerungen des Unmuths zu überbieten und in seinem Vorhaben zu bestärken. Ohne sich darüber bestimmte Rechenschaft geben zu können, fühlte sich alles verletzt durch die Eigenmächtigkeit der beiden Leute — ja sogar bedroht durch einen so entschiedenen Willen, die Meinung der Andern nicht zu achten. Spät erst wurde die lärmende Versammlung beendet.

Zwei Tage darnach war Balthes gerade im Begriffe, den Thurm zu verlassen und an die Arbeit zu gehn. Den Tag nach der Anwesenheit des Pfarrers war er zu Hause geblieben, denn bei aller angewandten Vorsicht war es doch möglich, daß der nächtliche Gang im Dorfe bemerkt worden wäre und seine Spur verrathen hätte. Er fand es daher räthlich, auf bessere Vertheidigungs=Anstalten zu denken, um für den ersten Anlauf gesichert zu sein. Zu diesem Ende hatte er mittels eines Hebebaums alle Mauertrümmer in den Thorweg gewälzt und diesen geradezu unzugänglich gemacht. Nun war die Arbeit gethan, nun wußte er Loni doch für einige Stunden seiner Abwesenheit gedeckt und wollte zu seinem Arbeitsherrn hinüber, um wegen des Versäumnisses mit ihm zu reden.

Das Geräusch von nahenden Fußtritten und Stimmen veranlaßte ihn umzukehren. Er fand gerade noch Zeit genug, in seine Wohnung zu gelangen, die Leiter aufzuziehen und an ein Mauerloch zu treten, von welchem aus er den Thorweg und den Schloßhof übersehen konnte.

Nach einigen Augenblicken kam eine Schaar Männer

eilig den Burgweg herauf und stand nun verdutzt vor dem verrammelten Thore, während sie geglaubt hatten, es bedürfe nichts als in den offenen Hof zu bringen. Es waren Bauersleute, Angehörige der Bergwieser Gemeinde, mit einem Gerichtsdiener und einem Gensdarmen.

Nach kurzer Berathung wollte einer der Kecksten das Mauerwerk übersteigen, aber die Steine wankten und fingen zu rollen an, so daß er eilig herabsprang und froh war, mit einer tüchtigen Quetschung davon gekommen zu sein. Es blieb also nichts anderes übrig, als zu unterhandeln. — „Holla, Balthes! Zimmer-Balthes!" rief der Eine. „Wir wissen, daß du da drinnen versteckt bist — also komm' 'raus und laß uns hinein!"

„Da bin ich in Lebensgröße", erwiderte Balthes und zeigte sich in der Mauerluke; „wer aber sagt, daß ich da versteckt bin, das ist ein Lügner. Ich mach' kein Geheimniß draus, daß ich da bin; aber ich komm' nicht hinunter zu euch und laß euch auch nicht herein. Also, wenn ihr was von mir wollt, so müßt ihr schon so gut sein und mir's da herauf sagen!" — „Sei gescheut, Balthes," rief ein Anderer, „dein Wehren nützt dir doch nichts, also gib nach, damit es kein Unglück gibt. Wir haben den Befehl vom Landgericht, dich zu holen. Du hast dir da ohne Fug und Recht eine Herberg' gemacht, noch dazu mitten im Wald. Das darf nicht sein, also gib dich und komm' herunter!"

„Wenns weiter nichts ist!" lachte Balthes und legte sich mit untergeschlagenen Armen breit in die Maueröffnung, „dann könnt ihr nur gleich wieder heimgehn, Männer. Laßt euch den Gang von denen zahlen, die euch umsonst herausgesprengt haben! Ich bleib', wo ich bin,

und ihr könnt — euch heimgeigen lassen! Ist's euch nicht
recht, daß ich mir mein Nest da an den alten Thurm an=
gehängt hab', was der geringste Vogel im Wald thun darf?
Wollt ihr mir's verwehren und mich ausjagen und mein
Nest herunterstoßen, wie ihr's allenfalls mit einem Schwal=
bennest macht, das euch nicht behagt? — Probirt's ein=
mal, aber vergeßt auch nicht, daß ich keine Schwalbe bin,
sondern ein großer grober Vogel, der wüthige Krallen hat
und euch die Augen auskratzt!" Damit ließ Balthes wie
zufällig den blanken Lauf einer Doppelbüchse auf dem Ge=
mäuer klappern, daß die Bauern sich unwillkührlich seit=
wärts drängten.

Jetzt glaubte der Gensdarme den Augenblick gekom=
men, sein Ansehen geltend zu machen. „Den Augenblick
aufgemacht!" schrie er. „Ich habe den Befehl, dich und
die Loni zu arretiren! Ihr seid Vagabunden, mit denen
man keine Umstände machen wird!" — „Hilft nichts, auch
mit der Grobheit," antwortete Balthes. „Ich gehe nicht
heraus, bis man mir schwarz auf weiß mit Brief und
Siegel bringt, daß ich und die Loni frei sind, daß uns
Niemand was zu Leid thut und daß wir uns heirathen
dürfen! Du aber, du Grüner, nimm dein großes Maul
in acht, damit du Niemand schimpfst, der besser ist als
du — sonst machen wir Bekanntschaft mit einander!"

Kaltblütig nahm er die Büchse in Anschlag und rich=
tete die Mündung auf den Gensdarmen. „Es ist am
besten," sagte dieser rasch bei Seite springend, „wir ziehn
uns zurück und zeigen die Sache dem Landgerichte an.
Man muß Mord und Todtschlag zu verhindern suchen,
so lange es angeht. Ich will mir neue Verhaltungsbefehle
holen. — Nur Geduld!" rief er dann, gegen den Thurm

gewendet. „Wir kommen wieder, und dann soll dir der Uebermuth vergehen!" Langsam entfernten sich die Angreifer. Balthes blieb aber noch lange auf seinem Lauerposten, die Büchse neben sich, bis er sich überzeugt hatte, daß es nicht bloß eine Finte war, sondern daß sie in Wirklichkeit sich entfernt hatten.

Dann trat er ins Gemach zurück und lehnte lachend das Gewehr in eine Ecke, unterbrach sich aber, als er den aufgeregten Zustand Loni's bemerkte. Diese kniete, wie um sich zu verstecken, in der Ecke neben dem Bette und hielt ihr Kind krampfhaft an die Brust gedrückt. Sie sah bleich und verstört aus und Thränen rollten über die Wangen.

„Aber Loni," rief der Bursche betroffen, „was hast du denn? Wie kannst du nur darüber so erschrecken! Steh' doch auf und beruhige dich — sie sind fort." — „Aber sie werden wieder kommen," jammerte Loni, „mehrere und stärker! Dann werden sie nicht wieder gehn, bis sie hereingedrungen sind — wie könntest du allein dem ganzen Haufen widerstehn? O du schmerzhafte Mutter, ich seh' es schon, wie sie dich niederreißen und binden, vielleicht gar verwunden! Wie sie mich und den armen unschuldigen Wurm da wie Verbrecher ans Gericht schleppen!. — O du gerechter Gott ... ich habe einmal einen solchen Zug gesehen! — Balthes, ich sterbe vor Scham, wenn das geschieht!"

Balthes hörte ergriffen zu, nur als sie vom Binden sprach, machte er mit beiden Händen unwillkührlich eine wilde Bewegung, als wollte er zeigen und sich überzeugen, daß er noch nicht gebunden sei. „Sei nur um Gotteswillen ruhig, Loni," bat er dann. „Du stellst dir auch

gleich das Aergste vor. Wenn sie sehen, daß ich nicht
nachgebe, und zu allem entschlossen bin, werden sie's gewiß
nicht aufs Aeußerste ankommen lassen!" — „O sie thun's
gewiß und wahrhaftig!" rief Loni ängstlich wie zuvor.
„Schau Balthes, ich hör's an dem, was du sagst, daß du
es selber nicht glaubst, daß du mir nur was vormachen
willst, um mich zu beruhigen ... Balthes, wir wollen
fort! Wenn sie wieder kommen, sollen sie uns nicht mehr
finden! Geh,' wohin du willst, bis ins weite Ungarn und
noch weiter, — ich geh' mit dir! Es wird ja wohl in
der ganzen Welt irgendwo ein Plätzl für uns geben. —
Balthes, ich bitt' dich bei deiner Lieb' zu mir, gehn wir
fort von da!"

„Verlang' alles in der Welt von mir, Loni," erwi=
derte er finster, „nur das nicht — das kann ich nicht!
Soll ich mich davon schleichen wie ein Dieb, und hab'
doch nichts Unrechtes gethan? Sollen sie von mir glau=
ben, daß ich mich vor ihnen gefürchtet hätt'? — Nein,
Loni, wenn du mit dem Buben fort willst, so hab' ich
nichts dagegen; vielleicht ist's anderswo sicherer für euch,
und wenn's Gottes Willen ist, komm' ich wohl auch wie=
der zu euch, — aber von hier geh' ich nicht fort, als in
Ehren. Eher sollen sie mich niederschießen wie einen
wüthigen Hund." In Balthes ganzem Wesen drückte
sich solche Entschlossenheit aus, daß Loni die Vergeblichkeit
weiterer Vorstellungen einsah. Sie erhob sich, trug den
Knaben in das Bett und ging dann ihren häuslichen Ver=
richtungen nach, anscheinend ziemlich ruhig, doch unverkenn=
bar allerlei Gedanken und Entwürfe bei sich herumtragend.

Balthes machte sich daran, die Vertheidigungsanstalten
noch sicherer und fester herzustellen, so daß er zuletzt einem

wiederholten Angriff ziemlich ruhig entgegen fah, denn
ohne einen förmlichen Sturm konnte der Zugang zum
Thurme nicht genommen werden.

Nach dem kleinen schweigsam eingenommenen Mittag=
essen machte er sich auf den Weg nach dem Platze, wo er
als Holzknecht arbeitete. Als Grund gab er an, er wolle
vorsorgen, daß er wegen der vielen Versäumnisse die Arbeit
nicht verliere; eigentlich aber geschah es, um von den an=
dern Holzknechten noch ein Gewehr nebst Pulver und Blei
unter irgend einem Vorwande zu entlehnen.

Als er zurückkam, bemerkte er augenblicklich, daß seine
Befestigungswerke nicht im vorigen Stande waren. Offen=
bar war Jemand während seiner Abwesenheit eingedrun=
gen. Die Vermuthung wurde zur Gewißheit, als er selbst
hineingeschlüpft war und nun die Bodenthüre seines Ge=
machs zwar verschlossen, aber die Leiter weggezogen und am
Boden liegend antraf. Im Augenblick war sie angelehnt
und erstiegen — aber in der ganzen Stube war nicht das
mindeste verändert; alles stand und lag an seinem Platze
— nur Loni mit dem Kinde fehlte.

Diese Entdeckung traf den kräftigen Burschen wie
ein Blitz. Er wankte und mußte, keines Lautes mächtig,
sich an der Wand halten, um nicht umzusinken. „Also
doch!" rief er dann halblaut im heftigsten Schmerz. „Sie
hat es wirklich über's Herz gebracht, mich zu verlassen?
Das . . . das hätt' ich nicht geglaubt von dir, Loni! —
Aber du hast recht, du mußt zuerst für dein Kind sorgen
und für dich — was liegt daran, wie's mir ergeht!" —
Der Erguß seines Schmerzes wurde durch die Entdeckung
unterbrochen, daß auf dem Wandgetäfel neben dem Tische
einige Worte mit Bleistift geschrieben waren. Es waren

unbeholfene, kaum leserliche Züge, aber für Balthes die Boten höchster Beruhigung. „Ich bin fort mit dem Bu= ben," hieß es, „sorg' nicht um mich! Mir ist ein Mittel eingefallen, uns zu helfen — ich bin bald wieder da!"

Diese Worte versetzten Balthes bald wieder in die ruhige entschlossene Stimmung, die ihm gewöhnlich war und deren er auch bald bedurfte. „Ich hab's im Grunde doch nicht geglaubt," sagte er lächelnd vor sich hin, „daß sie von mir gehen und mich verlassen könnte! Was ihr nur in den Sinn gekommen sein muß? — Aber mir ist's wahrhaftig lieber, daß sie nicht mehr da ist! Wenn jetzt der Tanz wieder angeht, brauch' ich doch wegen ihrer und wegen des Buben keine Sorge zu haben! — Ich hoff' noch immer, es wird sich alles geben. Sie wollen mich nur schrecken, und wenn sie sehn, daß alles nichts nützt, dann werden sie doch noch einwilligen! Und geschiehts nicht — nun dann weiß ich auch, was ich zu thun hab! Lebendig bringen sie mich nicht aus dem Thurm!"

In Herstellung und Verbesserung seiner Wälle verging der Abend und auch der nächste Tag, ohne daß Loni zurück kam, oder von den Bauersleuten Jemand sichtbar wurde. Um so gewisser erwartete er die Ankunft der Letzteren für den folgenden Morgen und bangte nur bei dem Gedanken, daß Loni bei ihrer Zurückkunft ihnen in die Hände fallen könnte.

Er hatte recht vermuthet; der dritte Tag war kaum vollständig angebrochen, als es um den Rauhenstein herum im Walde lebendig wurde. Die Angreifer hatten ihre Drohung erfüllt und sich in bedeutend verstärkter Anzahl eingefunden. Auch die Gensdarmen und Gerichtsdiener waren vermehrt und an der Spitze des Zuges schritt der Assessor in voller Uniform daher.

Er wiederholte die jüngst ergangene Aufforderung an Balthes; dieser, von seinem Beobachtungsplatze aus gab die nämliche Antwort wie damals. „Ich bekomme ordentlich Respekt vor mir selber!" rief er. „Ich muß ein Mordkerl sein, daß Euer so viele wegen eines Einzigen kommen! — Aber es thut's einmal nicht anders, ihr müßt eben den Hinweg für den Herweg nehmen!"

Bald hatte man sich von der Vergeblichkeit alles Zuredens überzeugt. „Nun denn," sagte der Assessor, „wenn es der Mensch nicht anders haben will, so greift an. An dem alten Gemäuer ist nichts zu schonen!" — „Halt!" schrie Balthes, als einige der Beherzteren sich daran machen wollten, die aufgethürmten Steinmassen wegzuräumen. „Rührt die Mauer nicht an, ich sag's euch voraus! Ich habe sie so gerichtet, daß sie bei der ersten Berührung einstürzt und alles erschlägt, was in der Nähe ist."

Bestürzt wichen die Landleute zurück; aber bald wußte man Rath und versah sich mit einem langen, in der Eile zugerichteten Baumstamme. Dieser sollte als Werkzeug dienen, die Mauer einzustoßen, deren Einsturz dann so leicht Niemand beschädigen konnte. Balthes sah dem Unabwendbaren gelassen zu und benützte die Zeit, seine Schußwaffen in der Luke bereit zu legen. Es waren drei stattliche Doppelbüchsen, hinreichend bei gehörigem Gebrauch einer noch größeren Zahl den Eingang unmöglich zu machen, da wegen der Enge des Thorweges immer nur Ein Mann denselben passiren konnte.

Inzwischen war der Steinwall, von den Stößen des Hebebaumes erschüttert, mit mächtigem Geprassel zusam=

mengestürzt, und als die aufgewirbelte Staubwolke sich
verzogen hatte, war der Zugang wohl mit großen Trüm=
mern überdeckt und mühsam, aber offen. Oben lag Bal=
thes in der Mauerlute und hielt die Büchse im Anschlag.
„Traue sich keiner herein," rief er, „ich sag's zum letzten=
mal! Wer herein kommt, den lege ich nieder, als wenn
er nie gestanden hätt'. Ich faßle nicht, sondern mir ist's
blutiger Ernst! Kommt ihr daher und wollt mich hetzen
und jagen wie ein wildes Thier, so will ich mich auch
wehren wie ein wildes Thier!"

Noch einen Augenblick Stillstand brachte dieser erneute
Zuruf hervor — dann machten die Gensdarmen und Ge=
richtsdiener sich bereit einzubringen. Die Einen sollten,
falls Balthes seine Drohung erfüllte, über den Gefallenen
wegspringen, während ein anderer den Schützen in der
Mauerlute selbst unschädlich machen wollte.

Ein Moment noch — und die Sache mußte eine
Wendung nehmen, welche die Hoffnung eines guten Aus=
ganges für Balthes für immer vernichtete.

Da wurde von den Berghängen herauf- aus dem
Walde das laute angestrengte Rufen einer weiblichen Stimme
hörbar. „Halt, halt, Balthes!" rief es, „halt!" Alles
wendete sich der Unterbrechung zu, und nach einigen Se=
kunden flog Loni, das Kind im Arme, den Berg herauf,
ihr nach in einiger Entfernung ein Mann in Jägerkleidung.

Loni hielt ein Papier hoch in die Höhe, winkte da=
mit und rief mit der letzten Anstrengung: „Einhalten ...
um Gotteswillen, einhalten! Ich bringe den Befehl, daß
man uns nichts thun darf!" Damit hatte sie den höch=
sten Punkt erreicht und sank nun hart vor dem Thorwege,
mitten zwischen den kampfbereiteten Parteien zusammen.

„Einen Befehl?" sagte der Assessor gleichgültig, als einer der Bauern ihm das von Loni überbrachte Papier hinreichte. „Hier hat Niemand zu befehlen als das Königliche Landgericht!" — Beim Anblick des Blattes verstummte er aber und las mit etwas gedämpfter Stimme: „Wenn die Seekirchner den Zimmermann Balthes und die Loni nicht aufnehmen wollen, so kann ich nichts machen, weil sie das Recht dazu haben. Wenn sie aber die Leute aufnehmen, so werde ich sorgen, daß sie ihr Fortkommen haben und Niemand zur Last fallen. Einstweilen soll man sie in Ruhe lassen. — Tegernsee den — 1820. Max Joseph!"

„Max Joseph?" riefen die Bauern verwirrt durcheinander. „Was? Ein Befehl vom König?" — „Wie kommst du zu Seiner Majestät?" fragte der Assessor mit einiger Befangenheit.

„Wie ich zum König gekommen bin?" antwortete Loni und blickte dabei grüßend und winkend zu Balthes hinauf, so daß ihre Antwort mehr diesem, als dem fragenden Beamten galt. „Gott sei Lob und Dank, daß er mir den Gedanken eingegeben hat! In meiner größten Betrübniß ist mir vorgestern der Jäger eingefallen, der im vorigen Herbst bei uns über Nacht war und sich zum Gevatter angetragen hat für meinen Buben da. Ich hab' mir gedacht, wenn er Leibgemsenfänger ist, kann er vielleicht ein gutes Wort beim König für uns einlegen — aber wie ich ans Schloß kam und einen von den Bedienten in der schönen blauen Livree nach dem Leibgemsenfänger fragte, da lachte mir der Mensch ins Gesicht wie närrisch, und erzählte es einem andern. Der lachte wieder und sagte es wieder weiter, und so waren ihrer zuletzt eine ganze Schaar, die vor mir bastanden und mich lachend angafften wie ein Wunderthier. Zuletzt kam ein vornehmer Herr, der führte mich in den Garten vor dem Schloß unter ein Zelt, wo man nach dem See hinaus= schauen kann. Da war richtig der Herr Leibgemsenfänger auch — aber denk' dir meine Freude, wie sie mir sagen, das sei der König selbst. Er hat mich auch wieder er= kannt... Da hab' ich einen Fußfall gemacht und unsre Noth erzählt. „Ihr habt euch einen bösen Handel an= gerichtet," sagte er zuletzt freundlich, „aber ich sehe wohl, ich muß schon helfen — ich kann doch meinen kleinen Pathen nicht im Stiche lassen!" Dann hat er den Zettel geschrieben, ließ mir zu essen und zu trinken geben und mich zuletzt in einem prächtigen Wagen bis an den Rauhen= stein herfahren, so weit es ging, damit ich nicht zu spät komme. Und Gott sei Dank, ich bin noch zur rechten Zeit gekommen!"

Die Erzählung brachte unter den anwesenden Land= leuten große Bewegung hervor. Waren sie zuerst gegen die beiden Leute aufgebracht, so hatte die Leutseligkeit des Königs genügt, in ihren einfachen Gemüthern einen Um= schlag zum Gegentheil hervorzubringen; denn es gab im Lande und besonders im Gebirge keinen Namen, der bes= sern Klang gehabt hätte, als der Mar Josephs, des Gütigen.

Der Assessor blickte noch immer wie unschlüssig in das Blatt und schien verlegen, wie er am Besten sich aus der Sache ziehn könne. Balthes überhob ihn der Mühe. Während die allgemeine Aufmerksamkeit auf Loni gerichtet war, hatte er die Thurmstiege herabgelassen und stund nun wie ein Sieger auf dem Mauergeröll des Thorwegs. In der einen Hand hielt er die Büchse, in der andern schwenkte

er ben grünen Hut hoch überm Kopfe und stieß in raschen
kurzen Abstufungen einen so lauten grellenden Juhschrei
aus, daß die Berge wiederhallten. „Unser Marl hoch!"
rief er dann, „Unser lieber herzensguter König Mar lebe
hoch!" —

„Balthes hat Recht!" rief hastig der Beamte. „Wohl
dem Lande, wo jedem der Weg zum Herzen seines Für=
sten offen steht, und wo dessen Gnade so bereit ist, die
Härten des Gesetzes zu mildern! — Seine Majestät, Kö=
nig Maximilian Joseph lebe hoch — abermal hoch —
und zum brittenmale hoch!"

Alles stimmte laut und freudig in den Ruf ein, und
damit war der Friede und das gute Einvernehmen aller=
seits hergestellt. Die Angehörigen der Bergwieser Ge=
meinde begrüßten Balthes und Loni und erklärten, wenn
die Seekirchner sie nicht aufnähmen, so sollten sie nur zu
ihnen kommen. Dagegen that aber der alte Vorsteher von
Seekirchen Einspruch. Er war heraufgekommen, um den
Hergang mitanzusehn und gerieth bei der unvermutheten
Wendung begreiflich in einige Verlegenheit. Der Anlaß,
das Wort zu ergreifen, war ihm daher der Ausgleichung
wegen willkommen. „Du wirst uns nichts nachtragen,
Balthes," sagte er, ihm die Hand bietend, „wir haben nie
'was gehabt gegen deine Person oder gegen die Loni; wir
haben nur unsre Schuldigkeit gethan für die Gemeinde.
Jetzt, wo der König der Sache den einzigen Haken genom=
men hat, wird's uns alle freuen, wenn ihr bald in der
Gemeinde seid und Hochzeit machen könnt."

Balthes war zu gutmüthig, die gebotene Hand zurück=
zuweisen; mit dem erreichten Ziele war sein ganzer Groll
verschwunden. Wie triumphirend führte er Loni in die

Thurmwohnung zurück, und ehe die Belagerer sich zur Rückkehr anschickten, drängten sich alle nach, dieselbe zu sehen und Balthes Geschicklichkeit zu bewundern, der sie so ganz ohne Beihülfe hergestellt hatte.

Freudigen Sinnes blieben Balthes und Loni daselbst zurück, — letztere besonders athmete neu auf und konnte sich nicht genug daran erfreuen, daß sie nun nicht mehr nöthig hatten, die Thurmstiege hinauf zu ziehen.

Bald traf in Seekirchen ein Hofkavalier ein, der im Auftrage des Königs sich um ein etwa feil stehendes Gütchen erkundigte. Es fand sich ein solches, das dann der König kaufte und seinem Pathen zum Angebinde schenkte.

Schnell war nun auch der Tag zur Hochzeit festgesetzt. Am Abend zuvor ließen Balthes und Loni ihre Habselig= keiten aus dem Rauhenstein in ihr neues Besitzthum hinun= ter bringen und nahmen unter Thränen Abschied von dem Zufluchtsorte, wo sie so viel schwere, aber auch viele schöne Tage verlebt hatten. Besonders Balthes war sehr ergriffen — noch am Fuße des Berges wandte er sich um, sah wie sehnsüchtig nach dem Thurme empor und rief: „Gott weiß, ob ich froh bin, daß es so gekommen ist . . . aber glücklicher, als wir da oben gewesen sind, können wir brunten doch nicht werden!"

Tags darauf wandelten beide mit erhobenen Herzen im fröhlichen Brautzuge den Kirchenhügel hinan. Die Bänder flatterten wie vor anderthalb Jahren durch das Schlehdorn= und Haselgebüsch, Pistolenschüsse krachten, Jubel= geschrei ertönte und die Töne von Horn und Clarinette klangen gar einladend dazwischen. Von der Gestadmühle blickte aber diesmal Niemand herüber, der Müller selbst verkroch sich im Werk und ließ die Wehr los, damit er ja nichts hören konnte vor dem Getöse des Wassers und der Räder. Der Pfarrer Brunnhuber segnete das Braut= paar ein, und sicher schlug in der ganzen Versammlung kein Herz vergnügter, als das seine, die der Brautleute natürlich ausgenommen.

Unmittelbar nach der Trauung fuhren die neuen Ehe= leute nach Tegernsee, um dem Gründer ihres Glücks per= sönlich zu danken. Der Vorsteher ließ es sich nicht neh= men, sie mit einem Schweizerwägelchen hinüberzuführen, damit auch die Gemeinde bei der Sache vertreten sei. Bis zum Abend sollten sie wieder zurück sein, denn da ging erst die Hochzeitfeierlichkeit mit Schmaus und Tanz im Rößelwirthshause los. Der Wirth wollte sich sehen las= sen bei der Gelegenheit, da auch er ein Freund des neuen Paares geworden, denn das Gütchen, das sie nun besaßen, hatte ihm gehört, und er hatte volle Ursache, den Verkauf als ein gutes Geschäft anzusehen.

Der König empfing die Dankenden mit gewohnter Leutseligkeit. Er saß wieder unter dem Zelte vor dem Schlosse, einem seiner Lieblingsplätze, von wo man den obern Theil des Sees übersieht. Auch die Königin nebst einigen Damen und Herren war anwesend. „Siehst du, Karoline," rief der König, „da ist der Zimmermann, von dem ich dir erzählte, der sich die schöne Stube in der Rauhensteiner Ruine gezimmert hat. Es ist schade um die schöne Arbeit — ich will sehn, ob man sie nicht als Wohnung für einen Forstwart verwenden kann."

Reich beschenkt wurden sie entlassen, aber Loni zögerte noch immer, sich zu entfernen, so daß der König fragte, ob sie noch etwas wolle? „Ja," sagte sie treuherzig, „eine Bitt' hab' ich noch auf dem Herzen — das Gesetz, daß die Gemeinden den Armen, die auf ihrer Hände Arbeit heirathen wollen, die Aufnahm ohne Weiteres verweh= ren können... nichts für ungut!... das ist ein dummes Gesetz! Das solltest du abschaffen, Vater Mar!" — „Ei das geht nicht so leicht, liebe Frau," lachte der König. „Ich bin nicht allein Herr im Hause, da haben die Land= stände auch ein Wort darein zu reden! Nicht wahr, Mi= nister von Zehntner?" — Lächelnd verbeugte sich der Angerebete.

„Kann schon sein," fuhr Loni fort, „deßwegen geht's doch. Die Landständ' werden schon Ja sagen zu dem, was so ein guter König will! — Weißt, Vater Mar, es ist mir eben leid um die andern, denens auch gehen könnte, wie uns! Uns hast du geholfen, weil du unser Elend erfahren hast... aber alle sind halt nicht so glücklich! Wer soll denen helfen? Darum schaffe das dumme Gesetz ab! — Wer es nicht selbst erfahren hat, weiß das nicht so recht, aber wahr ists gewiß und wahrhaftig — es geht nichts über einen

eigenen Herd!"

5.

Unverhofft.

1.

Ein herrlicher thaufrischer Sommermorgen leuchtete über die Berge herein und waltete weit und breit mit jener ächten Sabbathruhe, wie sie nur in den Thälern des Gebirgs heimisch ist. Der Bergabhang, auf welchem der Hof „zum Harras" liegt, ruhte noch im Schatten der Berge, die ihn von drei Seiten hoch und walbig umschließen und hinter denen die Sonne noch nicht emporgekommen war. Aber der Himmel darüber war blau, wolkenlos und hell. Blickte man vollends von der vierten freien Seite in das allmälig abgedachte Land hinaus, so flimmerte zwischen den niedrigern Hügeln der See schon im vollen Glanze. Ihn hatte die Sonne bereits erreicht, und drüber hinaus lag das unabsehbare Flachland im hellen vollen Morgenschein. Kein Laut ließ sich vernehmen, als das ziehende Schmettern einiger Lerchen, die sich im höchsten Blau ruhend festhielten, und nach einiger Zeit schwebten Glockentöne vom entgegengesetzten Ufer des Sees herauf. Es war das Zeichen, daß dort der Frühgottesdienst beginne. Bald sah man auch von verschiedenen Punkten des Seeufers Kähne losmachen und mit geputzten Kirch-

gängern gefüllt das grüne Gewässer durchschneiden, daß
die Furchen weithin schimmerten.

Auf dem Harrashofe war alles noch ruhig; weder
Menschen=, noch Thierstimmen ließen sich hören und alle
Thüren und Gelasse waren so fest verschlossen und ver=
wahrt, daß man den Hof für unbewohnt halten konnte.
Dabei war der Hofraum, sowie alle Wege so sauber und
rein gehalten, jedes Geräthe war mit solcher Sorgfalt an
seinem Platze zurecht gestellt, daß man wohl erkannte, eine
ordnende Menschenhand, und zwar eine tüchtige, könne
nicht ferne sein. Das ganze Gehöfte hatte ein ungemein
freundliches, fast nicht mehr bäuerisches Aussehen, so zier=
lich war es angelegt und ausgestattet. Dazu trug auch
die Lage vieles bei. Der Hof war einst eines jener vie=
len Ganerben=Schlösser gewesen, auf denen ein ritterliches
Geschlecht in immer zahlreichern und immer ärmern Ver=
zweigungen lebte und allgemach verkam. Die Mauern
und Wälle, die nicht mehr unterhalten werden konnten,
stürzten und verwuchsen, bis sich in den Trümmern ein
neues und arbeitsameres Geschlecht einbaute. Jetzt ver=
rieth nichts mehr die ehemalige Ritterburg, als das in
einen Söller umgewandelte untere Stockwerk des Wart=
thurms, und an einigen Stellen zeigten die Vertiefungen
des grasigen Baumgartens, wo der Schloßgraben gewe=
sen war.

Eben hatte das Läuten in der Kirche überm See
aufgehört, als aus der Thüre, die das daran genagelte
Bild eines Reiters als jene des Pferdestalls erkennen ließ,
ein großer breitschultriger Mann hervortrat und wie in
horchender Stellung stehen blieb. Er trug die dort übliche
Kleidung der Gebirgsbewohner, aber sie verrieth Wohlhaben=

heit und war von feinerm Stoff als gewöhnlich. Der Mann stand kerzengerade, und wenn auch unter der schmalen Krempe des grünen Spitzhuts graues spärliches Haar hervorblickte, sahen doch die nackten gebräunten Kniee so straff aus den Wadenstrümpfen hervor, daß man trotz des Alters nicht an der Kraft und Rüstigkeit ihres Trägers zweifeln konnte. „Das erste Läuten ist wahrhaftig schon vorbei," sagte er nach einem Augenblick des Horchens. „Der Ueberlinger ist mit seinem Schiff fast schon in der Mitte des Sees. Ja, der stößt immer ab mit dem ersten Glockenzug, und wenn ich meine Weibsbilder Herr sein lasse, kommen wir gerade zum Segen recht!"

Damit schritt er rasch dem Hause zu und trat, sich bückend, in dessen spitzbogige Thüre — auch noch ein Ueberbleibsel aus der Zeit, als das Geschlecht der Harraße durch dieselbe aus und eingegangen war. Ueber den ziegelgepflasterten Flur wollte er eben in die Wohnstube treten, deren Thüre weit offen stand, so daß man auf die schneeweißen Wände und das schwarzbraune Getäfel hinein sah, das bis zur halben Höhe derselben herumlief. Auf der Schwelle trat dem Ankommenden ein stattliches Weib im vollen Festtagsputz entgegen. „Aha!" rief sie bei seinem Anblick, „du bist schon fertig, Schwager? Sind die Fuchsen (Füchse) schon eingeschirrt?" — „Schon?" rief lachend der Mann. „In der Zeit hätt' ich sie aus= und eingeschirrt und wäre um den See herumgefahren! Bis ihr eure Köpfe in Ordnung bringt . . . !" Die Bäuerin fiel ihm rasch in's Wort. „Hast wohl recht, Schwager, daß es bei uns Zweien nicht viel Zeit braucht, bis wir die alten Köpfe in Ordnung bringen. Aber bei der Cilli ist's doch ein Anderes!" — „Warum hernach?" rief der Bauer. „Wenn ihre achtzehn Jahr' sie nicht putzen, bringt sie's für sich auch nicht zu Stand! Es ist nichts nutz, wenn eine Bäuerin stundenweis vor den Spiegel hinsitzt, wie ein Stadtfräulein."

Bei diesen Worten hatte er die Schwägerin bei Seite geschoben und war in die Stube getreten. Er wollte in seiner Predigt fortfahren, aber unwillkürlich hielt er inne, als wenn ihm das Wort im Munde stecken bliebe. Er mochte selber von dem Anblicke seiner Tochter überrascht sein, die in reichem Sonntagsstaat vor ihn trat.

Die Ueberraschung war auch verzeihlich, denn wie das Mädchen dastand in dem knappen schwarzen Mieder mit den Silberschnüren; in den kurzen, spitzenbesetzten Aermeln, aus denen die Arme zwar luftgebräunt, aber in schönen vollen Formen hervortraten; in dem kurzen Rock, der die Hüften hob und die wohlgeformten Füße unversteckt ließ, konnte man nicht leicht ein freundlicheres Bild sehen. Der Eindruck wurde vollendet durch das wirklich schöne rosige Angesicht, das unter dem grünen Hute zwischen den breit um die Stirn gewundenen Seitenzöpfen hervorsah. Das Haar war dunkelbraun, noch dunkler die Augen, die wie ein paar reifende Kirschen glänzten. Sie sahen unter den fein gezogenen Brauen keck und mit einem gewissen Ausdruck fröhlichen Uebermuths hervor; um den kleinen Mund aber schwamm ein so gutmüthiges und gewinnendes Lächeln, daß es den Augen widersprach und nicht errathen ließ, ob inwendig der Hochmuth die Oberhand hatte oder die Güte.

In dem Augenblick, als der Alte in die Stube getreten war, kam die Sonne hinter den Bergen herauf und ihr erster Strahl fiel durch die kleinen runden Fensterscheiben in ebensoviel zitternden Spiegelbildern auf Boden und Wände. Das Licht hob die hohe kräftige Gestalt Cillis noch schärfer von der Täfelung ab, und hätte ein Genremaler Vater und Tochter einander so gegenüber stehen gesehen, er hätte sicher nicht unterlassen, den glücklichen Moment festzuhalten.

„Nun, Vater," rief das Mädchen, indem es die Arme kreuzte und den Kopf in den Nacken warf, „ich bin fertig! Schau mich an und sag', ob's nicht der Müh' werth war, daß ich vor'm Spiegel sitz', wie ein Stadtfräulein!" — „Ja, ja, du bist fertig," erwiderte der Bauer. „Nichts geht ab, als daß bald der Prinz kommt, der die Bauernprinzessin abholt!" — „Brauchst mich nicht föppeln, Vater!" rief Cilli, indem es ihr dunkelroth über's Gesicht flog und die Augen funkelten. „Der Prinz müßt' eben auch erst zusehn, ob ich ihn mag, und wenn ich einmal will, werd' ich nicht lang feil haben, mein' ich. Da muß aber erst der Rechte kommen. ... Wenn du mich aber los sein willst, so darfst du's nur sagen, — ich kann alle Stund' gehn, denn wenn ich mich auch putze wie ein Stadtfräulein, so kann ich auch arbeiten wie eine Bauerndirn'!"

Der Alte schob den Hut rasch von einem Ohre zum andern. Das war ein gewöhnliches Zeichen, daß ihm der Unmuth zu Kopf stieg, aber er hielt ihn nieder und sagte ruhig, mit etwas herbem Lächeln: „Ja ja, das bin ich schon von dir gewohnt, daß ich alle Finger lang den Stroh= sack vor der Thüre habe! — Also der Rechte muß kommen, du hoffärtiges Ding? So bin ich nur begierig, wie der einmal ausschaut! Das muß schon eine Rarität von Schwiegersohn werden. Vergiß nur nicht, daß der alte Harrasser auch ein Wort drein zu reden hat und daß es mir nicht gleichgültig ist, was für einen Windbeutel du mir vielleicht in mein schönes Sach' hereinsetzen möchtest! Aber mach' fort jetzt, damit wir noch zur Predigt recht kommen — sie geben schon das zweite Zeichen drüben über'm See."

Damit wandte er sich ab und wollte gehn, hielt aber verwundert inne, denn an dem einen Fenster der Stube wurde ein leichtes Klopfen hörbar. Der krause Scheitel eines Kinderkopfs zeigte sich davor und darüber eine kleine Hand mit einem großen, sauber gebundenen Büschel von Almrosen und Edelweiß. „Was haben wir da für eine Bescheerung?" rief der Alte, während Cilli nicht ohne Verlegenheit hinzutrat und das Fenster öffnete. Draußen wurde eine helle muntere Kinderstimme laut. „Einen schönen Gruß vom Eblinger Toni," klang es herein; „den Buschen schickt er der Cilli, sie soll ihn auf der Marbacher Kirchweih tragen."

Cilli hatte den Busch ergriffen und dankte dem Kinde, das sogleich wieder singend davon sprang. Der Strauß war in der That von überraschender Schönheit. Der dunkle Carmin der Almrosen zwischen dem tiefen Grün der Blätter hob sich reizend von der matten Farbe des Edelweiß ab. Dies war von der schönsten und seltensten Art, wie sie spärlich auf den steilsten und höchsten Gewänden vorkommt und nur mit großer Lebensgefahr zu erlangen ist. Die Pflanzen waren noch vollkommen frisch; der Uebersender mußte die Nacht auf dem Berge zugebracht haben, um sie in solcher Schönheit und so früh bringen zu können.

„Der Eblinger Toni?" unterbrach der Alte die kleine Pause, die eingetreten war, und während welcher Cilli den Strauß unentschlossen betrachtete. „Mit dem mußt du ja recht vertraut sein, daß er dir den Kirchweihbuschen schickt. Das thut man ja sonst nicht eher, als bis es auf's Stuhl= fest losgeht?" — „Warum nicht gar!" rief Cilli unmuthig. „Ich hab' kaum dreimal mit ihm geredt! Wer kann dafür, wenn die Mannsleut' so eitel sind und sich gleich, Gott weiß was, einbilden? Da liegt der Bettel! — Der Toni kann sich die Augen ausschaun, bis er den Buschen an meinem Mieder sieht!" Damit schleuderte sie den Strauß verächtlich in einen Winkel, daß die rothen und weißen Blumenblätter auf dem blanken Boden hinflatterten.

Kopfschüttelnd sah der Alte zu, während die Schwä= gerin dem verunehrten Strauß am Boden nachrutschte und ihn aufhob. „Wenn du ihn auch nicht trägst," sagte sie, indem sie die Blumen abschüttelte und wieder zurecht richtete, „so wäre es doch schade um die schönen Blumen! Wer weiß, mit welcher Lebensgefahr der gute Bursch sie geholt hat!"

„Der gute Bursch? Der Eßlinger Toni?" fuhr der Alte, der sich inzwischen besonnen zu haben schien, im vorigen brummigen Tone fort. „Wie ist mir denn? Ist das nicht der Sohn des Reiterbauern von Uebersee?" — „Ja, der ist's," erwiderte eifrig die Schwägerin, die damit etwas gut zu machen glaubte. „Der Sohn des reichen Reiterbauern und ein bildsauberer Mensch!" — „Und ein Nichtsnutz dazu," eiferte der Alte, „wie keiner um den ganzen See herum! Ist er nicht überall auf dem Tanz= boden und bei der Gaudeh der Erste und bei der Arbeit der Letzte? Ist er nicht sogar seinem alten Vater davon gelaufen, daß er sich mit fremden Ehhalten plagen muß, nur damit das Bürschl als Holzknecht seiner Freiheit nach= gehn und thun kann, was er mag?"

„Das ist nicht wahr, Vater," sagte Cilli hastig dazwischen. „Der Toni ist ein lustiger Mensch, das ist wahr,
aber brav ist er von Grund aus. Du weißt es so gut
wie ich und die ganze Gemeinde, daß der alte Reiterbauer
ein nissiger, bissiger Neidhart ist, der niemand eine Freude
vergönnt, und daß er den Toni fortgejagt hat. Schande
genug für den Alten, daß sein einziger Sohn als Holzknecht unter den fremden Leuten herumfahren muß! Für
den Toni aber ist's keine, denn das kann dir ein kleines
Kind erzählen, Vater, daß das Holzhauen kein Honiglecken
ist." — „Schau, schau, wie maulfertig!" spöttelte der Alte
entgegen. „Wie du das nur alles so weißt und hast erst
dreimal mit dem Burschen geredt! Nun, du kannst dir die
Müh' immer ersparen, es das viertemal zu thun, denn
das sag' ich dir, daß auf dem Harrasserhofe kein Platz ist
für einen, der keine andere Heimat hat, als da hinten in·
der Enzianhütte am Spitzingsee!"

„Es hat noch niemand einen Platz bei dir verlangt,"
rief Cilli; „aber ich kann's nicht leiden, daß du dem braven
Menschen so unrecht thust! Und wenn du's thust, Vater,
so will ich's nicht mit dir halten. Ich hab' den Strauß
erst nicht anstecken wollen, aber jetzt, um den Burschen
nicht zu kränken, der vielleicht fast den Hals gebrochen hat,
um mir eine Freude zu machen — jetzt nehm' ich ihn!"
Damit trat sie rasch auf die Schwägerin zu, nahm ihr
den Strauß aus der Hand und steckte ihn in das Mieder.
Der Alte schien wieder eine Anwandlung von Zorn zu
haben, aber die Schwägerin schnitt ihm das Wort vom
Munde weg. „Was zankt ihr euch da herum über des
Kaisers Bart?" rief sie. „Die Cilli hat recht. Eh' du

greinst, Schwager, warte doch erst ab, ob der Toni etwas

von uns will. Schirre lieber die Fuchsen an, daß wir
noch vor dem Amen zur Kirche kommen, der Herr Pfarrer
kann das Predigen doch besser als du!"

Der Alte ging ohne Widerrede, und schon nach eini=
gen Minuten hielt das leichte Fuhrwerk vor der Thüre,
ein Leiterwägelchen mit sehr kunstlosen offenen Sitzen, aber
das Gespann verrieth die Wohlhabenheit des Besitzers.
Es waren ein paar prachtvolle Thiere voll Feuer, die den
Bergabhang mit der geringen Last wie spielend hinabtanzten.
Am Fuße desselben, am Seegestade, lag das Dorf, zu dem
der Harrashof gehörte, lang ausgedehnt zwischen Obstbaum=
wipfeln da. Pfeilgeschwind flog der Wagen an den zer=
streuten Gehöften vorüber, an denen sich hie und da ein
Fenster öffnete und das neugierige Gesicht einer Alten
sichtbar werden ließ, die als sogenannte Kirchenwache
zurückgeblieben war, während alle andern Bewohner in die
Kirche gegangen. Als die Staubwolken um die Räder sich
in der Ferne verzogen, schlossen sich die Fenster wieder,
aber nicht schnell genug, daß nicht die eine oder andere
der Wächterinnen dem Nachbar eine Bemerkung zurufen
konnte, wie stattlich und schön des Harrasser Cilli aus=
sehe, und daß es da wohl nicht mehr lange bis zur Hoch=
zeit anstehen werde. — Die Drei auf dem Wagen küm=
merten sich nicht viel um die Umgebung und die Beobachter;
sie fuhren schweigend dahin, denn jedes hatte mit seinen
Gedanken für sich zu thun. Das Kirchdorf war bald er=
reicht und noch eh die Predigt begonnen hatte. —

Inzwischen fing es vor dem Wirthshause zu Mar=
bach, wo die Kirchweihe gefeiert werden sollte, schon an,
lebhaft zu werden. Der Gottesdienst war aus, und wäh=
rend die Weiber und Männer den Häusern und den dam=

pfenden Festschüsseln darin zuschritten, sammelten sich die
Bursche vor dem Wirthshause und warteten des ersten
Geigenstrichs, der das Zeichen zu dem Hauptvergnügen des
Tages geben sollte. Zumal die jungen Leute der aus-
wärtigen Ortschaften kamen in größern und kleinern Ab-
theilungen herbei, und bald waren die wenigen Sitze unter
dem vorspringenden Hausdache und unter den Obstbäumen
des kleinen Grasgartens jenseits der Straße mit lustigen
Gruppen besetzt. Es war ein angenehmes Bild, die kräftigen Gestalten mit den wohlgebildeten, etwas scharf geschnittenen Köpfen zu beobachten, wie sie den Bewohnern
jener Berggegenden eigen sind. Die kurzen grauen Joppen
dienten nur dazu, die Schlankheit des Wuchses und die
Behendigkeit der Bewegungen zu zeigen; die muntern kraft-
bewußten Augen blickten doppelt lebhaft unter dem Rande
des grünen Huts und straften die stattliche Hahnenfeder
nicht Lüge, die sich auf diesem über dem Gemsbart so recht
herausfordernd krümmte.

Besonders an dem einen Tische war eine Auswahl
schöner und kräftiger Bursche versammelt; es war die Jugend aus dem nahen Fischbachau, dessen grüne Thurm-
spitze nebenan aus dem Thale hervorsah. Dabei befanden
sich die Gesellen aus den Hammerschmieden im Josephs-
thal und einige Holzknechte aus der Falep. Der Eine
von den Letztern ragte noch einen halben Kopf über die
Uebrigen empor und schien überhaupt der Führer und
Tonangeber der ganzen Schaar zu sein. Er verdankte das
nicht allein seinem Uebergewicht an Größe und Kraft,
sondern unverkennbar seinem offenen aufgeweckten Sinne
und der sprudelnden Lustigkeit seines Wesens. Durch diese
ward er der Anstifter, wenn es galt, irgend einer un-

beliebten Persönlichkeit einen Possen zu spielen, der Rath=
geber in jeder Bedrängniß oder Verlegenheit, der An=
führer bei jedem tollen oder verwegenen Streich. Das
zeigte sich alle Augenblicke, denn bald rief dieser, bald jener
von den Burschen Toni zu, damit er über irgend einen
Zwist seine entscheidende Meinung abgebe oder eine Be=
hauptung bestätige. Wenn er sprach, schwiegen die andern
und wenn er einen Spaß vorbrachte, war derselbe im
Voraus des lautesten, beistimmenden Gelächters sicher.
Toni war klug genug, seine Oberherrlichkeit nicht zu miß=
brauchen, sondern gewissermaßen zu verhüllen, aber daß
er sich ihrer bewußt war, verrieth jedes Wort und jede
Bewegung.

„Toni, was sagst du dazu?" rief ihm jetzt ein Bursche
zu, der sich mit einem andern lachend herumgestritten hatte.
„Wir machen gerade aus, wer von uns Zweien den ersten
Tanz mit der schönen Harrasser Cilli machen soll? Du
sollst entscheiden." — „Das kann ich euch für ganz gewiß
sagen," entgegnete Toni rasch, „daß euch beiden der Schna=
bel sauber bleibt. Wer mit der Cilli vortanzt, muß an=
ders ausschauen als ihr Krippenreiter. Ihr seid höchstens
gut genug für die theure Zeit, wenn die richtigen Manns=
bilder auf die Reige gegangen sind!" Lautes Gelächter be=
gleitete den bäurischen Witz, die Betroffenen selbst konnten
sich desselben nicht erwehren, und ehe sie etwas zu erwidern
vermochten, hatte die Unterhaltung schon eine andere Bahn
eingeschlagen. Eine Cither war gebracht worden und Toni
sollte seine bekannte Kunstfertigkeit bewähren. Er ließ sich
nicht lange bereden, und mit zartem, zierlichem Ton säu=
selten die anmuthigen Gesänge und Tanzweisen daher, wie
sie in den Bergen heimisch sind.

Es konnte nicht fehlen, daß sich auch der Gesang da=
mit verband; die Stimmen verschiedenen Klangs mischten
sich bald einzeln, bald im Chor mit den Tönen der Cither;
kaum daß der Eine der Singenden den Mund schloß, be=
gann schon wieder ein Anderer und brachte in einem
Schnaderhüpfel zu Tage, was er etwa anderswo sich ge=
merkt hatte, oder selbst in launiger Eingebung des Augen=
blicks dichtete. Auch in diesem Wettstreit nahm Toni die
erste Stelle ein. Er überbot sich vollends in lustigen und
schlagenden Wendungen, als sich an einem Tische nebenan
eine Anzahl Bursche eines Nachbardorfes eingefunden,
zwischen welchen und jenen von Fischbachau schon längere
Zeit ein eifersüchtig gespanntes Verhältniß von Nebenbuhler=
schaft bestand. Jede Dorfschaft rühmte sich, unter ihrer
männlichen Jugend die rüstigsten und stärksten Bursche,
die besten Tänzer, Sänger und Citherspieler zu besitzen.
Wo sich die Parteien trafen, begann das Necken, und die
aus dem Stegreife gedichteten Trutzlieder flogen wie ein
Hummelschwarm summend und nach allen Seiten stechend
hin und her.

So erging es auch diesmal. Die Reime von Fisch=
bachau wurden bald herausfordernd und spitzig, und die
von Birkenstein bedachten sich keinen Augenblick, das Ge=
fecht anzunehmen, wenn sie auch schon mehrmals bei sol=
chen Anlässen den Kürzern gezogen hatten. Heute aber
schien sich das Blättchen wenden zu wollen, denn die
Birkensteiner hatten einen Bundesgenossen bei sich, der keine
Antwort schuldig blieb und es so recht darauf abgesehn
zu haben schien, denen von Fischbachau und ihrem statt=
lichen Anführer den Kranz des Sieges zu entreißen.

Der das that, war eine ganz andere Erscheinung als

Toni, der Holzknecht aus der Falep, und auf den ersten
Anblick nicht darnach angethan, sich mit ihm messen zu
können. Wie jener über das Maß gewöhnlicher Männer=
größe hinausgewachsen, war er weit unter diesem zurück=
geblieben, und dem kräftigen Körper desselben hatte er
nur einen zwar durchaus ebenmäßigen, aber feinen und
schwächlichen Gliederbau entgegen zu stellen. Demungeachtet
hätte er für einen saubern Burschen gelten können, hätte
ihn nicht ein ansehnlicher Höcker entstellt, der den Rücken
häßlich verkrümmte und auch die Brust zu etwas unregel=
mäßiger Wölbung verschoben hatte. Dagegen konnte ihm
der Vorzug nicht entgehn, wenn man die Köpfe und Ge=
sichter verglich, und wer dem Kleinen in die feinen blas=
sen Züge und in das sinnvolle braune Auge sah, mochte
leicht den Höcker darüber vergessen.

Franz — so hieß der Buckelige — trug zwar die ge=
wöhnliche Tracht der Gebirgsbewohner, aber mit etwas
städtisch verändertem Schnitt; auch die zarte Haut der
schwielenlosen Hände verrieth, daß ihr Besitzer sich nicht
den Pflug oder die Hacke erwählt hatte. In seinem gan=
zen Wesen war unverkennbar, daß er längere Zeit vom
Lande entfernt gelebt haben mußte, und doch war er ihm
nicht entfremdet, denn er war mit allen Beziehungen ver=
traut und wußte jede Anspielung mit einer noch treffen=
dern Wendung abzuwehren. Auch vor ihn war eine Cither
hingestellt worden, und so sehr sich Toni bemühte, neue
Weisen zu bringen und so recht zierlich vorzutragen, sein
Nebenbuhler wußte immer noch schönere entgegen zu setzen
und sie auf eine Art zu spielen, daß sich bald ein Kreis
von Zuhörern bildete, dessen Aufmerksamkeit ausschließend
dem neuen Künstler zugewendet war. Auch im Singen

hatte er bald den Vorrang; denn obwohl kunſtlos, ſang er mit ſehr angenehmer und wohlgeübter Stimme, gegen welche der bäuriſche Vortrag des Eblinger Toni bedeutend zurückblieb. Der wurde dadurch unwirſch, und je hitziger er ſich wieder hinaufzuarbeiten ſuchte, deſto ſpitziger wur= ben ſeine Reime. Aber er hatte heute entſchiedenes Un= glück, denn der Bucklige blieb ihm nichts ſchuldig, ſondern gab ihm jedesmal doppelt zurück. Wenn er im trotzig herausfordernden Tone begann:

> „Und die Fiſchbacher Burſchen
> San (ſind) allweil' allert,
> Iſt ein jeder ſo viel
> Wie zwölf andre werth!"

ſo entgegnete der Buckelige:

> „Und die Buben von Birkenſtoa (ſtein)
> Hab'n drei Federn auf'm Hut,
> Und wenn man ſich ſelber lobt,
> Das riecht nit guet!"

und hatte damit die Lacher auf ſeiner Seite. Wohl ſang Toni raſch beſonnen entgegen:

> „Und a Schell'n und a Glocken,
> Die klingelt und läut't,
> Weil's ſo hoch auf'm Thurm hängt,
> Drum hört ma's ſo weit."

Aber Franz hatte einen noch herbern Trumpf auszuſpielen, benn im Augenblick begann er:

> „Die gröbeſten Aechern (Aehren)
> San taub und ſan hohl,
> Und was inwendig laar (leer) iſt,
> Das klingelt gar wohl!"

Die Zuhörer klatſchten und jubelten; über Toni's ...cht aber zog es dunkelroth; auch die übrigen Burſche aus Fischbachau machten finstere Gesichter und steckten zischelnd die Köpfe zusammen. Wer nur ein wenig witterungskundig war, mußte aus den drohenden Anzeichen erkennen, daß ein Gewitter im Anzuge war und in ernstliche Händel auszubrechen drohte. Glücklicherweise trat der Zufall ableitend ins Mittel.

Ein eleganter Reisewagen mit Städtern, wie sie im Sommer karavanenweise in die Berge strömen, rollte die Straße daher. Als die Pferde in Mitte der vor dem Wirthshause drängenden Masse waren, scheuten sie und machten einen Seitensprung, so daß alles schreiend auseinander stob und ein Unglück zu befürchten war. Der Kutscher aber riß und hielt die unruhigen Thiere bald wieder zusammen, dagegen war der Wagen mit dem einen Hinterrad über den Straßenrand in den Graben hinabgerathen und hing bedenklich über. Das Rad selbst war bis an die Achse in den weichen Boden eingesunken und es war guter Rath theuer, wie dasselbe herausgehoben und der Wagen wieder in die rechte Lage gebracht werden könne. Männer und Bursche sammelten sich bald rathend und helfend um den verlegenen Kutscher und die geängstigte Reisegesellschaft; jeder legte Hand an, jeder, besonders Toni, der Holzknecht, wußte einen andern Handgriff — allein alle Rathschläge waren vergebens, das Rad steckte wie festgewachsen. Man brachte Stangen herbei, um sie als Hebebäume zu gebrauchen; sie fruchteten nichts, weil der weiche Boden keinen genügend festen Punkt zum Ansatze bot.

Unbeachtet von allen trat zuletzt der Buckelige in den Kreis, welchen die Rathschlagenden bildeten, und ging, ohne ein Wort zu sagen, um den Wagen herum. Die

Bursche von Fischbachau stießen einander an, als sie ihn bemerkten, und zischelten sich spöttische Bemerkungen zu, laut genug, daß er sie hören mußte. „Gebt acht," sagte Toni, „er wird sich hinstellen und ein Schnaderhüpfel singen und damit das Rad heraufwinden." Franz that, als bemerke er nichts, und wie er seine Runde um den Wagen beendigt hatte, schlüpfte er unter denselben hinein, stemmte sich mit der unverkrüppelten Schulter gegen die Achse und hob mit einem Ruck den Wagen in die Höhe, daß das Rad frei in der Luft schwebte. „Jetzt legt unter," rief er heraus, „damit es nicht mehr zurück kann!" Es geschah, und nach einigen Sekunden rollte das Fuhrwerk mit den erfreuten und dankenden Reisenden wohlbehalten davon.

Als man nach Franz umsah, war er nicht zu finden; er war unbemerkt ins Wirthshaus getreten, unbekümmert um die Bursche, die nach Möglichkeit bemüht waren, ihre Beschämung und Verlegenheit zu verbergen, und um die Bauern, die laut ihr Staunen über die unverhoffte Stärke des Buckligen aussprachen und sich erzählten, was ihnen über dessen Namen und Herkunft bekannt war.

Die Aufmerksamkeit wurde überdies durch die Töne der Trompete abgelenkt, die aus den geöffneten Fenstern des ersten Stockwerks' im Wirthshause weithin verkündete, daß der Kirweihtanz beginne. Beinahe gleichzeitig hielt der Harrasser Bauer mit der Schwägerin und Cilli vor dem Hause, so daß es den Anschein bekam, als hätte der Beginn der Hauptfestlichkeit recht eigentlich auf sie gewartet. Grüßend drängten sich die Burschen hinzu; hinter ihnen seitwärts blieb Toni stehen; er brauchte sich nicht vorzudrängen, der Strauß an Cillis Mieder verrieth ihm

ja zu deutlich, daß er gewiß sein durfte, die Königin des
Festes heimzuführen. Cilli dagegen schien anders zu den=
ken; sie hatte erwartet, Toni aus Dankbarkeit dafür,
daß sie seinen Strauß trage, unter den vordersten zu
sehn, und wie fragend streifte ihr Blick nach dem spröden
Burschen hinüber. Er hatte kaum den Hut gelüpft und
sah mit einem rechten Alltagsgesicht herüber; Cilli wandte
sich ab und eilte mit einer sehr widrigen Empfindung im
Gemüthe die schmale Treppe hinauf, die zum Tanzboden
führte. In der daranstoßenden Stube brauchte der reiche
Harrasser nicht lange nach einem Platz zu suchen. Er
setzte sich an das obere Ende der Tafel, von wo er die
ganze Stube und durch die Thüre hinaus auch ein Stück
des Tanzplatzes übersehen konnte. Cilli begab sich zu den
übrigen Mädchen, die nach der Sitte des Orts in einer
Ecke beisammen stehend, des Tanzes und der Tänzer harrten.

Bald begann die Musik. Eine lebfrische Clarinette
blies den ersten Theil eines muthwilligen Ländlers, kaum
in Takt und Zaum gehalten von den kräftigen Strichen
der Baßgeige und den begleitenden Anhängseln zweier nicht
ganz rein gestimmter Hörner. Von allen Seiten drängten
sich die Bursche herbei und holten die Mädchen, die ent=
weder schon ihre Erkorenen waren oder es erst werden
sollten. Paar um Paar reihte sich an den Wänden der
niedern Stube hin, die mit ihrer tief hereinhängenden
altersbraunen Holzdecke allem andern eher als einem Tanz=
saale ähnlich sah. Die Schaar der Mädchen ward immer
kleiner — Cilli war ungeholt unter ihnen. Jetzt trat der
zweite Theil des Ländlers ein, jetzt begann die beliebte
Trompete zu singen und zu schmettern und das vorderste
Paar eröffnete den Tanz.

Noch immer war Cilli allein; sie, die Schönste, die Reichste und Angesehenste unter allen anwesenden Mädchen, die sonst immer die Erste im Reigen gewesen, schien heute bestimmt, die Annehmlichkeiten des Gegentheils zu kosten. Der Unmuth stieg ihr heiß ins Gesicht, sie klemmte die Unterlippe zwischen die Zähne, und der strenge Zug in ihren Mienen machte sich vorherrschend geltend. Außer Stande, sich die Ursache dieser Zurücksetzung, sowie das Ausbleiben Toni's zu erklären, kreuzten sich die Vermuthungen blitzschnell und verworren in ihrem Kopfe. Schon waren einige Ringe herumgetanzt, schon fühlte sie oder glaubte zu fühlen, wie die neidischen und spöttischen Blicke aller Anwesenden auf ihr ruhten, und dachte eben daran, sich vom Tanzplatz zu entfernen und unter irgend einem Vorwande nicht mehr zurückzukehren. Den wahren Grund der auffallenden Erscheinung konnte sie freilich nicht errathen, denn das war kein anderer, als die Prahlereien Toni's, der es überall schon so dargestellt hatte, als sei er mit Cilli vollkommen einig und ein festes Liebesverhältniß zwischen ihnen geschlossen. Die Bursche ließen ihm daher den Vorrang und hielten sich zurück, er selbst aber zögerte, weil er wußte, daß ihm Cilli nicht entgehen konnte und weil er ihr zugleich den Werth seiner Person und seines Erscheinens fühlbar machen wollte.

Cilli vermuthete so etwas dunkel, ihr Unwille richtete sich daher auch gegen ihn, und wenn er in diesem Augenblick vor sie getreten wäre, hätte sie ihn gewiß abgewiesen. Er kam aber nicht und statt seiner sah sie mit einemmale die Gestalt des Buckeligen vor sich, der sie mit dem vollsten Feuer seiner dunklen Augen fest anblickte und mit freundlichem Lächeln fragte: „Ich weiß nicht, Dirndl, irr' ich mich oder bist du die Cilli vom Harras?" — Die angeredete würdigte ihn kaum eines Blicks, sie sah nur die verkümmerte Gestalt und den Höcker. „Und wenn ich's wär'?" erwiderte sie kurz. — „Ei," rief Franz entgegen und suchte ihre Hand zu fassen, „dann mußt du mir den ersten Tanz mit dir erlauben!" — Cilli ward es schwarz vor den Augen, und der Gedanke, daß man sich über sie lustig machen wolle und ihr zum Hohne den Buckligen zugeschickt habe, stieg wie ein Gespenst vor ihr auf. „Von dem Müssen weiß ich nichts," rief sie hastig und stieß die Hand Franzens mit Heftigkeit zurück. „Ich mein', du thust am Besten, wenn du die Botenliese holst; gleich und gleich gehört zusammen." Die Botenliese war eine höckerige, verkrüppelte Person, die, unfähig zu jeder Arbeit, sich kümmerlich vom Botenlaufen in der ganzen Gegend ernährte. Franz stand einen Augenblick betroffen und unbeweglich. Seine Augen blitzten auf, während eine Todtenblässe über sein Gesicht ging — er faßte sich jedoch rasch, blickte Cilli mit einem Blicke an, der fast wie Bedauern aussah, und wandte sich um, indem er für sich murmelte: „Ich hätt' mir's einbilden können!" —

In diesem Augenblicke trat Toni, anscheinend wie athemlos herein, vor Cilli hin und flüsterte ein paar entschuldigende Worte. In dem nun zweifach gerechtfertigten Wunsche', nur rasch von der Stelle zu kommen, ließ sie Toni trotz ihres Vorsatzes die Hand und drehte sich bald mit ihm in allen Wendungen, die dem Gebirgstanze eigenthümlich sind. Sie hörte auch gar bald im Vorbeitanzen, wie die Umstehenden sie und Toni als das schönste Paar bezeichneten. Das war auch keine Uebertreibung; denn wenn man die stattliche, kräftige Gestalt Toni's und die Behendigkeit betrachtete, mit welcher er die halbe Zimmerhöhe

emporsprang, sich auf die Sohlen und Schenkel schlug,
daß es schallte, und unter lautem Juchzen die Tänzerin
um sich drehte, so mußte man gestehen, daß eines so
hübschen Burschen nur ein Mädchen würdig war, das wie
Cilli vollendetes Ebenmaß des Körpers mit der züchtigsten
Anmuth und Leichtigkeit der Bewegung vereinigte.

Cilli's Eitelkeit fühlte sich durch die allgemeine Bewunderung geschmeichelt, und doch vermochte sie nicht heiter
zu werden. Sie war sich selbst nicht klar, warum, sie
fühlte nur, daß es das Begegnen mit dem Buckligen gewesen war, was sie verstimmte. Vieles trug dazu bei, daß
sie während des Ausruhens vom Tanze an den Tischen
manches flüchtige Wort vernahm, welches zeigte, daß die
kurze Unterredung mit demselben nicht unbeachtet geblieben
war. Auch schien ihr Vater, der einen Augenblick an der
Thüre lehnend hereinsah, von ihrem und Toni's Anblick
keineswegs so erbaut wie die Uebrigen. Er sah finster
darein und rückte den Hut oft so, wie er zu thun pflegte,
wenn er zornig war. Einmal im Vorbeigehn hatte sie
sogar geglaubt zu sehn, wie der Bucklige vor ihm stand
und ihm freundlich grüßend die Hand schüttelte. Sie hatte
indessen nicht viele Muße, darüber zu grübeln, denn der
Ländler ging zu Ende und die darauf folgende kurze Pause
der Erholung verwickelte sie in ein eifriges Gespräch mit
Toni.

Dieser fühlte wohl, daß er gut zu machen habe, um
die Sache nicht auf ein Aeußerstes zu treiben. Er war
daher bemüht, für sein Wegbleiben beim Empfang und für
die Verzögerung beim Tanze Entschuldigungsgründe vor-
zubringen, die sein Betragen in besserem Lichte erscheinen

ließen. Waren dieselben auch nicht geeignet, Cilli's Un=
muth ganz zu heben, so reichte doch schon das Bestreben,
sich zu entschuldigen, hin, um sie milder zu stimmen. Sie
hörte daher Toni's Schmeicheleien und nur schwach ver=
blümte Erklärungen nicht ungern und nicht unfreundlich
an, doch vermied sie es, darauf einzugehn und zu ant=
worten, und der Wiederbeginn des Tanzes diente ihr hiezu
als vollkommene Ausflucht. Jetzt, nachdem der Anfang
gemacht und der entscheidende erste Tanz vorüber war,
fehlte es nicht mehr an Bewerbern, und mit innerlichem
Vergnügen wählte sie unter ihnen den jedesmaligen Be=
glückten, worunter Toni sich so oft befand, als es Sitte und
Gebrauch des Orts nur irgend erlaubte.

So ging der Nachmittag in dem immer abwechselnden
Einerlei vorüber und der Abend nahte heran, zum Auf=
bruch mahnend. Cilli hatte den Tanzboden fast nicht ver=
lassen, sondern brachte die Zwischenräume zwischen den
einzelnen Tänzen immer am Tische ihres Vaters zu, anfangs
ohne bestimmte Absicht, zuletzt aber wohl in etwas ge=
zwungen. An diesem Tage ereignete sich nämlich eine
Sonderbarkeit, wie sie noch bei keinem Kirchweihtanze vor=
gekommen war. Es kam vor, daß die älteren Leute, die
sonst in den anstoßenden Zimmern die Zeit rauchend,
trinkend, plaudernd und zuschauend verbracht hatten, all=
mälig bis auf eine kleine Anzahl verschwanden und es
vorzogen, den schönen Abend im Freien unter den Obst=
bäumen des Grasgartens zuzubringen. Die Ursache da=
von war niemand — als der Bucklige. Nach der Be=
gegnung mit Cilli hatte er den Tanzplatz nicht mehr be=
treten, sondern in anscheinend vollster Ruhe, als wenn gar
nichts vorgefallen wäre, wieder seine frühere Stelle im

15*

Garten eingenommen. Es konnte nicht fehlen, daß er zum
Singen aufgefordert wurde; er weigerte sich auch nicht,
und der Reichthum an heitern und ernsthaften Liedern,
die er vortrug, versammelte und bannte bald einen immer
größern Kreis von Zuhörern. Die Theilnahme und das
allgemeine Wohlgefallen stieg vollends zu einer Art Be=
geisterung, als er ein kleines Waldhorn hervorbrachte und
darauf in einer Weise zu blasen anfing, wie die schlichten
Landleute sie noch nicht vernommen hatten, und die trotz
aller Feinheit des Vortrags noch einfach genug war, um
von einfachen Gemüthern begriffen zu werden. Er erhöhte
die Wirkung noch dadurch, daß er meist solche Lieder sang,
zu beren Inhalt die Hornbegleitung paßte und die er dann
am Ende der Strophen wie einen Refrain folgen ließ.
Bald war es ein Postillon, der durch die Nacht dahin=
reitend, seinem fernen Schatz einen Gruß brachte, bald ein
Jäger, der in Waldesgrün mit sehnsüchtiger Klage das
Echo aufweckte, bald ein Soldat, der in den Reihen der
Bergschützen dem Klange des Horns in den Tod folgte.
Lieder, Vortrag und Begleitung waren den Leuten gleich
neu und brachten eine Wirkung hervor, wie sie wohl nur
in den Zeiten des Mittelalters von einem jener fahrenden
Sänger hervorgebracht werden konnte, in denen sich die
Dichtkunst mit dem Gesange zur augenblicklichen Schöpfung
vereinigte.

Von den Zuhörenden wollte niemand mehr fort, und
die sich nothwendig entfernen mußten, trachteten eilig wieder
zu kommen. Selbst die Mädchen eilten allmälig vom
Tanzboden herab, um in den Pausen ebenfalls einiges
von den schönen neuen Liedern zu erhaschen. Es war
begreiflich, daß davon und von dem buckligen Sänger

vieles Gerede auf dem Tanzplatze war — zum großen
Verdrusse Cilli's, der, wohin sie sich wendete, die Erzählungen von ihm und seinem Gesange entgegenkamen. Auch
an Erwähnungen seines Wettstreites mit Toni und den
Burschen aus Fischbachau, sowie der bewiesenen Körper-
stärke fehlte es nicht; mitunter klang sogar manche verdeckte Anspielung auf die Begegnung durch, die ihm von
ihr widerfahren war.

Sie ward allmälig in hohem Grade ärgerlich; wie
sie meinte, über den verwünschten Buckligen — die wahre
Ursache mochte aber doch anderswo liegen. Sie war unzufrieden mit sich selbst und doch nicht offen genug, es sich
zu bekennen. Darum begnügte sie sich mit der Ausflucht,
daß sie an die düstere Tanzstube gebannt sei, weil sie ja
den Buckligen, dem draußen gar nicht auszuweichen war,
nicht gegenüber treten konnte.

In diesem Punkte hatte sie an Toni einen Leidens-
gefährten, denn wie sie von der Eitelkeit, wurde er von
seinem Hochmuthe abgehalten, die Tanzstube zu verlassen.
Daburch kamen sie mehr mit einander in Berührung, als
vielleicht außerdem der Fall gewesen wäre, und Toni unterließ nicht, von dem Zufalle, sowie von der Stimmung
Cilli's, die er wohl bemerkte, Vortheil zu ziehn.

Aus diesem Grunde entging es ihm auch nicht, als
Cilli, um einen Augenblick frische Luft zu schöpfen, auf
dem Vorplatz an ein Fenster getreten war, von wo aus
man in die schon abendlich geröteten Berge hineinsah.
Nebenan führte die Treppe ins Erdgeschoß. Toni trat
leise hinzu, lehnte sich neben das Mädchen und hielt den
Augenblick recht geeignet für die Erklärung, die, wie er
fest überzeugt war, kommen mußte und daher auch noch

heute kommen sollte. Das nahe bevorstehende Ende des Festes bot ihm hiezu einen gelegenen Anknüpfungspunkt.

„Meinst," sagte er, „daß ich errathe, was du so in das rothe Gewölk hineinschaust?" — „Ich glaub' kaum, daß du so gescheut bist," erwiderte Cilli. „Was soll ich dann gedacht haben, meinst du?" — „Daß die Marbacher Kirchweih bald herum ist und daß sie nur einmal im Jahr kommt!" — „Das wär' freilich ganz was Neues und Besonderes ... aber an das hab' ich wirklich nicht gedacht!" — „So? Auch an das nicht, daß wir bald auseinander müssen und daß wir noch immer von dem nicht geredet haben, was wir doch vor allem miteinander auszureden haben?" — „Ich mit dir? Was wär' denn das?" — „Verstell' dich nit, Cilli. Du weißt es recht gut, daß wir zwei zusammengehören, daß wir für einander bestimmt sind und daß wir deßwegen ein Paar werden müssen." — „Ich denk' das wären wir schon ... ihrer Zwei sind allemal ein Paar." — „Du willst mich foppen, Cilli. Laß das bleiben, denn ich bin ein Hitzkopf und vertrag's nicht. Ich sag' dir grad und offen 'raus, daß ich dich gern hab' — warum willst mir verbergen, daß du mich auch gern hast?"

Cilli verdroß die Sicherheit, die in diesen Worten lag. Hatte sie auch Toni's Annäherung und Bewerbung geduldet und selbst ermuntert, so hatte sie doch eine viel zu hohe Meinung von sich, als daß sie sich so auf den ersten Angriff erobern und binden lassen sollte. „Du bist deiner Sach' schon ganz gewiß, du einbilderischer Bub!" erwiderte sie spitzig. „Gib acht, daß du nicht die Rechnung ohne den Wirth machst!" — „Warum willst du dich zieren?" fragte Toni hastig entgegen. „Hast du nicht

meinen Strauß angenommen und haſt ihn noch am Mie=
der ſtecken? Haſt du mir nicht den erſten Tanz aufgeho=
ben und am meiſten mit mir geredet und getanzt? Was
glaubſt du denn, daß die Leute nach all dem von uns
denken?" — „Die Leut' können denken und reden, was
ſie wollen. Woher weißt du denn, daß ich nicht dich und
ſie zum Narren gehabt habe?"

Toni's Geſicht wurde dunkelroth; er ſprang einen
Schritt zurück und hob den wuchtigen Arm mit einer nicht
mißzuverſtehenden Geberde empor. Im Augenblick aber
beſann er ſich wieder, trat näher und ſagte mit dem mil=
deſten Tone, den er ſeiner Stimme abnöthigen konnte:
„Du biſt wild und unbändig, wie ein jähriges Füllen;
aber ich nehm's hin von dir, damit du ſiehſt, daß meine
Lieb' zu dir kräftig iſt. Jetzt aber tratz' mich nicht län=
ger; mach' ein End' und geſteh' mir auch, was du mir
doch ſchon verrathen haſt." Damit ſchlang er den Arm
um ihre Hüfte, zog ſie ſanft an ſich und verſuchte ſie zu
küſſen, als wenn er ihr dadurch das ſchwere Bekenntniß
erleichtern wollte.

Cilli widerſtrebte, aber nur ſchwach, denn ſie wollte
den Burſchen doch nicht ganz von ſich ſtoßen und ſann
darauf, wie ſie ohne eine beſtimmte Antwort möglichſt
glimpflich davonkommen könne. Da fiel ihr Blick zufällig
ſeitwärts auf die Treppe und blieb in dem Angeſicht und
den brennenden Augen des Buckligen haften. Er war
die Stiege heraufgekommen, hielt, als er das Paar er=
blickte, einen Augenblick inne und wollte ſo eben geräuſch=
los und ohne Störung zurückgehn. Cilli zitterte vor Auf=
regung — ſo war der verwünſchte Bucklige überall! Mit
einer raſchen Anſtrengung und · einem Widerwillen, der

weit weniger dem sie umfassenden Toni als dem Störer galt, stieß sie Erstern so unsanft von sich, daß er taumelte und verblüfft sie in der Stube verschwinden sah.

Bald darauf fuhr der Wagen des Harrasserbauern an, denn Cilli trieb mit einemmale auf jede Weise zur Heimkehr. Sie saß schon auf dem Wagen, als noch die Pferde angespannt wurden; sie blickte nicht um, ob Toni sich nicht noch einmal sehen ließe, und beharrlich wandte sie sich von der Seite ab, wo im Baumgarten einzelne Lichter die Zuhörer erkennen ließen, die sich um den Sänger geschaart hatten. Das Gehör konnte sie sich aber nicht abwehren, und wider Willen vernahm sie den letzten Absatz eines Jägerliedes, das durch die dunkle Nacht so recht wehmüthig zu ihr herüber klang. Er lautete:

> „Dort, wo drei Tannen einsam stehen,
>   Im grünen Wald, im grünen Wald,
> Dort wirst du beim Vorübergehen,
> Ein Kreuz und einen Hügel sehen,
>   Wer weiß wie bald, — wer weiß wie bald!"

Dann begann das Nachspiel auf dem Horn, eine einfache, aber um desto ergreifendere Weise. Während derselben rollte der Wagen davon. Der Bauer fing bald einzunicken an, denn er mochte dem Kruge etwas zu tapfer zugesprochen haben. Die Schwägerin mußte statt des Schlafenden die Zügel der Rosse übernehmen. Sie versuchte es mehrmal ein Gespräch mit Cilli anzuknüpfen; diese that aber ebenfalls, als ob sie schlafe, um ihren Gedanken ungestört nachhängen zu können. Wie wirr und buntgestaltet sie aber auch durch ihren Sinn zogen — noch in weitester Ferne klang durch sie der Ruf des Waldhorns: „Wer weiß wie bald, wer weiß wie bald!"

2.

Einige Wochen waren seit der Marbacher Kirchweihe
vergangen, das Gerede und die Erzählungen aller Art
hatten sich ausgenützt, und auch auf dem Hofe zum Harras war alles längst in das altgewohnte Geleise zurück-
gekehrt. Nur an Cilli wollte die Base eine Veränderung
bemerken, was aber diese durchaus nicht zugestand. Jene
aber blieb dabei und behauptete, Cilli sei manchmal wie
umgekehrt; sie sei nicht mehr so oben hinaus wie früher,
und während sie sonst es keine Stunde an einem Orte
ruhig ausgehalten, sitze sie nun manchmal halbe Tage
stumm und unbeweglich wie eine Henne über den Brut-
eiern. — Auch an dem alten Bauer war eine Veränderung vorgegangen, und zwar eine so unverkennbare, daß
sie weder ihm selbst, noch seiner Umgebung entging. Sonst
war er dagestanden wie ein Baum, kräftig und frisch,
trotz der vielen Jahre und Stürme, von denen die ver-
witterte Rinde zeugte — jetzt war es auf einmal über
ihn gekommen, wie der Herbstwind über Nacht den Baum
anweht und verfärbt. Der sonst so gerade getragene Kopf
neigte nach vorne über, die Schultern hoben sich etwas
empor, die Straffheit der Kniee ließ nach, und in den
Gesichtszügen sprach sich Abspannung aus. Kopfschüttelnd
sah die Base nach ihm, Cilli mit ängstlicher Besorgniß;
er aber lehnte alle Fragen und Rathschläge lachend ab.
Ihm fehle nichts, sagte er, und die Schwäche werde vorübergehen — man solle ihn in Ruhe lassen und sich nicht
um ihn kümmern. Im Ganzen aber war er milder geworden, und da ihm Cilli aus Besorgniß nicht mehr so
schroff entgegen trat, wie sie sonst wohl gethan hatte, ver-

liefen die Tage auf dem Harrashofe sehr stille, und es kam nicht mehr zu den frühern stürmischen Auftritten.

Ueber die Marbacher Kirchweihe und alles, was sich darauf bezog, war zwischen Vater und Tochter noch kein Wort gewechselt worden. Desto häufiger war das der Fall zwischen Cilli und der Base, die zum großen Verdrusse der erstern keine Gelegenheit vorbeigehen ließ, darauf zurückzukommen und irgend eine darauf bezügliche Bemerkung einzuschalten. Uebrigens bot sich diese Gelegenheit auch häufig genug.

An einem sonnigen Nachmittag saßen Beide mit häuslicher Arbeit beschäftigt in der Wohnstube. Es war in jener Mittelzeit, wo die ländlichen Arbeiten in Feld und Garten beendigt sind und die Ernte noch nicht begonnen hat. Es war kühl in der sonntäglich freundlichen Stube; durch die weinumzogenen Fenster des Erkers aber sah man hinaus in den hellen vollen Sonnenschein, der sich warm am Abhang hin lagerte und über die glitzernde Seefläche breitete. Beiden gegenüber saß eine redselige Nachbarin, die nach der Sitte „in den Heimgarten" zum Plaudern gekommen war. Alles, was im Dorfe und der Umgegend geschehen war, jede Hochzeit und Taufe, jeder Sterbefall und Familienverdruß mußte herhalten; allein immer kam die Unterhaltung wieder auf den Buckligen, oder auf den Singer-Franz zurück, wie ihn die Erzählerin nannte. Der dortigen Volkssprache nämlich ist das Wort Sänger fremd, und wenn von einem Burschen oder Mädchen gesagt wird, daß es sich durch seinen Gesang auszeichnet, so spricht man von einem guten Singer, von einer feinen Singerin.

Cilli war das Gespräch sichtbar zuwider. Sie vermieb jebe Theilnahme, rückte ärgerlich hin unb her unb machte sich balb bies, balb bas außer ber Stube zu thun. Gleichwohl blieb sie nicht weg, sonbern kam immer wie= ber. Die Base merkte es wohl, aber sie war boshaft ge= nug, es nicht zu beachten. Wollte bas Gespräch eine an= bere Richtung nehmen, so wußte sie es immer wieber rasch auf ben alten Gegenstanb zurückzulenken unb veranlaßte sogar bie Nachbarin, zu wieberholen, was Cilli währenb ihres kurzen Wegseins allenfalls überhört hatte.

Enblich warb es Cilli zu arg. „Aber um's Blut Christi willen, Grunblerin," rief sie, „weißt bu gar nichts Anberes zu erzählen, als immer unb ewig von bem ab= geschmackten Buckligen?" — „Ei bu närrische Dingin," entgegnete bas Weib lachenb, „von was soll man benn schwatzen, als von bem, wovon alles im Dorfe schwatzt? — Ich weiß wohl, baß bu ihn nicht leiben kannst; hab' mir's wohl erzählen lassen, wie bu ihn abgeschnalzt hast beim Marbacher Tanz, aber was macht's! Daß er mit bir hat tanzen wollen, kannst bu ihm wohl verzeihen, unb sonst, mein' ich, hat er bir ja nichts zu Leib gethan. Also kannst bu's immer mit anhören!"

Cilli schwieg, währenb bie Grunblerin fortfuhr. „Es würbe wohl kein Mensch mehr reben von ihm, wenn er wieber fort wäre. Aber er hat bas Haus braußen vor bem Dorfe gekauft — weißt bu, bas mit ben großen Fenstern, bas sich ber langhaarige Maler gebaut hat, ber vor sechs Jahren immer bei uns heraußen gesteckt ist. Das Haus ist nichts für Eins von uns Bauersleuten; es ist nichts babei als bas kleine Stück Garten, unb in bem steht auch nichts, was man brauchen könnte, nichts als Blumen unb wieder Blumen. Du solltest bir's immer

ansehen, denn bist ja eine Liebhaberin von all dem Ge=
zeug. Ich habe, wie ich herein bin, deine Nelken droben
auf dem Schrott (offenen Hausgang) angeschaut — das
muß wahr sein, man sieht weit und breit keine schönern."
— „Und was thut denn der einzelne Mensch so ganz
mutterseelenallein in dem Haus?" fragte die Base da=
zwischen. „Was er thut?" war die Antwort. „Ei der
hat den ganzen Tag vollauf zu thun. Erst war er darüber,
sich mit einigen Gesellen, die er von Miesbach herein
holte, die Hauseinrichtung zu machen. Die ist ganz von
Tannenholz; Tische, Stühle und Bänke sind alle weiß, wie
unser Hergott das Holz wachsen läßt draußen im Wald.
Dafür ist's aber polirt, daß man sich drin sehen kann,
wie in einem Spiegel, und eine schöne Einfassung ist mit
rother Farbe darum herum gemalt. Die Stube sieht aus
wie ein Kirchl, und an den Wänden hängen allerhand
Bilder und dazwischen alle möglichen Instrumente zum
Blasen und Geigen, als wenn das Haus einem Musikan=
ten g'hören thät." —

„Was du nicht sagst, Grunblerin!" rief die Base
verwundert. „Aber in einem Hauswesen, und wenn's
noch so klein ist, geht's doch nicht zusammen, wenn nicht
auch Weibsleut im Haus sind, die nachschauen und die
Sach' in Ordnung halten."

„Da fehlt's nicht!" antwortete die Bäurin. „Die
alte Weithauser Burgl ist bei ihm, das ist ein christlichs
und richtigs Leut. Die kann gar nicht genug erzählen,
wie schön's in dem Häusel ist und wie viel Sach' drin
steckt. Auch einen ganzen Kasten voll Bücher hat der
Franz, schier mehr als unser Hochwürden Herr Pfarrer.
Der ist auch schon einmal heroben gewesen und hat ihn

besucht und hat ihn sehr gelobt und gesagt, der Singer=
Franz, das sei ein kreuzbraver und grundgescheuter Mensch.
Er muß aber auch steinreich sein, denn das ganze Haus
ist vollgesteckt und ausstaffirt von unten bis oben. Die
Kästen sind voll Leinwand und Wäsche, und Betten sind
da, es soll sie kein böses Aug' anschauen vor Schönheit.
Sogar die Kuchel ist eingericht't wie in dem ersten Bauern=
haus; eine Frau könnt' alle Stund' kommen und sich in
das fertige Nest hineinsetzen." — „Nun — damit wird
er sich wohl Zeit lassen müssen," lachte Cilli spöttisch vor
sich hin. „Ich mein', die Mädels werden sich nicht in die
Haar' kommen um ihn."

„Wer weiß, wer weiß!" erwiderte die Grundlerin.
„Es ist gar ein eigenes Ding ums Heirathen, und ein
schönes voll eingerichtetes Haus hat oft schon wüstere Sa=
chen zugedeckt als einen Buckel. Den Singer=Franz aber
hat noch dazu alles gern — es ist, als wenn er's den
Buben und den Mädeln angethan hätt'. Die Burschen
machen sich ordentlich eine Ehr' daraus, wenn sie zu ihm
in Heimgarten kommen können. Er richtet sie auch förm=
lich ab zum Singen, lehrt sie die schönen neuen G'säng',
die er nur so aus dem Aermel schüttelt und die er alle
selber zusammendicht', wie der Schullehrer sagt. Er hat
eine Bande eingerichtet aus ihnen, daß sie zusammen singen
— man kann's in der Stadt nicht schöner hören. Wenn
die Roselhuber Zenzi heirath't und Müllerin auf dem
Warenstein wird, wollen sie ihr zum erstenmal den Braut=
gesang singen. Mußt dich tummeln, Cilli, und dir auch
einen aussuchen, damit du's bald zu hören bekommst." —
Cilli stand unwillig auf und erwiderte nichts. Sie that,
als hätte sie an dem großen Wandschrank etwas zu

schaffen, aber sie warf nur die Sachen darinnen durch=
einander.

Lachend stand die Nachbarin auf. „Aergere dich
nicht, Cilli," sagte sie. „Vor meinem Geschwätz hast du
jetzt Ruh; ich muß heim und meinem Alten das Essen
richten, sonst brummt er, wenn er nach Haus kommt.
Nichts für ungut, eine Red' ist kein Pfeil, und du sollst
auch christlich sein und deinen Verschmach aufgeben — der
gute Mensch hat dir wollen eine Ehr' anthun, das mußt
du ihm nicht so gar übel ausrechnen." —

Die Bäurin stand vor Cilli und hielt ihr die Hand
zum Einschlagen hin, diese aber regte sich nicht. „Wie
doch!" fuhr die Andere unermüdlich fort, „sei nicht so
bockisch! Du wärst es gewiß nicht, wenn du den Franz
kennen würdest; er ist gar zu gut, und was man ihn
fragt, das kann er. Solltest nur das Hochzeitgeschenk
sehen, das er der Roselhuber Zenzi gemacht hat. Sie hat
gemeint, als Nachbarn müßt' sie ihn auch auf's Stuhlfest
laden, und er ist auch gekommen und hat ihr die heilige
Crescentia gebracht, in Holz ausgeschnitten und gemalt,
daß man's in jede Kirch' stellen könnt'. Die Figur hat
er selber gemacht, und unten steht geschrieben: „Der ehr=
und tugendsamen Jungfrau Crescentia Roselhuberin zur
Hochzeit von Franz Richthammer." —

Cilli war bis jetzt immer vor dem Kasten stehn ge=
blieben und hatte der Redenden den Rücken zugewendet.
Rasch drehte sie sich nun mit einemmal um. „Wie heißt
er?" fragte sie hastig. „Wie habt Ihr gesagt, Grund=
lerin?" — „Richthammer," antwortete diese, „Franz Richt=
hammer. Was findest du Besonderes an dem Namen?"
— „Nichts, gar nichts!" sagte Cilli. „Es kam mir nur

so vor, als wenn ich den Namen schon einmal wo gehört
hätte." — „Das kann leicht sein — aber bei uns in der
Gemeinde und in der Nachbarschaft herum ist kein solches
Geschlecht. Die Richthammer'schen müssen draußen im
Flachland daheim sein. — Aber jetzt b'hüt Gott nochmal
beieinander! Ich muß wahrhaftig heim, sonst gibt's einen
Mordsverdruß! — B'hüt Gott also und nichts für ungut!"

Diesmal verweigerte Cilli die Hand zum Abschied
nicht. Nachdenklich blieb sie in der Stube zurück und
setzte sich zu ihrer Arbeit, während die Base der Nachbarin das Geleit bis an den Zaun des Grasgartens gab
und dann andern Verrichtungen nachging. Die Arbeit
wollte aber gar nicht von der Stelle, denn Cilli's Gedanken waren mit andern Dingen beschäftigt. Der gehörte
Name kam ihr so bekannt vor; es war ihr, als knüpfe
sich daran eine ganze Reihe dunkler Vorstellungen und Erinnerungen, über die sie sich aber nicht klar zu werden
vermochte. Je mehr sie sich besann, desto lebhafter trat
auch die Begegnung von dem Marbacher Tanz wieder vor
sie; sie glaubte den Buckligen vor sich stehen zu sehen und
den brennenden Blick zu fühlen, mit dem er von ihr gegangen war. Auch damit erging es ihr sonderbar, denn
es war ihr, als sei sie auch diesen Augen nicht zum
erstenmal gegenüber gestanden — wann und wo das aber
gewesen, darüber zermarterte sie sich vergebens.

In diesem Brüten wurde sie durch den Vater unterbrochen, der zum Fenster hereinguckte, und wie er das
Mädchen sitzen sah, hastig eintrat. Er hatte ebenfalls Besuch eines Nachbars gehabt und mit ihm einen Umgang
durch die Felder gemacht, um nach dem Fruchtstand der
Aecker und Obstbäume zu sehn. Allein obwohl der Be-

fund durchaus ein erfreulicher war, kam er doch sehr un=
wirsch zurück, und Cilli, die ihn gar wohl kannte, errieth
sogleich aus allen Anzeichen, daß ihm etwas Unangeneh=
mes begegnet sein müsse. Besorgt trat sie ihm entgegen.
„Vater,“ rief sie, „du bist ja ganz kirschroth im Gesicht.
Was ist dir denn geschehn? Was hast du?“

Der Bauer setzte sich ihr gegenüber derb nieder.
„Was werd ich haben?“ rief er. „Ein dummes Ding
von einer Tochter hab' ich, die mir Verdruß macht und
sich und mich ins Gered' bringt bei den Leuten!“ —
Verwundert sah ihn Cilli an und fragte, was sie denn
gethan? — „Frag' nicht so!“ fuhr der Alte in seinem
Eifer fort. „Es ist freilich arg, daß ich der Letzte bin,
der's erfahren hat — aber die Leut werden sich halt ge=
schämt haben, es mir zu erzählen! Wie kannst du fra=
gen und weißt doch, was du auf der Marbacher Kirch=
weih mit dem Nichthammer Franz für eine G'schicht' an=
gefangen hast!“ — Cilli erwiderte nichts; sie setzte sich
wieder und sah schweigend und verlegen vor sich hin. „So,
hängst du jetzt den Kopf?“ polterte der Alte. „Wär' ge=
scheuter gewesen, du hättest ihn damals nicht gar so hoch
getragen! Du bist doch sonst in allen Sachen die Sieben=
gescheute und beleidigst einen kreuzbraven Menschen, der
in allen Ehren kommt und dir eine Ehr' anthun will!
Wirfst ihm vor, daß er buckelig ist und schickst ihn zu
seines Gleichen, zu der alten Her, der Botenlies? Wo
hast du denn deinen Verstand und das bissel Christenthum
gehabt, wenn dich doch dein gutes Herz nicht abgehalten
hat, einem unglücklichen Menschen seine Krüppelhaftigkeit
vorzuwerfen? Du hast wohl gemeint, daß er eigens eine
Bittschrift eingegeben hat bei unserm Herrgott, er soll

doch so gut sein und ihm einen Buckel schicken? Verdankst
du's denn dir selber, daß du deine graden Glieder hast?"
— „Zankt nur, Vater," erwiderte Cilli demüthig. „Ihr
habt ganz recht und ich hab' mich inwendig auch schon
recht ausgezankt — aber es war mir dort gar so eigen
ums Herz, und ich weiß jetzt noch nicht, wie mir die
dumme Red' herausgefahren ist."

Sie erzählte nun den Hergang offen und ehrlich;
der Alte hörte kopfschüttelnd zu. „Ich hab's ja immer
gesagt, daß du eine eitle, hoffärtige Docken (Puppe) bist,
bei der's am End' auch heißen wird, Hochmuth kommt
vor dem Fall! Es wär' dir auch keine Perl' aus der
Kron' gefallen, wenn du den ersten Tanz statt mit dem
geschupften Toni, an dem kein richtigs Haar ist, mit dem
Singer=Franz gemacht hättest. Bei euch zwei hätte gewiß
gar Niemand was drüber ausgehabt, und die Leut' hätten dich gelobt, statt daß sie dich jetzt schänden in der
Still'." — „Bei uns zwei?" fragte Cilli hoch aufhorchend
und verwundert. „Warum, Vater?" — „Warum? Seid
ihr nicht alte Bekannte? Sind wir nicht gar mit ihm
befreund't, so weitschichtig halt und vom siebenten Sup-
penschnittl her?" — Ueber Cilli's Antlitz flog eine heftige
Erregung. „Ich weiß nichts davon," rief sie. „Wie
wäre das?"

„So hast du's ganz vergessen?" fragte der Alte.
„Hätt's nicht geglaubt! Du warst doch nicht mehr gar so
klein, warst doch schon gut deine sieben oder acht Jahre
alt. Weißt du nicht mehr, wie ich dich nach dem Tode
deiner Mutter eine Zeitlang nach Kranzberg hinaus gethan
habe zu meiner alten Base? War der Richthammer nicht
ihr nächster Nachbar? Bist du nicht den ganzen Tag in

seinem Hof brüben gesteckt und hast mit den Kindern ge=
spielt, und du kennst den Franzl nicht mehr?"

Cilli hörte kaum, was der Vater sagte. Mit dem
Worte: Kranzberg — war der Nebel gefallen, der sich vor
ihre Erinnerungen gelagert hatte, und sie sah ein Stück
ihrer Jugend, eine blumenvolle lachende Gegend vor sich
liegen. Blitzschnell sah sie sich im Spiele mit den Nach=
barskindern; sie glaubte sie alle vor sich stehn zu sehen,
besonders den kräftigen Knaben mit den freundlichen brau=
nen Augen, der jeden ihrer kindischen Wünsche errieth und
zu erfüllen bereit war, und mit dem auch sie am liebsten
gespielt hatte. Alle Erlebnisse, bis auf die kleinsten Ein=
zelheiten, waren wie mit einem Schlage wieder vor ihr
aufgewacht und damit zugleich eine Empfindung, die ihr
siedend zum Herzen strömte und es angenehm erzittern
machte, wenn sie auch im Augenblick sich weder erklären
konnte noch wollte, warum das geschah. „Der Franzl?"
sagte sie halblaut, wie vor sich hin, als sie sich ein wenig
gesammelt hatte. „Das ist der Kranzberger Franzl? Aber
damals war er ja . . ."

Sie vollendete nicht; der Vater aber verstand sie den=
noch und nahm den abgebrochenen Satz auf. „Ja damals
war er ein hübscher, schlanker Bub," ergänzte er. „Da=
mals war er noch nicht bucklig. Das ist erst später ge=
kommen — etwa ein halbes Jahr, nachdem du wieder
daheim warst. Er hat's davongetragen im Spiel mit
den Kindern; eins hat ihn einmal im Muthwillen über
die Heufuhre auf das halb abgeladene Heu hinabgestoßen.
Er hat dabei keinen Schaden genommen, aber mit dem
Rücken fiel er auf den Stiel einer im Heu verdeckten Ga=
bel, und daher ist das ganze Unglück gekommen. So hat

er's nachher, wie's zu spät war zum Helfen, selber ein=
gestanden, aber wer ihm den Stoß gegeben und dadurch
sein Unglück veranlaßt hat, das hat er verschwiegen, wie
ein Beichtvater." —

Der Erzähler hielt inne, als ob er eine Erwiderung
erwarte. Cilli vermochte keinen Laut hervorzubringen; sie
hatte das Gesicht gegen das Fenster zu abgewendet, ihr gan=
zer Körper erbebte von der leidenschaftlichsten Erregung.
Der Alte bemerkte nichts und fuhr weiter fort. „Wie
die Verwachsung da war, war's auch vorbei mit der
Bauern=Arbeit. Die Eltern thaten den armen Burschen
in die Stadt, damit er was lernen und sich damit sein
Brod verdienen sollte. Er hat auch was Rechtschaffenes
gelernt, aber er hat's nicht über's Herz bringen können
in der Stadt zu leben. Er hat zu viel vom Bauernblut,
und wie jetzt seine Mutter gestorben ist, hat er seine sieben
Zwetschgen zusammengemacht und ist heraus auf's Land,
damit das, was er gelernt hat, nicht todt liegt, sondern
einen Nutzen bringt und sich ausbreitet."

Wieder hielt der Alte inne; als aber Cilli noch im=
mer schwieg und auch ihm ihre Aufregung nicht mehr
entgehen konnte, trat er näher. „Flennst du jetzt?" fragte
er. „Ja ja, so geht's gewöhnlich — auf das Hui kommt
das Pfui. Ist mir aber lieb, daß du dir's zu Herzen
nimmst und dein Unrecht einsiehst; ist mir lieb beinetwegen,
sonst müßtest du ein grundböses Gemüth haben. So
wird's auch wohl wieder gut zu machen sein. Aber adies
indessen — ich will hinunter zum Roselbauern — dahin
kommt heut der Franz in Heimgarten. Ich möcht' ihn
doch auch einmal singen hören, und bis er mir einmal
daheim was vorsingt, dürft ich alleweil noch lang warten."

16*

Er ging. Seine Entfernung befreite Cilli von der
Zentnerlast der Zurückhaltung, die bisher auf ihr gelegen.
Mit einer Leidenschaftlichkeit, deren nur ein so heftiges Ge=
müth wie das ihrige fähig ist, warf sie sich, das Gesicht
in den Händen bergend, über den Tisch. Ein Thränen=
strom brach sich gewaltsam Bahn und schmerzliches Schluch=
zen erschütterte krampfhaft den ganzen Körper. Mit der
Erinnerung an die Kinderzeit war auch die Neigung des
Kinderherzens wieder erwacht. Trotz der geschlossenen
Augen sah sie den Knaben Franz vor sich stehn, sah, wie
er sich um sie bemühte, ihr jeden Wunsch aus den Augen
las und alles zurückließ, um einen Augenblick bei ihr,
möglichst nahe neben ihr zu sein. Sie sah sich, als wenn
es erst gestern geschehen wäre, mit ihm auf dem Heu=
wagen, in übermüthiger Kinderlust beschäftigt, das Heu
hinabzuwerfen und darauf hinunter zu springen. Sie sah
ihn neben sich sitzen, den leichten Strohhut vor sich auf
den Knieen und in demselben Kirschen, die er während
des Aufladens von einem Baume auf dem Felde zu oberst
herabgeholt, weil sie es gewünscht hatte. Sie sah mit
derselben widrigen Empfindung wie damals, daß er einem
andern Mädchen aus dem Dorfe, das sich immer viel um
ihn zu schaffen machte, eine Handvoll Kirschen zuwarf,
und wie sie sich dann trotzig weigerte, weiter welche von
ihm anzunehmen. Sie glaubte ihn zu hören, wie er
scherzhaft niederkniete, ihr den Hut vorhielt und sie mit
seinem freundlichsten Tone bat zuzulangen. Wie damals
fühlte sie sich die Brust von einer zornig eifersüchtigen
Regung zusammengeschnürt, und hob die Hand, ihn zurück=
zustoßen. Mit stockendem Herzschlag sah sie ihn darüber
das Gleichgewicht verlieren, kopfüber vom Wagen stür=

zen und hörte einen durchdringenden kurzen Schmerzens=
schrei ...

Wieder stand sie dann vor ihm und hatte ihn an
beiden Händen gefaßt und bat ihn, ihr zu verzeihen, was
sie ihm ja nicht absichtlich angethan! ... Sie sah ihn
seinen Schmerz verbeißen und durch Thränen lächelnd ihr
die Hand zur Verzeihung reichen, sie hörte, wie er ihr ver=
sprach, niemand von dem Vorgefallenen etwas zu sagen.
Und er hatte Wort gehalten! Das betrübendste Leiden
hatte nicht daran zu rütteln vermocht, und sie, die Ur=
heberin derselben, wie hatte sie ihm dafür gedankt! —
Schmerz, Reue, Beschämung, tiefes inniges Mitleid stürm=
ten gleichzeitig und mit gleicher Heftigkeit auf sie ein und
sie hatte zur Abwehr nichts entgegen zu stellen, als ihre
Thränen.

Die Stimme der Base, welche sich dem Hause näherte,
scheuchte sie empor, denn in diesem Zustande, unfähig eines
Wortes, eines Gedankens, konnte sie sich unmöglich von
jemand treffen lassen. Sie floh zunächst, um auszuweichen,
die Treppe hinauf bis in den Bodenraum des Hauses.
Von da trat sie auf den kleinen offenen Gang hinaus,
auf dessen Geländer sie ihre von der Nachbarin so hoch
gerühmten Nelken stehen hatte. Dort kauerte sie nieder
und weinte sich vollends aus, bis die Thränen versiegten
und mit ihnen der erste Sturm der Leidenschaft sich legte.
Mit müdem, schmerzendem Kopfe und mit rothgeweinten
Augen wollte sie aber immer noch niemand begegnen; sie
hielt sich daher stille und fing an, halb und halb ohne
Absicht an ihrem Nelkenflor zu putzen. Sie zupfte hie
und da ein gelbgewordenes Blatt ab, riß die leeren Hülsen
der verblühten Blumen weg und pflückte sich, ohne zu

benken wozu, einen prachtvollen Strauß von den flammenb=
sten Nelken, die mit ihrem dunklen, schwarz schattirten Roth
wie halbglühende Kohlen aussahen.   Dann schlüpfte sie,
als alles im Hause leer zu sein schien, behutsam hinab in
den Grasgarten, von dessen Rückseite ein kleines Pförtchen
ins freie Feld führte — sie wollte allein sein zwischen den
sanft ansteigenden Wiesen, die im Glanz der abwärts
sinkenden Sonne stärker dufteten, zwischen den Buchen und
Tannen des nahen Hochwaldes, dessen geröthete Wipfel sie
tröstend zu sich zu winken schienen.   Dort hoffte sie die
Ruhe und mit ihr einen Entschluß zu finden und dann
wenn es zu dunkeln anfing, unbemerkt nach Hause und
in ihre Kammer zu kommen.

Haftig schritt sie vorwärts und athmete tief auf, als
am Eingang des Waldes der balsamische Harzduft sie um=
strömte, als das schweigende Dunkel nur hie und da von
einem golbgrünen Sonnenstrahl durchbrochen, sie theilneh=
mend wie ein Vertrauter zu empfangen schien.   Die kühle
Luft floß besänftigend um ihre heißen Schläfen und das
leichte Rauschen in den Wipfeln war wie der Gruß und
Zuruf eines befreundeten Wesens.

Der Pfad, zwischen Felsblöcken schroff emporsteigend,
führte zu einer hervorragenden Stelle, wo ein Gießbach
in mehreren Abfällen tosend und schäumend in die Tiefe
stürzte.   Der Weg war ziemlich gangbar gemacht, der
Städter wegen, die im Sommer ihren Landaufenthalt in der
Gegend nehmen und denselben zu einem Lieblingsausfluge
benützen.   Schon vernahm Cilli das Rauschen des Berg=
wassers näher, als plötzlich durch dasselbe ein stark klingen=
der Ton, wie der Gesang eines Menschen, an ihr Ohr

brang. Ueberrascht hielt sie inne und trat dann neugierig vom Wege seitwärts ins Gebüsch. Dort vernahm sie den Ton schon bestimmter und deutlicher — sie hatte sich nicht geirrt, Sänger und Lied waren ihr bekannt.

Vorsichtig schritt sie weiter; sie bog die Zweige auseinander, daß sie nicht rauschen sollten, und wagte kaum aufzutreten, aus Besorgniß, der Hall ihres Fußtritts möchte sie verrathen. Endlich war sie an einer Stelle angekommen, wo sich ein Ueberblick bot. Sie sah sich hoch auf einer steil absinkenden Felswand; hinter dem Stamme einer Haselbuche, welcher schräg darüber vorhing, und in deren Zweigen versteckt, blickte sie in eine kleine Waldblöße hinab, deren kurzes sammtweiches Gras zwischen den grauen Tannenstämmen und ihrem dunklen Behäng recht eigentlich zur Ruhe einzuladen schien. Etwas vorgeschoben standen darin drei einzelne Tannen wie eine Vorhut, daß niemand den Frieden der kleinen Zufluchtsstätte stören solle. Unter den drei Tannen auf einem Stamme saß ein Mann, emsig und ohne aufzublicken mit einer Schnitzarbeit beschäftigt. Er hatte verschiedene Werkzeuge in einer Ledertasche neben sich liegen und war eben daran, eine Art Blumenvase zu vollenden, die er aus einem wunderlich geformten Baumknorren hervorgezaubert hatte. Sie sah in etwas einem römischen Aschenkruge gleich und ein paar krumme Aeste waren sinnreich zu verschlungenen Henkeln benützt. Jetzt schien das Kunststück fertig zu sein, denn der Bildschnitzer bedeckte die Ränder mit einer leichten Moosschicht und hielt sein Werk mit prüfendem Blicke vor sich hin. Er hatte dabei beständig mit halber Stimme, wie man bei der Arbeit pflegt, gesungen und schloß gerade jetzt mit verstärktem Tone:

„Da wirst du beim Vorübergehen,
Ein Kreuz und einen Hügel sehen,
  Wer weiß wie bald — wer weiß wie bald!"

Es war Franz. Cilli, kaum ein paar Klafterhöhen über ihm schwebend, lauschte mit angehaltenem Athem. Ihr Blick ruhte unverwandt auf ihm und schien in den Zügen seines Gesichts festwurzeln zu wollen. Je mehr sie ihn aber betrachtete, desto mehr fand sie den Knaben und Jugendgespielen in ihm wieder und konnte es sich gar nicht erklären, daß sie ihn nicht beim ersten Anblick erkannte. Auch einen andern Irrthum mußte sie sich bekennen; denn, als er sich ihr zum Tänzer antrug, war er ihr geradezu häßlich vorgekommen — jetzt begriff sie nicht, wo sie damals ihre Augen gehabt hatte. Das Gesicht mit der feinen schmalen Nase, den feurigen braunen Augen, mit dem reichen weichen Haar und dem schwermüthigen Lächeln um den anmuthigen Mund war nichts weniger als häßlich — es war sogar schön, und Cilli vergaß darüber ganz, daß der Körper dem Kopfe nicht entsprach. Sie konnte sich über das, was in ihr vorging, keine klare Rechenschaft geben, aber es ward ihr so ruhig, so unbeschreiblich wohl um's Herz — es kam ihr vor, als lägen nicht leidenschwere Jahre zwischen ihr und Franz, als wären sie wieder Kinder, die Verstecken spielten, und sie brauche sie ihn nur anzurufen, damit er sie finde und alle Wirrniß zwischen ihnen sich löse.

Jetzt erhob sich Franz; er stellte die vollendete Vase auf den Stamm, legte seine Werkzeuge zusammen und schien bereit, den Rückweg anzutreten. Wenn Cilli nicht Gefahr laufen wollte, von ihm angetroffen zu werden, mußte sie eilen, fortzukommen. Sie warf noch einen Blick

hinab, löste dann ihren Nelkenstrauß vom Mieder und
schleuderte ihn rasch in die Tiefe, daß er unweit der Base
und Franz niederfiel. Verwundert und suchend blickte dieser
in die Höhe — er sah nur noch die Aeste um Cilli's
Versteck schwanken: sie selbst floh den Waldpfad hinab,
erreichte den Hof und schlüpfte unbemerkt in ihre Kammer,
wo sie sich mit all ihren Gedanken und Empfindungen
und Träumen einriegelte.

Vergebens pochte die Base an die Thür und verlangte
eingelassen zu werden. Auch der Vater kam, fragte, wa=
rum sie sich einsperre und ob ihr etwas fehle. Sie öffnete
nicht. „Mir fehlt nichts," rief sie heraus, „aber ich kann
nicht aufmachen — ich schlaf' schon!"

3.

Wieder war der Sommer um einige Wochen vor=
geschritten. Die Ernte war im vollen Gange und die
Menge und Wichtigkeit ihrer Arbeiten hatte für die Land=
leute_ alles Andere in den Hintergrund gedrängt. Auch
die Plauderstunden der Feierabende waren mit dem ab=
nehmenden Tage kürzer geworden. Häufig kam man erst
bei anbrechender Nacht vom Felde oder aus der Tenne
und eilte gleich zu Bett, denn vor Sonnenaufgang, so lang
der Thau lag und die Kühle anhielt, mußte man doch
schon wieder mit Sense, Gabel und Rechen auf das Feld.
Im Hause des Bauern zum Harras wurde das Vor=
gefallene nicht mehr erwähnt, nur zwei Menschen dachten
noch zuweilen daran — das war die Base und Cilli selbst.
Der erstern entging es nicht, daß Cilli noch stiller und
träumerischer geworden, sie unterließ es aber, darüber etwas
zu äußern, weil sie sah, wie unangenehm und ärgerlich

dieser jede solche Bemerkung war. Cilli selbst schwieg,
desto mehr aber sprangen ihre Gedanken über die Arbeit
hinweg in die Vergangenheit, und nicht selten ertappte sie
sich selbst darüber, daß sie dasaß, die Arme lässig im
Schooße ruhend, mit den Gedanken im Walde schwebend,
an der Waldblöße mit den drei Tannen.

Die Hochzeit der Roselhuber Zenzi, welche Müllerin
auf dem Warenstein werden sollte, unterbrach die Ein=
tönigkeit wieder. Besonders die jungen Leute waren schon
eine Woche vorher mit den verschiedenen Vorbereitungen
dazu beschäftigt. Die Bursche hatten viel wegen des Braut=
gesangs zu besprechen und zu probiren, der bei dieser Hoch=
zeit zum erstenmal aufgeführt werden sollte; die Mädchen
hatten alle Hände voll zu thun, allen Putz vorzubereiten,
in welchem bei diesem Anlaß Staat gemacht werden sollte.
Auch Cilli konnte sich von der Theilnahme an den dadurch
veranlaßten Zusammenkünften nicht ausschließen, denn die
Braut war eine Schulfreundin und Jugendgespielin, der
sie es nicht abschlagen konnte, ihr am Ehrentage als Kranzel=
jungfer zur Seite zu stehn.

Wenige Tage vor der Hochzeit waren die Mädchen
alle im Hause der Braut zusammengekommen, was noch
etwa fehlte zu berathen und zugleich die Aussteuer zu be=
wundern, die mit bäuerischem Behagen in den geöffneten
Kisten und Kasten zur Ansicht aufgestellt war. Wie es
in einem Kreise junger und heiterer Mädchen nicht anders
möglich war, blieb das Gespräch nicht dabei stehn, sondern
sprang bald auf diesen, bald auf einen andern Gegenstand.
Daß die Vergnügungen des Hochzeitfestes darunter nicht
fehlten, versteht sich von selbst, und dabei mußte auch der
Gesänge gedacht werden, die zu erwarten standen. Damit

war der Uebergang zu dem gefeierten Sänger des Dorfes
ganz natürlich gegeben, und bald wetteiferten die Mädchen
in Lobeserhebungen über das wunderschöne neue Lied, das
Franz am Tage vorher bei einem seiner Abendbesuche in
den Nachbarhäusern gesungen hatte. Das Lied hieß der
Wiederhall und hatte die Liebesklage eines Burschen zum
Gegenstand, der es nicht wagen darf, seine Neigung zu
gestehn, und der daher den Wiederhall bittet, es statt seiner
zu thun. Sie konnten die lieblichste Weise nicht genug
rühmen, und wie es so gar rührend sei, wenn immer nach
jedem Gesätz die Bitte komme:

> „Ein einzigsmal,
> Du lieber Hall,
> Erzähl' ihr, was ich traurig bin,
> Dann flieg' nur fort nach deinem Sinn!"

Dann wiederholte das Horn die Melodie der letzten
Zeilen, erst stark, dann leiser und immer leiser, wie in der
Wirklichkeit der Wiederhall nach und nach an den Bergen
verschwebt. Cilli hörte zu, ohne sich in das Gespräch zu
mischen, und die Mädchen waren schonend genug, zu thun,
als merkten sie es nicht. So viel stand fest, daß Franz
sie alle das Lied lehren mußte, und nur die Eine Frage
bildete den Zankapfel, ob er das Lied nur so von ungefähr,
oder ob er es auf sich selbst gemacht habe, und wer dann
wohl der Schatz sein könne, dem es gelten solle. Man
hatte keinen Anhaltspunkt zu irgend einer Vermuthung;
nur die Jüngste der Mädchen, die eine Base in der Stadt
hatte, wollte gehört haben, der Singer=Franz sei dort bei
einem Maler in die Schule gegangen, der gar eine saubere
Tochter gehabt habe. In die habe er sich verschossen, und
die sei es auch, der das Lied vom Wiederhall zugedacht

wurde. Cilli saß bei der ganzen Erörterung wie auf
Kohlen, und als sie vollends von der schönen Malertochter
hörte, da schnürte es ihr die Brust zusammen, daß sie
kaum mehr zu athmen vermochte und Gott dankte, als
die Mädchen endlich meinten, nun sei es Zeit, auseinander
zu gehn.

Hastig trennte sie sich von ihnen und schlug, um eher
loszukommen, einen Seitenpfad ein, auf dem sie nichts zu
thun hatte und der sogar ein Umweg für sie war. Sie
vermochte nicht länger unter den Mädchen zu verweilen,
deren fröhliches Plaudern wie Spott auf ihre eigene Be=
trübniß klang. Und betrübt war sie bis in's tiefste Herz —
betrübt, daß sie sich am liebsten hätte an den nächsten
besten Rain hinlegen und sterben mögen. Tausend wider=
streitende Gedanken und Empfindungen gingen in ihr
durcheinander, und sie schritt fort, ohne auf den Weg und
dessen Richtung acht zu haben. „Was geht's mich denn
auch an?" murmelte sie vor sich hin. „Es war nicht
recht, daß ich die dumme Red' zu Marbach zu ihm gesagt
hab' — ich will's auch wieder gut machen, wann und wie
ich kann — aber mir kann's gleich sein, für wen er das
Lied gemacht hat, und die städtische Malertochter paßt auch
besser zu ihm als ..." Sie vollendete nicht, denn sie scheute
sich, das auch nur vor sich selber auszusprechen. „Die
wird schon auch so g'studirt sein, wie er," fuhr sie nach
einer Weile fort; „bei uns da heraußen sind eh' nur lauter
einfältige Bauernmädeln." —

Das Ansteigen eines etwas steilen Hügels brachte sie
aus dem Wirrwarr ihrer Gedanken. Sie sah um sich
und bemerkte erst jetzt, daß sie von der Richtung, in welcher
der Harrashof lag, weit abgekommen war. Dagegen lag

keine dreißig Schritte weit das Malerhaus mit den großen
Fenstern vor ihr, und sie mußte daran vorüber gehn,
wollte sie nicht auf der einen Seite querfeldein durch eine
noch ungemähte Kornbreite gehn, auf der andern durch
den Gebirgsbach waten, der sich hier ein breites Rinnsal
nach dem See gegraben hatte. Sie stand unschlüssig, aber
nur einen Augenblick — dann ging sie rasch vorwärts,
der Weg war ja breit und frei, es konnte niemand etwas
darin finden, wenn man sie dort gehen sah, und der Franz,
so tröstete sie sich, werde ihr wohl auch nicht gerade in
die Hände laufen. Auch war sie doch begierig, das schöne
Haus zu sehen, von dem sie schon gar so viel rühmen ge=
hört hatte. Als sie näher kam, bot sich dazu eine recht
passende Gelegenheit; denn an der Seite des mit allerlei
Gebüsch umzogenen Gartenzauns lief ein halb verwachsener
Feldweg seitab, auf welchem sie ungestört ihre Beobach=
tungen machen konnte. Die Leute hatten wirklich nicht zu
viel gesagt; das Häuschen stand da so zierlich und sauber,
wie aus dem Ei geschält und hatte so ganz das Ansehen,
als wenn darin der Frieden und das Glück daheim wäre.

Während Cilli langsam vorwärts schreitend mit neu=
gierigem Blick die Fenster musterte, blieb ihr Auge auf
einmal an dem Blumenbrett vor einem derselben haften
und eine dunkle Röthe flammte über ihr Gesicht. Sie
irrte nicht; da stand die Vase, die sie in der Waldblöße
hatte schnitzen sehen — sie war nun mit Moos und einem
zierlich herabhängenden Schlinggewächs gefüllt, in der Mitte
aber flammte wie ein glühender Kern ein Strauß rother
Nelken, den sie nur zu gut kannte. Cilli ward es ganz
eigen ums Herz und es kam über sie etwas wie eine stille
Befriedigung. Er hielt den Strauß in Ehren — es mußte

also doch nichts an der Geschichte mit der Malerstochter sein ... er vermuthete vielleicht gar, wessen Hand ihm denselben zugeworfen.

In diese Betrachtungen vertieft hatte sie nicht gesehn, daß jemand auf dem Feldwege gegen sie herkam, und wurde daher durch seine unvermuthete Anrede um so unangenehmer aufgeschreckt. „Schau, schau," rief es, „kommen wir zwei da mit einander zusammen?"

Cilli wandte sich — der Eblinger Toni stand vor ihr, von seiner Holzarbeit heimkehrend, die Axt auf der Schulter. Sie war zu überrascht, ein Wort zu Gruß oder Anrede zu finden, und Toni ließ ihr auch nicht Zeit sich zu besinnen. „Mein Eid," fuhr er lachend fort, „das hätt' ich auch nicht geglaubt, daß ich die Harrasser=Cilli auf der Paß' hinterm Zaun erwischen thät! Jetzt wohl! Jetzt begreif' ich's freilich, warum ich dort zu Marbach so grob bin abg'speist worden!' Hättest mir's ja nur sagen dürfen — wenn ich auch alleweil mit Blöcken und Klötzen umgeh, ich hätt's doch verstanden, du hättest mir nicht mit dem Holzschlegel zu winken gebraucht!"

Cilli hatte sich ein wenig gefaßt. „Was willst von mir, Toni?" sagte sie dann. „Was du hast wissen wollen, das hab' ich dir gesagt, und wie man in Wald schreit, so hallt's wieder. Du hast handgreiflich gefragt, drum hab' ich dir auch so geantwort't." — „Freilich, freilich," fuhr Toni höhnisch fort, „wenn ich gewußt hätt', was ich jetzt weiß, dann hätt' ich mir gar nicht hingetraut zu dir! Mit einem solchen Nebenbuhler kann's der Toni nicht aufnehmen! Wenn ich gewußt hätt', daß dir das ... so gut gefallt, hätt' ich mir einen Buckel ausstopfen ... wie zur Fastnacht." — „Ich weiß nicht, was du

willſt!" rief Cilli entrüſtet. „Der Singer-Franz, wenn
du den meinſt, will nichts von mir und ich nichts von
ihm." — „Pfui Teufel, ſcham' dich, Cilli," entgegnete
Toni. „Leugnen auch noch? Was thuſt du jetzt am
Abend ſo auf der Abſeiten bei dem Haus? Meinſt du,
ich kenn' deine Nagerln (Nelken) nicht und weiß nicht,
daß in allen Dörfern herum Niemand dieſelbigen hat,
wie du? Woher kommt nachher der Strauß da droben?
Warum iſt er aufgeputzt und hingeſtellt, wie auf ein
Altärl?" — „Das geht dich alles nichts an!" rief Cilli
immer unmuthiger und darum entſchiedener werdend.
„Mit uns zwei hätt's doch nie was werden können, und
ich dank' meinem Gott, daß ich's noch zur rechten Zeit
eing'ſehn hab', was für ein ungeſchlachtes und rohes
Mannsbild du biſt!" — „Du haſt recht," lachte Toni
wieder, „mit ſolch' einer filigranenen Waar' kann ſich unſer
eins nicht vergleichen. Alſo zu ungeſchlacht bin ich dir?
Zu . . ."

Er kam nicht dazu auszureden. Cilli, der er bis
dahin den Weg vertreten hatte, erſah die Gelegenheit, raſch
neben ihm vorbeizuſchlüpfen und eilte davon, als ob ſie ver-
folgt würde. Sie ſah nicht einmal um, aber noch weit
hörte ſie hinter ſich Toni's lautes höhniſches Gelächter.

Wie gehetzt langte ſie endlich auf dem Waldpfade an,
der von rückwärts an das Gehöft ihres Vaters führte,
aber die Reihe der Abenteuer, die ſie heute erleben ſollte,
war noch nicht zu Ende. Noch hatte ſie den widrigen
Eindruck von Toni's Begegnung nicht überwunden, als
ſie an der Stelle ankam, wo ſich der Weg ſteil abſenkt.
Von da überſah ſie die ganze Anhöhe vor ſich und bemerkte mit dem erſten Blick den Nichthammer-Franz, der

mit einem holzbeladenen Handkarren sich vergeblich ab=
mühte, die Last über die steile Höhe hinauf zu bringen.
Das Blut im Herzen stand ihr beinahe still — im ersten
Augenblick wollte sie rasch wieder umkehren, aber ebenso
rasch besann sie sich. Das war vielleicht eine erwünschte
Gelegenheit, den unangenehmen Vorfall zwischen ihm und
ihr ausgleichen. Sie nahm sich vor, ihn anzureden und
ging vorwärts. Gleichzeitig sah auch Franz, der mit sei=
ner Last einen Augenblick gerastet hatte, nach der Höhe
empor und bemerkte sie: jetzt konnte sie gar nicht mehr
umkehren, es hätte ja ausgesehen, als fürchtete sie sich
vor ihm.

Wenige Sekunden und sie war schon ganz nahe bei
Franz. Dieser aber that, als bemerke er nicht, daß Je=
mand in der Nähe sei, sondern schien ganz in der Be=
trachtung seiner Hölzer vertieft, die er wegen ihrer abson=
derlichen Gestalten zu seinen Schnitzereien bestimmt hatte.
Jetzt war Cilli neben ihm, er mußte es spüren, aber er
schien taub und blind zu sein. Ihr selber schlug das
Herz bis an den Hals hinauf, daß sie das Pochen hören
konnte. Gleichwohl nahm sie sich zusammen, legte dem
Burschen die Hand auf den Arm und sagte mit weicher
Stimme: „Du hast dir die Last gar zu schwer gemacht,
Franz. Soll ich dir helfen?" —

Hastig hatte sich der Angeredete beim ersten Laute
umgedreht, seine Augen blitzten ihr mit einem Ausdruck
von so seliger Freude entgegen, daß es ihr bis ins Herz
hinab zuckte. Das Blut stürzte ihm in einer Sekunde
ins Gesicht und wieder zurück, daß hohe Röthe mit fah=
ler Blässe wechselte, aber indem er den Mund zur Erwi=
derung öffnete, flog eine bittere Erinnerung zersetzend durch

ihn hin. Er wandte sich ab und verseßte kurz: „Bemüh'
dich nicht. Die Botenliese wird mir schon helfen." —
Cilli war es, als würde sie mit eiskaltem Wasser übergossen — dennoch nahm sie sich zusammen und wollte auf
die verdiente Abfertigung etwas Versöhnendes erwidern,
als der Zufall wirklich die Botenliese herbeiführte. Wie
aus der Erde gestiegen humpelte sie auf einmal um die
buschige Ecke herum und war mit gewohnter Dienstfertig-
keit zu helfen bereit. Im Augenblick und ohne Zwischen-
rede hatte sie sich mit täppischer Freundlichkeit vor den
Karren gespannt, und nach einem leichten, seitwärts ge-
nickten Gruß war Franz die Höhe hinan und verschwunden.

Einen Augenblick stand Cilli wie angewachsen; sie
schien gar nicht zu begreifen, was vorgegangen war —
dann brach sie in lautes Schluchzen aus und eilte unter
strömenden Thränen auf dem abgelegensten Wege der
Heimath zu.

Der Hochzeitstag kam heran und fand sie vollkommen
gefaßt. Sie wußte, daß Franz dabei erscheinen werde,
und war entschlossen, ihre Stellung zu einander in's
Klare zu bringen. Welche Wendung die Sache auch nehmen
mochte — so durfte und konnte es nicht bleiben, das stand
fest bei ihr. In diesen Gedanken pußte sie sich zur Hochzeit mit einer Sorgfalt, als ob sie selbst zur Trauung
gehen sollte. So schön war sie nie gewesen, und als der
Zug in die Kirche ging, verdunkelte sie alle Mädchen auf
eine Weise, daß alles in Bewegung gerieth und Alt und
Jung in Verwunderung und Lobeserhebung nicht satt
werden konnte. Sie aber schritt nicht, wie es sonst ihre Art
gewesen, mit hochgetragenem Kopfe und herausfordernder
Munterkeit daher, sondern sah wie betroffen vor sich nieder

und schien die gaffenden Reihen kaum zu bemerken, die sich am Kirchwege gebildet hatten. Dennoch entging es ihr nicht, daß Franz, als er ihrer ansichtig wurde, den Blick lang und so brennend auf ihr ruhen ließ, daß sie es ordentlich zu fühlen glaubte. Demungeachtet grüßte er, als sie sich begegneten, so kalt und höflich, als hätten sie sich in ihrem Leben zum erstenmal gesehn.

Das Hochzeitmahl begann mit den üblichen Förmlichkeiten; der Hochzeitlader machte seinen possierlichen Spruch und alles war in der besten Laune. Natürlich war es nicht lang angestanden, so war der Wunsch laut geworden, der Singer=Franz soll zwischen den Gerichten, die immer ziemlich lange auf sich warten ließen, eines von seinen schönen Liedern vortragen. Die Braut bat darum im Namen aller, und so mußte er sich wohl dazu bequemen, aber er that es sichtlich nicht so bereitwillig und gern, wie sonst wohl. Geradezu weigerte er sich, das neue Lied vom Wiederhall zu singen, und so viel man in ihn brang, hatte er immer eine neue Ausflucht zur Hand. Das sogenannte Weisat unterbrach die Verhandlung; der Hochzeitlader erschien wieder, und unter seiner Leitung, begleitet von seinen Späßen, erschien Gast um Gast und legte sein Hochzeitsgeschenk vor dem Brautpaare nieder. Eine endlose Reihe von Gesundheiten wurde ausgebracht, angeblasen und getrunken. Dann begann der Tanz.

Die Paare standen schon in weitem Kreise an den Wänden herum, Cilli allein that, als merke sie es nicht und rührte sich nicht vom Platze. Sie schien etwas mit den Augen zu suchen, und jetzt, gerade im Moment, wo die Musik beginnen wollte, stand sie auf und ging mit hochgerötheten Wangen, aber festen Schritts durch den

leeren Raum in der Mitte des Zimmers auf die Ecke zu.
Dort lehnte Franz an der Thüre und besah sich, mit eini=
gen andern Burschen plaudernd, das muntere Gewühl.
Unvermuthet blieb sie vor ihm stehn, streckte dem Staunen=
den die Hand, wie zum Einschlagen entgegen, und sagte,
verschämt lächelnd: „Komm, Franzl — ich bitt' dich um
den ersten Tanz!" Franz wußte nicht, wie ihm geschah;
im ersten Augenblick wollte er in der Bitterkeit der Er=
innerung die Bittende kurz abweisen — aber konnte er es,
da sie ihn so vor allen aufforderte und so offenherzig das
Unrecht gut machen wollte? Konnte er es gegenüber ihrem
halb furchtsamen, halb schelmischen Lächeln? Gegenüber
diesen Augen, die ihn so liebevoll ansahen, wie einst die
Kinderaugen des arglosen Mädchens? — Unfähig ein
Wort zu erwidern, faßte er kräftig die gebotene Hand und
trat mit Cilli zum Tanze an. Alles hatte gespannt inne
gehalten, als man sah, was Cilli vorhatte. Den Musi=
kanten waren die ersten Töne in den Instrumenten stecken
geblieben. Jetzt aber ward von allen Seiten beifälliges
Gemurmel laut, und die Musik brach los, als hätte sie
nun erst den rechten Anlaß zur Lustigkeit gefunden.

Wer das tanzende Paar auf der Marbacher Kirch=
weih gesehn hatte, konnte sich freilich nicht verhehlen, daß
das heutige einen eigenthümlichen Gegensatz dazu bildete.
Demungeachtet war auch dies keineswegs ohne Anmuth.
Franz war klug genug, dabei alle Wendungen und Kraft=
äußerungen zu unterlassen, die zu seiner Gestalt nicht ge=
paßt hätten; aber er tanzte leicht und anständig und machte
dadurch das Unvortheilhafte seiner Gestalt übersehen.

Als der Tanz beendigt war, führte Franz seine schöne
Tänzerin mit einem Anstrich städtischer Eleganz an ihren

Platz zurück. „Du hast mir eine Freud' gemacht, Cilli," sagte er herzlich, „eine Freud', die ich mein Lebtag nicht vergessen will. Ich dank' dir's tausend und tausendmal!" — „Red' nicht so, Franz," erwiderte Cilli, „es war nur meine Schuldigkeit, daß ich mein abscheuliches Benehmen von der Marbacher Kirchweih gut mache, so viel ich's kann. Hast du mir's aber auch gewiß und ganz und gar verziehen und willst nicht mehr dran denken?"

Franz sah sie mit einem Blick an, in dem sein ganzes liebevolles Herz überquoll und vor welchem Cilli die Augen niederschlagen mußte. „Wir wollen nicht mehr davon reden," sagte er. „Ich bin dir gewiß und wahrhaftig im Grund meines Herzens nie bös gewesen — ich hab's lang vergessen, und ich weiß selber nicht, wie mir das neulich im Wald so herausgefahren ist. Eigentlich war ich selber an der ganzen Geschichte schuld! Warum bin ich so mir nichts dir nichts auf dich zugegangen!" — „Ja wenn ich gewußt hätt'," entgegnete Cilli, „daß das der herzige Franzl von Kranzberg war, der alleweil so gut und so lieb mit mir gewesen ist! Aber ich hab' damals gar nicht recht g'sehn vor lauter Verdruß und ich hab' dich wahrhaftig nicht erkannt." — „Das glaub' ich dir," antwortete Franz, ohne einen leisen Seufzer unterdrücken zu können. „Ich hab' mich auch gar sehr verändert seitdem!" Rasch strich er mit der Hand über die Stirne, als wollte er die unangenehme Erregung wegwischen; dann fuhr er mit seiner alten Heiterkeit fort: „Und denkst du denn noch manchmal an die Zeit, wo wir in Kranzberg mit einander gespielt haben!" — „Ob ich daran denk'?" fragte Cilli mit einem Tone, der die beste Antwort auf die Frage war. „Ich weiß alles so gut, als wenn's erst gestern gewesen wär' — es war

eine gar schöne, lustige Zeit, wo uns Kindern noch die
ganze Welt gehört hat!" Und wie in Nachdenken versin=
kend sah sie vor sich hin und seufzte so recht aus tiefster
Brust: „Ach, dazumal . . . !"

Damit war die Einleitung zu einem längern Gespräch
gegeben, das immer vertraulicher wurde, je mehr sich Beide
in die Einzelheiten ihrer Erinnerungen aus der damaligen
Zeit vertieften. Bald dieses bald jenes brachte eines der
kindlichen und kindischen Erlebnisse daraus hervor, und jedes
wetteiferte zu zeigen, wie genau die geringste Kleinigkeit,
der unscheinbarste Nebenumstand im Gedächtniß geblieben
war. Das Gespräch hatte für beide einen unsäglichen
Reiz und machte, daß sie Hochzeit und Tanz ganz ver=
gaßen und eine lange Zeit im traulichen Geplauder Hand
in Hand neben einander sitzen blieben.

Es konnte nicht fehlen, daß sie dabei zuletzt auch auf
jenen Vorgang kamen, der so unheilvolle Folgen für Franz
gehabt hatte. „Und kannst du mir's denn auch wirklich
verzeihn, Franz?" fragte Cilli mit dem innigsten Tone,
„was ich dir damals angethan hab' in meinem Muth=
willen?" Franz sah einen Augenblick vor sich hin. „Na,"
sagte er dann, „einmal müssen wir doch drauf zu reden
kommen, ich seh's wohl ein, es geht nicht anders — also
machen wir's kurz ab und dann kein Wort mehr davon. So
wahr als ich ein ehrlicher Mensch bin und so gewiß als
ich einmal in Himmel kommen will — ich hab' nichts
auf'm Herzen gegen dich.. Es war ein Unglück. Unser
Herrgott wird ja wissen, warum's so hat kommen müssen!
Ich geb' dir keine Schuld, denn du hast es nicht bös
g'meint." — „Aber wenn du nur g'sprochen hättest!" rief
Cilli, fast mit dem Weinen kämpfend. „Vielleicht hätt'

man doch noch helfen können!" — „Vielleicht!" flüsterte Franz verdüstert. „Aber ich hätt' dann sagen müssen, wie's zugegangen ist — ich hab' dir versprochen, daß ich's nicht sagen will, und weiß Gott, es hat mich noch nie gereut, daß ich Wort gehalten hab'!"

· Cilli sah ihn mit nassen Augen an. „Du bist so gut, du bist viel zu gut gegen mich! Ich verdien' das wahrhaftig nicht, denn — es ist nicht wahr, wenn du sagst, ich hätt's nicht bös g'meint damals!" — Franz sah sie erstaunt fragend an, und zögernd mit niedergeschlagenen Blicken fuhr sie fort. „Ich war damals recht bös und recht verbittert auf dich ... und ich hab's wohl im Sinne gehabt, dir ein Leid's anzuthun." — Franzens Befremden wuchs. „Aber warum denn? Was hab' ich dir gethan?" fragte er befangen. — „Nichts!" stieß Cilli, mit sich selbst kämpfend heraus. „Ich war nur ein dummes, unvernünftiges Kind — ich hab's nicht vertragen können, daß du des Nachbars Kathrin' auch von deinen Kirschen gegeben hast. Du solltest dich nur mit mir abgeben. Und da — da schnürte es mich in der Brust da drinnen zusammen, wie in einem Schraubstock und in meinem Zorn hab' ich dir den Stoß gegeben!"

Cilli schwieg eine Weile, als sie geendet hatte, und holte tief Athem. Franzens Augen ruhten unverwandt auf dem schönen, in dieser Erregung doppelt reizenden Gesicht. Er war tief ergriffen und wollte rasch erwidern, aber er besann sich, kämpfte die Rührung nieder und antwortete anscheinend mit vollster Ruhe. Nur in dem leisen Beben der Stimme war seine Bewegung merkbar. „Plag' dich nicht selbst mit Einbildungen, Cilli," sagte er. „Es ist darum doch, wie ich gesagt habe. Und was

du mir da erzählt haſt, ſieh, das macht mir eine größere
Freude als ich dir ſagen kann, denn nun weiß ich doch,
daß es einmal eine Zeit gegeben hat, wo du mich von
Herzen geliebt haſt. Aber du vergißt ja ganz, daß du auf
einer Hochzeit biſt! Nimm mir's nicht übel, daß ich dich
ſo lang vom Tanzen abgehalten hab'! Sei recht vergnügt —
mir haſt du ein vergnügtes Herz gemacht auf lange, lange
Zeit!"

Er ſchüttelte ihr die Hand und ging; Cilli aber
wurde in die Vergnügungen des Tages hineingezogen und
kam den Tag nicht mehr dazu, Franzen zu begegnen oder
ein Wort mit ihm zu wechſeln. Er hielt ſich offenbar
mit Abſicht fern, aber daß er vergnügt war, zeigte er
bald, denn als man wieder mit der Bitte um das Lied
vom Wiederhall angezogen kam, weigerte er ſich nicht mehr.
Er ſang das Lied und ſang es ſo ſchön, wie es ihm noch
nie gelungen war. Der Beifall wollte kein Ende nehmen;
die Mädchen aber, denen das lange Geſpräch mit Cilli und
deſſen Vertraulichkeit nicht entgangen, waren nun durchaus
einig in ihren Vermuthungen, wem das Lied gelte. Cilli ſah
dabei anſcheinend ganz ruhig vor ſich hin, aber was die
andern nur vermutheten, das hörte ſie aus dem Liede als
Gewißheit heraus. Auch an dem Geſpräche, das ſich dar=
aus entſpann, nahm ſie keinen Theil. Ein alter munterer
Bauer wollte durchaus wiſſen, wie Franz daran gehe, wenn
er ſo einen neuen Geſang zuſammendichte, und wollte es
gar nicht glauben, als ihm dieſer verſicherte, er ſetze ſich
irgendwo im Wald oder auf dem Felde hin und laſſe ſich
die Sachen eben einfallen. Die kleine Waldblöße am
Waſſerfallſteig ſei ihm dazu am liebſten, da ſei es ſo
recht ruhig und heimlich, wie in einem Kirchlein. „Aha!"

meinte der Alte, „die mit den drei einzelnen Tannen? Ja
die Blöße kenn' ich wohl, aber ich hab' noch nie nichts
B'sonders dran g'sehn!" — „Besonderes ist auch nicht
dort," antwortete Franz, „aber man find't dort manchmal
wunderschöne Blumen." — Cilli erröthete bis an die
Schläfe; Franz sah es gar wohl, aber er schien es nicht
zu bemerken — nun wußte er doch gewiß, woher ihm
damals die Nelken zugeflogen waren.

Den Tag nach der Hochzeit ging Cilli wieder der
Arbeit im Hause nach; sie war schweigsam und gab auf
die Fragen des Vaters, wie es denn bei der Festlichkeit
zugegangen sei, nur die nöthigsten kürzesten Antworten.
Dieser war durch Unwohlsein abgehalten worden, auch dabei zu sein, und mußte sich an die Base wenden, wenn
er seine Neugierde befriedigt haben wollte. Diese war
dagegen um so bereitwilliger, aus dem Schatze ihrer Erfahrungen mitzutheilen.

Der alte Harrasbauer saß in der Stube in dem
hohen alten Lederstuhl und sah in den Hofraum und ins
Freie hinaus. Es kam das in der letzten Zeit immer
öfter vor, daß er eine große Müdigkeit in den Beinen
verspürte und daß ihm das Ruhen so wohl that, während
er es vor kurzem nicht eine Viertelstunde in dem Stuhl
ausgehalten hätte. Es mochte ihm allerlei durch den Kopf
gehn; denn manchmal nahm er die schwarze Zipfelmütze
ab und hielt sie zwischen den zusammengefalteten Händen.
Dann fuhr er sich wieder über den halbkahlen Scheitel
und brummte einige unverständliche Laute vor sich hin.
Als Cilli eben wieder an der offenen Stubenthür vorbei-
ging, rief er sie herein. „Da setze dich her zu mir," sagte

er; „ich hab' was zu reden mit dir. Die Base soll
schau'n, daß sie allein fertig wird in der Kuchel."

Cilli setzte sich ihm gegenüber an den blankgeputzten
mächtigen Eßtisch, er setzte sich recht bequem die Zipfel=
haube auf und begann. „Ich muß dir sagen, Cilli, ich
glaub', ich geh' auf die letzten Füß'. Die Schwachheit
kommt jetzt alleweil öfter über mich, und gestern, wie ihr
nicht daheim gewesen seid, ist mir auf einmal so letz (übel)
worden, daß ich g'meint hab', ich mach' ein End'. Du
brauchst nicht zu greinen beßwegen, einmal muß 's sein,
und ich lauf' grad schon lang genug mit. Aber ich möcht
nicht, daß mich der Steffel etwa unversehens abholt und
daß ich nachher mit meinem Gedanken alleweil noch zu=
rückschauen müßt auf die Welt und hätt' mein' Sach'
nicht in Richtigkeit g'macht. Der Hof braucht also einen
Regierer, und du brauchst einen Mann — also richt' dich
auch zusamm', daß ich noch Hochzeit erleb' in meinem
Haus. Ich hab' dich nicht feindlich viel (besonders viel)
gefragt, wie du's meinst und im Sinn hast, aber jetzt ist's
Zeit, jetzt ruck' heraus mit der Farb' und gesteh mir's
— hast dir schon was 'rausg'sucht und b'schlossen mit
dir selber?"

Cilli hielt weinend die Schürze vor's Gesicht. „Va=
ter," sagte sie dann ziemlich gefaßt, „du bist noch nicht
so alt, wie du dich machst, und deine Krankheit ist auch
nicht so gefährlich; wegen dessen brauchst dir keine solchen
Gedanken z'machen. Aber weil du mich gerad fragst —
und weil wir doch einmal davon reden müssen — so ist's
mir ganz recht, Vater, und ich will dir's gestehn, daß ich
mich für mein' Theil schon beschlossen hab'." — „In
Gottes Namen!" antwortete der Alte und nahm wie an=

dächtig die Mütze ab. „Du wirst dir wohl einen ordent=
lichen braven Burschen ausg'sucht haben, mit dem du dich
sehen lassen kannst. Also red', wer ist's?" — „Brav und
ordentlich ist er gewiß," sagte Cilli etwas zögernd. „Es
ist der Singer=Franz!" — „Was?" schrie der Alte und
stand im Augenblick so kerzengerade da, als wie in seinen
jüngsten Tagen. „Der Buckel? Ich glaub', du willst
bein' alten Vater zum Narren haben!" — „Behüt' mich
Gott!" entgegnete Cilli, die ebenfalls aufgestanden war.
„Es ist mein völliger Ernst." —

„Ei, so soll doch das heilige Himmelkreuzbonnerwetter
herabfahren," rief der Alte, „und soll dich mit sammt
deinem Buckel in Grund und Boden hinein schlagen! Ich
glaub', ich muß den Baber holen lassen, damit du nicht
überschnappst! Du, das sauberste und reichste Mädel in
der Gemein' und einen solchen —! Aber hab' ich's nicht
alleweil gesagt? Hab' ich dir's nicht immer geprebigt,
Hochmuth kommt vor dem Fall? Zuerst warst du hof=
färtig wie eine Prinzessin, daß sich keiner ordentlich hin=
getraut hat an dich; da hat's immer g'heißen: ich wart'
bis der Rechte kommt — und jetzt? Im ganzen Dorf
thäten's mit den Fingern auf mich deuten! Also ein Buck=
liger ist der Rechte gewesen — man möcht' aus der Haut
fahren mit dem Mädel!" Damit drehte er die Mütze
ärgerlich in den Händen zusammen und warf sie an die
Erde.

„Das ist meine Sach', Vater," sagte Cilli fest. „Ich
bin's ja, die mit ihm leben muß. Und ist er nicht ein
grundgescheuter, ordentlicher Bursch, den alles gern hat?"
— „Das ist alles recht und wahr — aber was hab' ich
von der besondern Gescheutheit? Die ist bei einem Bauern

niemals recht angewandt, und ein bissel Saubrigkeit ist auch kein Unglück!" — „Aber wie, Vater," rief Cilli, „wie oft hast du mir g'sagt, — ich soll nicht auf die Schönheit schaun, und jetzt redst du ganz anders!" — „Hab' ich denn wissen können, daß du das Ding gleich so genau nimmst und dir aus lauter Gehorsam einen recht Garstigen aussuchst?" — „Na . . . so garstig, wie du's machst, ist der Franz wahrhaftig nicht! Einen Buckel hat er, — ja, das ist nicht zum leugnen, aber sonst ist er gar nicht uneben. Ich kann dir's gar nicht sagen, wenn ich so das blasse, schmale Gesicht anschau, wie's mir das Herz zusammenschraubt vor Mitleid!"

„Aber Himmelkreuzbonnerwetter!" schrie der Alte und schlug die Hände zusammen. „Seit wann ist's denn der Brauch, daß man ein' Mannsbild aus Mitleid heirathen will! Da hätten's die Krummen und Lahmen gut, und die frischen Buben müßten sich erst ein Füßl abschlagen lassen, damit man sie mag!" — „Es ist nicht das allein," erwiderte das Mädchen. „Ich hab' ihn auch gern, schon von der Zeit her, wie wir als Kinder mit einander gespielt haben. Ich hab's selber gar nicht gewußt, daß ich ihn schon so lieb hab', bis ich ihn jetzt wieder gesehn hab' und so abscheulich mit ihm gewesen bin." — „Mein, mein!" lachte der Alte, in der Stube hin und her schreitend. „Die Sachen kenn' ich besser! Das machst du dir nur selber weiß, und wenn's zu spät ist, würden dir die Augen aufgehn. Es müßt auch eine wahre Gaudeh sein, wenn ich so als Großvater die kleinen Buckerln um mich herum krabbeln sähe!" — „Red' nicht so lästerlich, Vater, — es nutzt doch nichts. Ich hab's beschlossen und da kennst du meinen Kopf, daß ich mir nichts einreden laß.

Mir iſt's alſo recht, Vater. Ich will heirathen. Drum geh hin zum Richthammer-Franz und —." — „Es wird alleweil ſchöner!" lachte der Alte. „Statt daß der Schwiegerſohn zu mir ins Haus kommt und recht ſchön bitt't, ſoll ich hin und dich ihm auch noch antragen!"

„Das braucht's nicht. Aber der Franz kommt in Ewigkeit nicht mit einer ſolchen Bitt, wenn er nicht weiß, daß ſie aufgenommen iſt. Ich kenn' ihn gar zu gut. Drum geh nur, Vater, es iſt und wird nicht anders! Und damit du's ganz gewiß weißt, will ich dir was ſagen, was außer mir und dem Franz nur unſer Herrgott weiß. Du haſt mir ſelber erzählt, wie er zu der Mißgeſtalt gekommen iſt. Das Kind, das ihn über den Heuwagen hinuntergeſtoßen hat — das bin ich geweſen." — Sie ſchwieg. Der alte Harraſſer richtete ſich hoch auf, ſah ſeine Tochter einen Augenblick ſtarr und ernſt an, dann ſchüttelte er ihr herzhaft die Hand und verließ ſchweigend die Stube.

Bald darauf ſah ihn Cilli völlig angekleidet aus dem Hauſe gehn. Sie blickte ihm nach, aber er ſchlug nicht die Richtung ein, welche zu Franzens Wohnung führte, ſondern verſchwand hinter den Bäumen des in weiter Ferne ſichtbaren Pfarrhofgartens.

Am andern Tage trat er vor Cilli mit merklich aufgeheitertem Geſicht. Der Pfarrer hatte ſeine vorzüglichſte Beſorgniß wegen der buckligen Nachkommenſchaft gehoben; er hatte noch mit Franz ſelber geſprochen, hatte ſein Benehmen richtig und herzlich gefunden und war mit dem erſt ſo gefürchteten Plane beinahe ausgeſöhnt. Nur beſtand er darauf, daß die Hochzeit ſogleich ſein müſſe, damit das Gerede der Leute auf einmal aus ſei. Als Franz

am Nachmittag erschien, sprach er lange und geheim mit
Cilli, dann trat er mit ihr vor den Alten, verlangte und
erhielt dessen Einwilligung. „Es soll dich nicht reuen,
Cilli," sagte er, während seine Augen von einer Thräne
schimmerten. „So wahr ich in der Ewigkeit mit meiner
guten seligen Mutter vereinigt sein will, es soll dich nicht
gereuen."

Die Thaler des alten Harrasser hatten alle Hinder=
nisse gehoben, in vierzehn Tagen war die Hochzeit. Na=
türlich machte die Sache nicht geringes Aufsehen, und am
Tage selbst war das Landvolk von fern und nah herzu=
geströmt, denn alles wollte die schöne Cilli mit dem buck=
ligen Singer=Franz zur Kirche gehen sehn. Aber die
Theilnahme war eine freudige und freundliche, man lobte
Cilli und gönnte Franz sein Glück aus vollem Herzen.
Wollte hie und da ein mißgünstiges Bürschchen sich eine
schnöde Bemerkung erlauben, so ward er von der allge=
meinen Stimmung abgetrumpft, daß ihm die Lust zu wei=
teren Spöttereien verging. Der Eblinger Toni hatte sich
fortgemacht und hinaus ins Flachland verdungen.

Die Mädchen hatten alles aufgeboten, um Cilli eine
Ehre anzuthun, und die Bursche übertrafen sich in aller=
lei sinnreichen Einfällen, ihrem lieben Genossen und ver=
ehrten Lehrer ihre Anhänglichkeit zu sagen. Kränze,
Musik, ein Festgesang und selbst ein Feuerwerk mußte her=
bei, die Feier zu erhöhen. Als das neue Paar nach
Hause geleitet wurde, trat der alte Bauer vor Cilli hin,
der auf der Hochzeit der Müllerin vom Warenstein so
wißbegierig gewesen war, wie der Franz seine Gesänge
mache. „B'hüt dich Gott, junge Bäuerin," sagte er und
schüttelte ihr krampfhaft die Hand. „Du hast dir einen

gescheuten Mann herausgesucht, weil du selber ein gescheu=
tes Leut bist. Aber du hast auch das Herz auf dem rech=
ten Fleck — drum muß es dir gut gehn!"

Und so kam es auch. Im Harrashofe waltete lie=
bende Eintracht, herzliches Verständniß und mit ihm das
Glück. Niemand war darüber froher als der alte Bauer.
Hatte ihm schon die laute freudige Zustimmung der Bevöl=
kerung geschmeichelt, so machte ihn das Zusammenleben
mit Franz vollends zufrieden. Er gewann ihn lieb wegen
seiner Gutmüthigkeit und Freundlichkeit und bekam zu=
gleich ordentlich Respekt vor ihm. „Mein Schwiegersohn,"
sagte er mit Stolz, wenn ein Nachbar ihn zu besuchen
kam, „der ist überall hin zu brauchen. Von allem weiß
er Bescheid — und was ich am wenigsten geglaubt hätte,
die Wirthschaft versteht er wie der erste Verwalter, und
was er nicht selber thun kann, das versteht er wenigstens
anzuschaffen, daß es eine Art hat." Sein größtes Ver=
gnügen waren aber die Abende, wenn man nach der Arbeit
in der Stube beisammen saß und Franz etwas zu erzäh=
len anfing oder das Waldhorn von der Wand herunter=
holte. Wie ein König saß er dann unter den Leuten, die
in den Heimgarten und zum Zuhören gekommen waren,
und brummte vor sich hin: „Nun kann ich den Singer=
Franz doch bei mir selber hören! Da sieht man's wieder
recht: unverhofft kommt oft!"

Seine Freude erreichte ihren Gipfel, als ihm ein
Enkelkind geboren wurde, ein schöner kerngesunder Knabe,
dessen Wohlgestalt alle Sorgen und Befürchtungen zu
Schanden machte. Der alte Mann lebte darüber noch
einmal auf; aber es war ein letztes Aufflackern, dem bald
das Erlöschen folgte. Eines Morgens hatte er, wie er

immer vorhergesagt, ein geschwindes Ende hinausgemacht.
Er lag tobt im Bette, und sein freundliches Lächeln be=
wies, daß er im Frieden hinüber gegangen war.

Der Kreis auf dem Harrashofe war dadurch kleiner,
aber nach der ersten Trauer nicht minder glücklich — doch
sollte sich der Unbestand alles Irdischen bald auch an ihm
bewähren. Wie es bei Leuten von Franzens verkümmer=
ter Körpergestalt häufig zu gehn pflegt, bildete sich bei
ihm ein langwieriges schmerzliches Brustleiden aus — um
so betrübender, als es schon beim ersten Auftreten den
Charakter der Unheilbarkeit trug und nichts war, als ein
monatelanges tropfenweises Sterben. Cilli pflegte ihn mit
der nimmer rastenden Sorge und Treue der aufopfernbsten
Liebe; er selbst blieb heiter und klar bis zum Ende. Dank
für Cilli war das letzte Wort auf der Lippe des Sterbenden.

Sie bewahrte sein Andenken in treuem Herzen und
blieb Wittwe, so viele und glänzende Anträge ihr auch
gemacht wurden. Ihr Leben und ihre Sorge ging darauf,
ihren Sohn zu erziehen und ihm das Besitzthum reblich
zu erhalten. Es gelang ihr auch, und mancher Städter,
der damals seine freien Sommerwochen an dem lieblichen
Seegestabe zubrachte, erinnert sich jetzt nach Jahren noch
der stattlichen Bäuerin auf dem schmucken Harrashofe und
wie sie die große Wirthschaft so sicher und ruhig zu lei=
ten wußte. Wer ihr Zutrauen gewann, dem erzählte sie
wohl auch von ihren Erlebnissen, und wenn etwa gerade
der Sohn, ein gar stattlicher, wohlgerathener Bursche, in
der Nähe mit Arbeit beschäftigt war, zeigte sie ihn dem
Fremden mit mütterlichem Wohlgefallen. „Er ist so an=
stellig zu allem," sagte sie, „wie sein Vater war. Und die
braunen herzigen Augen hat er auch von ihm."

Manchmal führte sie auch den Einen oder Andern in die feiernde Stube im obern Stockwerk. Da waren einige von den Schnitzereien des Singer-Franz aufgestellt, da war sein Malgeräth und Werkzeug aufbewahrt, da standen seine Bücher und in der Ecke hing das einst so geliebte Waldhorn. Die Bäuerin wischte dann mit der Schürze den Staub davon ab und wohl auch eine Thräne aus dem Auge. War sie ja doch die Einzige, in deren Herzen der Ton desselben noch einen Wiederhall hatte.

————

6.

Die Huberbäuerin.

1.

„Gib mein' lieben Mutterl und allen christglaubigen Seelen die ewige Ruh', und das ewige Licht leuchte ihnen — Herr, laß sie ruhen in Frieden — Amen!" so schloß ein hübsches, aber sehr bleich aussehendes Bauernmädchen sein Nachtgebet, indem sie Stirne, Mund und Brust andächtig mit dem Kreuze bezeichnete. Gleichzeitig erhob sie sich, schob den hölzernen Stuhl, vor dem sie gekniet hatte, bei Seite, setzte den Wachsstock auf den nebenan stehenden Schrank und wollte eben das alte Gebetbuch schließen. Da fielen die Blätter etwas über, und zwischen den großbedruckten gebräunten Seiten wurde ein dürres Kleeblatt sichtbar.

Das Mädchen hielt einen Augenblick inne und betrachtete das Blatt, während über ihr vom kleinen Wachslicht schwach beleuchtetes Gesicht etwas gleich einer wehmüthigen Bewegung glitt. „Was thust Du noch da?" fragte sie halblaut vor sich hin. „Hab' gemeint, der Wind hätt' Dich schon lang mitgenommen und verweht, wie dieselbe Zeit, wo Du grün gewesen bist! — Flieg ihr nach nun ... Du gehörst nicht recht herein mehr unter die

frommen Sprüche und Gebeter . . . ." Damit blies sie
das Wachslicht aus, trat an das kleine niedrige Fenster
und ließ das Kleeblatt in die Sommernacht hinaus fallen,
die schwarz und lautlos über der Gegend lag.

Eine geraume Zeit starrte sie in das Dunkel hinaus,
und ließ sich die Nachtluft um Stirne und Hals wehen.
Sie kam kühl aus den Tiefen herauf, vom Moore her,
das unten sich so schwarz hinstreckte, daß es trotz der
Nacht zu erkennen war. Drüber hinaus stiegen Hügelreihen auf, mit finsteren Tannenwäldern und hie und da
einem Gehöfte besetzt, dessen weiße Wände weithin leuch-
teten. Nirgends aber war eine Spur von Leben wahr-
zunehmen, und wenn manchmal ein Laut hörbar wurde,
war es das Rauschen vom fernen Mühldamme, das manchmal ein Windstoß herüber trug. „Es ist doch recht einsam da heroben in der Einöde," flüsterte Rosel, „und
man könnt' sich fast fürchten . . . Aber ich will machen,
daß ich auch in's Bett komme, es muß bald Mitternacht
sein . . ." Leise schloß sie das Fenster und trat an's Bett,
um sich niederzulegen, hielt aber plötzlich inne.

„Ich bin doch ein dummes, fürchtiges Ding," lachte
sie dann halblaut vor sich hin, „jetzt wäre es mir in meiner Einbildung fast vorgekommen, als wenn ich was hätte
krachen hören im Hause . . ."

Sie hatte kaum ausgesprochen, als sich das wahr-
genommene Geräusch wieder hören ließ und zwar so bestimmt, daß von einer Einbildung oder Täuschung nicht
mehr die Rede sein konnte. Deutlich vernahm man das
Krachen von Holzpfosten, dazwischen schwere dumpfauffal-
lende Schläge, verworrenes Geräusch roher Männerstimmen,
mitunter auch den kreischenden Hülferuf einer Weiberstimme.

„Heilige Mutter von Oetting," schrie Rosel entsetzt, „das ist die Stimm' von der alten Bäurin . . . da gibt's ein Unglück! Das sind Schelmenleut', die im Hof' eingebrochen sind."

Halb entkleidet wie sie war, sprang sie zur Kammerthüre hin, riß sie auf und taumelte betroffen zurück, denn vom Hausgange her und die Treppe herauf loderte ihr die Helle von Kienfackeln entgegen. Beim Scheine derselben sah sie einen großen Mann in bäurischer Kleidung stehen, der in der einen Hand die Fackel empor hielt, mit der andern sich auf eine große Holzart stützte. Er schien als Wache an die Stiege gestellt zu sein, und wie er, durch das Knarren der Thüre aufmerksam gemacht, das heraustretende Mädchen bemerkte, sprang er mit hochgeschwungenem Beile auf sie zu.

„Rühr' Dich nicht, oder Du bist hin," rief er ihr zu, und Rosel gehorchte wider Willen, denn vor Schrecken war ihr die Zunge wie gelähmt und ihre Kniee knickten zusammen, daß sie, um nicht ganz umzusinken, sich am Thürgerüst anklammern mußte.

Die Schwäche dauerte aber nur einen Augenblick; eben so schnell als Rosel von dem Eindrucke überwältigt worden war, durchzuckte und richtete sie der Gedanke wieder auf, daß sie sich zusammennehmen und einen Entschluß fassen müsse. Vom Erdgeschosse herauf erscholl fortwährend das drohende Durcheinanderrufen wüster Stimmen, immer seltener von den Klagelauten des Bauers und der Bäuerin unterbrochen, die also schon überwältigt sein mußten. Sie begriff rasch, daß ein Angriff oder Vertheidigungs-Versuch von ihr ganz erfolglos sein und nur mit ihrer eigenen Verwundung oder Tödtung enden würde;

sie dachte daher auswärtige Hülfe herbeizurufen. Das Brandl-Gut lag zwar als Einöde auf dem Hügel, und das nächstgelegene Haus war mindestens eine halbe Viertelstunde entfernt; aber wenn es nur gelang, ein Nothzeichen zu geben, so war dieses vielleicht im Stande, noch rechtzeitig Hülfe herbeizurufen, oder es konnte doch die Räuber erschrecken und verscheuchen. Eine qualvolle Minute verging unter vergeblichem Brüten, während dessen Rosel und der Wache haltende Mann einander laut- und regungslos gegenüber standen.

Jetzt fiel Rosel das Glöcklein ein, das auf allen Bauernhäusern der Gegend in einem kleinen Thürmchen angebracht ist, um die weit im Felde zerstreuten Arbeiter zum Essen herbeizurufen. Wenn es ihr gelänge die Glocke zu läuten, so war es möglich, daß die Nachbarn das bei Nacht ganz ungewöhnliche Geläut hören und herbeikommen würden! Aber um zu dem Orte zu kommen, wo das Zugseil herabhing, mußte sie an der Stiege und dem dort stehenden Mann vorüber, und es war gewiß, daß er bei der ersten bedenklichen Bewegung sie zu Boden schlagen werde.

Unter den Wimpern hervorlauernd betrachtete sie ihn jetzt genauer, und es entging ihr nicht, daß er sie nicht mehr mit voller Aufmerksamkeit beobachtete, sondern zum Theil nach dem hinhorchte, was unten an der Treppe im Erdgeschosse vorging. „Da unten wären wir fertig," rief eine grobe Stimme herauf, der man es anhörte, daß sie der Verstellung wegen gewaltsam hinabgedrückt war. „Jetzt wollen wir droben das Nest ausleeren. Wie steht's broben?"

„Ganz gut," erwiderte der Wächter ebenfalls mit verstellter Stimme, das rußgeschwärzte Gesicht nach der Stiege richtend. „Es ist kein Mensch da, als die Dirn', und die rührt sich nicht!"

Rosel fühlte, daß der entscheidende Augenblick gekommen sei; was geschehen sollte, mußte geschehen, eine Sekunde später war es unmöglich und unnütz. „Heilige Mutter von Oetting, steh' mir bei," murmelte sie fieberhaft zitternd vor sich hin. Dann raffte sie sich gewaltsam auf und stürzte sich mit ihrer ganzen Kraft auf den nichts befürchtenden Räuber. Mit einer geschickten Bewegung unterlief sie ihn, daß er das Gleichgewicht verlor und unter Poltern und Fluchen rücklings die Stiege hinabstürzte. Im Fluge war sie den Hausgang entlang geeilt und hatte die Thüre zu der offnen Gallerie entriegelt, die nach dortiger Sitte an keinem Hause fehlt. Dort, in der Ecke gegen den angebauten Stadel zu hing das Zugseil des Glöckchens.

Jetzt stand sie keuchend an der wohlbekannten Stelle, aber — das Seil war nicht zu sehen. Es war abgeschnitten, ganz oben in unerreichbarer Höhe hing der Rest des Stricks; es war also offenbar, daß Jemand von den Hausgenossen selbst um den Raubanfall wußte und deßhalb im Voraus die Möglichkeit beseitigen wollte, fremde Hülfe herbeizurufen.

Rosel hatte sich bis dahin gewaltsam aufrecht erhalten — jetzt drohten ihr die Sinne zu schwinden, es ward ihr dunkel vor den Augen und sie griff krampfig nach dem Geländer, um nicht zusammenzusinken. Es brauste ihr vor den Ohren und wie durch das Geräusch von fallendem Wasser hörte sie das Rufen des Räubers, der sich wieder aufgemacht hatte und nun mit Mehrern an der

Thüre zur Gallerie arbeitete und rüttelte. Schon krach=
ten und brachen die Bretter . . . im nächsten Augenblick
war sie von den Räubern erreicht . . .

In den Knieen liegend blickte Rosel mit der sinnlo=
sen ängstlichen Hast der Verzweiflung um sich. Sie er=
blickte nichts als vor sich das Geländer und seitwärts in
der Ecke den Vorsprung des Scheunendachs mit der in
ein aufgesperrtes Drachenmaul auslaufenden Dachrinne . . .
„Liebes Mutterl," flüsterte sie halb bewußtlos, „hilf Du
Deiner Rosel . . . zeig Du mir einen Ausweg . . ."

Nochmal blickte sie um sich, nochmal blieb ihr Auge
an dem Dachvorsprunge der Scheune haften . . „Wenn ich
mich an die Rinne anhängen und auf's Dach hinauf=
schwingen könnte," dachte sie, aber sie konnte den Gedan=
ken nicht weiter erwägen, denn eben fiel die Thüre zer=
trümmert auf die Gallerie.

Die Räuber stürzten hinaus, voran ein starker, breit=
schultriger Mann mit einem gewaltigen rothen Bart, der
fast das ganze Gesicht verdeckte und kaum erkennen ließ,
daß es mit einer schwarzen Maske bedeckt war. „Hab'
ich Dich, Bestie?" schrie der Mann und sprang auf Rosel zu.

Diese hatte im Moment, als sie die Thüre fallen
hörte, sich halb besinnungslos auf das Geländer geschwun=
gen. Fest hatte sie mit beiden Händen die Dachrinne er=
faßt und war eben im Begriff sich auf das Scheunendach
zu schwingen, als sie sich von starken Armen gepackt und
zurückgerissen fühlte.

Ohne einen Laut von sich zu geben, faßte nun auch
Rosel den Räuber und rang mit ihm, auf dem Geländer
stehend. Ein Fehltritt hätte sie hinabgestürzt und ihr den

Tod gebracht. Keuchend suchte der Angreifer sich von ihr los zu machen, aber umsonst.

„Zum Teufel," rief er dem Genossen zu, „was stehst Du da und reißest das Maul auf! Gib der Dirne Eines auf den Kopf, daß ihr das Drosseln vergeht . . ."

Der Gescholtene hob die Art zum wuchtigen Streich, aber ehe sie niederfiel, hatte Rosel sich rasch ihren Vortheil ersehen, machte sich die Hände frei, und indem sie mit äußerster Anstrengung wieder die Rinne ergriff, stieß sie den Räuber mit dem Fuße gewaltsam mitten in's Gesicht.

Schreiend taumelte er einen Augenblick zurück, aber es war genug ihm sein Opfer zu entreißen. Mit der Kraft der Verzweiflung hatte Rosel sich auf das Dach geschwungen, und ohne sie erreichen zu können, mußte er zusehen, wie sie sich vollends auf demselben erhob und dem Glockenthürmchen zukletterte.

„Das ist Dir nicht geschenkt, Bestie," rief er ihr nach, „wir treffen schon noch einmal zusammen . . . Aber jetzt macht, daß wir weiter kommen," fuhr er zu den Genossen gewendet fort. „Wenn die droben zu läuten anfängt, könnten sie leicht kommen und uns die gute Beute abjagen!"

Hastig ward der Befehl vollzogen. Nach wenigen Sekunden huschten die Räuber aus dem Hause über den Hofraum weg nach dem nahen Walde zu. Im Hause selbst war es todtenstill, vom Dache aber wimmerte und heulte die Glocke, wie eine jammernde und klagende Stimme. Schon begann im Osten der erste graue Streifen zu dämmern; auf den entlegenen Gehöften der Flurnachbarn begann es schon sich hier und da zu regen, und so wurde das Nothzeichen bald gehört. Ehe eine halbe Stunde

verging, strömten von allen Seiten die Männer und
Bursche mit allerlei Waffen herbei. Sie fanden die Thü=
ren des Hauses und Kisten und Kasten in ihm erbrochen,
durchwühlt und ausgeleert. Der Bauer und die Bäuerin
lagen gebunden und geknebelt in ihrer Schlafstube am Bo=
den; Rosel mußte mit einer Leiter vom Dache herabgeholt
werden.

„Das ist wieder kein Anderer gewesen,“ sagten die
Bauern zu einander, als ihnen das Vorgegangene erzählt
und die Person des Anführers geschildert wurde. „Das
ist Niemand gewesen, als der rothe Hannickel mit seiner
Bande! Das ist nun der vierte Raub und Einbruch seit
einem Vierteljahr, und drinnen auf dem Erdinger Land=
gericht schreiben sie einen Akt um den andern zusammen
und bringen doch nicht heraus, wo der rothe Hannickel
steckt und wer er ist.“

Kopfschüttelnd, in schwerer Besorgniß um die Sicher=
heit ihres eigenen Hab' und Guts gingen sie dann aus=
einander; Einer ward abgesendet, um beim Landgericht die
Anzeige zu machen, und einige blieben als Wache in dem
geplünderten Hause. Die Bewohner waren zu angegriffen
und erschöpft, um für sich sorgen oder irgend eine Vor=
kehrung treffen zu können.

Rosel war wieder in ihre Kammer gegangen und
kniete in der aufflammenden Morgenröthe am Bette nie=
der zum Gebete. „Das hab' ich Dir zu verdanken, mein'
guts Mutterl,“ sagte sie heiß und innig. „Du hast mir
den Gedanken eingegeben und die Kraft dazu!“

Als sie ihre Andacht vollendet hatte, legte sie sich
noch auf ein paar kurze Morgenstunden zur Ruhe nieder,
aber es dauerte lange, bis sie einzuschlafen vermochte.

Die so neuen und furchtbaren Erlebnisse hallten noch lang
in ihrer Seele nach, noch lang sah sie den Räuberhaupt=
mann mit der schwarzen Larve und dem rothen Barte
vor sich, und als ob sie diese Stimme schon anderswo ge=
hört hätte, klangen ihr immerwährend, selbst durch Schlaf
und Traum dessen letzte Worte nach ... „wir treffen schon
noch einmal zusammen!"

2.

Der dunklen Nacht war ein blauer sonnenheller Him=
mel gefolgt. Die ganze Gegend schimmerte und flimmerte
im reichlich ausgesprengten Thau, die fernen Tannenwäl=
der hoben ihre dunkelgrünen Häupter bestimmt und scharf
in die klare Morgenluft empor, ein angenehmer Ostwind
schüttelte überall den Duft von frisch gemähtem Heu von
den Flügeln, die Lerchen wirbelten hoch in der Luft, —
es war als ob die Natur sich ebenfalls angeschickt hätte,
den Sonntag der Menschen festlich zu begehen.

Von nah und fern, schwächer und deutlicher scholl
Glockengeläut' von den Kirchthürmen, die über die ganze
Gegend hin zerstreut sich emporstreckten, um anzuzeigen,
daß unter den Bäumen um sie herum sich eine Handvoll
genügsamer Menschen zusammen gefunden und den eignen
Heerd gebaut hatte. Es war um die Zeit, zu welcher
überall der Frühgottesdienst gehalten wurde, und von
allen Seiten, nach allen Richtungen hin, einzeln und in
Gruppen gingen die Bewohner der kleinern Ortschaften,
die keine Kirche hatten, und Jene der Einzelgüter an den Rai=
nen und Abhängen hin, zwischen Stoppelfeldern und noch
üppig schwankenden Getreidefeldern, um in den Gottes=
häusern für das Gedeihen der vergangenen Arbeitswoche
zu danken und den Segen zu erbitten für die kommende.

Auch auf dem Huberhofe schickten sich die zahlreichen Knechte und Mägde zu dem frommen Gange und verließen nach und nach im höchsten Sonntagsstaat das Haus. Die Bäuerin wollte ebenfalls fort; aber der Bauer und ein paar Knechte mußten ausnahmsweise zu Hause bleiben, denn der in der Nacht vorgefallene Raub mahnte zu besonderer Vorsicht. Es war hie und da schon vorgekommen, daß die Räuber zu ihren Einbrüchen gerade die Stunden gewählt hatten, wo sie die Höfe wegen des Kirchenbesuchs von den meisten und kräftigsten Bewohnern entblößt wußten.

Der Huberhof lag ganz allein, eingeschlossen von zusammengehörigen Aeckern, Wiesen und Waldung, auf einer schönen, sanft ansteigenden Anhöhe. Das stattliche mehrstöckige Haus mit seinen blanken weißen Wänden, den vielen hellen Fenstern und den freundlichen grünen Läden war stundenweit sichtbar. Seine Pracht und die zahlreichen Nebengebäude verriethen die Wohlhabenheit des Besitzers, und Mancher, der am Fuße des Hügels auf der Landstraße durch das breite trübselige Moor dahinschritt, mochte einen Augenblick stille halten und den Glücklichen beneiden, dem ein solches Eigenthum geworden.

Gegenüber jenseits des Moors, stieg eine ähnliche Hügelreihe empor. Auf ihr, fast eingeschlossen von einem kleinen Tannengehölz, lag das in der vergangenen Nacht beraubte Brandlgut.

Auf der Bank vor dem Huberhofe saß dessen Besitzer; er hatte die Hände über den etwas hinaufgezogenen Knieen zusammengelegt und blickte in den blitzenden Morgen und die leuchtende Landschaft hinaus. Sein Blick war aber nicht der des freudigen Naturfreundes oder des frohen

Besitzers, der sich an dem Erreichten erfreut — sein Blick
war starr und glanzlos und streifte an den gedankenlosen
Ausdruck des Blödsinns. Die Züge des Gesichts waren
abgespannt und schlaff und bildeten einen abstechenden
Gegensatz zu der Kraft, die sich in dem ganzen gedrunge=
nen Körperbau des Mannes ausprägte.

Unfern des Bauers, um ihn völlig unbekümmert,
lehnte an einer Zaunbrüstung ein junger Mensch in bäuer=
licher Sonntagstracht, eine schlanke, fast feingebaute Gestalt
mit einem hübschen ausdrucksvollen Gesichte, dem nur der
etwas unstäte Blick Eintrag that. Auch die Blässe des=
selben war störend, weil sie nicht zu dem ganzen Aus=
sehen der Gestalt paßte und unwillkürlich den Gedanken
an das wüste Leben hervorrief, dem sie ihre Entstehung
dankte. Auch der Bursche sah starr vor sich in die Ge=
gend hinaus, aber auch er sah nichts von der Schönheit
des Morgens und der Gegend; wilde leidenschaftliche Ge=
danken gingen in ihm hin und wieder, und wenn sein
Auge an irgend einem Gegenstande mit dem Ausdrucke
des Bewußtseins haften blieb, war es das einzelne einsame
Brandlgut gegenüber.

Das Geräusch eines auf der Landstraße daherrollen=
den Wagens störte Beide aus ihrem Brüten auf.

Es war eine einfache Landkutsche, in welcher ein Herr
in Uniform mit einem zweiten unscheinbar aussehenden
Menschen saß. Es war der vom Landgerichte abgeordnete
Assessor nebst Schreiber, die wegen des in der Nacht ver=
übten Raubes den Augenschein vorzunehmen hatten. Der
zu Pferde nachtrabende Gerichtsdiener machte die Com=
mission vollzählig.

Der Bauer hatte eine Secunde lang aufgeschaut, sank aber sogleich in seine vorige theilnahmslose Stellung zurück. Der Bursche dagegen richtete sich hoch auf, — wie krampfig, als wollte er etwas zur Abwehr ergreifen, faßte er nach einem der Zaunpfähle und blickte fest auf den heranrollenden Wagen.

Jetzt war derselbe an dem Feldsträßchen angekommen, das von der Hauptstraße nach dem Huberhofe abzweigte. Der Beamte wechselte ein paar Worte mit dem begleitenden Reiter, worauf der Wagen in den Seitenweg ablenkte. „Sie kommen zu uns," murmelte der Bursche vor sich hin, „das hat was zu bedeuten!" Rasch wendete er sich und schritt dem Hause zu, vor welchem er gleichzeitig mit der Kutsche anlangte.

Der Bauer hatte seine Mütze gezogen und stand nun mit gekrümmtem Rücken und blöd lächelnder Miene am Wagenschlage. „Ein' schön gut'n Morgen, Gnaden Herr Assessor," sagte er, „das ist ja eine ganz seltsame Ehr', daß Sie auf den Huberhof kommen."

Ich komme auch nicht zu Euch, Huber, das wißt Ihr wohl," erwiderte der Beamte, „aber weil der Weg so hart bei Euch vorbeiführt, und weil Ihr doch dem Brandlgut so recht gegenüber liegt, wollte ich doch vorerst fragen, ob Ihr mir nichts erzählen könntet von der unglückseligen Geschichte."

„Nein, Ihr Gnaden," antwortete der Bauer mit stumpfsinnigem Lachen. „Um solche Sachen kümmert sich der Huber nicht. Der Huber weiß von gar nichts."

„Das glauben wir ihm auf's Wort," sagte der Beamte halblaut gegen den Gerichtsdiener. „Das ist ein wahres Prachterxemplar von Beschränktheit! Der Himmel mag wiſſen, wie dieſer Dummkopf zu einem ſolchen Weibe gekommen iſt!"

Der Schreiber nickte mit grinſendem Lächeln; der Ge= richtsdiener aber, eine martialiſche Figur mit faſt ganz kahlem Kopfe und einem rieſigen Schnurrbart im rothen Geſicht, ſtieß einen grunzenden Ton aus, der als Lachen gelten ſollte. Dabei riß er den Hut vom Kopfe und machte vom Pferde herab eine ſo zierliche Verbeugung, als er ſie noch aus der Zeit im Gedächtniß hatte, da er Chevauxlegers=Wachtmeiſter geweſen war.

Der Gruß galt der Huberbäuerin, die, von dem Knechte herbeigerufen, eben im vollſten Putz aus der Thüre trat. Es war ein ſchönes ſtattliches Weib von etwas ungewöhnlich großem Körperbau, aber mit einem Geſichte, ſo weiß und roſig, wie das der feinſten Städterin. Die beſtimmten ausdrucksvollen Züge, die großen dunklen Augen und das reiche pechſchwarze Haar machten es wohl er= klärlich, daß ſie in der ganzen Gegend nicht anders hieß, als die ſchöne Huberin. Daß ſie dieſen Namen verdiente, zeigte ſich am Beſten darin, daß nicht einmal die hohe unkleidſame Pelzmütze, die ſie nach der Sitte der Gegend trug, die Anmuth ihrer Erſcheinung zu ſchwächen ver= mochte. Nur die ſchmalen, etwas eingekniffenen Lippen gaben ihr, wenn ſie nicht eben lächelte, einen ſchlimmen keifenden Zug. Das war aber ſelten, denn ſie lachte gern, entweder weil ſie das wußte, oder weil dadurch eine weitere Schönheit ſichtbar wurde, — ihre blendend weißen Zähne.

„Nun, Huberin," redete ſie der Beamte an, „könnt auch Ihr mir nichts erzählen, was uns auf die Spur des Geſindels führen könnte?"

„Wenn ich das könnt', Ihr' Gnaden," erwiderte ſie,

indem sie lächelnd an den Wagen trat und die Hand
zum Gruße hineinbot, „dann hätt' ich nicht auf die Frag'
gewartet. Es liegt wohl Niemand mehr daran, daß die
Schelmenleute aufkommen, als mir! Wer steht mir dafür,
daß der rothe Hannickel nicht in der nächsten Nacht über
mein Haus kommt und mich zur Bettlerin macht!"

„Es ist unbegreiflich," sagte der Beamte kopfschüttelnd
und ernst. „So zu verschwinden, als wenn sie von der
Erde eingeschluckt würden!"

„Sie machen's gar schlau," erwiderte die Bäuerin.
„Man sieht und hört nichts, und wenn man noch so nahe
dabei ist. Ich war diese Nacht mit all' meinen Leuten
keinen Schuß weit vom Brandl weg, und Niemand hat
was gemerkt oder gehört, bis das Läuten anging."

„Wie war das möglich?" fragte der Assessor. „Erzählt
doch."

„Sehn Sie dort drüben am Fuße des Gehänges, auf
dem das Brandlgut liegt, die große Ackerbreiten? Die ist
mein, ich hab' dort Weizen stehen gehabt, der war ge-
schnitten und lag zum Einführen da. Weil's nun gestern
Abend so aussah, als bekämen wir bald nasses Wetter,
hab' ich meinen Leuten ein Fäßel Bier für die Extra-
Arbeit versprochen, und so sind wir noch Nachts Alle
hinüber und haben den Weizen hereingebracht, Gott sei's
gedankt, trocken und schön, daß es eine Freude ist. Wie
wir den ersten Wagen vollgeladen hatten, sind ich und
der Hans damit heimgefahren, wie wir aber gegen den
Hügel kamen, wo's aus dem Moor herausgeht, da haben
wir's in der Finsterniß versehen, der Wagen ist umgefallen
und wir mußten mit den Pferden zurück, um Leute und
einen andern Wagen zu holen. Bis wir das halbe Stündel

zurückkamen, ging gerade das Läuten los beim Brandl, und meine Leute sind unter den Ersten gewesen, die gerade recht gekommen sind, die Thür zuzumachen, wie die Kuh aus dem Stall war."

Der Beamte schwieg nachsinnend; der Gerichtsdiener aber drehte die Spitzen seines Schnurrbartes steif hinauf und grunzte wieder wie zuvor. „Das ist wahr," sagte er dann. „Ich bin gerade heimgeritten vom Dorfner Jahrmarkt, und dachte Wunder schon, was ich für einen Fang gemacht hätte, als ich sah und hörte, daß sich unten im Straßengraben 'was rühre. Da war's die Frau Hubern mit ihrem Knecht, die sich vergebens abplagten, den umgestürzten Getreidewagen wieder in die Höhe zu bringen. Bin auch abgestiegen und habe mitgeholfen, aber unser Einer versteht das nicht."

„Sonderbar! Sehr sonderbar!" meinte der Assessor, immer nachdenklicher. „Es müssen Leute von großer Schlauheit sein oder sie stecken an einem Orte, wo es Niemand einfällt, sie zu suchen! Aber immerhin, auch diese Bösewichter wird die Hand der Gerechtigkeit noch ereilen: es ist nichts so fein gesponnen, es kommt an die Sonnen!"

Damit grüßte er und befahl, weiter zu fahren. Die Bäuerin grüßte entgegen und blieb nachblickend stehen, bis der Wagen mit seiner Begleitung hinter der nächsten Heckenreihe verschwunden war. Ueber dieselbe hinüber hob sich der rothe Gerichtsdiener noch einmal aus dem Sattel empor und grüßte und grunzte zurück so freundlich, als er es zu Stande brachte.

Schon bei der letzten Rede des Beamten war über das schöne Gesicht der Huberin eine Bewegung geflogen, die ihm einen stark höhnischen Ausdruck gab. Dieser wuchs noch, als Alles verschwunden war und sie im Umwenden dem stumpfen Lächeln ihres Mannes begegnete, der wieder brütend und hinstarrend wie zuvor auf der Bank saß. Rasch aber glitt ihr Blick auf den Knecht, der in der Thüre hinter ihm stand; er war noch bleicher als zuvor, bis in die Lippen hinein, und mußte sich, wie vom Schwindel befallen, am Thürgerüste anhalten.

Im Begriffe, in's Haus zu treten, wendete sie sich nochmals um und rief ihrem Manne zu: „Es ist mir nun schon zu spät, um noch in die Kirche zu gehen! Ich will nach der Küche sehen, und Du kannst immer allein Dich auf den Weg machen..."

„Mag nicht allein," sagte der Bauer, ohne sich von der Stelle zu regen und nach der Seite hin knurrend. „Will auch daheim bleiben."

„Nein, Eines von uns muß in der Kirche sein," erwiderte die Bäuerin gebieterisch. „Es ist der Leute wegen. Also zieh' Deinen Rock an, nimm Deinen Hut und mach' daß Du fort kommst."

Der Bauer regte sich immer noch nicht und zeigte keine Lust, zu gehorchen. Da trat die Huberin hart vor ihn, richtete ihre schwarzen funkelnden Augen auf ihn und fragte halblaut: „Muß ich Dir noch einmal sagen, daß Du gehen sollst?"

Der Bauer wurde unruhig; er vermochte den gespannten Blick des Weibes nicht zu ertragen, den er auf sich lasten fühlte, wenn er ihm auch nicht mit dem Auge zu begegnen vermochte. Furchtsam und scheu erhob er sich dann und murrte: „Du siehst ja, ich geh' schon, Urschi, Du brauchst mich nicht so anzufahren." Damit drückte er sich haftig an ihr vorüber in's Haus hinein und verschwand in der Wohnstube.

Die Bäuerin ging ebenfalls in's Haus und, ohne ein Wort zu sprechen, an dem jungen Knechte vorüber, der noch immer wie angemauert am Thürgerüst lehnte — aber im Vorbeigehen winkte sie ihm schnell und unvermerklich mit den Augen. Dann stieg sie die Treppe zum obern Geschoß des Hauses hinauf.

Der Knecht blieb noch eine Weile wie nachdenkend stehen; dann wandte er sich haftig und eilte dem Nebengebäude zu, in welchem sich der Heuboden befand, das aber an der Rückseite des Wohnhauses angebaut war.

Einige Augenblicke nachher trat auch der Bauer aus dem Hause und eilte, ohne sich umzusehen, den Hügel hinunter dem Kirchwege zu.

3.

Inzwischen war die schöne Bäuerin in der sogenannten „guten Stube" im ersten Stockwerk in unverkennbarer Aufregung eingetreten. Sie warf keinen Blick auf die für ein Bauernhaus ungewöhnlich feine und zierliche Einrichtung, an der sie sonst wohl ihre Freude hatte; vergeblich lockte aus den halbgeöffneten Kästen und Schränken die Fülle der schönsten Leinwand, zierlich in Stücken zusammengestellt — nachdem sie haftig die Thüre in's Schloß geworfen und den Riegel vorgeschoben hatte, ging sie einigemal mit haftigen Schritten die Stube auf und nieder. Ihr Gesicht hatte einen von dem sonstigen Charakter ganz verschiedenen Ausdruck von Wildheit angenommen; es war, als ob sie eine Maske getragen und nun abgenommen hätte.

Nach einer Weile blieb sie vor dem Spiegel stehen,

um ihrem Gesichte wieder den vorigen Ausdruck der Freunblichkeit zu geben. Dann blieb sie wie horchend stehen, und als sich weder in noch außer dem Hause ein Laut hören ließ, trat sie mit zufriedenem Nicken an einen hohen Wandschrank, wie sie in den Stuben wohlhabender Bauersleute als eine Art Prachtstück zu stehen pflegen.

Sie öffnete ihn, schob die Kleidungsstücke, womit er ganz ausgefüllt war, auseinander und drückte im Hinter= grunde an eine in der Vertäfelung angebrachte Leiste. Im Moment wich diese dem Druck; eine enge, in einen völlig dunklen Raum führende Thür wurde sichtbar, schloß sich aber eben so schnell hinter dem Eintretenden.

Es war der junge Knecht, der zuvor unter der Thür gestanden.

Er war noch immer blaß und wie verwirrt und blieb mit gefalteten Händen, wie eine Bildsäule vor sich auf den Boden starrend vor der Bäuerin stehen, die ihn mit einem scharfen, in die Seele bringenden Blick betrachtete.

„Was willst Du?" fragte er endlich kleinlaut, „Du hast mir heraufgewinkt."

„Muß ich das nicht, Hans?" entgegnete freunblich die Bäuerin, indem sie, rasch in eine andere Rolle über= gehend, den Widerstrebenden neben sich auf die Bank zog. „Muß ich das nicht, wenn ich Dich sehn will? Du bist mir ein trauriger Schatz! Sonst hast Du den Weg zu mir ohne Wink zu finden gewußt!"

Der Knecht saß regungslos neben dem Weibe und erwiderte keine der Liebkosungen, mit denen sie ihn über= häufte, ja er schien sie nicht einmal zu fühlen. Nur bei der Erinnerung an das Sonst in der Rede der Bäuerin

zog ihm eine dunkle Gluth über Stirn und Wange, seine
innere Beschämung oder Entrüstung ankündend.

Mit einem Male aber schien er zu sich selbst zu
kommen. Wie erschreckt fuhr er empor, schlug die Hände
wie krampfhaft vor die Augen und keuchte: „Laß mich los,
Urschi — es ist Sünde, unverzeihliche Sünde! Du bist
eines Andern, bist meines guten Herrn Weib, und ich ...“

„Und Du?“ fragte forschend die Bäuerin, mit Mühe
ihre Aufregung verbergend.

„Ich bin ein elender, verworfener Mensch!“ jammerte
Jener düster vor sich hin. „Ich bin nicht werth, daß
mich die Sonne anscheint!“

„So sage nur,“ schmeichelte das Weib, „was Dich mit
einem Male so verändert hat? Ich kenne Dich nicht mehr!“

„Das will ich Dir sagen. Wie vorhin der Assessor
daher gefahren kam und vor dem Haus gehalten hat, da
hab’ ich erst in mich hineingelacht, daß er umsonst fragen
und nichts finden wird. — Wie er aber mit Dir sprach
und das alte Sprüchl sagte, daß nichts so fein gesponnen
ist, es kömmt doch an die Sonnen, da kam es mir vor,
als hätte er mich dabei gerade und starr angesehn ... mir
verging das Sehen und Hören; ich mußte mich an der
Thür halten, damit ich nicht umgefallen bin, aber in mir
und um mich herum schrie es in Einem fort: Morgen
kommen sie und holen Dich!“

„Einbildung! Du bist krank,“ erwiderte die Bäuerin,
welche ernstlich besorgt zu werden anfing, obwohl ihr Be-
weggrund mit der Liebe am wenigsten gemein hatte. „Du
mußt Dich niederlegen und Medicin nehmen, daß Dir die
wilden Gedanken vergehen!“

„Die vergehen mir mein Lebtag nicht wieder," seufzte Jener, „dafür gibt's keine Medicin! Aber ich will mir doch Ruhe verschaffen! Und ich weiß, was ich thun muß! Ich will nichts mehr wissen von Dir, Du schöner Teufel, der mich verführt hat! Ich will hin und will Alles gestehen!"

Die Bäuerin erschrak. „Narr," rief sie, „was fällt Dir ein? Bedenkst Du auch, was Dir bevorsteht? Sie werden Dich für immer in's Zuchthaus sperren, wenn sie Dir nicht den Kopf vor die Füße legen."

Der Knecht antwortete nicht gleich; er vermochte es nicht, denn seine Brust arbeitete im heftigsten Kampfe. „Meinetwegen," sagte er dann dumpf, „mir gehört's nicht besser, und wenn's an die Sonnen gekommen ist, hab' ich doch nichts Anderes zu erwarten!"

„Du mußt im Ernst krank sein, Hans," sagte die Bäuerin ärgerlich. „Wie wär's nur möglich, daß irgend was aufkäm'! Keine menschliche Seel' denkt daran, den rothen Hannickel da zu suchen, wo er zu finden ist! Du weißt, daß selbst von den Kameraden kein Einziger ihn kennt, Du allein weißt Alles! Und Du wolltest hingehen und schwach werden und Alles verderben, was wir so schön ausstudirt haben? Noch eine ganz kurze Zeit, dann haben wir so viel beisammen als wir brauchen! Dann gehen wir mit einander fort, nach Ungarn hinunter oder gar über's Meer hinüber, wo uns kein Hahn nachkräht! Und das Alles wolltest Du selber zernichten?"

Der Bursche schwieg, aber die Natur schien die krampf= hafte Anspannung, in der er sich befand, nicht länger er= tragen zu können. Die Sehnen ließen nach, und mit einem tiefen, herzbrechenden Seufzer brach ein Strom von Thränen aus seinen Augen.

Die Bäuerin bemerkte listiger Weise sogleich die eingetretene weichere Stimmung und bemühte sich sie möglichst zu benutzen. „Und án mich," fuhr sie mit schmeichelndem gerührtem Tone fort, „an mich denkst Du gar nicht? Willst Du Dich mir entreißen, die nicht leben kann ohne Dich? Willst Du mich in's Unglück stürzen zum Dank dafür, daß ich Dir meine Ehre, mein Vermögen, ja mein Leben selbst in die Hände gegeben habe? Du wirst nicht! Wenn Du wieder gescheidt, wenn Du der beherzte Bursch' wieder bist, als den ich Dich so oft gesehn hab' in der größten Gefahr, dann wirst Du über Dich selbst und über Deine Verzagtheit lachen und wirst Dich schämen, daß ein einfältiges Sprüchl Dich so zum Kind hat machen können ... Du weißt ..."

Das Weitere verlor sich in immer leiserem Flüstern. Der Knecht widerstand dem freundlichen Zudringen nicht länger; er wurde wärmer und vergaß bald unter den Liebkosungen des schönen Weibes seine Vorsätze und seinen Schrecken. Geraume Zeit hatten beide gekost, als sich ein leises Klirren vernehmen ließ und die Thürklinke begann sich hin und wieder zu bewegen. Dem Falkenblick der schönen Huberin entging das nicht; wortlos deutete sie dem Knecht darauf hin. Diesem mußte das Zeichen nicht unbekannt sein, denn gleichfalls, ohne ein Wort zu erwidern, schlüpfte er in den Kasten, aus dem er gekommen war.

„Und wirst Du mir nun keine Narrheit mehr begehn?" flüsterte ihm die Bäuerin noch nach.

„Ich bin Dein und wenn's in die Hölle ginge," erwiderte Hans ebenso hastig — und er war verschwunden.

Mit der unbefangensten Miene zog die Bäuerin ge= räuschlos den Thürriegel zurück; dann trat sie vor einen der Schränke und gab sich, mit dem Rücken gegen den Eingang gewendet, den Anschein, als sei sie mit dem Ordnen der Wäsche beschäftigt. Dabei ließ sie aber einen vor ihr hängenden Spiegel keine Secunde aus den Augen, denn in ihm konnte sie Alles wahrnehmen, was hinter ihr vorging.

So bemerkte sie, daß die Thüre wie von Jemand, der horchen will, behutsam geöffnet ward und daß in der Spalte der Kopf ihres Mannes sichtbar wurde. Sein Gesicht trug den Ausdruck eines wilden lauernden Zorns, wie er aber die Katzenaugen im Zimmer umher gleiten ließ, verlor sich derselbe und machte dem gewohnten dummen Lächeln Platz. Er zog sich wieder zurück und schloß die Thüre ebenso leise, sichtbar froh, nicht bemerkt worden zu sein.

„Steht es so?" murmelte die Bäuerin vor sich hin, als sie sich wieder allein wußte. „Wie gut, daß ich den heimlichen Zug an der Thür' hab' anbringen lassen, der es sogleich zeigt, wenn Jemand die Stiege betritt! — Er hat also Verdacht?... Und Hans...? Für diesmal hab' ich ihn noch von seinem Fieber curirt, aber wer steht mir dafür, ob es nicht wieder kommt? Und ob ich dann noch im Stand bin, Einhalt zu thun?"

Sie sann einen Augenblick nach, und der häßliche Zug um ihren Mund trat stärker hervor. „Nun," sagte sie dann nach einer Weile und wandte sich entschlossen der Thüre zu, „ich will schon vorsorgen, sie sollen sehen, daß die schöne Huberin sich zu helfen weiß!"

4.

Dem schönen Morgen war ein schöner Tag gefolgt, wolkenlos und tiefblau, aber niederdrückend schwül. Schon hatte in den Dörfern ringsum das Glockenzeichen die Beendigung des nachmittägigen Gottesdienstes angekündigt und noch regte sich kein kühler Lufthauch, wie sie sonst die angenehmen Boten des Abends zu sein pflegen. Die Luft flimmerte und schimmerte im Sonnenglanz, und wer es vermochte, flüchtete aus der Helle und Schwüle an irgend ein Plätzchen, wo Schatten und Kühle frei aufzuathmen gestatteten.

Ein solches Plätzchen war ein an der Erbingerstraße gelegener Sommerbierkeller, der von einer heitern Anhöhe unter großen Linden und Kastanienbäumen die Gegend beherrschte und darum ein gewöhnlicher Zielpunkt für Sonntags-Spaziergänger aller Art war. Dahin strömte das Landvolk der nähern und fernern Umgebung, und auch die Bürger und Honoratioren des Städtchens ließen sich's nicht verdrießen, die anderthalb Stündchen auf der sonnigen Landstraße dahin zu marschiren. War man doch reichlich entschädigt durch einen Platz auf der offenen schattigen Terrasse, vor einem Kruge des trefflichsten erfrischenden Bieres, bei dessen Genuß sich die weite, nicht reizlose Landschaft doppelt behaglich übersehen ließ.

Heute war der Besuch besonders zahlreich, denn in den meisten der umliegenden Fluren war die Getreideernte beendigt, was jährlich mit einer besondern Lustbarkeit gefeiert wurde. Deßhalb waren alle Plätze unter den breiten Kastanien und Linden von munterem Landvolk besetzt, und in der anstoßenden kühlen Fässerhalle ward trotz des rauhen Fußbodens zum Tanze hergerichtet. In einer Ecke waren ein paar Fässer zusammengestellt, von denen herab Baß-

geige, Clarinette und Trompete, das unerläßliche Dreiblatt,
die muthwilligsten Ländler ertönen ließen. Die Bursche
und Mädchen ließen sich auch nicht lange vergebens locken,
und bald dröhnte die Halle von dem Schleifen, Stampfen
und Jauchzen der Tanzenden wieder.

Draußen vor der Halle waren ebenfalls einige Sitze
neben der Einfahrt angebracht. Hier konnte man die
ganze vorbeiziehende Straße nach beiden Seiten übersehen
und Niemand konnte vorübergehen, ohne von den dort
Sitzenden bemerkt zu werden.

Diese waren eine Schaar junger kräftiger Bauern=
bursche voll des trotzigen und etwas rohen Uebermuths,
der die Landleute der dortigen Gegend kennzeichnet. Die
halb bäuerische, halb städtische Tracht verrieth die viel=
fache Berührung, in welche sie durch reichen Getreide=
verkehr mit Stadt und Städtern gekommen; dennoch hatten
sie noch etwas von der ursprünglichen ländlichen Einfach=
heit behalten, das sich in der Liebe zum Gesang und in
dem steten, freilich etwas grobkörnigen Witze kund gab.
Die meisten trugen hohe, bis an's Kniee reichende Stiefeln,
in denen die weiten Lederbeinkleider steckten, dann den
schwarzen Sammtspenser mit blanken Silberzwanzigern
oder Halbgulden als Knöpfe, und den niedern breitkrem=
pigen Hut, um welchen eine echt goldene Schnur sich mehr=
fach schlang und in stattlichen Quasten herunter hing.

Die lustige Schaar bestand aus einigen reichen Bauers=
söhnen und vier bis fünf Knechten vom Huberhofe, lauter
Gesichtern, die sich wohl darum wußten, daß sie auf einem
der ersten Güter der Gegend dienten, und von Vielen
wegen des großen Lohnes, der dort üblich war, beneidet
wurden. Sie hatten die Taschen voll Geld und wußten

es wohl zu zeigen, benn der Krug aus bem Alle gemein=
schaftlich tranken, warb so oft in der Runde geleert, baß
bie Kellnerin fast nicht von bem Tische weg kam unb bie
übermüthig hingeworfenen Münzen nur so herumsprangen.
Dazwischen riß ber Gesang nicht einen Augenblick ab, ber
jeboch ben Sängern mehr Vergnügen gewähren mochte, als
ben Hörern, benn bie nicht sehr abwechselnben Melobien
wurben von Allen einstimmig unb in wiberlich hoher
Tonlage abgeleiert.

Der Schweigsamste war Hans unb ein ganz junges
Bürschlein von kaum siebzehn Jahren, das erst vor weni=
gen Wochen auf bem Huberhofe in Dienst getreten war.

„Nun, was ist Dir über's Leberl gelaufen, Pauli?“
rief Einer während einer augenblicklichen Pause ben jungen
Menschen an. „Du schaust ja b'rein, als wenn Dir ber
Hunb das Brob genommen hätt', unb auch ber Hans
macht ein Gesicht, als wenn er nicht fünfe zählen könnt'!“

„Das kann ich Dir schon sagen,“ lachte ein Zweiter,
„sie sinb alle zwei verliebt unb Jeber lamentirt um sein'
Schatz; der Pauli, weil er ihn nicht kriegen kann, unb
ber Hans, weil er ihn angebracht hat!“

„Du wirst viel wissen von unsere Schätz', Hies,“
sagte Hans kalt unb ein bischen verächtlich. „Ich mein',
Du bist noch nie botenweis' gegangen für mich!“

„Das braucht's nicht,“ rief ber Anbere wieder, „beß=
wegen hab' ich boch bie Spatzen auf'm Dach pfeifen hören!
Kennst Du etwa bie Blumhuber=Rosel gar nimmer, weil
Du sie hast sitzen lassen? Oder reut's Dich, weil sie sich
heut' Nacht so tapfer gehalten hat?“

„Was meinst Du bamit?“ fragte Hans verwunbert.
„Ich weiß von nichts.“

„Stell' Dich nicht so unschuldig," war die Antwort, „man redt ja schon überall davon. Sie ist Unterbirn auf dem Branblgut, und ist heut' Nacht die Einzige gewesen, der die Schelmen nicht Herr geworden sind. Sie hat mit dem rothen Hannickel gerauft, wie ein Mannsbild, und hat sich losgemacht und auf dem Dach das Freßglöckl geläut't. Der Hütbub hat sich unterm Holz verkrochen gehabt und hat Alles mit ang'schaut!"

Hans ward einen Augenblick roth, als ob ihm Blut in's Gesicht geschüttet worden; im nächsten aber war er wieder bleich, wie zuvor, und stand ganz ruhig auf. „Ich hab' davon gehört," sagte er, „aber nicht gewußt, daß das die Rosel war ... Mich wundert's aber nicht, sie war alleweil' eine kreuzbrave Person ..." Damit ging er dem Tanzboden zu und lehnte sich in einen Winkel, mehr um ungestört zu sein, als um den Tanzenden zuzuschauen.

Die Bursche draußen lachten ihm nach. „Es ist schon so, Hies," riefen sie, „Du hast schon den rechten Fleck getroffen! Wollen sehn, ob Du beim Pauli auch so geschickt bist!"

„Ja, bei dem ist's schon schwerer," spöttelte Hies, „der fallt ganz vom Fleisch; das kommt aber blos daher, weil er mit dem Löffel den Weg in's Maul nimmer findet, so oft er beim Essen seine schöne Dienstbäuerin ansieht..."

Die Flammenröthe des jungen Menschen verrieth, daß der Spötter auch hier sehr wohl zu zielen verstanden hatte. Zornig sprang er auf, schlug herausfordernd mit der Faust auf den Tisch und rief: „Wer untersteht sich, der Huberin was nachzureden?"

Allgemeines Gelächter scholl ihm entgegen. „Wer

rebet davon?" schrien sie durcheinander. „Wir wissen schon, daß sie von Dir nichts will, aber das wissen wir auch, daß Du verschossen bist in die schöne Huberin!"

Der Bursche faßte den zunächst Stehenden am Kragen, dieser griff ihm dagegen an die Kehle, und alle andern Bursche drängten sich im Nu in einen Knäuel um die Streitenden, bereit, für und gegen Partei zu nehmen. Das Haupt-Sonntagsvergnügen, die Rauferei, hätte sofort begonnen, wenn nicht die Bräuerin begütigend in's Mittel getreten wäre.

Die Frau Wörglin war eine kleine, unmäßig dicke Gestalt, nicht eben gemacht, um zu imponiren, aber sie galt in der ganzen Gegend als eine so gescheidte und leutselige Frau, daß man überall gern ihre Vermittlung suchte und ihren Rath holte. So war sie bei den jüngern Bauernburschen nicht ohne Einfluß, und hatte schon manchen drohenden Sturm zu beschwichtigen gewußt.

„Gebt mir Ruh', Ihr Buben," rief sie, „wenn wir gut Freund bleiben sollen! Wer mir Spektakel anfängt, ist zum letzten Male auf dem Wörglkeller gewesen, darauf könnt Ihr Euch verlassen! Und laßt mir auch das nichtsnutzige Gered' unterwegs. Es schickt sich nicht, daß man von einer braven und ordentlichen Frau so was sagt, und wenn sie zehnmal nichts davon wissen soll; die Leut' sind gar schlimm, und es bleibt gar zu gern etwas hängen. Und eine brave Frau ist die Huberbäuerin, das muß ihr der ärgste Feind nachsagen, ordentlich und ehrbar und haushälterisch und ein wahres Muster von einer richtigen Bäuerin."

Die Bursche stimmten ein und setzten sich beruhigt wieder zum Trinken und Singen nieder. Sie hätten's ja nicht bös' gemeint, sagten sie, und beim Bier gehe ja wohl ein Wörtel drein.

„Ja, ja, meinetwegen," rief die Frau, indem sie sich gegen den Tanzplatz wendete, „aber ich sag' immer: Unrecht Gut thut kein gut, ein unrecht Wort find't bösen Ort; das könnt Ihr Euch auch merken, es wird Euer Schaden nicht sein."

Damit ging sie; Paul, der sich nicht mehr gesetzt hatte, neben ihr.

„Wie ist's, Frau Wörglin," sagte er halblaut, nachdem sie ein paar Schritte gegangen waren, „könnt Ihr kein Wildpret brauchen? Ich hab' wieder einen wunderschönen Rehbock gefunden."

„Du bist mir der saubere Finder," sagte die Frau, ebenfalls mit gedämpfter Stimme und stillstehend. „Kannst halt das Wildern nicht lassen, und ich sollte Dich auch nicht unterstützen drin ... aber was will ich machen! Die Herren im Casino wollen immer was Besonderes essen für ihre paar Groschen, und wenn ich das Wildpret vom Förster kaufen wollte, dürft' ich nur gleich die Küch' zusperren! Was soll er denn kosten, der Bock? Drei Gulden will ich Dir geben!"

„Aber, Frau Wörglin," erwiderte der Bursche schüchtern, „die Wildbecke allein ist mehr werth ..."

„Warum nicht gar!" eiferte die Wirthin. „Ich soll Dir wohl jedes einzelne Haar im Pelz bezahlen! Einen Spitz von meinem rothen Wein geb' ich noch drauf, der Dir so schmeckt ..."

Der Bursche kraute hinter den Ohren. „Die vier Gulden, Frau Wörglin," sagte er, „Ihr sagt ja immer: Unrecht Gut thut nicht gut!"

„Ja, das sag' ich," rief die Wirthin, „und bleibe auch dabei! Merk' Dir's nur auch! Also, wenn Du willst, kannst Du den Bock heut' Abend hinten in den Schuppen an den gewohnten Ort legen und Dir dann Dein Geld holen!"

„Meinetwegen," sagte der Bursche, „ich muß halt in den sauren Apfel beißen. Paßt also auf, nach Gebetläuten komm' ich!"

Beide trennten sich, als die Bursche gerade ein Freu= dengeschrei erhoben und auf die Straße hinabliefen, wo sie sich so in der Reihe aufstellten, daß dieselbe ganz abge= sperrt war.

„Grüß' Dich Gott, Blumhuber=Rosel," riefen sie; „das ist schön, daß Du kommst! Du darfst nicht vorbei, ohne daß Du uns Bescheid gethan hast; Du bist die rich= tigste Dirn' im ganzen Erbinger Gericht! Wie Du den rothen Hannickel heim geschickt hast, das thut Dir so leicht Keiner nach!"

Das bleiche Mädel gerieth in Verwirrung und sah so schüchtern aus, daß ihr Niemand die Kraft und die Kühnheit zugetraut haben würde, die sie bewiesen hatte.

„Mein, laßt's mich gehn, Ihr g'schupften Buben," sagte sie mit einem schwachen Lächeln. „Ich hab' mich eben um meine Haut gewehrt, und das ist Alles. Laßt's mich aus, ich muß noch zu meiner Gothen nach Alten= erbing 'nüber, und wenn Ihr mich versäumt, komm' ich vor Nachts nicht wieder heim."

Alles Sträuben und Weigern war vergebens; um nur loszukommen, — mußte Rosel einwilligen, einen Augen= blick in den Keller einzutreten und den Begrüßenden durch Nippen an den dargebotenen Krügen Bescheid zu thun.

Auch viele von den übrigen Gästen wurden aufmerksam, kamen herzu und umringten neugierig und fragend das Mädchen, das inzwischen Muth gefaßt hatte und das Erlebte mit einfachen kurzen Worten erzählte.

Zu dem Kreise der Zuhörer hatte sich auch Hans eingefunden und stand unbeachtet von Allen Rosel gegenüber, doch so hinter den Leuten verdeckt, daß sie ihn nicht wahrnehmen konnte. Das Blut schoß ihm bei ihrem Anblick in's Gesicht, sein Herz schlug hörbar und vor den Augen zog es ihm feucht vorüber, wie wenn man in den Regen hinausschaut. Als die Erzählerin ihren schlichten Bericht schloß und die Zuhörer unter einander verwundert plauderten, benutzte sie die Gelegenheit, sich der allgemeinen Aufmerksamkeit zu entziehen, und schlüpfte gegen den dunklen Eingang der Fässerhalle zu, in welcher Musik und Tanz eben eine Pause machten.

Hans hatte ihre Absicht bemerkt, er folgte ihr, ohne selbst klar zu wissen, was er that, und an einer halbdunklen, augenblicklich menschenleeren Stelle trat er ihr unerwartet entgegen.

Sie stieß einen leisen Laut schmerzlicher Ueberraschung aus und machte eine halbe Bewegung nach dem Herzen, während es wie Wiederschein einer fernen Beleuchtung röthlich über ihre Züge flog — dann standen sich Beide eine Sekunde lang lautlos und ohne Regung gegenüber.

„Grüß' Dich Gott, Rosel," brachte Hans endlich hervor.

„Grüß' Dich Gott, Hans," erwiderte sie ruhig und fuhr, da er nichts weiter hinzusetzte, fort: „Willst Du mir was?"

„Ja," sagte Hans, ohne die Augen aufzuschlagen. „Es leidet mir's nicht länger mehr ... ich muß Dir's sagen, daß ich's einseh', wie schlecht ich an Dir gehandelt hab' . . . daß es mich reut, so viel ich Haar' auf dem Kopf habe . . . und daß ich Dich um Verzeihung bitten will . . ."

„Ich trag' Dir nichts nach," sagte Rosel nicht ohne Bewegung, „meinetwegen brauchst Du Dich nicht zu kränken — ich wünsch' Dir alles Gute."

„Ja, Du bist alleweil die gute Stund' selber gewesen," seufzte Hans aus tiefster Brust, „aber ich . . . ich! O Rosel, Rosel, ich wollt', ich wär' nie auf den Huberhof kommen!"

„Der Ort macht's nicht aus, Hans. Der Huberhof ist das rechtschaffenste Haus weit und breit — es wird uns schon so aufgesetzt gewesen sein, daß wir auseinander haben kommen müssen."

„Nein, nein, es hat nicht sein müssen," rief Hans wieder, „ich allein bin dran schuld, daß es so geworden ist . . . aber ich wollt' ja gern Alles thun, wenn's wieder werden könnt', wie damals!"

„Ja, wenn man das könnt'," erwiderte Rosel und verbarg die Thräne nicht, die sie sich aus dem Auge wischte. „Aber die Lieb' ist nicht wie ein Gemüspflanzl, das allemal wieder anwurzelt, wenn man's versetzt . . . wenn die einmal ausg'rissen ist, dann gehn die Wurzeln ein und verdorren für alle Zeit . . ."

„Und ist das Pflanzl ganz ausg'rissen in Dein' Herz'? Und kann's net wieder Wurzel treiben?"

Rosel weinte, aber sie schüttelte heftig und bestimmt den Kopf.

Hans gerieth in immer heftigere Aufregung. „Rosel," rief er und seine Stimme zitterte fieberhaft, „sag' nicht, daß es so ist! Sag's nicht, und wenn's Dir selber nit so um's Herz wär'! Lüg' mich lieber an — es ist der einzige Strohhalm, an den ich mich noch halt'......; Rosel, ich geh' zu Grund' an Leib' und Seel', wenn Du Dich nicht um mich erbarmst...."

„Sprich nit so," entgegnete sie weinend, „so arg wird Dich der liebe Gott nicht verlassen! Ich merk' freilich wohl, daß bei Dir nit Alles ist, wie's sein soll, aber wie soll ich Dir helfen können?..."

Sie wollte noch mehr hinzufügen, aber die Musik regte sich, die Tanzlustigen näherten sich wieder und scheuchten das Paar auseinander. Rosel drückte sich seitwärts in die Ecke, Hans verschwand nach der andern Seite. Beides aber konnte nicht so schnell geschehen, daß es nicht von dem zuerst eintretenden Tänzer-Paare bemerkt worden wäre.

Dieses Paar war ein ungewöhnliches und sehr ansehnliches, denn die Tänzerin war Niemand anders als die schöne Huberin, der Tänzer aber der große kahlköpfige Gerichtsdiener. Die Bäuerin war eben ganz stattlich angefahren gekommen, und der galante Mann, seit Kurzem Wittwer, hatte ihr sogleich beim Aussteigen die Ehre angethan, sich ihre Hand auf einen Ländler zu erbitten. War es ihr auch nicht sehr angenehm, so mußte sie es doch als eine Auszeichnung ansehen, denn der Herr Kriegelsteiner war, was man gewöhnlich einen gemachten Mann nennt, reich und als die rechte Hand des Landrichters von nicht geringem Ansehen. Er war in der Seele vergnügt, daß er der Erste war, der mit der schönen Frau zum Tanze ging; stolz schritt er mit ihr am Arme dahin, mit der andern Hand den Schnurrbart

drehend oder über den kahlen Kopf streichend, als wenn es
ihm dort zu heiß würde. Er sprach eifrig mit ihr und
ließ dazwischen jenen grunzenden Ton hören, der ihm statt
des Lachens diente. Nicht so gut gelaunt war die Bäuerin;
sie war wortkarg und als sie vollends das gestörte Pär=
chen bemerkt hatte, ließ sie sich jedes Wort abnöthigen
und klemmte unmuthig die Unterlippe zwischen die Zähne.

Als sie einen Ring umgetanzt hatten und wieder in
der Reihe anstanden, begann sie gleichwohl selbst das Ge=
spräch. „Ich muß immer lachen," sagte sie, „wenn ich
daran denk', wie vorhin die Zwei auseinander gefahren
sind. Die haben wir in der besten Unterhaltung gestört!"

Herr Kriegelsteiner grunzte. „Ich weiß doch nicht,"
sagte er dann, „ob die Zwei sich gerade gut mit einander
unterhalten haben. Kanntet Ihr sie denn nicht? Der
Bursche war ja Euer Oberknecht Hans . . . ."

„So?" sagte die Bäuerin mit erkünstelter Gleichgül=
tigkeit. „Ich habe so genau gar nicht hingeschaut . . .
Und wer war denn das Mädel? Hab' ich doch nie da=
von gehört, daß der Hans eine Bekanntschaft hat . . ."

„Er hat auch keine mehr," erwiderte der Gerichts=
diener. „Das Mädel war die Blumhuber=Rosel, die beim
Brandl als Unterdirn' dient. Ihr kennt sie wohl, die
Leut' reden jetzt viel von ihr, denn sie hat ja heut' Nacht
beim Einbruch auf dem Brandlgut mit dem rothen Han=
nickel gerauft und hat ihn versprengt . . ."

Die Bäuerin bemeisterte nur mit Mühe die zornig
wilde Bewegung, die in ihr aufloderte. „Die Blumhuber=
Rosel?" fragte sie dann mit kaum merklich bebender
Stimme. „Ich hab' sie früher gekannt, aber sie hat sich
stark verändert. Wenn ich gewußt hätt', was sie für

eine merkwürdige Person ist, hätt' ich sie schon besser an=
geschaut."

„Die war's," entgegnete der Gerichtsdiener, „sie hat
den Hans zum Schatz gehabt, aber seit ein paar Jahren
ist's aus damit. Sie sind seitdem aneinander vorbeige=
gangen, als wenn sie sich gar nicht kennten, und werden
heut' wohl noch eine übrig gebliebene Heimlichkeit von da=
zumal auszumachen gehabt haben."

Die schöne Bäuerin biß sich fast die Lippe wund.
„Wie Ihr nur das Alles so wißt!" sagte sie mit ge=
zwungenem Lachen.

„O," entgegnete er selbstzufrieden, indem er wieder
zum Tanze mit ihr antrat, „ein Gerichtsdiener muß Alles
wissen! Man weiß nie, ob man es nicht einmal brauchen
kann!"

Der Tanz ging bald zu Ende, und Herr Kriegel=
steiner führte seine Partnerin mit der Miene eines sieg=
reichen Feldherrn an den Platz, wo sie von ihrem Manne
erwartet wurde, der in der kurzen Zeit schon so viel und
so schnell getrunken hatte, daß seine ausdruckslosen Augen
noch starrer und glanzloser geworden waren. Der ga=
lante Tänzer benutzte den Weg, um noch einige Schmei=
cheleien und halbverdeckte Liebeserklärungen anzubringen,
die ihm längst auf der Zunge gebrannt hatten.

„Ihr solltet mir das nicht anthun," sagte die Bäuerin,
deren steigender Unmuth nach einem Auswege suchte.
„Solches Gered' ist eine Beleidigung für eine ordentliche,
ehrbare Frau!"

„Ach, warum seid Ihr eine Frau!" jammerte der

Gerichtsdiener. „Warum seid Ihr nicht auch frei und un=

gebunden, wie ich! Ich ließe nicht nach, bis wir ein Paar
wären!"

„Mein Mann," sagte die Bäuerin in rückhaltslos
spitzem Tone, „mein Mann ist ein guter Lapp, dem ich ein
recht langes Leben wünsche. Und wenn ich auch Wittib
wär', thät's doch mit uns zwei nichts werden, mein' ich.
Ihr taugt nicht zu einem Bauern, und in's Amthaus
zu den Schergen und Spitzbuben ging' ich nicht — dazu
steht der Huberin die Nase zu hoch!"

Damit wendete sie sich ab und ließ den Verblüfften
stehen, der dann hastig davon eilte, wilde Flüche vor sich
hinmurmelnd.

„Huber," sagte die Bäuerin zu ihrem Manne, „mir
ist nicht recht wohlauf, ich will heim."

Der halbtrunkene Bauer richtete sich ungeschlacht
auf und wollte eine rauhe Ablehnung vorbringen. Wie
er aber den Mund öffnete, begegnete sein Blick dem fest
auf ihn gerichteten seines Weibes, und er verstummte.
Wie gebannt von diesen unheimlich funkelnden Augen
stund er vollends auf und wankte dem Wägelchen zu, das
auf der Straße von einem Knechte mit den Pferden gehalten wurde. Er war willenlos, wie man von den kleinen Thierchen erzählt, welche eine große Schlange so lange
mit den giftigen Augen anstiert, bis sie sich ihr selbst in
den aufgesperrten Rachen stürzen. Die Umstehenden merkten es wohl, stießen einander auch mit den Ellbogen an
und brummten, „die Huberin habe ihren Mann gut gezogen und führe ein strenges Commando —" man gab
ihr aber nicht Unrecht, denn bei dem Halbsimpel und
Bruder Saufaus mochte das wohl nothwendig sein.

Die Bäuerin dagegen schritt mit freundlichen Grüßen an den Leuten vorüber und trat eben an den Wagen, als auch Rosel die Einfahrt herabkam, um ihre unterbrochene Wanderung fortzusetzen. Sie sah nicht links noch rechts und wollte unbeachtet vorüberschlüpfen, aber die Bäuerin rief sie schon auf dem Wagen sitzend an.

„Wie, Rosel!" sagte sie, „Ist das auch recht, daß man an den alten Bekannten so vorbeigeht, als wenn man sie sein Lebtag nicht gesehen hätt'?"

Rosel blieb stehen. „Ich hab' nicht geglaubt, Huberbäuerin, daß Du noch an die Zeit denkst, wo wir nebeneinander Dienstboten g'wesen sind. Aber es freut mich, daß Du nicht hoffärtig bist, und so sag' ich Dir von Herzen: grüß' Gott!"

Sie reichte die Hand hin, in welche die Bäuerin hastig einschlug und sie derb schüttelte. „Warum sollt' ich hoffärtig sein," lachte sie, „aber Du kannst leicht stolz werden, weil Du so ein Heldenstück aufgeführt hast mit dem rothen Hannickel. Du mußt mich einmal heimsuchen und mußt mir das Alles auf's Haar erzählen, was er gethan und geredt hat und wie er ausschaut! Möchtest wohl nicht in Dienst zu mir? So resolute kräftige Leut' kann ich brauchen!"

„Ich hab' keine Klag beim Brandl," sagte Rosel, „die alten Leut sind an mich gewöhnt, ich möcht's ihnen nit anthun, daß ich wegging'!"

„Dann mußt Du mich so einmal besuchen und in Heimgarten zu mir kommen; ich mein' wir hätten allerhand zu plaudern mit einander," erwiderte die Bäuerin, indem sie das Mädel mit einem eigenthümlich lauernden Blicke maß. „Du siehst nicht darnach aus, man sollt's nicht meinen, daß Du so stark bist . . ."

„Es ist auch nicht so fürchterlich mit der Stärk'," lachte Rosel, „aber die Noth gibt halt Kräften. Ich will schon sehen, wann ich einmal frei hab', daß ich Dich heimsuchen kann."

Während des Gesprächs waren die muthigen Pferde immer unruhiger geworden, daß der Bauer sie kaum zu bändigen vermocht hatte. Jetzt waren sie nicht mehr zu halten, sie rannten fort und die Unterredung war abgeschnitten. Die schöne Huberin wandte sich noch einmal im Wagen um und rief Rosel mit angestrengter Stimme, um über das Wagengerassel hinaus verstanden zu werden, einen Gruß zu. „B'hüt Dich Gott," schrie sie, „wir treffen schon noch einmal zusammen!"

Fort rollte der Wagen, Rosel aber that einen lauten Schrei und mußte sich an der Stiegenwand halten, um nicht umzusinken. In den letzten Worten hatte sie die Stimme des Räuberhauptmanns wieder gehört, die ihr noch von der Nacht her im Ohre klang. „Der rothe Hannickel!" flüsterte sie, indem es ihr schwarz vor den Augen ward. Eben so schnell aber war die Anwandlung der Schwäche wieder überwunden, als die Leute herbei eilten und sie mit frischem Wasser bestreichen wollten.

„Laßt mich nur," sagte sie abwehrend, „es ist schon wieder vorbei!"

Damit ging sie eilig weiter, aber in der Richtung nach ihrer Heimath zu, bestürmt von den widerstreitenden Empfindungen, Erinnerungen und Gedanken, welche die letzten Stunden und Augenblicke in ihr wachgerufen.

5.

Der Abend auf dem Huberhof war außerordentlich still. Der Bauer hatte sich kurz nach der Heimkehr auf's

Bett gelegt und war aus dem Zustande thierischer Trun=
kenheit in einen gleichen Schlaf versunken, woraus ihn
nichts aufzurütteln vermochte. Die Knechte waren mit
schweren Köpfen nach Hause gekommen, hatten die Arbeit
in Stall und Scheune beschickt und dann auch ihr Lager
gesucht, denn am andern Morgen mit Sonnenaufgang be=
gann das Tagwerk wieder, das ausgeruhte Kräfte verlangte
und hellgeschlafene Augen. In der Stube, wo sonst alle
Hausgenossen zum Abendessen zusammenkamen, fanden sich
außer den Mägden nur Paul und Hans ein, während die
Bäuerin in Besorgung ihrer Geschäfte abwechselnd ab und
zuging. Die Unterhaltung war lahm, denn die beiden
Bursche nahmen keinen Theil daran und überließen es
den Mägden, die Lustbarkeiten des verlebten Feiertages zu
zergliedern. Paul setzte sich gleich Anfangs auf die breite,
um den Ofen laufende Bank und stellte sich, als ob er
schlafen wollte, im Grunde aber that er es nur, weil er
die Bäuerin ohne Auffallenheit im Auge behalten und jede
ihrer Bewegungen verfolgen konnte.

Hans aß nur wenig; sobald das laute gemeinschaft=
liche Tischgebet vorüber, griff er nach dem in der Nische
stehenden Oellämpchen, um es anzuzünden. „Wenn Du
nichts mehr schaffst, Bäuerin," sagte er, „so geh' ich auch.
Gute Nacht."

„Warte noch, Hans," erwiderte die Bäuerin, „es fällt
mir eben ein, daß morgen in die Mühl' gefahren werden
muß. Da wird's wohl nothwendig sein, daß Du noch
das Viertelstündchen hinüber laufst und bei dem Hasel=
müller ansagst."

Hans zögerte einen Augenblick wie unentschlossen; ehe

er antworten konnte, trat Paul vor und sagte: „Den Gang kann ich auch machen, Bäuerin, wenn's Dir gleich ist."

„Ich hab' nichts dawider," erwiderte diese. „Richte dem Müller einen schönen Gruß aus und richte mir wieder aus, was er gesagt hat. Ich werd' heut' doch noch lang nicht zum Schlafen kommen."

Paul ging, die Mägde folgten, indem sie gute Nacht wünschten, sich bei der Thür aus dem dort angebrachten Kesselchen mit Weihwasser sprengten und bekreuzten. Hans machte sich auf einen Augenwink der Bäuerin noch mit seinem Lämpchen zu schaffen, bis sie Alle aus der Stube waren.

„Was willst Du noch von mir?" fragte er.

„Ich hab' den Pauli nur in die Mühl' geschickt, um ihn wegzubringen," antwortete das Weib. „Ich hab' mit Dir noch zu reden, weil ich wissen muß, wie ich daran bin mit Dir! Hab heute recht schöne und auferbauliche Sachen von Dir gesehen und gehört. Hast ja recht herz= brechenden Abschied genommen von Deinem alten Schatz, der Blumhuber=Rosel? Oder hast wohl auf's Neue an= gebandelt mit ihr? Ihr seid ja recht rührend neben ein= ander gestanden alle zwei, und ist nichts ab'gangen, als der Maler, der Euch abgezeichnet hätt' . . . ."

Hans sah finster vor sich hin. „Spöttle nur," sagte er dann, „Du hast ganz recht! Warum bin ich so ein Narr g'wesen und hab' geglaubt, ich könnt' noch einmal umkehr'n und wieder der Mensch werden, der ich einmal g'wesen bin!"

„Es ist nur gut," sagte die Bäuerin, „daß ich Dich nicht in's Brandlgut hinein mitgenommen hab', sondern draußen aufpassen ließ ... wenn Dir das liebe Schatzl

brinn begegnet wär', wärst Du ihr am End' um den
Hals gefallen und hätt'st uns Alle verrathen!"

„Sag' mir nichts mehr davon!" rief Hans wild.
„Es ist vorbei, für ewige Zeiten vorbei, und ich gehör'
wieder ganz Dein und dem Teufel!"

„Höflich bist Du grad' nicht," lachte das Weib, „aber
mir ist's recht, daß Du Dich besonnen hast. Ich hab'
Dir's ja vorher gesagt, daß es so gehn wird. Es soll
Dein Schaden nicht sein, und ich will Dir was Wichtig's
sagen dafür."

„Ich kann mir's schon einbilden . . ." murmelte der
Knecht finster.

„Vielleicht auch nicht," entgegnete sie. „Hör nur."

Das Gespräch war bisher schon nur halblaut ge=
führt worden, jetzt sank die Stimme der Bäuerin zum
leisesten Flüstern herab.

„Wir sind jetzt bald am Ziel," sagte sie, „bald haben
wir so viel, daß wir den rothen Hannickel nicht mehr
brauchen. Ich hab' drum unser Geld alles schon zusam=
mengethan und an einen sichern Ort gebracht. Nur einen
einzigen Brocken gibt es noch zu holen, den fettesten von
allen. Ich habe die ganze Gelegenheit ausgekundschaftet,
denn der Bauer, dem wir einen Besuch machen wollen,
hat mich selber im ganzen Haus herumgeführt und hat
mir seine versteckten Schublaben voll Kronenthaler gezeigt.
Am Mittwoch geht's los. Du weißt den alten Marter=
stock im Schwarzbühel. Da gehst Du heute noch hin und
steckst den Zettel da hinter das Armenseelenbildl, das da=
ran genagelt ist. Es ist die Bestellung für Mittwoch
Nachts. Wir kommen bei dem Wetterkreuz auf der Sand=

riß zusammen, sobald es im Dorf drunten elf g'schlagen hat. Hast Du mich verstanden und willst gehn?"

„Ich gehe," sagte Hans, den Zettel nehmend, „aber versprichst Du mir auch, daß es das letzte Mal ist, daß ich einen solchen Gang machen muß?"

„Ist's Dir denn gar so zuwider?" fragte sie höhnisch. „Siehst Du, Hans, ich hätt' ein Mannsbild werden sollen! Mir ist ganz anders, mir ist's leid, wenn ich dran denk', daß das Alles aufhören soll! Huberbäurin kann jede dumme Gans sein, aber die Unterhaltung, und die Abwechslung und die Spannung, die beständige Gefahr und doch die Gewißheit, daß man mir nicht ankann, und daß ich die ganze Welt an der Nas' herumführen kann, das ist mehr werth als der Huberhof! Das wird mir hart abgehn — aber," setzte sie mit einem zweideutigen Seitenblick hinzu — „ich versprech' Dir's, daß das der letzte Gang ist, den Du machst."

„Dann will ich mich auch gleich auf den Weg machen," sagte Hans. „Bis zum Marterstöckl im Schwarzbühel ist eine Glockenstund' . . ."

„Ja — und der Weg geht nicht weit vom Brandlgut vorbei . . . wie leicht, daß Du da aufg'halten werden könntest!"

„So gib mir Wegzehrung mit, daß ich nicht in Versuchung komm'," flüsterte Hans und wollte sie an sich ziehn. Sie wehrte ihn aber mit einer Art Schauer von sich ab. „Jetzt nicht," sagte sie, „wir sind hier nicht allein, aber morgen sollst Du's einbringen, oder wenn Du wiederkommst."

Er ging, und bald verhallte sein Tritt in der ungewöhnlich dunkel hereingebrochenen Nacht.

Nach dem Weggange des Knechtes Hans setzte sich die Bäuerin an den Tisch und nahm eine Näharbeit vor, von Zeit zu Zeit horchend, ob Paul noch nicht zurückkomme.

Als er endlich in die Stube trat, nahm sie seine Nachricht über die Bestellung in der Mühle ganz gleichgültig auf und beugte sich tief über ihre Arbeit. Manchmal, als ob sie sich einen Augenblick vergessen hätte, seufzte sie tief auf oder fuhr gar mit der Hand über die Augen, wie wenn sie eine Thräne abwischen wollte.

Keine dieser Bewegungen ging Paul verloren, der wieder den Sitz auf der Ofenbank eingenommen hatte. Jede wirkte wie ein elektrischer Schlag auf ihn und mehrte die verderbliche Gluth, die in ihm loberte, denn die Scherze seiner Dienstgenossen hatten nur zu sehr die Wahrheit gesagt. Paul liebte seine schöne Dienstfrau mit allem Feuer einer ersten Neigung und war bemüht, ihr eine Art von bäuerischer Ritterlichkeit zu erweisen, die dieser nicht entging, wenn sie es auch nicht zu erkennen gab. Durch diese versteckte Duldung erhitzte sich Pauls Eifer immer mehr, und er lechzte nach einer Gelegenheit, seine Liebe durch eine recht entscheidende offene That zu zeigen.

Nach einer kurzen Pause, die Paul die Brust zusammenschnürte, versuchte er schüchtern ein Gespräch anzuknüpfen.

„Du bist heut' nicht guten Humors, Bäuerin," sagte er.

„Ich hab's auch nicht Ursach'," erwiderte sie anscheinend kurz, innerlich aber über die Anrede erfreut.

„Was ist's dann, was Dir auf dem Herzen liegt?" fragte Paul muthiger wieder. „Darf man's wissen?"

„Wozu? Du hilfst mir doch nicht."

Das Gesicht Pauls überlief es glühend heiß; der

Athem wurde ihm zu kurz, daß er nur halblaut zu mur=
meln vermochte. „Wenn's Einer kann, Bäuerin, so kann
ich's."

Er wollte mehr sagen, aber die Bäuerin, ihre been=
bigte Arbeit zusammennehmend, war aufgestanden und un=
terbrach ihn.

„Ein guter Freund könnt' helfen — aber wo soll ich
den hernehmen?"

Das war zu viel für Paul; unfähig zu reden sprang
er auf und stellte sich vor die Bäuerin, als wolle er ihr
durch den Augenschein den Freund zeigen, den sie suche.

„Du?" sagte sie wie staunend, indem sie ihn mit
einem weichen, halb zärtlichen Blick ansah, der ihm durch
alle Nerven zuckte. „Ich weiß, Du bist ein guter Bursch',
der was auf mich hält ... aber würdest Du Alles thun,
was ich von Dir verlange?"

„Alles!"

„Verstehst Du mich auch wohl — Alles? ... Wenn
ich nun einen Feind hätte, der mich so furchtbar beleidigt
hätt', daß ich zu Grund' geh'n muß, wenn ich mich an
ihm nicht rächen kann ..."

„Sag' wer es ist, Bäuerin," rief Paul außer sich,
„und ich steh' Dir gut dafür, daß er Dich nicht mehr
beleidigt!"

„Wie, Du wolltest? ... Aber wenn der Mensch ein
gewandter, starker Bursch' wär ... Du bist noch gar so
jung!"

„Sorg' nicht — ich hab' nicht umsonst schon man=
chem Hirsch oder Bock eins auf's Blatt hinauf gesetzt."

„Das wär' freilich das Beste und Sicherste! Aber,"
fuhr sie scheinbar einlenkend fort, indem sie etwas näher

trat, „so gefährlich soll's nicht herunter geh'n — ich hab' Dich nur probiren wollen. Wenn Du also Alles thun willst, was ich Dir sage . . .“

Paul machte eine heftige Gebehrde der Ungeduld.

„Nun ja, ich glaube Dir schon,“ sagte sie, „ich hab' es doch schon lang' merken müssen, daß Du mich gern hast, und wenn Eins nicht wäre, und wenn ich wüßte, daß Du schweigen kannst, wer weiß was vielleicht geschäh' —“

„Das Eine,“ rief Paul, „sage mir das Eine!“

„Ich will's versuchen. Thu', als ob Du zu Bette gingst; komm' in einer halben Stunde wieder, aber leise, daß Dich Niemand hört . . . und dann — . . . Du kannst immer Deine Büchse herrichten. Du mußt heut' Nacht noch einen Gang machen für mich — da kann's in keinem Fall schaden, wenn Du sie zur Hand hast.“

Sie stocherte dabei an der Kerze herum, die sie, zum Gehen bereit, in der Hand hielt, und es war wohl mehr als Zufall, daß sie darüber erlosch. Im Augenblick fühlte sie sich von kräftigen Armen umschlungen, ein sengender Kuß brannte auf ihren Wangen, und mit einem halblauten „Ich komme“ war Paul verschwunden.

6.

Etwa eine gute Stunde später stand Paul mit der Flinte bewaffnet im Walde auf einer buschigen Anhöhe, von der man eine schmale Waldblöße überblickte. Er stand an einer hohen Tanne und spähte mit glühendem Gesichte vor sich hin, das die kalte Nachtluft nicht abzukühlen vermochte. Alle seine Sinne waren im gewaltigsten Aufruhr; wie im Fieber schlugen seine Pulse, und die

Gedanken und Bilder rannen ihm unklar und nebelhaft
zusammen.

Die Nacht hatte inzwischen begonnen sich zu lichten,
denn der Mond sollte bald aufgehen und sandte bereits
über die Tannenwipfel seine bleiche Dämmerung voraus.
Desto schwärzer hoben sich die finsteren Bäume selbst von
dem Nachthimmel ab, wie eine gespenstige Versammlung,
die rings aufgestellt war, das Kommende zu belauschen.
Hier und da rauschte und knickte es in dem todtenstillen
Wald, dann fuhr Paul nach dem Gewehre, ließ es aber
immer wieder sinken, denn es war entweder ein spätes
Wild, das durch die Zweige brach, oder eine Eule, die sich
kreischend von ihrem Sitze erhob. Endlich aber wurde ein be=
stimmtes Geräusch hörbar, sich immer gleich wiederholend und
immer näher kommend; es waren die Tritte eines Menschen.

„Er ist's," murmelte Paul, spann leise den Hahn und
lauerte dann, den Kolben an's Gesicht gedrückt, auf die
jetzt vom vollen Mondlicht beschienene Waldblöße hin.

Aus den Bäumen trat allmählich die dunkle Gestalt
eines Mannes hervor, und kam den Waldpfad heran, aber
nicht wie Jemand der Eile hat, sondern bedächtig und
zögernd, als wäre das Herz nicht bei dem Wege, den die
Beine gingen.

Es war Hans.

Schon zuckte Paul's Finger an dem verhängnißvollen
Drücker — da erklang aus weiter Ferne, halb verweht,
aber doch deutlich hörbar, das feine Glöckchen herüber, das
im Dorfner Kloster die Mitternacht anläutete. Es war,
als ob mitten im einsamen Walde eine Menschenstimme
wach geworden wäre und zu den Beiden sprach, die sich
so nahe gegenüber standen.

Hans stand eine Secunde still, nahm den Hut ab und bekreuzte sich — Paul aber ward es dunkel vor den Augen, der Gewehrlauf senkte sich unwillkürlich und Hans ging seines Weges, nicht ahnend, wie nahe ihm der Tod gewesen.

In wahnsinniger Aufregung stürzte Paul durch das Gehölze fort, pfadlos dem Huberhofe zu.

Jetzt trat Hans aus dem Walde hervor, und vor ihm lag die ganze Gegend im hellen Monblicht da. In der Tiefe, zwischen den Hügelreihen hin, ruhte der Nebel wie ein weißes breites Gewässer auf dem Moorgrunde, die Hügelreihen zu beiden Seiten aber ragten in voller Klarheit daraus hervor, und jedes Fenster der Höfe und Häuser auf ihnen war zu erkennen.

Unwillkürlich wendete Hans seine Augen nach dem Brandlhofe zu, der so ruhig da lag, als wäre es nur ein Traum gewesen, was seinen sichern Frieden erst vor so kurzer Zeit und so furchtbar unterbrochen hatte. Lange blickte er hinüber, die Gedanken flogen mit den Blicken zu Rosel, und es kam ihm vor, als wäre eines der Fenster noch beleuchtet. Das mußte Rosel's Fenster sein — sie war also so spät noch wach; sie weinte und trauerte — vielleicht seinetwegen, denn das hatte sie nicht zu verstecken vermocht, daß auch sie ergriffen gewesen war bei dem letzten Gespräch. Wenn er hinüber eilen würde — es war ja nur eine kurze Strecke, und zu dem unglückseligen Bildstock im Schwarzbühel kam er immer noch früh genug! Vielleicht konnte er sie sehen und noch einmal mit seinen Betheuerungen bestürmen, vielleicht....

Ehe er sich den Entschluß selbst klar gemacht hatte, waren auch die Füße den Augen und Gedanken gefolgt;

er schritt die Anhöhe hinan und stand bald unter der großen Linde vor dem Brandlgute, gegenüber den Fenstern, wo sich nach der gewohnten Einrichtung die Schlafkammern der Dienstboten und also auch Rosel's befinden mußten.

Rosel hatte ihr Nachtgebet schon geraume Zeit beendet, das Gebetbuch der Mutter geschlossen und den Wachsstock ausgelöscht — aber die Ruhe und der Schlaf wollten nicht kommen. Was sollte sie thun? Sie mußte sich selbst auslachen, wenn sie dachte, daß sie einen Augenblick hatte glauben können, die schöne Huberin, eine kreuzbrave Person, ein Weibsbild, sei der gefürchtete Räuberhauptmann! Welch' ein Unheil könnte sie anrichten, wenn sie einen solchen Gedanken laut werden ließe! Und doch, wenn sie sich den Ton zurückrief, womit ihr die Bäuerin dieselben Worte zugerufen, wie der Räuber, dann fühlte sie es bestimmt, daß sie sich nicht täuschte! War es denn nicht doch möglich, daß die Bäuerin und der rothe Hannickel eine und dieselbe Person waren? Und sollte sie nun ihren Verdacht verschweigen und dadurch vielleicht schuld sein an weitern Unglücks- und Frevelthaten? Warum hatte Hans es so schmerzlich bitter bereut, daß er auf den Huberhof gekommen war? Es war offenbar, daß er etwas Schweres auf dem Gewissen hatte — vielleicht wußte er um die Schandthaten der Bäuerin, war vielleicht selbst einer von den Räubern ... sie konnte damit nicht in's Reine kommen.

„Ich will einmal darüber schlafen," sagte sie zuletzt, „und morgen, wenn's Tag ist, hinübergehen zum Herrn Pfarrer. Das ist ein gescheidter, freundlicher alter Herr, der wird wohl einen Rath für mich haben."

Sie trat noch einen Augenblick an das geöffnete Fensterchen und sah beruhigtern Gemüthes in die taghelle schweigende Mondnacht hinaus. Da kam ihr wieder Hans in den Sinn. „Es ist recht schade," sagte sie still hin, „daß wir nicht haben ausreden können! Wer weiß, was er mir gesagt hätt', denn weh ist ihm um's Herz gewesen — bitter weh — das hab' ich wohl gesehen — und ganz vergessen hat er die Rosel auch noch nicht . . . Aber vielleicht hat er sich auch nur so gestellt! Er ist ein gewandter, leicht= sinniger Bursch', und ich bin ein dummes Ding, daß ich noch an ihn denk'! Die schönen Worte sind bei den Manns= leuten wohlfeil, und wenn's ihm so ernst wär', wüßt' er mich wohl zu finden . . ."

Rosel brach in diesem Selbstgespräch plötzlich ab und mußte mit Gewalt an sich halten, um nicht aufzuschreien. Regte sich nicht dort etwas unter der großen Linde? Kam nicht ein Bursch' aus dem Schatten des Baumes halb heraus aus dem Mondschein? Also hatte sie sich doch nicht getäuscht; er kam wirklich, ihr sein bedrängtes Herz aus= zuschütten — es war Hans.

Bald verschwand auch der letzte Zweifel, denn sie hörte ganz deutlich, wie er leise ihren Namen rief. Sie schwieg, aber sie schloß das Fenster nicht; das war nach dortiger Sitte das Zeichen, daß sie den Besuch des Burschen, der zu ihr „zum Fensterl'n" gekommen war, nicht zurückwies.

Hans wußte das auch wohl zu deuten, denn schon im nächsten Augenblicke war er an dem Holzvorrathe, der unter dem Fenster aufgeschichtet lag, emporgeklettert. Er stand ihr nun so nahe, daß er mit ausgestrecktem Arme bis zum Fenster empor reichen und Rosel's Hand fassen konnte, wenn sie ihm selbe durch das Gitterkreuz entgegen gereicht haben würde.

„Was willst Du noch bei mir?" fragte Rosel nach einer kurzen Pause beiderseitiger Befangenheit.

„Du weißt es Rosel," erwiderte Hans leidenschaftlich. „Ich hab' Dir's heute schon gesagt, aber Du bist mir die Antwort darauf schuldig geblieben."

„Ich hab' Dir Alles gesagt, was ich sagen kann!"...

„Also ist's aus mit uns für ewige Zeiten? Du stoß'st mich ganz von Dir? Du willst es haben, daß ich zu Grund geh' für Zeit und Ewigkeit?"

„Red' nicht so lästerlich! Wie soll ich das wollen... Du liebe Mutter von Oetting, ich wünsch' ja nur, daß es Dir recht gut geh'n soll!"

„Dann mußt Du mich auch anhören, Rosel... mußt mir wieder gut sein ... o mein blutiger Heiland, wenn Du Alles wüßtest ..."

Rosel schrack zusammen, eine Secunde lang hatte sie vermocht, alle ihre Sorgen und Befürchtungen zu ver= gessen. Sie schlug die Hände zusammen und rief schmerz= lich ... „Hans, Hans, ich fürcht' alleweil — ich weiß schon mehr als gut ist! Deine Bäuerin..."

„Hast Du's errathen, Rosel?" rief Hans mit zittern= der Stimme. Und als Rosel nicht gleich antwortete, frug er bringender: „Rosel, Du weißt es, aber sag', wie ist das möglich gewesen?"

„Ich hab' sie heut' wieder erkannt an der Stimm'.... Es ist also wirklich wahr, sie ist der rothe Hannickel? Und Du, Hans ... Du weißt davon? Du bist vielleicht selbst einer von ihren Raubgenossen?"

Hans vermochte nicht zu sprechen, aber sein Schweigen war nicht minder verständlich. „O du liebe Mutter von Oetting," wimmerte das Mädchen, ein Thränenstrom brach aus ihren Augen und benetzte die Eisenstangen des Gitters, an das sie die heißen Wangen drückte.

„Du glaubst es nicht, was sie für ein Weib ist," sagte endlich Hans, „sie hat mich verblend't und verführt ... sie ist kein Mensch, wie ein anderer — sie ist der leib= haftige Teufel! Aber jetzt, wo Du Alles weißt, jetzt sag' mir, hilf mir, rathe mir, was ich thun soll, wie ich mich los machen kann, wenn's nicht schon zu spät ist ...“

Rosel lag mit dem Gesicht auf ihren thränenübergos= senen Armen und brauchte geraume Zeit, ehe sie sich fassen konnte. „Zum Umkehren und Besserwerden ist's nie zu spät!" sagte sie endlich. „Aber was Du thun sollst? Der Weg überallhin ist ein gar bitterer! Ist's denn möglich — Du, der liebe gute Hans, der keinem Kind was zu Leib' hätt' thun können, Du bist so ein schrecklicher Mensch geworden? Ist's denn möglich, daß Dich der liebe Gott so arg hat verlassen können? ...“

Sie weinte von Neuem, so schmerzlich, daß es Hans in die tiefste Seele schnitt, und doch that ihm diese Theil= nahme unendlich wohl. Sie weinte ja um ihn, den Ver= stoßenen, den Verbrecher, der sich selbst schon verloren ge= geben hatte! Er war ihr also nicht ganz gleichgültig, sie liebte ihn noch — das wehte ihn an, wie die erste Hoff= nung der Verzeihung; die Thränen fielen auf sein Gemüth gleich den Tropfen eines warmen Frühlingsregens und schmolzen vollends die Eisrinde, die sich um sein Herz ge= bildet hatte.

Endlich ermannte sich Rosel. „Mit dem Flennen ist da nichts genützt," sagte sie, „da muß angepackt werden. Ich will Dich nit verstoßen, armer Hans, aber Du mußt mir versprechen, daß Du thust, was ich von Dir verlang'.“

Sie streckte die Hand aus dem Fenster; Hans ergriff sie begierig und drückte sie zum Zeichen seines Gelöbnisses.

„Dann gehst Du morgen in aller Früh' nach Erding, meldest Dich beim Herrn Landrichter und erzählst und gestehst ihm Alles haarklein..."

Hans fuhr zurück. „Zum Landrichter? Aber denkst Du auch... er wird mich festhalten, in's Loch stecken, wird..."

„Das wird er freilich thun," entgegnete Rosel traurig, „aber es muß sein. Du mußt Dein Recht leiden von der weltlichen Obrigkeit, wenn Du im Himmel wieder angenommen werden willst als der verlorne Sohn..."

„Aber Rosel — könnt' ich denn nicht..."

„Davon geh'n, meinst Du? Und das schlechte Gewissen herumtragen in der weiten Welt? Und schuld sein, daß hier noch mehr Unheil geschieht? Und einmal hinfahren als ein versteckter und verstockter Sünder? — Nein, Hans, es muß sein, wie ich sag'..."

„Dann bin ich doch ein verlorner Mensch," jammerte Hans. „Wer weiß, welche Straf' sie mir zusprechen..."

„Das weiß ich auch nicht, aber das Gericht und der König wird's Dir gewiß anrechnen, wenn Du von freien Stücken kommst und Ursach' bist, daß dem Unheil ein End' gemacht wird..."

„Und wenn sie's auch thun, ich muß doch in's Zuchthaus, wer weiß auf wie lang', und wenn ich ja wieder heraus komm', was ist's dann mit mir? Dann deuten die Kinder mit den Fingern auf mich, Niemand will von dem Zuchthäusler, von dem Sträfling was wissen, und Alle weichen vor mir aus, wie vor dem bösen Feind!"

„Alle, Hans?" sagte Rosel innig. „Nein, Alle nicht!

Und wenn Dich Jedes verstoßt, ich werb's nicht thun. Ich will morgen den sauren Gang zum Gericht mit Dir machen; aber ich will mich Deiner auch nicht schämen, wenn Du in der Straf' bist. Ich komm' zu Dir, so oft es sein darf, und tröst' Dich, damit Du nicht verzweifelst und so recht bereu'st, was Du verbrochen hast. Und wenn sie Dich wieder frei lassen, dann wird die Rosel am Zucht= hausthor steh'n und sich Deiner wieder nit schämen, sondern bei Dir bleiben und mit Dir aushalten, was kommt..."

„Rosel ... o Du leibhaftiger Engel," schluchzte Hans erschüttert. „Rosel ... das wolltest Du thun?"

„Ich versprech' Dir's, Hans, so g'wiß, als ich einmal mit mein' guten Mutterl im Himmel z'sammen kommen will! Im Land, wo Dich Alles kennt, können wir dann freilich nicht bleiben ... aber dann geh'n wir miteinander fort. Es wird schon ein Plätzl geben in der weiten Welt, wo wir uns verbergen und unser Bissel Brod verdienen können ... Willst Du?"

„Ich will," sagte Hans ... „aber was mach' ich nun mit dem Zettel da? Den soll ich unter das Armenseelenbild stecken am Marterstöckl im Schwarzbühel ... es ist die Bestellung für die andern zu einem neuen Einbruch..."

„Herr Gott im Himmel!" rief Rosel ... „den Zettel gib mir, Du aber, versprich mir's, Du gehst ruhig heim, red'st mit keinem Menschen ein Wort, und morgen um sieben Uhr wart' ich auf dich, wo die Sempt aus dem Moos herauskommt — dann gehen wir mit einander — Du weißt wohin!"

„So muß ich halt fort von Dir," sagte Hans, „ich kann Dir gar nit sagen, mir wird's auf einmal so schwer um's Herz ... ich wollt' ich könnt' da bleiben — mir geht's vor, ich seh' Dich nit wieder!"

„Nimm Dich zusamm', Hans," erwiderte Rosel, gleich ihm erweicht, „mach's herzhaft durch, was sein muß. Der liebe Gott sieht Dein Herz, er wird's ja machen, daß Alles recht wird."

Zögernd nur entschloß sich Hans zu gehen. Als er den Holzstoß herabgeklettert war, rief er noch ein wehmüthiges „B'hüt Dich Gott, Rosel," hinauf — dann verschwand er langsam, noch oft zurücksehend und winkend, in dem angrenzenden Gehölz.

Nach einigen Secunden schlüpfte auch Rosel geräuschlos aus dem Haus. Sie war in leichter Nachtkleidung, hatte nur ein großes Tuch über den Kopf geworfen und eilte in entgegengesetzter Richtung dem Walde zu.

... Inzwischen war Paul längst am Huberhofe angekommen. Er wollte in seine Kammer, aber sein böser Engel, die schöne Huberin, hatte am Fenster seine Zurückkunft belauscht. Leise rief sie ihn heran, als sie aber erfuhr, daß die ihm aufgetragene That nicht geschehen war, gerieth sie außer sich. Sie schlüpfte aus der Kammer und ließ den halb wahnsinnigen Burschen in die verlassene Stube des Erdgeschosses ein. Unter den leidenschaftlichsten Klagen zog sie den Verwirrten an sich und verschwendete alle Liebkosungen, alle Künste der Ueberredung, bis er das Versprechen erneute und noch einmal forteilte, den dem Tode Geweihten auf dem Rückwege zu morden.

Die schöne Huberin stand lange am Fenster, unbekümmert um den frischen Morgenwind, der ihr frostig um Stirn und Nacken blies. — Schon leuchtete im Osten

ein grauer Streifen auf — da hallte vom düstern Walde
das Echo eines schwachen Schusses herüber.

Kaltblütig schloß sie nun das Fenster, indem sie vor
sich hinmurmelte: „Gott geb' Dir die ewige Ruhe, Hans
— Du wirst mich nicht verrathen — aber ich hab' Dir
doch Wort gehalten, daß das der letzte Gang war, den
Du gemacht hast!"

7.

Hastig wie ein verscheuchter Vogel strich Paul queer-
feldein durch Thau und Gras. Es war die erste Stunde
des erwachten Morgens; sein Bote, ein frischer Luftzug,
rauschte durch die Haselbüsche am Wege und schüttelte
brausend die Tannenwipfel des Waldes, in welchem das Blut
des Ermordeten noch warm zum Himmel rauchte. Der
Morgen wurde immer glorienhafter, aber Paul sah nichts
von aller Schönheit der wieder auflebenden Natur; seine
Seele war außer dem mechanisch forteilenden Körper, von
Entsetzen geschüttelt, erschreckt von dem rauhen Schrei eines
aufflatternden Raben, gescheucht von dem Rauschen der
Zweige, das ihm klang wie das letzte Röcheln aus der
Brust seines Opfers.

Auch jetzt erwartete ihn die Huberbäuerin. Sie hatte
sich nach dem Schusse ganz befriedigt noch zur Ruhe gelegt, allein nur der kräftige Körper sank in Schlaf, die
Seele blieb stürmisch bewegt und warf wilde blutige Bilder wirr und entsetzlich durcheinander. Stöhnend und
schreckhaft sprang sie empor, denn es war ihr vorgekommen, als stehe Hans vor ihr, blutend, verwundet, aber
nicht todt und hätte drohend die Hand gegen sie erhoben.
Fieberisch strich sie die losgegangenen Flechten des reichen

schwarzen Haares von der Stirn zurück und fühlte sich
zum ersten Male in ihrem Leben von den Zwangschrauben
der Angst gefaßt. — Wenn Paul ihn gefehlt oder nur
verwundet hatte, dann war sie verloren, dann hatte sie
von seiner Rache Alles zu fürchten!

Schon begann es im Hause sich zu regen, da sah sie
Paul über das Feld herankommen. Rasch eilte sie ihm
entgegen, nur nothdürftig gekleidet, damit er Niemand vor
ihr begegne, damit Niemand irgend einen Argwohn schöpfe.
Mehr todt als lebend wankte der Bursche heran — nicht
mehr das Bild voller blühender Jugend, wie noch gestern,
nein, eine von wenigen Stunden verwüstete und gezeich=
nete Jammergestalt.

„Nun," rief sie ihm mit rohem Scherz entgegen, der
auch darauf berechnet war, ein allenfalls verborgenes
Lauscher=Ohr zu täuschen, „nun, ist's jetzt die Zeit, heim=
zugehn? Dir sieht man ja die Freinacht auf zehn Schritt'
an . . . ist der Tanz endlich einmal aus?"

„Es ist Alles aus," sagte der Bursche, und die
Bäuerin athmete hoch auf, als wenn ihr eine Zentnerlast
von der Brust genommen wäre. „Du bist ja ganz ver=
wirrt," sagte sie dann leiser, indem sie mit ihm in's Haus
trat. „Nimm Dich zusammen, es ist jetzt einmal nicht
anders, also laß Dir nichts anmerken! Bis morgen ist's
überstanden, und Du denkst nimmer dran. Aber jetzt leg'
Dich nieder und schlaf. Du kannst den ganzen Tag lie=
gen bleiben, daß Du Dich ganz erholst. Später kommst
Du dann zu mir, wie gestern, und erzählst mir erst genau,
wie Alles gegangen ist . . . oder reut's Dich etwa schon,
was Du mir versprochen hast? Hast schon vergessen,
was ich gethan hab' für Dich . . ."

„Ich will mich niederlegen," erwiderte Paul, „vielleicht
vergeht mir dann der Zustand! Mir ist, als wenn mir
das Blut den Kopf zersprengen wollt'! Ich komm' dann..."

„Halt," rief ihm die Bäuerin nach, als er gehen
wollte, „noch Eins! Du hast ihn doch...?" fragte sie
mit einer ausdrucksvollen Handbewegung, die das Ein=
scharren des Leichnams bedeutete.

„Nicht?" schrie sie entsetzt, als Paul stumm ver=
neinte. „Du hast den Todten liegen lassen? So wird
er gefunden, und wir sind miteinander verloren!"

„Ich hab' ihn in's Gebüsch hineingezogen, wo das
Steingeröll ist," erwiderte düster der Mörder, „da findet
ihn so leicht Niemand!"

„Die Jäger mit ihren Spürhunden kommen überall
hin, die finden ihn, eh' der Tag vergeht! Nein, das ist
nichts, Du mußt nochmals hinaus und mußt ihn ver=
scharren, so tief es geht!"

„Das kann ich nicht!" rief Paul mit einer abweh=
renden Geberde des Entsetzens und bebend vor tiefem
innerlichen Schauder... „ich geh' nicht wieder hin!"

„Und warum nicht?"

„Ich kann nicht," wiederholte Jener, „er ist auf den
Schuß zusammengestürzt wie ein Stück Holz und hat kei=
nen Laut mehr von sich gegeben — nur ein paarmal gestreckt
hat er sich und mit der Hand in die Luft gegriffen. Wie
er sich dann nicht mehr rührte, bin ich hinzugeschlichen
und hab' ihn hereingezogen vom Gangsteig weg in's Ge=
büsch und hab' das Blut am Platz zugedeckt mit Erde und
Blättern. Dann hab' ich ein tiefes Loch gegraben...
aber ich hab' ihn nicht hineinlegen können, denn wie ich
wieder hinzuging, da war's schon so dämmrig hell gewor=

ben, daß man wohl was unterscheiden konnte . . . Da ist
er dagelegen mit weit offenen Augen . . . und die haben
so fest hingeschaut auf mich . . . es kam mir vor, als
wenn er anfangen wollt' zu reden und sich wieder zu
rühren . . . Da — da hab' ich Alles hingeworfen und bin
davon gelaufen . . . und dahin . . . nein, um Alles in der
Welt geh ich nicht wieder dahin!"

Die Bäuerin sah ihn kopfschüttelnd an, und ein höh=
nisches Lächeln zuckte um ihren Mund. „Ihr seid mir
saubere Leut', Ihr Mannsbilder," sagte sie, „auf Euch
kann man sich verlassen! Aber geh' nur, ich seh' wohl,
daß Du nit kannst . . . leg' Dich nieder und schau, ob
Du bis auf die Nacht Deine fünf Sinn' wieder z'samm'
klauben kannst. Ich muß halt auf was Andres denken,
denn so liegen bleiben darf er um keinen Preis . . ."

Paul entfloh der Scheune zu und vergrub sich in
den hintersten Winkel des Heulagers, wohl vor den Leu=
ten, aber seine qualvollen Sorgen wühlten sich mit ihm
hinein.

Die Bäuerin trat nach kurzem Besinnen in's Schlaf=
zimmer, wo ihr Mann noch tief schlafend im Bette lag.
Eine Weile betrachtete sie ihn mit demselben Ausdrucke
des Hohns, wie er so ungeschlacht und plump dalag, eine
geistlose Masse Fleisch. „Auch ein schönes Muster von
einem Mannsbild," murmelte sie, „aber sie sind im Grund
Alle gleich, und ich weiß nit, ob mir nicht zuletzt der
Simpel noch der Liebere ist — der folgt mir doch wie
ein Hund!" Sie faßte den Arm des Schlafenden und
rüttelte ihn so kräftig, daß er erschrocken auffuhr und sie
mit verschlafenen Augen verblüfft anglotzte. „Steh' auf,

Huber," sagte sie, „und hör' mir zu — es ist was ganz Besonderes passirt.".

Der Blöde richtete sich halb empor und sah sie er=wartend an.

„Antworte mir erst," begann die Bäuerin wieder, „weißt Du noch, wie ich in Dein Haus gekommen bin?"

„Wie sollt' ich das nicht mehr wissen?" grinste er, „für so dumm mußt Du mich doch nicht halten! Ich weiß es noch gar wohl, wie Du auf den Hof gekommen bist, als eine arme Magd und Dein Päckl unterm Arm."

„Und wie Du mir nachgegangen bist auf Schritt und Tritt, und nicht geruht hast, bis ich Ja g'sagt hab'? Und was Du mir damals versprochen hast, daß ich's ge=than, weißt Du das auch noch?"

Der Bauer schwieg, denn er wußte nicht, wo die Bäuerin hinaus wollte mit ihrer Frage.

„Du hast mir versprochen," fuhr sie fort, „daß ich Herr sein soll im Haus, daß Du mir nichts einreden willst, daß Du blindes Vertrauen zu mir haben und mich nicht mit Eifersucht plagen willst, und wenn Du auch meinst, Du hätt'st Ursach' dazu! Und wie hast Du Dein Wort gehalten? — Meinst Du, ich hab's nit gemerkt, wie Du mich überall scheel angeschaut hast wegen dem Oberknecht, dem Hans, daß die andern Dienstboten die Köpf' zusam=menstecken und einander mit dem Ellbogen anstoßen? Ich hab' Dich wohl geseh'n, wie Du mir gestern früh nach=geschlichen bist in die obere Stub'n und hast spionirt wie ein Spitzbub'!"

Der Bauer war verlegen, sich ertappt zu wissen, und sah dumm lächelnd vor sich hin.

„Ich bin die Person nicht," fuhr die Bäuerin fort,

„die so mit sich umgehen laßt. Ich kann mir aber schon einbilden, wer Dir das in den Kopf gesetzt hat — es wird's wohl der Hans selber gewesen sein! Wer weiß, was er gered't und geprahlt hat, weil ich ihn vielleicht einmal freundlich ang'schaut hab' .... Drum hab' ich g'sorgt, daß er Dir und mir nimmer im Weg umgeht!"

„Hast ihn fortgeschickt?" fragte tückisch der Bauer.

„Dummheiten! Warum nit gar! Daß er mich ausschreit und in's Gered' bringt bei den Leuten? Nein, ich hab' ihm 's Maul g'stopft, daß er's gewiß nit wieder aufmacht."

„Versteh'st mich nit?" fuhr sie fort, da der Bauer sie fragend anstierte. „Ich hab' ihn durchthun lassen — draußen im alten Steinbruch im Schwarzbühelholz liegt er erschossen!"

Der Blöde hörte zu, wie Jemand, der wohl etwas vernimmt, aber es nicht begreift; erst allmählich schien ihm das Verständniß aufzudämmern, seine starren Augen funkelten und eine wilde unheimliche Freude zog über sein Gesicht, das dadurch dem eines Thieres noch ähnlicher wurde. „Ist das wahr?" rief er lachend, „der Hans ist hin?"

„Hin," entgegnete kaltblütig die Bäuerin, „das hab' ich Dir zu lieb gethan, damit Du siehst, daß ich ein braves Weib bin und daß Du mir nit wieder so Unrecht thust! Aber jetzt ist's an Dir — jetzt zeig', daß Du ein solches Weib verdienst. Geh' hinaus in den Steinbruch — wenn Du nicht willst, daß Dein treues Weib Deinetwegen in Ketten und Banden kommt, so scharr' ihn ein, daß ihn Niemand find't, und dann komm' wieder und sag' mir's!"

Der Bauer bedurfte keiner weitern Ueberredung oder Aufforderung — mit wildem Sprunge war er aus dem Bett, warf sich unordentlich und hastig in die Kleider und eilte fort mit der Hast eines beutegierigen Raubthieres, das Fraß wittert. „Sei vorsichtig,“ mahnte die Bäuerin, „geh' beiseit', daß Dir Niemand begegnet, und wenn Dir doch wer in den Weg kommt, so sag', Du gehst in unsern Schlag hinaus und willst einen Wassergraben aufwerfen.“

Er hörte kaum die Mahnung, die übrigens auch unnöthig war, denn instinktmäßig wählte er einen Umweg durch's Moor, wo ihm nicht leicht Jemand entgegen kam und von wo er nur einen Büchsenschuß weit in den Wald hatte. Er sprang mehr als er ging, indem er manchmal wilde unverständliche Worte vor sich hinbrummte, manchmal die über der Schulter liegende Grabschaufel wie eine Keule über'm Kopfe schwang. Bald war er im Wald und hatte gleich einem Spürhunde schnell die Blutstelle aufgefunden. Mit wildem Hohngelächter sprang er auf die Leiche zu, als er sie erblickte, und riß sie aus dem Gesträuche heraus; dann setzte er sich gegenüber auf einen Baumstumpf, stützte das Gesicht in die beiden Hände und sah eine Zeit lang mit wilder Freude in die starren Augen und die verzerrten Züge des Todten.

Dann sprang er auf und zerrte den Leichnam in die von Paul schon bereitete Grube, und schaufelte und grub wie wüthend mit aller Kraft, daß sie in wenigen Minuten eingefüllt und der arme Hans ein paar Klafter tief verscharrt war. Boshaft stampfte er dann noch auf der lockern Erde herum und holte kriechend aus dem Gebüsche allerlei Moos, abgefallenes Laub und Gestrüpp herbei, um der Stelle das Ansehen des gewöhnlichen Wald-

bobens wieder zu geben. Mit dem Ausdrucke wohlgefäl=
liger Verschlagenheit überblickte er dann sein Werk und
eilte nach Hause.

Als die schöne Huberin ihn kommen sah, athmete sie
hoch auf, denn jetzt mußte sie sich sicher. Sie lachte laut
auf in übermüthigem Trotze und veränderte keine Miene,
als einer der Knechte mit der Botschaft heran kam, daß
der Oberknecht Hans nirgends im ganzen Hause zu finden
sei und der jüngste Knecht Paul wie betrunken im Heu
liege. „Das muß wahr sein," rief sie im verstellten Zorn,
„gut versehen bin ich mit meinen Leuten! Der Eine kommt
die ganze Nacht nicht heim, und der Andere ist am hellen
Tag noch nicht nüchtern — aber ich will nicht die Huber=
bäuerin sein, wenn ich nicht Ordnung bring' in die Bursche!"

Während das auf dem Huberhofe geschah, saß die
traurige Rosel schon lange auf einem Straßenrain an der
Brücke, wo die Sempt aus dem Moose hervorkommt.
Längst hatte es auf den Kirchthürmen des nahen Städt=
chens sieben Uhr geschlagen; Viertelstunde um Viertelstunde
schlich dahin, ohne daß Hans erschien, um mit ihr den
verabredeten Gang zum Gerichte zu machen. Rosel wollte
sich fast die rothgeweinten Augen ausschauen nach ihm,
aber er war nirgends zu erblicken. Jetzt schlug es auf
der Hauptkirche schon acht Uhr; der tiefe, ernste Glocken=
ton schwebte so recht feierlich durch die stille Gegend hin
und drang mahnend an des Mädchens Ohr und Herz.

„In Gottes Namen," sagte sie endlich aufstehend, „er
kommt nicht! Ich kann's nicht glauben, daß er sein heiliges
Versprechen nicht halten sollt', also kann er wohl nicht
kommen, und sie haben ihm gar ein Leids angethan!...

Wie's aber auch ist, ich muß hinein, muß Alles sagen, was ich weiß — mag es ihm und mir dann gehn, wie's will!"

Plötzlich blieb sie horchend stehen, und glühende Röthe stieg ihr in's Gesicht. „Das wird er sein," sagte sie, „ich höre gehn" ... Er war es aber nicht; ein wildfremder Mensch schritt achtlos an ihr vorüber. „O mein lieb's guts Mutterl," seufzte sie in das Taschentuch hinein, „steh Du mir bei auf dem schweren Gang" — dann schritt sie ruhiger dahin, dem Gerichtsgebäude zu.

8.

Der Abend des zweiten Tages war gewitterhaft zu Ende gegangen und hatte einer undurchbringlich finsteren Nacht Platz gemacht. Die ganze Gegend lag todesstill, Ruhe war in und über allen Häusern und Hütten, denn nichts von dem Vorgefallenen hatte verlautet. Nur in der Richtung gegen eine am Waldsaume befindliche, halb übergraste Sandgrube, an deren Rand ein verwittertes Wetterkreuz emporragte, war es in geheimnißvoller Weise lebendig. Dunkle bewaffnete Männer schlüpften in den Wald hinein, und zwischen den Bäumen blitzte es hier und da wie ein Gewehrlauf oder eine Bajonnetspitze. Allmählich jedoch ward es auch hier ruhig, und bald war nichts hörbar, als das Rauschen der Bäume, die sich den Stößen des Gewitterwindes beugten.

Schon ging es nahe auf eilf Uhr, als hie und da eine verdächtige Gestalt vorsichtig über die Felder heranstrich und ihren Weg zu dem finster ausblickenden Wetterkreuz richtete. Stillschweigend sammelten sie sich dort, und schon war eine ansehnliche Schaar beisammen, als vom Kirchthurme aus der Tiefe herauf die elfte Stunde schlug.

Da kam Leben in die unheimliche Gesellschaft, und bald bewegte sie sich wie ein dunkler Knäuel gegen den Hügel= abhang vorwärts.

Da blitzten plötzlich ringsum verborgen gehaltene Fackeln und Lichter empor, und von allen Seiten scholl den Räubern ein drohendes Halt entgegen. „Teufel, wir sind verrathen!" schrie der Anführer mit der schwarzen Maske und dem bekannten rothen Bart. „Schlagt Euch durch, Buben! Haut die Schergenknechte zusammen!" In= stinctmäßig folgten die Männer und drangen auf ihre Gegner mit den Beilen, womit sie bewaffnet waren, ein, auch einzelne ziellose Flintenschüsse krachten, aber die mili= tärisch geleiteten Angreifer hatten sich so schnell im Kreise geordnet und zusammengezogen, daß ihnen von allen Seiten eine undurchdringliche Reihe von Bajonetten entgegenstarrte. Heulend warfen einige der Männer die Waffen weg, fielen in die Kniee und schrien in verzweifelnder Entmuthigung um Gnade, andere drangen auf die Soldaten ein und suchten einen blutigen Ausweg zu erzwingen, aber die Uebermacht war zu groß, und schwer verwundet mußten sie bald von dem vergeblichen Versuche ablassen. Zu den Letztern ge= hörte der Anführer der Bande, der sich mit solcher Wuth auf die Feinde stürzte, als könne er es nicht ertragen, ihnen lebendig in die Hände zu fallen, und suche den Tod. Diese aber, ihres Fanges sicher, schonten ihn sichtbar und trach= teten, ihn lebend und unversehrt der Gerechtigkeit zu über= liefern. Endlich gelang es ihnen auch, ihn unter wuth= schäumenden Flüchen und Lästerungen nieder zu ringen und zu binden.

Der Ueberfall war vollständig gelungen, acht Räuber mit dem rothen Hannickel lagen geknebelt am Boden, von den Gerichtsdienern mit gezogenen Säbeln bewacht, während die Soldaten die Gewehre zusammenlehnten und die An= kunft der Wagen zum Transport der Gefangenen ab= warteten.

Der Assessor, welcher mit dem Hauptmanne das Ganze geleitet hatte, begann indeß seine richterliche Thätigkeit, indem er in einer nahe gelegenen Streuhütte den Vorfall zu Protokoll nahm und die Persönlichkeit der einzelnen Räuber feststellen ließ. Die meisten waren Bauernbursche aus den anliegenden Gerichtsbezirken, vielfach nicht zum Besten bekannt, einzelne auch von tabellosem Ruf. Zuletzt ward auch von dem Anführer der rothe Bart und die Maske abgenommen, und wenn noch ein Zweifel möglich gewesen, ob darunter wirklich die schöne Huberin verborgen sein könne, so war er jetzt gelöst.

Todesbleich stand sie da, aber aufrecht und keck wie immer, und ihre funkelnden Augen machten mit dem Aus= drucke des wildesten Hasses die Runde unter den Umstehen= den. Auch Rosel war darunter, denn da das Gericht nothwendig ihre Anzeige prüfen mußte, hatte man sich ihrer Person versichert und sie zu dem nächtlichen Streifzug mit= genommen.

„Also Dir hab ich's zu verdanken!" knirschte die Huberin, als sie das Mädchen erblickte, „jetzt begreif' ich Alles — aber es geschieht mir ganz recht, warum hab' ich mich auf den Weiberlapp von einem Burschen verlassen!"

„Das brave Mädchen," sagte der Beamte mit ge= bieterischer Würde, „hat seine traurige Schuldigkeit ge= wissenhaft gethan, und Ihr seht, daß ich doch Recht hatte, als ich vor ein paar Tagen Euch zurief, es sei nichts so fein gesponnen, es kommt an die Sonnen."

Trotzig schwieg das Weib und ließ sich abführen, als
die Wagen angekommen waren, sie mit ihren Genossen
in's Gefängniß zu bringen.

Als der Zug das nächste Dorf erreicht hatte, strömte
ihm, obwohl noch kaum der Morgen graute, Alt und Jung
daraus entgegen; als die Wagen geholt worden waren,
hatte sich das Gerücht verbreitet, der rothe Hannickel und
seine ganze Bande sei gefangen, die schöne Huberin sei der
Räuberhauptmann gewesen, und so gerieth wie bei einem
plötzlich entstandenen Brande das Dorf und bald die ganze
Umgegend in Allarm. Wüthend drängte sich das Land=
volk in dichten Schaaren um die Wagen, Drohungen und
Verwünschungen erschallten von allen Seiten, und hätte
nicht die Escorte von Soldaten sie umgeben, so wäre sicher
wenigstens die schöne Huberin das Opfer der allgemeinen
Erbitterung geworden. Sie aber blickte kalt und lachend
auf die tobende Menge hin, und der in jeder Ortschaft
sich steigernde und wiederholende Empfang schien ihrem
wilden Stolze zu schmeicheln.

Allmählich und bei anbrechendem Morgen kam man
dem Huberhofe näher, und es mochten wohl Empfindungen
eigener Art sein, welche die Gefangene ergriffen, als das
schöne Besitzthum so stattlich und frieblich herniedersah;
sie schien einen Augenblick erschüttert, aber auch nur einen
Augenblick, dann wandte sie sich ab — ihr scharfes Auge
hatte schnell auch dort die bunten Farben von Uniformen
und das Blitzen von Gewehren bemerkt.

Während der Streifzug zur Aufhebung der Bande
abgegangen war, hatte gleichzeitig eine Abtheilung den
Huberhof umstellt und verlangte Einlaß. Das ganze Haus
wurde durchsucht, aber nichts Auffallendes gefunden, als

die verborgen in den Heuboden eingebaute Kammer, welche durch den Wandkasten in die obere Stube führte. Wahrscheinlich wurde sie in der Regel als Versteck der Waffen, Masken und der Beute benutzt, doch wurde nicht das Kleinste vorgefunden, was den Verdacht bestätigen konnte, das Nest war vollständig ausgeräumt. Dagegen ergab die Durchsuchung etwas, was man nicht vermuthet hatte, denn die sinnlose Gewissensangst Pauls und der Schrecken des Bauers, als sie die Gerichtspersonen erblickten, führten zur Entdeckung des an Hans verübten Mordes. Der hier thätige Beamte säumte nicht, ihre Bekenntnisse festzuhalten und in ihrer Begleitung die Ausgrabung der Leiche vorzunehmen.

Vom Walde mit den beiden Gefangenen zurückkehrend, begegnete der Zug der großen militärischen Escorte mit der Huberin und den übrigen Räubern. Paul lag halb bewußtlos auf dem Wagen, der Bauer stierte stumm auf seine kettenbelasteten Hände — die Bäuerin richtete nicht einen Blick auf sie. Sie sah, daß Alles entdeckt war, und dachte nur darauf, wie es möglich sein könnte, der Untersuchung und Strafe zu entgehen. Ohne ein Zeichen innerer Erregung, fest und kalt sah sie auf die Volksmenge, die sich in dem Städtchen vor dem Gefängnisse Kopf an Kopf drängte — sie schien es gar nicht zu bemerken, als ihr am Eingange desselben der große Gerichtsdiener mit grimmig aufgedrehtem Schnurrbarte entgegentrat und ihr höhnisch zurief: „Ei, ei, steht der Frau Huberin jetzt die Nase nicht mehr zu hoch, daß sie in's Amthaus kommt zu den Schergen und Spitzbuben?"

Tags darauf wurde Hans auf dem nächsten Dorfkirchhofe begraben, unter ungeheurem Zulauf und, zu

Rosels größtem Trost, mit kirchlichen Ehren. Alle ihre Angaben bei Gericht hatten sich so vollkommen als wahr erwiesen, daß man ihr auch Glauben schenkte, daß Hans die Absicht gehabt habe, sich dem Gericht zu stellen, und daß er also als ein Bereuender hinüber gegangen war.

Rosel hatte vom ersten Augenblicke an gefürchtet, daß es Hans durch die Bäuerin unmöglich gemacht worden war, zu kommen; die Bestätigung hatte sie daher zwar tief erschüttert, aber nicht gebrochen. Es lag sogar etwas Beruhigendes in dem Gedanken, daß ihn der Tod mitten in guten Vorsätzen ereilt hatte und daß er aller irdischen Schande und Strafe entzogen sei. Sie hatte sich ausgeweint und folgte ihm thränenlos zum Grabe, und kniete noch lange betend an demselben, als alle Begleiter den Kirchhof verlassen hatten. Dann ging sie gefaßt hinweg nach dem Branblgute, packte ihre Sachen zusammen und nahm Abschied von den alten Leuten, denen sie so lieb geworden war. Sie wollte nicht in der Gegend bleiben, wo alle Augen auf sie gerichtet waren und wo Alles ihr so bittere Erinnerungen hervorrief. Standhaft und mit einer Art Entrüstung hatte sie auch jede Belohnung ausgeschlagen, die ihr dafür geboten worden war, daß sie die Entdeckung und Gefangennehmung der Räuber veranlaßt und möglich gemacht hatte. Ohne ihren rasch ausgeführten Entschluß, den Bestellungszettel selbst an das Marterstöckl zu heften, wäre Beides, oder doch die Ueberführung viel schwieriger, wo nicht unmöglich gewesen.

„Haltet mich nicht auf und red't mir nicht zu," sagte sie, indem sie sich anschickte, zu gehen, „es ist besser so. Ich geh' hinein in's Gebirg', wo mich Niemand kennt, und wenn Ihr mir eine Freundschaft thun wollt, so gebt

22 *

manchmal dem Grab von mein' guten Mutterl ein Weih=
waſſer, bet't ein Vaterunſer davor und auch vor dem an=
dern Grab ... Ihr wißt ſchon, welches ich mein'!"

— Innerhalb der Mauern des Gefängniſſes begann
nun das damals noch in tiefes Geheimniß gehüllte Werk
der Unterſuchung, draußen war die Bewegung in einigen
Monaten verhallt; man erfreute ſich der wiedergekehrten
Ruhe und Sicherheit und erzählte ſich bald das Geſchehene
mit allerlei Ausſchmückungen, wie der Aberglaube und der
romantiſche Sinn des Volkes ſie erzeugt und liebt. Es
gab Viele, die es ſich nicht nehmen ließen, daß die ſchöne
Huberin Alles, was ſie gethan, nicht mit natürlichen Dingen
zuwege gebracht habe und daß ſie nothwendig eine Here
ſein müſſe.

Jahre vergingen, eh' nach dem damaligen Verfahren
die Acten geſchloſſen waren und eh' der endgültige Spruch
erfolgte. Das Benehmen der Bäuerin hatte die Sache
auch verzögert, denn trotz der Geſtändniſſe Pauls, des
Bauers und einiger Genoſſen leugnete ſie die gegen ſie
erhobenen Anſchuldigungen und hatte mit vieler Liſt ein
Mährchen erſonnen, an dem ſie hartnäckig feſthielt. Dar=
nach beſtand ihre Schuld darin, daß ſie Hans geliebt und
aus Liebe zu ihm deſſen räuberiſche Unternehmungen ge=
duldet und nicht angezeigt habe. Er war der Räuber=
hauptmann, und nur das letzte Mal, als er zur beſtimm=
ten Zeit nicht nach Hauſe gekommen, hatte ſie der Ver=
ſuchung nicht widerſtehen können, aus Neugierde ſeine
Vermummung anzuziehen und an den ihr benannten
Sammelplatz zu gehen, wo ſie ganz unſchuldig mitgefangen
wurde. Sie beklagte unter bitteren Thränen, daß er nicht
mehr am Leben ſei, denn er würde gewiß die Wahrheit

sagen und sie nicht in dem Unglück stecken lassen. Seine Ermordung war ohne ihr Wissen von Paul aus eigenem Antriebe der Eifersucht geschehen.

So abenteuerlich die Erfindung klang, fand sie doch Jemand, der ihr nach und nach Glauben schenkte, das war Herr Kriegelsteiner, der schnurrbärtige Gerichtsdiener. Durch die mehrere Jahre andauernde Haft kam er mit ihr täglich und so oft in Berührung, daß der schwache Mann dem Eindrucke ihrer Schönheit in die Länge nicht widerstand. Sie wußte auch gegen ihn die leidende Unschuld mit großer Schlauheit zu spielen und den Unmuth, womit er sie empfangen hatte, zu entkräften. Bald hatte sie ihn ganz in ihr Netz gezogen und befand sich in's Geheim durchaus nicht als Gefangene, sondern genoß alle möglichen Erleichterungen und Annehmlichkeiten.

Das Eintreffen des Endurtheils änderte die Sache. Paul wurde zum Tode, die Huberin nebst den meisten ihrer Genossen auf Lebensdauer in die Ketten verurtheilt. Die Todesstrafe konnte nach den bestehenden Gesetzen nicht gegen sie erkannt werden, weil ihr Bekenntniß fehlte. Der Bauer kam mit geringer Freiheitsstrafe davon; man hatte seine volle Zurechnungsfähigkeit bezweifelt.

Der Tag der Vollstreckung kam heran. Paul, von der Folter seines Gewissens und der langen Haft zu einem Skelet herabgesiecht, erlitt reuig und ergeben die Strafe, die sein Leben wohl nur um wenige schmerzliche Wochen verkürzte.

Tags darauf sollte die schöne Huberin in's Zuchthaus abgeliefert, vorher aber eine Stunde auf dem Pranger öffentlich ausgestellt werden. Eine unabsehbare Volksmenge wogte und drängte auf dem Platze, wo der Schandpfahl errichtet war, und der Affeffor, dem manches graue Haar gewachfen über der Riefenarbeit, die zu bewältigen war, erfchien im Gefängniffe, die Verbrecherin zum letzten Acte abzuholen und damit feine Thätigkeit zu befchließen.

Aber die Ankunft derfelben verzögerte fich von Minute zu Minute ... dagegen erfcholl aus den obern Gängen des Gefängniß=Gebäudes, wo die Keuche der Huberin war, verworrenes Gefchrei und Durcheinanderlaufen. Beforgt eilte der Beamte hinauf und ftand mit den verblüfften Gerichtsdienern vor der — leeren Zelle. Die Huberin war verfchwunden, auf die räthfelhaftefte Weife, denn weder Thür und Schloß, noch Fenfter und Gitter waren verletzt und geradezu unbegreiflich, wie fie zu entkommen vermocht hatte. Wer allein vielleicht Auffchluß geben konnte, fchwieg weislich und wenn ihn auch mancher bedenkliche Blick traf, fehlte es doch an Anhaltspunkten, ihn geradezu zu befchuldigen.

Die Bäuerin ward nie mehr gefehen und nie eine Spur mehr von ihr angetroffen. Nur an der hintern Ecke des Huberhofes fand man eine frifch aufgebrochene, früher Niemand bekannte Nifche in der Mauer. Wahr= fcheinlich hatte fie dort ihre Beute verborgen gehabt und auf der Flucht geholt.

Als fich das lärmende und fchreiende Volk verlief, war wenigftens um die Hälfte mehr zu dem Glauben be= kehrt, daß die fchöne Huberin eine Here gewefen.

––––––

... Nach einigen Jahrzehnten hatte die ftille Sehn= fucht und Schwermuth ihres Gemüths auch Rofel in die Gegend zurückgeführt, wo ihr alle Freuden und Leiden des Lebens begraben lagen. Die dankbare Gemeinde gab ihr ein Stübchen zur Wohnung, wo sie, ein vergessenes altes Mütterchen, von ihrer Ersparniß und leichter Handarbeit lebte.

Ihre Hauptbeschäftigung aber war das Gebet, und jeden Tag kniete sie auf dem Dorfkirchhofe vor zwei Gräbern, die nicht einmal mehr mit Kreuzen bezeichnet waren. Ob der Sommer die unscheinbaren Hügel neu übergraft oder der Winter eine Schneedecke darüber geworfen hatte; ob die Sonne sich freundlich in dem blanken Kreuze des Kirchthums spiegelte, oder Sturm und Regen durch die Grabkreuze fuhr — sie fehlte nicht zur gewohnten Zeit und betete eine Stunde lang.

Auch der Erzähler, auf einer Fußwanderung vom Unwetter überfallen und genöthigt unter dem vorspringenden Kirchen-Portale Schutz zu suchen, hat sie noch knieen gesehen. Als das Gewitter rasch vorübergegangen, suchte er ein Gespräch mit ihr anzuknüpfen, und der guten Alten, um deren Kummer und Gebet wohl schon lange Niemand mehr gefragt haben mochte, schien die Theilnahme wohlzuthun. Sie erzählte, was ihr begegnet war, einfach und schmucklos, wie es hier wieder gegeben ist. Als der Erzähler das Jahr darauf gerade zu der Stunde wieder vorüber fuhr, in der die Beterin sonst am Grabe zu knieen pflegte, war der Platz leer, und sie war wohl auch in der unscheinbaren Ecke hingelegt worden neben die, welche sie geliebt und für die sie gebetet hatte im Leben.

7.

Mohrenfranzel.

1.

Der Herbst war ungewöhnlich früh gekommen und hatte mich in den Gebirgsgegenden um Berchtesgaden überrascht. Auf den Höhen lag bereits Schnee und es war keine Hoffnung mehr, sie besteigen und den Studien nachhängen zu können, welche mich in das enge, glückliche Thal geführt und mich bewogen hatten, dasselbe zum Mittelpunkte meiner Ausflüge zu machen. Wohl oder übel mußte ich an die Rückkehr hinter mehr gesicherte Mauern denken, und ließ meine wählenden Blicke auf den kleinen Städten ruhen, welche an dem linken Ufer der Salzach in geringen Entfernungen wie anmuthige und bequeme Stationen liegen, und die sanft ansteigenden Hügelketten verzieren.

Eines davon sollte das Winterquartier werden, in welchem ich eine längst vorbereitete größere Arbeit vollenden wollte.

Die Wahl fiel zuletzt auf das freundliche Tittmoning, das mit seinem breiten stattlichen Platze, mit seinen an die Städte Italiens erinnernden flachen Dächern, und dem hoch über Häuser und Stadt emporragenden Schlosse sich

gar lieblich längs der Salzach hinstreckt, deren blitzender
Lauf sich durch das buschige Gelände weithin verfolgen
läßt, bis unter die fernschimmernden Zinnen von Hohen=
salzburg. Ich war über Erwarten leiblich untergebracht,
und von Ort und Einwohnerschaft angeheimelt, hoffte ich
den Winter in erwünschter fruchtbringender Weise vorüber=
gehn zu seh'n. Mein Gastwirth war ein freundlicher Mann,
sehr sorgsam um die Unterhaltung seines Gastes bemüht
und zugleich befremdet, daß derselbe die Abende in der
Stube hinter Schreibzeug und Büchern zubrachte, anstatt
wie die andern männlichen Bewohner dem traulichen Zuge
in die gewohnte Abendgesellschaft zu folgen, die sich ab=
wechselnd bald in diesem, bald in einem andern Gasthause
versammelte. Dieser Besorgniß hatte ich es zu verdanken,
daß er eines Abends mich mit jener freudigen Miene be=
suchte, welche ankündigte, daß er eine minbestens ihm wich=
tige Nachricht zu bringen habe. Sie war es auch in der
That; minbestens überraschte es mich, als er mir mit=
theilte, daß dem Städtchen für den Abend das seltene Ver=
gnügen eines Schauspiels bevorstand, und zwar nicht eines
Schauspiels von gewöhnlichen wandernden Komödianten,
sondern von Bürgern, nämlich von den Laufner Schiff=
leuten. „Das sind," belehrte er mich, als ich meine Ver=
wunderung äußerte, „die Mitglieder der Schifferzunft in
Laufen, dem nächsten Städtchen, das an der Salzach auf=
wärts an der bayerischen Grenze liegt. Die Zunft ist sehr
zahlreich und treibt die Schifffahrt auf der Salzach aus=
schließend und in großer Ausdehnung. Besonders mit den
Salzzügen kommen sie die ganze Donau hinunter bis tief
in die Türkei. Im Winter aber und im Spätherbst, wenn
wegen der kurzen Tage, wegen der Nebel und dann wegen

des Eises die Schifffahrt nicht mehr möglich ist, steht die ganze Zunft zusammen und spielt Theater. Sie theilen sich in mehrere Truppen und bereisen die umliegenden Städte und Marktflecken, wo sie Jahr für Jahr mit Sehnsucht erwartet werden. Sie spielen auf gemeinsame Rechnung; die Spielenden werden aus der Einnahme verpflegt, Alles Uebrige fällt in die Kasse und wird theils angelegt, theils vertheilt. Die Stücke, die sie spielen, gehören mitunter den neuern Erscheinungen an; meistens aber sind es Stücke, die aus dem Volke entstanden sind, und die man auf keinem andern Theater findet. Ich glaube gewiß, daß Sie es nicht bereuen werden, hingegangen zu sein."

In der ganzen Sache lag etwas Lockendes und Eigenthümliches, so daß ich mich rasch entschloß, den Abend daran zu wenden, ein neues und besonderes Stück Volksthum kennen zu lernen, und also dem Bräuhause zuwanderte, in dessen Tanzsaal die Bühne der Schiffleute aufgeschlagen war. Der am Hausthore neben der Bierglocke angeklebte geschriebene Theaterzettel belehrte mich, daß ich den Lebenslauf und Tod des heiligen Johann Nepomuk, des Patrons aller Schiffer und Flößer zu sehen bekommen sollte. Als Schluß war ein lustiges Nachspiel ohne Titel angekündigt. Der etwas niedrige Saal hatte nicht gestattet, der Schaubühne, welche die ganze Breite einnahm, die nöthige Erhöhung zu geben. Sie erhob sich daher nur wenig über den Zuschauerraum und die vordersten Reihen der Plätze waren der Scene gegenüber in so vertraulicher Nähe angebracht, daß man den Spielenden recht wohl die Hände reichen konnte und daß die Absicht scenischer Täuschung nicht auf äußere Zuthaten gegründet war. Ich wählte meinen Platz, der Ungestörtheit wegen mehr gegen die Mitte zu und überzeugte mich aus der Ueberfüllung des Saales, daß die Beliebtheit der künstlerischen Schiffsleute keine Fabel war. Nach einem von den Gesellen des Stadtthürmers herzhaft abgeblasenen Musikstück rollte der Vorhang mit der in Wolken schwebenden und bekränzten Lyra empor und wir befanden uns in Prag, am Hofe des wilden Böhmenkönigs Wenzel. Es war ein ziemlich grob aus Brettern zusammengenagelter Tyrann, den ein ebenso grobkörniger Bösewicht von Kanzler in allen unwürdigen Leidenschaften bestärkte, um im Trüben fischen und sich bereichern zu können. Dabei waren ihm hauptsächlich zwei Personen im Wege, die tugendhafte Königin und ihr nicht minder tugendhafter Gewissensrath. Der Kanzler drehte daher aus der Eifersucht Wenzels die Doppelschlinge für beide und es gelang ihm auch. Die Königin wurde vom Hofe verbannt, Johann von Nepomuk aber für seine standhafte Weigerung, die ihm in der Beichte anvertrauten Geheimnisse der Königin zu offenbaren, zum Tode in den Fluten verurtheilt. Die Hinrichtung bildete die Schlußscene. Von einem Brückenbogen wurde der Martyr in die Moldau herabgestürzt, die vom Maler allerdings schrecklich genug dargestellt war, aber schon im Sturze begann die Verherrlichung desselben, denn um sein Haupt erschien die Krone von Sternen, mit denen der Heilige auf allen Brücken zu prangen pflegt. Es war eine derb gezimmerte und roh umrissene, aber nicht wirkungslose Arbeit, in einem gespreizten für vornehm geltenden Tone dialogisirt, aber gesund und naturwüchsig im Kern. Die Darstellenden waren große starkgegliederte Männer und Bursche, die mit den behelmten Köpfen an die Soffiten stießen und ihre Rollen mit derber Natürlichkeit und unverkennbarer Ge=

übtheit durchführten, unbekümmert darum, ob nicht der
Gang regelwidrig, oder eine Bewegung eckig war oder ob
der Dialekt der Darsteller sich etwas gar zu deutlich hör=
bar machte. Das Publikum kehrte sich nicht an derlei
Kleinigkeiten, es sah nur den Kern und war von diesem
hingerissen, daß es in Thränen zerfloß. Das ebenso kurze
als possenhafte Nachspiel war vollkommen geeignet, die
Zuschauer wieder in heitere Laune zu versetzen, denn die
geschäftskundigen Schiffer wollten ihre Gäste nicht mit er=
schüttertem, sondern mit erheitertem Gemüthe von sich
lassen. Es war eigentlich nur eine einzige Scene, in
welcher ein unterm Pantoffel seiner etwas herrschsüchtigen
Ehehälfte stehender Mann das Stricken erlernen und sich damit
beschäftigen sollte, während sie selbst eine auswärtige Kaffee=
visite vorzunehmen beabsichtigte. Der Ehemann stellte sich
sehr albern und ungelehrig an, so daß die Frau ihm das
Strickzeug abnimmt und ihm die Behandlung eifrigst vor=
macht. Statt aufzumerken benützt aber der Ehemann diesen
Augenblick, um durchzubrennen und sich unter die Zuschauer
zu schleichen. Von hier aus ruft er der emsig strickenden
Alten zu, sie belfert auf den Entflohenen herunter und
unter dem dröhnenden Gelächter der Versammlung stürzte
die ganze, nur an Stricken hängende leinene Bühne über
der Keiserin zusammen. Wie ich erfuhr, ist dieser Ein=
sturz jedesmal der Schluß der Vorstellung und ein nicht
mißzuverstehendes Zeichen, daß die Zuschauer nichts mehr
zu thun haben, als sich zu trollen.

Ich trollte mich denn auch, vollauf mit dem Gesehenen
und Gehörten beschäftigt, denn es war mir schnell klar
geworden, daß mein Glücksstern mir ein wunderbar er=
haltenes Bruchstück aus dem alten deutschen Volksleben ent=

gegengeführt hatte. Diese schauspielerischen Schiffer waren unverkennbar ein Ueberrest der alten zünftigen Handwerker=Bühnen, und das Nachspiel war ein Abkömmling der früheren Stegreif=Komödie, bei welcher nur der Plan und Gang des Stücks voraus im Allgemeinen festgestellt, die Ausführung aber und der Dialog dem Witz und Geschick der Spielenden überlassen war. Mit diesen Gedanken beschäftigt traf ich unter dem Bogenthor des Hauses einen alten Mann in der kurzen Jacke lehnen, welche den Schiffer bezeichnet und in welchem ich augenblicklich einen der Mitspielenden erkannte. Es war einer von Kaiser Wenzel's Leibtrabanten und in der Posse der glücklich entkommene Pantoffel=Ritter gewesen; schien also eine der ersten komischen Kräfte der Gesellschaft zu sein. Mein Wunsch, von den Verhältnissen der Schiffer und Schauspieler mehr zu erfahren, mich über ihr Leben, über Art und Weise ihres Spiels näher zu unterrichten, brachte mich zu dem Entschluß, die Bekanntschaft des Alten zu suchen, was auch ohne Schwierigkeit gelang. Der Mann war gesprächig und launig und es schien ihm nicht zu mißfallen, daß man sich um diese Dinge bekümmerte und so saßen wir bald in der summenden Zechstube nebeneinander, aber weit genug von den übrigen Gästen entfernt, um in unserer Unterredung nicht gestört zu werden.

„Ja, das Komödie=Spielen," sagte mein Schiffer und komischer Alter mit stolzem Selbstgefühl, „das ist ein Recht, das wir Scharler — so heißen die Schiffer im Munde des Volks — seit mehr als tausend Jahren haben und das uns kein Mensch nehmen kann. Vor etwa vierzig Jahren hat's ein Landrichter einmal probirt und hat es uns verbieten wollen, aber da sind die Scharler alle auf=

marschirt vor dem Landgericht und haben ihm ihre Rech=
ten auseinander gesetzt und da hat er es wohl bleiben
lassen. Es ist eine schöne und ganz erbauliche Beschäf=
tigung und hält uns zusammen während der müßigen
Zeit, wo es nichts ist mit dem Schifffahren. Auch bringt
es manchen auf gute Gedanken und gibt den Burschen
und Mädeln eine feine Manier, daß sie sich überall sehen
lassen und mitreden können an der Salzach, und die
Donau auf und ab, von Regensburg bis nach Belgrad
und noch weiter. Drum halten wir Scharler auch was
auf unsern Stand; wer alt oder gebrechlich ist, den ver=
sorgt die Zunft und es kommt wunderselten vor, daß
einer aus der Zunft hinausheirathet oder sich eine andere
als eine Schiffertochter zur Frau holt."

So erzählte der Alte verschiedene Einzelnheiten, die
mich anzogen und erwiderte auf meine Frage nach den
Stücken und ihrer Spielweise. „Das ist auch eine ganz
eigene Sach. Die neuen Stück, die werden uns von den
Leuten oder von den wirklichen Komödianten verrathen
und angegeben; die alten aber, die gehören uns allein und
die darf uns auch Niemand nachspielen. Die wenigsten
davon haben wir aufgeschrieben; eine jede Person weiß
von Jugend auf vom Hören, was sie zu sagen hat und
wenn Einer nimmer mitmachen kann, muß er es den leh=
ren, der nach ihm kommt und muß ihn abrichten. So
ist's auch mit den lustigen G'spielen; da muß halt Jeder
selber so gescheid sein und muß sich was einfallen lassen ...
Wer die alten Stück gemacht hat, wissen wir nicht, aber
es heißt, daß es auch ein Scharler gewesen ist. Sie dür=
fen's gar wohl glauben, daß unter unsern jungen Bur=
schen auch mancher alerte Kopf ist ... da war Einer, für

ben es Jammer und Schad ist, daß wir ihn verloren haben . . . Der hat uns ein Spiel gemacht von der Kö= nigin von Saba . . . ich muß mich allemal giften, so oft ich dran denk', wie schön das war!"

„Und warum?" fragte ich. „Habt Ihr es nicht mehr? Ist der Bursche nicht mehr da? Ist er wohl gar verunglückt?"

„Nein, verunglückt ist er just nicht," war die Ant= wort, „aber er ist weit fort, in die Türkei hinunter und kommt nimmer wieder und das Spiel hat er auch mit= genommen . . . das Mohrenfranzel war an Allem Schuld!"

„Das Mohrenfranzel?" erwiderte ich mit erweckter Neugierde. Ich hatte die Schiffer als Schauspieler ge= sehn und war darum sehr begierig, etwas aus dem Leben eines ihrer Dichter zu hören. „Wie war das? Erzählt mir doch!"

Der alte Scharler ließ sich frisch einschenken und er= zählte mir, was ich in den folgenden Blättern niedergelegt habe — möglichst treu und ohne andern Schmuck, als die einfache Geschichte in sich selber trägt und verträgt.

Wir schieden als die besten Freunde von einander, und ich mußte dem Alten versprechen, daß ich ihn und seine Genossen, so lange sie in dem Städtchen sein wür= den, noch öfter besuchen wolle. Ich hielt es auch, aber — war es Zufall, oder war es eine Laune des Alten, mir auszuweichen, ich begegnete ihm nicht mehr, und die= ser Umstand hat vielleicht mitgewirkt, mir die Begegnung mit ihm und die Geschichte von Mohrenfranzel besonders einzuprägen.

*   *   *

Achtzehn Jahre mochten ungefähr vergangen sein, seit die französischen Heersäulen freundlich und feindlich

das Gebiet des Hochstifts Salzburg und die angrenzen=
den Theile von Bayern durchzogen und darin an man=
chen Orten auf kürzere oder längere Zeit ihre Quartiere
aufgeschlagen hatten. Es war bereits ein jüngeres Ge=
schlecht herangewachsen, das die Erlebnisse und Drang=
sale jener Zeit nur mehr vom Hörensagen kannte; die
früher so sichtbaren Spuren des Aufenthalts dieser unwill=
kommenen Gäste waren vollends verwischt, und höchstens
ein paar an der Laufener Stiftskirche eingemauerte Kano=
nenkugeln erinnerten daran, daß die Franzosen mit ihren
Gastgeschenken nicht eben sehr wählig gewesen waren. Der
Spätherbst war im vollen Anzuge; zum letztenmal war
die „Hohenau" — so heißt immer das Hauptschiff eines
Zuges — stromaufwärts gezogen worden und die Vor=
bereitungen für die Beschäftigung des Winters waren im
vollen Gange. Deßhalb war es in der „Schopperstadt,"
wo die Schiffbauer wohnen, an einem Vormittag beson=
ders lebendig, denn in einem großen Schopperstadel sollte
die Berathung über die neuen Stücke gepflogen, die An=
meldung von neuen Spielern angenommen und die ein=
zelnen Truppen abgetheilt werden. — Um den Eingang
zusammengedrängt stand eine Gruppe von jungen Bur=
schen und Männern, Mädchen und Frauen, und zeigte so=
wohl durch diesen Platz als durch ihr Benehmen, daß sie
zu den Vornehmeren und Reicheren der Zunft gehörten.
Es waren meistens die Spieler, welche schon in den vori=
gen Jahren mitgewirkt und besondere Brauchbarkeit bewie=
sen hatten. Sie durften wohl ein wenig das große Wort
führen, und waren gewiß, daß sie auch in diesem Jahre
hoch willkommen und unentbehrlich sein würden.

Unter den Burschen ragte Einer durch die besondere

Höhe, Schlankheit und Wohlgestalt seines Körpers hervor; sein Gesicht war voll Ausdruck, und zeigte eine angenehme Heiterkeit. Die braunen Augen funkelten voll Lebenskraft, die kräftigen rothen Lippen zuckten zu einem freundlichen Lachen und wenn dieß laut' und herzhaft ausbrach, erschienen ein paar Reihen so blendend weißer Zähne, daß man wohlgefällig bei dem Anblick des Burschen verweilte und seinen Reden gern zuhörte, noch ehe man wußte, was er sagen würde. Es hatte bei diesen Eigenschaften nicht ausbleiben können, daß Hanney — so lautet die Abkürzung von Johannes in der Schiffersprache — der erste Liebhaber und Held der winterlichen Bühne geworden; man fand es allgemein um so natürlicher, denn auch während des Sommers war er Einer der Ersten. Hanney war überall voran, wo es Ernst und Gefahr galt; keiner war ein so guter Schwimmer, keiner wußte so gut steuern, keiner so gut den Zug zu führen, und das mächtige Seil, woran das Schiff befestigt ist, und welches scherzweise der „Faden" genannt wird, zu leiten und über die hundert verschiedenen Hindernisse wegzubringen.

„Sag', was Du willst," rief er einem neben ihm stehenden Burschen zu, „wenn ich den Hiesel nicht spielen soll, so könnt Ihr auch für die übrigen Rollen um einen andern Spieler umschauen. Ich will eher Schiffbub werden und meiner Lebtag den letzten Stangenreiter machen, als daß ich mich von meinem Platz verdrucken laß'. Der Melcher spielt nicht halb so gut wie ich — warum soll ich ihm nachgesetzt werden?"

„Wie Du daher red'st," war die Antwort, „vom Nachsetzen ist ja gar keine Red'! Der Melcher ist ein Schiffmeisterssohn und Du bist ein gemeiner Scharler, wie wir auch. Das weiß doch alle Welt, daß er der Schwiegersohn von unserem Zunftmeister werden und seine Tochter, die Wolfsind heirathen will. Da möcht' er halt auch einmal in der Komödie den Liebhaber mit ihr spielen, und weil der bayrische Hiesel just wieder neu gelernt wird, hat sie's durchgesetzt, daß er den Hiesel spielen soll . . ."

„Das weiß ich lang," entgegnete Hanney, indem ihm das Blut ins Gesicht stieg „aber er soll mit der Wolfsind nicht spielen . . . weder den Hiesel noch 'was anderes!"

„Aber wie ist denn das? . . . Das sieht ja fast aus . . ."

„Und wie denn?" fragte Hanney rasch.

„Als wenn's Dir nit so eigentlich um den Hiesel, und um das Spielen zu thun wär', sondern um die Wolfsind . . . Dann ging mir freilich ein Licht auf, wie eine Fackel so groß, und dann wüßt' ich wohl, warum Ihr zwei es gar so gut und so zärtlich könnt miteinander, wenn Ihr auf dem Theater seid!"

„Untersteh' Dich, Nickel," rief Hanney auflodernd. „Untersteh' Dich, der Wolfsind so was nachzusagen! Wer kann sagen, daß sie einmal 'was Andres sagt oder thut, als was sich schickt und gehört? Wer kann sagen, daß ich . . . Wenn Du mir so was nachsagst, brech' ich Dich in der Mitten ab, wie einen Span!"

„Sei halt so gut," erwiderte Nickel, „und fang' einen Disputat an wegen nichts und wieder nichts. Du bist selber Schuld — red' nicht so daher, wenn man nicht auf solche Gedanken kommen soll!"

„Ich hab' nichts gesagt," entgegnete Hanney ruhiger und nicht ohne einige Zeichen von Verwirrung, „nichts — als daß der Melcher nicht spielen soll mit der Wolfsind . . . weil ich . . . weil ich ihm neidig bin darum . . . weil sie die beste Spielerin ist, wie der König keine bessere hat bei seinem Hoftheater ... weil ich nicht haben will, daß ein Anderer neben ihr dort steht wie ein Holzblock und ihr das Spiel verdirbt ..."

Das leise Klirren eines angezogenen Fensterflügels unterbrach den Redefluß des Burschen. Es ließ sich gerade über den Köpfen der Redenden vernehmen und schien von der kleinen Stube zu kommen, die in den Schopperstabel eingebaut war und zum gewöhnlichen Versammlungsorte diente. „Was ist's?" fragte Hanney, der zu nahe stund, um zum Fenster emporsehn zu können. „Was wird's gewesen sein!" antwortete Nickel lachend, „Wir haben Zuhörer gehabt bei unserm Diskurs — warum schreist Du auch so laut, als wenn Du auf dem Theater wärst. Es ist Jemand in aller Geschwindigkeit vom Fenster weg und ich werd' mich nicht irren, daß es die Wolfsind selber gewesen ist ..."

„Meinetwegen," sagte Hanney, „was ich gesagt habe, hat sie hören dürfen ... ich stehe mein Wort nicht um ... aber wer ist denn die große schlanke Person, die dort ganz allein auf der halbfertigen Plätten sitzt und uns den Rücken zuwendet? Ich hab' wirklich so halb und halb geglaubt, es müßte die Wolfsind sein nach der ganzen Gestalt ..."

„Na, es ist gut, daß sie das Fenster zugemacht hat," lachte ein Alter, der dem Gespräche der beiden Bursche zugehört hatte, „denn die Wolfsind würde sich bedanken, wenn Du sie mit der Mohrenfranzel zusammenvergleichen thätest ..."

„Mit der Mohrenfranzel?" rief Hanney verwundert. „Ist's möglich, daß das die kleine schwarze Franzel ist?"

23*

„Die ist's," antwortete Nickel, „aber aus der kleinen Franzel ist eine große geworden, noch zehnmal wüster und schwärzer, als wie sie als Kind gewesen ist . . ."

„Was ist es denn mit ihr?" fragte Hanney theilnehmend. „Wie kommt's, daß man sie gar nie mehr zu Gesicht bekommen hat? Ich hab' gar nicht mehr daran gedacht, daß sie noch auf der Welt ist!"

„Ich weiß nicht recht," sagte der Alte, „aber ich hab' gehört, daß sie fort war bei einer Base im Salzburgischen und hat sich einen Dienst gesucht. Es will sie ja Niemand haben bei uns wegen ihrem schwarzen Gesicht . . ."

„Armer Narr!" sagte Hanney, indem er mitleidig auf die Einsame hinüber sah, die regungslos und sichtbar betrübt basaß, ohne daß eine der hin und her eilenden Weiber und Mädchen sich um sie bekümmerte. „Wir sind Nachbarsleut' gewesen, als Kinder — dazumal, wie mein Vater noch gelebt hat . . . Was wird sie wollen, daß sie so basitzt?"

„Weiß nicht," rief Nickel, „vielleicht denkt sie sich, wenn es mit dem Dienen nicht geht, so geht's mit etwas Anderm und sie will mit uns Komödie spielen!"

Schallendes Gelächter aller Umstehenden begleitete den Einfall des Burschen. „Das wär' selber eine Komödie!" sagte der Alte, indem er sich die Lachthränen abwischte. „Wenn der schwarze Fankerl mitspielen wollt', da thäten die Leut' davon laufen! Dann könnten wir sie zugleich herleihen zum Kinderschrecken!"

„Oder wir müßten schauen, daß wir ein neues Stück bekämen, in dem der Teufel vorkommt, da könnte sie dann seine Großmutter vorstellen!"

„Schade, daß bei den heiligen drei Königinnen der

schwarze Kaspar ein Mannsbild ist, da könnt' man sie
prächtig brauchen dazu!"

So flog Spott und derber Spaß unter lautem Ge=
lächter hin und her. Hannei allein betheiligte sich nicht
daran, und sah theilnehmend nach der fremdgewordenen
Jugendspielin hinüber. Sie war unbeweglich wie zuvor.

Jetzt gab eine Glocke das Zeichen zum Beginn der
Versammlung und der Verhandlungen. Alles strömte dem
Schopperstabel zu, der sich bald mit einer ansehnlichen
Menge füllte, unterschieden nicht nur nach Geschlecht und
Alter, sondern auch nach Stand und Würden, die nach
der patriarchalischen Verfassung der ganzen Zunft noch
strenge aufrecht gehalten und beobachtet wurden. Um den
Zunftmeister waren die älteren Schiffer, die Schopper oder
Schiffbauer, die Vorderstangenreiter versammelt; nebenan
kamen ihre Weiber, die entweder aus Neugier Zuhörerin=
nen abgeben wollten oder noch die Frauenrollen zu über=
nehmen hatten. Die jüngern Leute gruppirten sich in
der Runde, je nachdem Neigung und Bekanntschaft sie zu
einander führten. Eines von den Mädchen zeichnete sich
vor den übrigen durch den feinern Anzug und die goldene
Halskette aus, während die übrigen sich dabei wie an den
Mieder=Geschnüren mit Silber begnügten. Es war eine
angenehme Erscheinung, zwar etwas über die gewöhnli=
chen Verhältnisse und das Maß von Mädchen hinaus=
gehend, aber von höchst regelmäßigen und einnehmenden
Gesichtszügen. In ihrer Nähe hielt sich ein etwas auf=
geputzter Bursche mit auffallender Selbstgefälligkeit und
geziertem Schönthun. Das Mädchen schien ihm mit Ver=
gnügen zuzuhören, doch würde es einem aufmerksamen
Beobachter nicht entgangen sein, daß ihre Blicke manch=

mal nach den übrigen Burschen hinüber streiften, wo Hanney stand.

Die Abtheilung der Gesellschaften war rasch geschehn und bot keinen besondern Zwischenfall dar. Hanney war zu der Abtheilung gekommen, der er schon im vorigen Jahre angehört hatte. Der alte Zunftmeister war der Leiter derselben und spielte die Väter; Wolfsind war die Liebhaberin und Hanney förmlich zum Helden und Liebhaber ausgerufen. Eine Röthe der Befriedigung überflog sein Gesicht; auch Wolfsind sah keineswegs unzufrieden vor sich hin, aber der aufgeputzte Bursche neben ihr schien desto weniger von der Neuigkeit erbaut. Er trat vor und rief dem Zunftmeister über den Tisch zu: „Das muß eine Irrung sein Meister — zu der Braunauer Abtheilung bin doch ich bestimmt gewesen!" Der Meister, ein eisgrauer Mann mit einem bedächtigen und fast strengen Gesicht, nahm aber die Einsprache sehr übel auf. „Wenn die Zunft beieinander ist, weiß ein Jeder was er sagt oder thut, da kommt eine Irrung nicht vor. Du bist zu der Braunauer Abtheilung bestimmt gewesen, aber wir haben uns anders besonnen, daß das just die beste Abtheilung ist, die in die größern Städte kommt, wo wir unser Renommée erhalten müssen. Drum gehst Du noch auf eine Zeit zu den Burghausern, Melcher, bis Du besser eingespielt bist..."

„Aber die Wolfsind?" stammelte der Bursche, verbesserte sich aber sogleich und rief: „Aber der bayerische Hiesel will ich sagen?"

„Der ist Dir versprochen," entgegnete der Alte, „und Versprechen muß man halten. Wir fangen bei unserer Abtheilung damit an, Ihr könnt's auch thun — mach' ihn nur recht brav, daß Ihr ihn oft geben könnt!"

Der enttäuschte Melcher vermochte nichts mehr zu erwidern; die Bursche, die zuvor mit Hanney unter dem
Fenster gestanden, winkten sich mit den Augen zu und
stießen sich mit den Ellenbogen. Es war Allen klar, daß
die plötzliche Umänderung eines Planes, der schon allgemein bekannt gewesen war und für unumstößlich gegolten hatte, einen besondern Grund haben müsse und alle
suchten ihn unwillkührlich in dem vorausgegangenen Gespräch. Offenbar war Niemand Anderer als Wolffind am
Fenster gewesen; sie hatte Hanneys Worte und Lobeserhebungen gehört und wollte ihm durch die That beweisen,
daß sie für diese Huldigung weder undankbar noch unem-
pfindlich war. Auch in Hanney ging eine Ahnung davon
auf und verwirrte ihn ein wenig, so daß er, was wohl
am Platze gewesen wäre, es unterließ, für die ihm bewie-
sene Auszeichnung zu danken. Er hatte die schöne Wolffind schon lang mit andern Augen und wärmern Empfin-
bungen betrachtet, als die Ausführung seiner Rollen er-
fodert hätte, wenn es auch meistens Rollen glücklicher oder
unglücklicher Liebe waren. Er war aber klug genug, solche
Gedanken und Gefühle mit aller Gewalt in sich nieder zu
halten, denn zwischen einem gemeinen und vermögenslosen
Scharler und der Tochter eines der reichsten Schopper,
der noch dazu Zunftmeister war, lag ein nicht viel gerin-
gerer Abstand als zwischen ihm und einer Prinzessin. Auch
war in Wolffinds Benehmen durchaus nichts, was ihn
bei solchen Vorstellungen ermuntert hätte, wenn sie ja wi-
ber Willen sich in Kopf und Herz eindrängten; sie blieb
genau und trotz des lebhaftesten Spieles mit voller Ruhe
in den bestehenden Schranken und hinter den Coulissen
stand ihr der Bursche, für den sie auf der Bühne soeben

aus Liebe gestorben war, um kein Haarbreit näher, als
derjenige, der die Lampen putzte oder das Aufziehn und
Fallenlassen des Vorhangs besorgte. Um so überraschen=
der war eine solche Bevorzugung; und wenn Hanney sich
auch schmeichelte, dieselbe durch seine Leistungen zu ver=
dienen, so sagte ihm doch eine innere Stimme, daß ein
Mädchen, das den nahezu erklärten Bräutigam auf Mo=
nate von sich weise, um mit einem Andern Liebhaberrollen
zu spielen, in diesem nicht blos den Schauspieler sehe, son=
dern auch den Mann.

Während er mit diesen Gedanken beschäftigt war und
Wolfsind lächelnd und mit Achselzucken den Unmuth Mä=
chers beschwichtigte, waren die übrigen Gegenstände, welche
zu berathen gewesen waren, erledigt, und der Zunftmeister
wies seine Abtheilung an, in dem Theater nebenan sogleich
mit den Proben zum Bayrischen Hiesel zu beginnen. „Wir
haben nicht viel Zeit zu verlieren, denn wir reisen in vier=
zehn Tagen und bis dahin muß das Stück gehn, wie am
Schnürchen. Fangt nur an, ich komm' bald nach, wir
haben noch ein wenig mit den Rechnungen und mit der
Kassa zu thun.“

Die jungen Leute zögerten nicht, der Weisung nach=
zukommen; die übrigen, nicht Beschäftigten zerstreuten sich,
und nur die Vorsteher und die Alten blieben zurück. An
der Thüre hielten jedoch mehrere wieder inne, denn sie be=
merkten, daß Mohrenfranzel, die sich schüchtern und be=
scheiden in der Ferne gehalten und zugehört hatte, etwas
näher kam, als ob sie ein Anliegen vorzubringen habe.
„Halt, Buben,“ sagte Nickel, der sich darunter befand,
„bleiben wir noch da — das müssen wir doch hören, was
das Mohrenfranzel will!“

Während sie näher schlichen, hatte auch der Zunft=
meister das Mädchen wahrgenommen, das mit sichtbarer
Befangenheit näher kam und zu warten schien, bis sie an=
geredet würde. Sie mochte durch viele bittere Erfahrun=
gen und Zurückweisungen eingeschüchtert sein: es war
als ob sie ahnte, daß eine neue Kränkung ihrer warte
und als zögere sie noch, dieselbe über sich ergehen zu las=
sen. Es war nicht zu widersprechen, daß sie eine etwas
befremdliche Erscheinung war; zu dem bunten Kattunkleide,
das sie trug und zu dem hellen Kopftuche, das sie um die
Haare geschlungen hatte, paßte die dunkelbraune Hautfarbe
nicht, welche die afrikanische Abstammung verrieth. Dem
genauern Beobachter aber entging es nicht, daß aus ihren
lebhaften Augen, deren Weiß scharf von den dunklen
Wangen abstach, ein tiefes empfindungsvolles Gemüth
sprach, und der keineswegs aufgeworfene, sondern fein ge=
schnittene kirschrothe Mund war von einem feinen liebens=
würdigen Lächeln umspielt. Im Augenblick war es bei=
nahe untergegangen in dem Ausdrucke der Betrübniß, der
um ihre Züge lag. Trotz des unkleidsamen Anzugs war
ihr schlanker Wuchs sowie die Fülle schöner Formen un=
verkennbar.

„Was kommt da für eine Maske auf uns zu?"
sagte der Zunftmeister zu den Beisitzern. Auch er hatte
über der längern Abwesenheit des Mädchens, das keine
Angehörigen oder Verwandten besaß, völlig darauf ver=
gessen, daß sie noch auf der Welt war. Als Einer
der Umstehenden ihn daran erinnerte, besann er sich
sogleich und rief das Mädchen an. „Hast ein Anliegen
an uns Franzel, weil Du so herum stehst? Wenn's

so ist, so mach nicht viele Flausen und sag's von der Leber weg!"

Franzel trat entschieden vor; die Zaghaftigkeit war von ihr genommen, als sie reden mußte. „Was fürcht' ich mich auch," sagte sie zu sich selbst. „Ich will ja nichts Unrechtes und den Kopf können sie mir nicht abreißen und wenn sie noch so wild thun ... Ich hab' wohl eine rechte Bitt'," fuhr sie dann laut fort, „und ich meine, Ihr werdet mir's nicht abschlagen. Ihr seid ja lauter Hausväter und Männer, die selber Kinder haben ... Ihr wollt gewiß Alle, daß Euern Kindern nicht zu wehe geschieht in der Welt, und so werdet ihr eine arme Person nicht im Stich lassen, die niemals erfahren hat, wie das ist, wenn man Vater und Mutter hat!"

„Na," sagte der Zunftmeister, „Du bist wohl nur ein lediges Kind und gehst uns eigentlich nichts an — aber weil Deine Mutter doch die Tochter von einem Scharler war, so wollen wir Dich nicht verstoßen und Dir helfen, wenn wir können."

„Wenn Ihr wollt, dann könnt Ihr auch," sagte Franzl herzhaft. „Ich hab's redlich probirt und kann mich ausweisen darüber, daß ich mich als Magd hab' fortbringen wollen, aber es geht doch nicht. Die Leut wollen mich nirgends in die Läng' behalten ... Ihr wißt schon warum ... Der Winter ist vor der Thür' und so hab' ich bitten wollen, Ihr sollt mir durchhelfen und sollt mich mitspielen lassen im Theater ..."

Sie wollte noch mehr sagen, aber der Uebermuth der Bursche, die zugehört hatten, unterbrach sie. Sie schlugen ein lautes höhnisches Gelächter auf und wiederholten sich die Witz- und Scherzworte, mit denen sie sich

schon vorher belustigt hatten, als Franzels Wunsch für sie
noch nicht mehr gewesen war, als eine bloße Vermuthung.
Auch die Vorsteher konnten sich des Lachens nicht ent=
halten und selbst um die ernsthaften Lippen des Zunft=
meisters war ein verrätherisches Zucken bemerkbar. Er
mußte sich jedoch zu bemeistern und gebot dem Burschen
Ruhe — allein vergebens; die Lachlust hatte die Zügel
zerrissen und war nicht so leicht zu bändigen.

Was aber der Zunftmeister nicht zu Wege brachte,
das erreichte Franzel selbst. Ihr Gesicht ward dunkler
vom aufsteigenden Zorn, unheimlich blitzten die weißen
Augen und mit der vernichtenden Geberde einer beleidig=
ten Königin wendete sie rasch den Lachenden zu. „Ueber
was lacht Ihr?" sagte sie stolz. „Ich meine, Ihr dürf=
tet vor der eignen Thür' kehren, und hättet damit so voll=
auf zu thun, daß die Schamröthe gar nicht mehr weg=
geht von Euren weißen Gesichtern! Wartet, bis die Reihe
mitzureden an Euch kommt und laßt den Meister reden!"

Die gescholtenen Bursche waren von der Anrede ver=
dutzt und wußten im Augenblick nichts zu erwidern. Der
Alte aber sagte: „Du kannst es dem jungen Volk nicht
übel nehmen, wenn sie über Dich lachen ... wenn's auch
gescheiter gewesen wäre, sie thäten's nicht — aber wenn
Du vernünftig bist, mußt Du selber einsehn, daß Du
zum Theaterspielen nicht taugst ...."

„Warum? Laßt mich's nur einmal versuchen; Ihr
werdet sehn, daß ich reden und mich anstellen kann, wie
Eine!"

„Ich will Dir's ungesehn glauben, glaub' Du mir
ebenso, daß es nicht geht und plag' uns nicht."

„Es kommt mich hart genug an, daß ich Euch pla=

gen muß, und ich will's auch nicht mehr thun ... aber zuerst müßt Ihr mir sagen, warum?"

„Warum? Du weißt es ja von selbst ..."

„Also bloß darum, weil mein Vater ein Schwarzer gewesen ist und weil ich nicht weiß und rothbackig bin, wie Ihr? ... Die Leute, bei denen ich gedient hab', wollten mich nicht behalten, weil ich ihnen zu absonderlich bin ... auf dem Theater ist ja das Absonderliche daheim, darum hab' ich gemeint, da müßte Platz sein für mich... und auch da schickt Ihr die Mohrenfranzel fort?"

„Es geht einmal nicht!"

„Eure Bursche und Mädeln streichen sich roth und weiß an, wenn sie spielen ... ich will das auch thun; ich will es machen wie sie und will mich weiß anstreichen ... Geht's dann auch nicht?"

„Auch nicht!"

„So behüt' Euch Gott bei einander — ich plag' Euch nicht mehr!" Damit wandte sie sich kurz ab und verließ das Gebäude, die Bursche hinter ihr. —

Inzwischen hatte auf dem Theater die Probe zum bayerischen Hiesel lang begonnen und ging nach Wunsch. Hanney gab den gewandten listigen Wildschützen, dessen tüchtige Kraft in die Bahnen des Verbrechens gedrängt wird, weil sie in den kastenartigen Verhältnissen des Staats keinen Platz zu naturgemäßer Entwicklung findet, mit außerordentlicher Wahrheit und Einfachheit. Dabei war in den vielen Auftritten, wo er den Nachstellungen der Jäger und Schergen durch eine kühne List entgeht, sein lustiger Humor von der besten Wirkung. Auch Wolfsind probte und spielte mit ganz ungewohntem Feuer. Sie hatte die Wirthstochter in einer einsamen und abgelegenen

Waldschenke zu spielen, welche Hiesel als Wildschützen kennt, dennoch aber sich gezwungen fühlt, ihn zu lieben und hingerissen von der innern Tüchtigkeit seines Wesens sein Schicksal zu theilen. In einer Abschiedsscene, während welcher von außen die Büchsen der Verfolger knallen, kommt es zur Erklärung zwischen beiden, und Hanney und Wolfsind wußten sich so ganz in die Lage hinein zu versetzen, daß die Mitspielenden, welche zusahen, nicht genug Worte für ihre Lobeserhebungen zu finden wußten. Was sie aber nicht sahen, war der in der Rolle nicht vorgeschriebene Händedruck, welchen Hanney im Feuer der Leidenschaft sich erlaubte und welcher zu seinem Entzücken von Wolfsind erwidert ward. Hingerissen davon benützte er die durch den Aktschluß entstandene kurze Pause, um Wolfsind hinter die Coulissen zu folgen und sie anzureden. Sie stand an ein gemaltes Felsstück gelehnt, und schien den Hinzutretenden zu erwarten. Dadurch kühner gemacht wagte er, an die ebengespielte Abschiedsscene eine Scene des Wiedersehens anzuknüpfen, und ihre Hand zu ergreifen. „Ich muß mich bedanken, Wolfsind," sagte er, „daß Du mir's verschafft hast, daß ich zu Deiner Abtheilung gekommen bin, und daß ich statt dem Melcher den Hiesel mit Dir zu spielen hab'..."

Wolfsind entzog ihm ihm die Hand nicht. „Du spielst ihn halt besser," sagte sie, „d'rum brauchst Dich bei mir nicht zu bedanken. Der Vater wird schon gewußt haben, warum er's so macht."

„Ich möcht's aber auch wissen!" sagte Hanney bringender. „Ich möcht' wissen, ob Dir's auch recht ist, daß er es so gemacht hat? Ob Du nicht doch lieber mit dem

Melcher spielen würdest, der doch einmal Dein Bräuti=
gam ist?"

„Der Melcher ist mein Bräutigam noch lange
nicht ..."

„Aber die Leut' sagen's Alle!"

„Die Leut' sagen gar viel ... Sie haben mir auch
gesagt, daß Du mit keiner andern als mit mir spielen
und daß Du es nicht leiden wolltest, wenn der Vater den
Melcher zu uns Braunauern gethan hätte ..."

„Und das wäre nicht wahr? Wie Du's auch erfahren
hast, es ist Wahrheit, Wolfsind, und ich hätt's auch ge=
halten und es wär' das Letztemal gewesen, wenn ich ohne
Dich hätte spielen müssen ..."

Wohlsind erwiderte nichts; aber ihre Hand lag noch
immer in der Hanneys. „Und Du," fuhr er fort, „spielst
auch gern mit mir? ..."

Das Mädchen kam nicht dazu, zu antworten — einer
der Mitspielenden kam von draußen herein und rief den
Anwesenden lachend zu, daß es unten auf dem Platze einen
Spektakel zum Todtlachen gebe. Das Mohrenfranzel habe auch
mit Komödie spielen wollen, und sei darüber in Streit ge=
kommen mit den Burschen, weil sie sie ausgelacht haben.
Alles eilte von Bühne und Coulissen den Fenstern zu, um
den Vorgang mit anzusehen — das Pärchen war wieder
allein und nichts hinderte Hanney, auf Beantwortung
seiner Frage zu bringen.

Dieser aber war auf einmal wie umgewandelt. Die
bloße Nennung der Jugendgespielin genügte, ihm deren
Bild vor die Seele zu rufen, wie sie einsam und freundlos
auf der Plätte gesessen war. Er sah ihre Betrübniß, er
hörte das rohe Schreien und das Spottgelächter, das ihr

galt . . . es war ihm, als ob ihr Hülferuf mitten durch den Lärmen dränge . . . als ob sie ihm riefe . . . und ohne sich eigentlich selbst Rechenschaft zu geben, was er that, hatte er Wolffind's Hand gelassen und stand unten auf dem Platze, mitten unter den Burschen und den Gaffern, die sich dort um diese und um Mohrenfranzel versammelt hatten.

Franzel stand in eine Ecke gedrängt, — die Auf= wallung ihrer vorigen Zuversicht war dem Bewußtsein ihrer Ohnmacht, dem Gefühle ihrer Hilflosigkeit gewichen. Thränen strömten über die braunen Wangen, aber durch die Thränen blickte sie in machtlosem Grimm auf die sie Umdrängenden. Es war etwas in ihrem Anblick, was an die heiße Heimat ihres Vaters erinnerte und an eins der wilden Thiere, das sich bräuend und doch furchtsam gegen den Rudel der Jäger wendet.

Nickel stand voran unter den Burschen. „Sags, daß Du gelogen hast!" schrie er Franzel an. „Gesteh's ein, daß Du eine freche, hergelaufene Person bist . . . und wir thun Dir nichts zu Leid . . ."

In Franzels Gesicht malte sich unsägliche Verachtung. „Was Du mich schimpfen willst," sagte sie, „das bist Du Alles doppelt selber . . ."

„Was?" schrie Nickel wüthend. „Du Wechselbalg, willst mich einen hergelaufenen Menschen heißen? Du willst uns roth werden heißen, und kannst selber gar nicht roth werden unter Deinem schwarzledernen Gesicht? Du . . ."

Er verstummte plötzlich — denn mit einem gewalti= gen Ruck fühlte er sich bei Seite geschoben und stand Hanney gegenüber, der sich Bahn in's Gedräng gebrochen hatte und ihn mit zornfunkelnden Augen anschrie: „Zurück

da! Ist das all' Deine Courage, daß Du über ein armes
Mädel herfällst, das sich nicht wehren kann? Habt Ihr
Alle miteinander, die Ihr da herumsteht und gafft, nicht
so viel Gehirn in den Köpfen, daß ihr sie wegen etwas
verhöhnt, wofür sie nichts kann? ... Auseinander da,
alle!" rief er gebieterisch. „Der Erste, der sie anrührt
oder nur ein schiefes Maul macht, hat's mit mir zu thun!"

Während die Bursche beschämt und scheu vor dem
Genossen zurücktraten, mit dem sie nicht anzubinden wagten,
und der Zuhörerhaufen sich zerstreute, war Hanney zu
Franzel getreten und sagte gutmüthig: „Geh' heim Franzel ... es darf Dir Niemand was zu Leib thun!"

Die Mulattin erwiderte nichts; aber sie starrte den
Burschen aus den weitaufgerissenen Augen wie eine Erscheinung an. Ehe er es verhindern konnte, beugte sie sich
auf seine Hand herab, ergriff und küßte sie und war im
Augenblick in einem Seitengäßchen verschwunden.

Langsam und gedankenvoll kehrte Hanney in den
Stabel zur Fortsetzung der Probe zurück; aber sie konnte
nicht wieder begonnen werden, denn so sehr er auch suchte
und sich Mühe gab, sie zu erspähen, — die schöne Wolfsind war verschwunden.

2.

Am Abend desselben Tages saß Hanney allein in
seiner Stube, deren ganze Einrichtung und Unordnung
den fröhlichen Junggesellenstand des Bewohners verrieth.
Als solcher hatte er niemand, der ihm das Haus oder
besser das Häuschen besorgte, das ihm in der Laufner Vor-
stadt, dem ländlichen Obslaufen gehörte — den einzigen Erb-
theil seines Vaters und wohl geeignet, einmal eine kleine

genügsame Schifferfamilie zu beherbergen, sobald es ihm
einfallen sollte, ihr mehrere Bewohner zu geben. Eine
alte Nachbarin kam ab und zu, ihm die allerunentbehr=
lichsten Dienste zu leisten, und zu den heiligen Zeiten
Stube und Vorplatz zu scheuern. Den Sommer über
wenn er abwesend war auf der Fahrt, und im Winter
während des theatralischen Wanderlebens war das Häus=
chen ganz verlassen, die Läden waren geschlossen und die
Obhut der Nachbarin erstreckte sich nicht weiter als dar=
auf, daß nicht Jemand über Nacht die ganze Hütte in
den Sack steckte.

Es dämmerte schon stark; auch war es neblig und
kalt und das im großen Ofen angezündete Feuer war
doppelt willkommen, weil es die Stube behaglich erwärmte
und weil der rothe Schein, den es auf den Boden und
an die Wände warf, zur Beleuchtung genügte. Hanney
saß in der Ecke auf der Bank, und sah in den Feuerschein,
der auf den blanken Brettern des Fußbodens allerlei Ge=
stalten und Bilder entstehen und vergehen ließ. Die alte
Nachbarin hockte ihm gegenüber auf der Ofenbank und er=
zählte ihm allerlei. Sie war besonders gesprächig, denn
sie wollte die Laune des Burschen benützen, der ihr sonst
nicht viel Gehör schenkte; konnte sie sich doch tüchtig aus=
wärmen und für den Abend Feuer und Licht in der eige=
nen Hütte ersparen. Schon hatte sie verschiedene Dinge
vorgebracht, ohne von Hanney ein anderes Zeichen der
Theilnahme, als ein trockenes „So?“ zu erhalten und
tastete in dem Vorrath ihrer Neuigkeiten nach einem an=
sprechenderen Stoff herum. Sie fing daher von Mohren=
franzel zu sprechen an, deren Absicht Komödie zu spielen,
sowie Hanney's schützendes Auftreten für sie das Tages=

ereigniß des Städtchens bildete. Die kluge Alte merkte gleich aus Hanney's verändertem Tone, daß sie die rechte Saite berührt hatte und fuhr fort, sein Benehmen zu loben und zu bemerken, wie Dieser und Jener im Städtchen das Gleiche gesagt und ihn gerühmt habe, daß er sich der Verlassenen so kräftig angenommen habe.

„Das ist nichts Besonderes," sagte Hanney gleichgiltig. „Wie hätt' ich das nicht thun sollen? Die dummen Leut' waren ja über sie her, wie über ein wildes Thier ... und sind wir nicht Nachbarsleut' gewesen in der Jugend ...? Du mußt es ja selber wissen, Sandhoferin."

„Versteht sich!" rief die Nachbarin eifrig. „Ich hab ja Dich und die Mohrenfranzel gekannt, wie Du noch nicht größer gewesen bist, als der Tisch und die Franzel noch kleiner. Ich bin damals noch nicht verheirath' gewesen, und hab' gedient als Viehmagd beim Obslaufener-Bauern ... Du kennst ihn ja und weißt, daß sein Hof von rückwärts an Dein Häusel anstößt und an das, was zur selbigen Zeit der Franzel ihrem Großvater gehört hat! Drum weiß ich auch, daß Ihr alleweil miteinander gespielt habt ..."

„Ja, ja," sagte Hanney wie nachdenkend, „bis ich fortgekommen bin, schon als kleiner Bub' zu dem Vetter nach Burghausen, der mit aller Gewalt einen Studenten und gar einen geistlichen Herrn aus mir hat machen wollen!"

„Wohl hat er das im Sinn gehabt," war die Antwort der nickenden Alten, „aber wer von dem Geistlich-werden und Studiren nichts hören wollte und bei Nacht und Nebel davon ging, das war der Hanney! Es ist recht Schade, daß Du ihm nicht gefolgt hast! Könntest jetzt schon Stiftskaplan sein und Dir einmal die schönste Pfarrei

aussuchen, anstatt daß Du jetzt in Wind und Wetter hin=
aus mußt und Dich Deiner Lebtag durchschlagen als ein
armer Scharler!"

„Nein, nein, es ist doch besser so!" rief Hanney
hastig, „ich hätte nicht getaugt für die stille sitzende Lebens=
weise und für das Brüten über den Büchern! Ich hab' es
lieber, wenn ich in der weiten Welt herumfahren kann
und möchte meinen Stand als Schiffer mit keinem
andern vertauschen! Ich hab' es kein ganzes Jahr aus=
gehalten bei den lateinischen Wörtern, ich bin mit einem
Salzzug davon und wenn mich etwas dabei reut, so ist's
nichts, als daß ich meinen Vater nicht wieder gesehn habe,
denn wie ich zurückgekommen bin als ein aufgeschossenes
junges Bürschl . . . da hab' ich . . . da war er . . . Nun,
Du weißt es ja, daß ich ihn nicht mehr angetroffen hab'."

„Daß Gott erbarm'! Wer könnt' auch so was ver=
gessen! Das trifft sich wohl, daß man beim Heimkommen
gar Manchen nimmer antrifft, den man gesund und
wohlauf verlassen hat, wie man fort ist . . ."

„Die Franzel war selbige Zeit auch nicht mehr in
der kleinen Hütte nebenan. So ist sie mir fast ganz aus
dem Gedächtniß gekommen und ich habe sogar nie recht
erfahren, was es denn eigentlich mit ihr für eine Bewandt=
niß hat, und wie sie mitten unter lauten Weißen zu
ihrem schwarzen Mohrengesicht gekommen ist!"

„Das kann ich Dir schon erzählen, wenn Du's wissen
willst!" sagte die Alte, indem sie aufstand, das Feuer im
Ofen aufstörte und ein Scheit Holz nachschob. „Ich weiß
es noch, als wenn's gestern gewesen wäre und hab' der
Franzel ihre Mutter schon gekannt, wie sie noch in die

24*

Schul' gangen ist. Sie ist dann herangewachsen und ist
groß geworden und sauber, und alle Welt hat eine Freud'
gehabt, wie brav sie war, zumeist ihr Vater. Das war
ein Scharler, wie der Deinige, nur noch ein bissel nöthiger,
denn wie er gestorben ist, ist von seiner ganzen Erbschaft
nicht viel mehr übergeblieben, als eine Hacken und ein
paar Wasserstiefel. Die Franzel — sie hat auch so geheißen — war ein Muster von einem Mädel und hat
keinen Burschen angeschaut, so viel ihr auch zu lieb gegangen sind und ihr schön gethan haben. Da sind wieder
Kriegszeiten kommen und die Franzosen sind aus dem
Kaiserlichen herein in's Land und haben sich bald da bald
dort festgesetzt, so daß wir alle Augenblick nicht mehr gewußt haben, ob wir bayerisch sind oder kaiserlich oder ob
uns gar schon der Franzos in seinem Schnappsack hat.
Einmal ist ein ganzes Regiment fast dreiviertel Jahr da
gelegen, lauter Lanzenreiter oder Uhlanen, wie man sie
geheißen hat; die waren in der ganzen Stadt einquartiert
und der Oberste davon und die Offiziere haben sich im
Schloß eingerichtet und haben ein Leben geführt, voller
Lustbarkeit, als wenn sie bloß zum Vergnügen da wären
und nicht um die Leut' umzubringen und zu Grund zu
richten. Die ganze Nacht durch sind die Fenster beleuchtet
gewesen und hat man das Klingen von den Gläsern und
das Lachen und das Schreien gehört, wenn sie den Napoleon haben leben lassen. Sie haben auch eine schöne
Musikbande bei sich gehabt, die ihnen dabei hat auf-
spielen müssen; das waren lauter Trompeter, der oberste
von den Trompetern aber, das war ein Mohr, ein großer
sauberer Mensch, aber schwarz wie ... na schwarz, wie
halt die Mohren sind ... Ich will doch ein Licht an-

zünden," unterbrach sich die Erzählerin, „es ist schon ganz finster und es erzählt sich lustiger, wenn man einander sieht!"

Die Oellampe brannte bald und sie fuhr fort.

„Nun also, der Obertrompeter, der Mohr, der ist bei dem Sternbauer in's Quartier gekommen, bei dem Vater der Franzel und dem hat's in dem Quartier bald so gut gefallen, daß er alleweil daheimgesessen ist und daß es ihm ordentlich zuwider war, wenn er fortgemußt hat und hat den Offizieren im Schloß' was vorblasen müssen. Daran war die Franzel schuld; die hat dem Schwarzen gar sehr wohl gefallen und er hat sich alle Müh' gegeben, zu machen, daß er ihr auch gefallen sollt'. Darüber haben alle Leut' gelacht und die Franzel am meisten, der's gewiß nicht im Traum eingefallen ist, sich einen schwarzen Schatz auszusuchen. Dabei war sie aber dem Menschen gar nicht feind und hat ihm gern zugehört, wenn er ihr und dem Vater von dem Land erzählt hat, wo er daheim gewesen ist, wo's die Löwen gibt und Schlangen so groß wie ein Tannenbaum. Und das muß wahr sein — ich bin selber einmal dabei gewesen an einem Abend und hab' zuge= hört ... erzählen hat er können, daß man Maul und Augen aufgerissen und fast das Schnaufen vergessen hat, vor Verwunderung. Es war ihm auch gut zuhören, denn er war schon in der halben Welt herumgekommen und hat unsere Sprach' reden können, fast so gut wie wir selber. Das Ding ist so eine Weil' fortgegangen, aber es hat schon allerhand Gered hin und her gegeben, als wenn's nicht richtig wär' zwischen dem schwarzen Trompeter und der Franzel — und es war auch nimmer richtig. Ein= mal in aller Früh', wie kein Mensch daran gedenkt hat, ist Allarm geblasen worden und in einer Stund' darauf sind die Uhlanen alle zum Thor hinausgesaust wie der Wind und sind das Wiederkommen schuldig geblieben bis auf den heutigen Tag. Da ist's aufgekommen — die Franzel hat sich gebärdet und hat gethan wie eine Unsinnige, wie eine Verzweifelte und so war's halt doch möglich geworden, über was die Leute und sie selbst am meisten gelacht hat... die schöne, gescheide, brave Franzel hat sich mit dem Mohren verbandelt und zu tief eingelassen gehabt... das Unglück war da und war nicht mehr zu ändern! Der alte Sternbauer hat sich von der Zeit an fast nicht mehr schauen lassen unter den Leuten und ist bald darauf beim Salzzug ertrunken — die Leut' sagen, es hätt' nicht sein müssen und er wär' wohl zum Retten gewesen, aber es hätt' gerade so ausgesehn, als wenn er's selber hätte haben wollen. Die Franzel hat von Tag zu Tag gepaßt, daß der Trompeter wieder kommen sollt' oder ein Briefel von ihm ... er hat es ihr versprochen; kann sein, er hat's auch wirklich im Sinn gehabt, aber bei einer großen Schlacht — ich glaub' da drunten im Oesterreichischen an der Donau — da hat er zum Letztenmal aufgeblasen und ist mit dem ganzen Regimente zusammengehauen worden mit Butzen und Stengel. Das hat dem Mädel vollends das Herz abgedruckt und kaum war das Mohrenfranzel auf der Welt, so hat sie sich auf die Seite gelegt und ist gestorben. Wie das aber möglich gewesen ist, hab' ich nie begreifen können ... sie selber hat gesagt, sie hätt' sich in ihn verliebt von dem Erzählen und weil er so gescheid zu reden gewußt hat ... ich kann's aber nicht glauben, daß das ein junges Mädel so verblenden kann, daß es schwarz und weiß nicht mehr auseinander kennt und drum mein' ich immer, es wird so gewesen sein, wie man in der Still' erzählt hat ..."

„Und wie denn?"

„Der Mohr," sagte die Alte näher rückend und mit gedämpfter Stimme, „der Mohr war ein Zauberer; in dem schwarzen Land verstehn sie alle das Zaubern. Er hat's dem Mädel angethan, und hat ihr vielleicht einen Trank gegeben, der sie von Sinnen gebracht hat . . . Sie kann nichts dafür und wird wohl nicht dafür büßen müssen in der andern Welt — aber wenn ich an sie denk', mach' ich doch allemal die gute Meinung für sie und sag: Herr gib ihr die ewige Ruh' und das ewige Licht leuchte ihr . . ."

„Amen!" sagte eine tiefe wohlklingende Stimme und in der Thüre stand Mohrenfranzel, die über dem Eifer des Erzählens und des Zuhörens von beiden nicht bemerkt worden war und den Schluß der Geschichte mit angehört hatte.

Die Alte war bei dem ersten Laut erschreckend und aufschreiend zusammengefahren. „Alle guten Geister," sagte sie jetzt aufathmend. „Wie bin ich erschrocken! Ich will keine glückliche Sterbestunde haben, wenn ich nicht geglaubt habe . . ."

„ . . . Es ist ein böser Geist?" sagte Mohrenfranzel mit traurigem Lächeln. „Aber wenn Du an böse Geister glaubst, glaubst Du dann auch, daß sie mit einem Amen in die Stube kommen?"

„Ach was," eiferte die Alte, „wer denkt gleich an Alles das? Man könnte den Tod davon haben, auf der Stelle . . ."

Mohrenfranzel unterbrach sie, indem sie vor Hanney trat, der sie ebenfalls überrascht und staunend betrachtete. „Ich komme zu Dir," sagte sie, „sei nicht bös darüber.

Ich habe gewartet, bis es ganz finster war und hab
wohl Acht gegeben, daß mich Niemand sieht — es hat
mir keine Ruh' gelassen. Ich muß Dir noch danken, daß
Du Dich so um mich angenommen hast und da ich morgen
fort will in aller Früh' hab' ich nicht länger warten können ..."

"Rede doch nicht davon," sagte Hanney, ihre Hand
ergreifend, und unwillkührlich stockend. Die Berührung
ihrer Hand und des sammtweichen Arms, den er dabei ge-
streift hatte, durchzuckte ihn elektrisch und verwirrte ihn.
"Es ist nicht der Mühe werth!"

"Für Dich wohl nicht," antwortete sie innig, "aber
besto mehr für mich! Drum mußt Du meinen Dank annehmen und darfst das nicht ausschlagen, was ich Dir
bringe — als eine geringe Erkenntlichkeit ... als ein An-
benken an mich ..."

"Ein Andenken? Was wäre denn das?"

Die Nachbarin war gutmüthig genug, bei dem Gespräche, das sie kommen sah, nicht als lästige Zeugin bleiben zu wollen. "Mir fällt just ein," sagte sie, "daß ich
noch gar nicht nach Deinem Bett' gesehn habe, Hanney —
ich wills besorgen und bin gleich wieder da."

Sie ging in die anstoßende Kammer und Franzel
streckte Hanney einen einfachen silbernen Ring entgegen.
"Nimm," sagte sie, "das ist mein Andenken; es ist der
Ring, den Dein Vater selig getragen hat ..."

"Der Ring meines Vaters?" rief Hanney überrascht.
"Wie kommst Du dazu?"

"Das will ich Dir sagen. Ich bin dabei gewesen,
wie Dein Vater ... zu Grund gegangen ist — da hab'
ich den Ring zu mir genommen und meine Schuld ist's
nicht, daß ich ihn Dir nicht früher habe geben können..."

„Du bist dabei gewesen . . .?" sagte Hanney schmerz=
lich, indem er den einfachen Silberreif anstarrte. „Wie
war denn das möglich?"

„Ich bin damals noch ein kleines Mädel gewesen
und hab' unten an der Salzach mit den andern Kindern
gespielt, wie die Plätten, auf der Dein Vater war, ange=
kommen und auf die Brücke zugeschwommen ist. Sie
müssen etwas versehen haben auf dem Schiff, denn man
sah's von Weitem, daß sie die rechte Richtung nicht hat=
ten und Alles lief an's Gestab und schrie ihnen zu. Es
war aber zu spät — eh' man Amen sagen konnte, war
die Plätten schon an der Brücke und stieß an das mittlere
Joch, daß sie kerzengerade daran empor stieg und mit Allem,
was darauf war, überschlug in das wilde brausende Wasser . . .
Ich höre das Geschrei noch und das entsetzliche Krachen . . .
im nächsten Augenblick trieb und schwamm Alles durch=
einander . . ."

Sie hielt inne, denn Hanney hatte die Hände vor's
Gesicht geschlagen und athmete hörbar tief auf.

„Die Zillen fuhren gleich hinaus," fuhr sie fort,
„und brachten auch die Verunglückten Alle heraus — nur
Deinen Vater hatte der Strudel am Joch gefaßt und trieb
ihn um und riß ihn dann blitzschnell mit sich fort . . .
Dein Vater arbeitete wacker und rief den Leuten zu, aber
es war keine Möglichkeit, zu ihm hin zu kommen und
Alle sahen, daß er verloren war. Da schrie ihm Einer
zu: „In Gottes Namen, gib Dich Hanney, — gib Dich!
Wir können Dir nicht mehr helfen . . ." Dein Vater hatte
sich bis dahin tüchtig gewehrt . . . auf den Ruf aber ließ
er das Stück Holz, an dem er sich gehalten hatte, los . . .
und ging unter . . ."

Hanney schluchzte. Nach einer Sekunde begann Franzel wieder: „Am andern Tag hat ihn das Wasser ausgeworfen, gleich unten am Sand, wo's an die Leiten hingeht. Ich bin mit hinaus ... und bin bei dem Todten sitzen geblieben, bis sie mit der Tragbahre heraus kamen und ihn herein trugen. Es achtete Niemand auf mich, weil ich ein Kind war ... ich hab' ihm dann den Ring vom Finger gezogen; sie hätten ihn sonst mit ihm eingegraben — ich hab' an Dich gedacht und hab' gemeint, es könnte Dir einmal lieb sein, den Ring zu haben und so hab' ich ihn aufbehalten bis heut ..."

Sie schwieg; auch Hanney blieb noch einen Augenblick stumm. Dann sah er auf, steckte den Ring an den Finger und sagte: „Ich nehme Dein Andenken an, Franzel, und behalte den Ring. Verlange von mir was Du willst, und ich will ein elender Mensch sein, wenn ich Dir den Wunsch nicht erfülle ..."

„Ich will nichts dafür ... als daß Du auch in der Zukunft manchmal an die arme Franzel denkst!"

„Das ist nichts verlangt! Das thät' ich auch ohne den Ring, denn ich hab' Dich immer ... denn ich hab' oft an Dich gedacht. Verlang' etwas Andres!"

„Ich weiß nichts!"

„Besinn' Dich nur — vielleicht fällt Dir doch was ein. Mach' mir die Freude, daß ich 'was thun kann für Dich! Ich seh' Dir's an," fuhr er fort, als Franzel schwieg, „daß Du ein Verlangen hast ..."

„Wenn ich auch ein's hätte, Du könntest mir doch nicht helfen ..."

„Wer weiß — sag' es nur!"

„So mach', daß sie mich mit Komödie spielen lassen,

mach, daß sie mich nicht fortweisen und ausstoßen wie
einen Auswurf..."

Hanney war betreten. „Das ist ein schweres Ver=
langen," sagte er nach einigem Besinnen. „Aber hast Du
Dir's denn auch recht überlegt? Zum Theaterspielen ge=
hört allerhand, was man können muß... glaubst Du
denn, daß Du das Alles zuwegen bringst?"

„Probir's einmal," sagte sie, „ob ich nicht reden und
mich geberden kann, wie man's muß. Soll ich Dir was
vorsagen?"

Hanney nickte. „Ich will Dir das „Heimweh" vor=
sagen... Kennst Du's? Ist es Dir recht?"

Hanney wußte nicht gleich, was er erwidern sollte.
Das „Heimweh" war ein Lied, das er selber gedichtet
hatte, als er einmal längere Zeit im untern Ungarn ver=
weilen mußte. Es war ein Lied der Schiffer geworden,
von denen wenige den Verfasser kannten, so oft es auch
nach der damals allgemein beliebten Melodie von „Ber=
trands Abschied" gesungen wurde.

Franzel nahm sein Schweigen als Zustimmung. Sie
trat einen Schritt zurück und begann:

> „O grüß' dich Gott, mein Vaterland, so ferne!
> Da wo die Donau geht in's schwarze Meer
> Denk' ich an Dich zur Abendzeit so gerne
> Und der Gedanke macht das Herz mir schwer!
> Und ist's auch schön im fernen Land der Serben,
> Wo der Slowake und der Ungar haust,
> Wo ich geboren bin, da möcht' ich sterben,
> Im lieben Land, wo meine Salzach braust!"

Mit von Wort zu Wort steigender Verwunderung
hörte Hanney dem Mädchen zu, das ohne alle Kunst mit
so warmer Empfindung, mit so warmer Geberde sprach,

daß er glaubte, noch nie etwas Besseres gehört zu haben.
Schweigend hörte er den übrigen Strophen zu, in denen
an allerlei Kleinigkeiten anbindend sich die Sehnsucht eines
einfachen Gemüths nach der geliebten Heimath in rühren=
der Weise aussprach. Franzel beklamirte nicht; sie sprach
so voll ächten Gefühls, daß er sein eigenes Gedicht fast
nicht mehr erkannte. Die Schlußstrophe lautete:

> Die Donau rauscht — ich kann es wohl errathen,
> Das ist die Salzach, die daraus mich grüßt,
> Die durch das Reich so vieler Potentaten
> Mit ihr vereint und doch gesondert fließt!
> Das Rauschen thut, als wenn Dir in den Ohren
> Ein unbekanntes fernes Klingen saus't;
> — Ich möchte sterben, wo ich bin geboren,
> Im lieben Land, wo meine Salzach braust!

Die Nachbarin war bei den letzten Worten aus der
Kammer getreten und hörte verwundert zu. Hanney stand
auf. „Du hast gesagt, Du willst morgen fort, Franzel,"
sagte er. „Thu's nicht; bleib noch da — bleib nur noch
acht Tage und ich will Alles daran setzen, daß ich Dei=
nen Wunsch erfüllen kann. Willst Du?"

Mit leuchtenden Augen gelobte es Franzel und wäh=
rend er sich zu der Alten wandte, um ihr Stillschweigen
über das Gehörte aufzutragen, war sie rasch und lautlos
verschwunden, wie sie gekommen war. Auch die Alte ging
kopfschüttelnd und voll Verwunderung; Hanney aber blieb
allein in einer Fülle von Gedanken und Vorstellungen,
die ihn umgab und sich zu immer klareren Bildern ge=
staltete, bis er trotz Unruhe und Aufregung entschlief. —

Acht Tage waren vorüber; da saß der alte Zunft=
meister gedankenvoll am Tisch und las in einem Hefte,
das vor ihm lag. Im Fenster saß Wolfsind, mit einer

Arbeit beschäftigt und sah neugierig dem Vater zu, wie er bald las, bald wieder blätterte, und das grüne Käppchen auf dem dünnen Silberhaar hin und wieder schob. Jetzt machte er das Heft zu, legte es vor sich hin, schwieg aber, indem er nur leise mit den Fingern auf dem Tische trommelte. „Nun Vater, wie ist's?" fragte endlich Wolfsind neugierig. „Was sagst Du zu dem Stück?"

Der Alte sah sich schmunzelnd nach ihr um. „Was ich sage?" rief er. „Ich sage, daß der Hanney ein Teufelskerl ist und daß es Schade ist, daß er in Burghausen aus der Stubi gelaufen ist — aus dem hätte etwas werden können!"

„Also ist das Stück schön und können wir's spielen?" fragte Wolfsind mit unverhehltem Vergnügen. „Wie heißt es denn und was ist's für eine Geschichte?"

„Weiß der Teufel, wie dem Burschen all' das Zeug einfällt ... aber so viel ich versteh, ist das Stück schön und wird ganz unsinnig gefallen, wenn wir es spielen. Es ist aus dem alten Testament, die Geschichte vom weisen König Salomo und von der Königin von Saba.

„Was ist's gewesen mit der?"

„Das war eine heidnische Königin, weit in Indien, die von dem Ruhme von Salomon's Weisheit gehört hatte und bis nach Jerusalem kam, ihn zu seh'n, mit kostbaren Geschenken und reichlichem Gefolge. Sie verlieben sich dann ineinander und es ist gar schön und geschickt gemacht, wie sie immer daran zweifeln und sich's ausreden wollen, bis es doch zum Ausbruch kommt. Mitten in dem größten Glück aber kommt der hinkende Bote nach — denn die Königin ist eine Feueranbeterin und glaubt nicht an den einigen Gott Jehovah. Eine

Heidin kann nicht die Frau des Judenkönigs werden, sie aber weigert sich standhaft und will eher ihrer Liebe, als ihrem Glauben entsagen. Die Hohenpriester wollen auch von der Heirath nichts wissen, denn sie fürchten, daß die Heidenkönigin den Salomo zu einem Abtrünnigen machen werde. Sie wiegeln das Volk auf; Salomon zeigt sich aber und es ist beruhigt — dann aber nehmen Beide Abschied von einander, freiwillig und für's ganze Leben.'

„Das ist freilich schön," sagte Wolfsind mit leichtem Erröthen. „Die Königin muß eine wunderschöne Rolle sein ... und was die für schönes Gewand haben wird! Ich freue mich schon darauf!"

„Ja es hat doch einen Haken," sagte der Alte, das Käppchen rückend. „Die Königin von Saba ist eine Mohrin ..."

„Eine Mohrin?" rief Wolfsind aufspringend. „Das ist eine dumme Geschichte! Wie kann benn ein vernünftiger Mensch glauben, daß der weise König Salomon sich in eine Schwarze verlieben wird? Das muß der Hanney ändern, sag's ihm nur gleich, Vater. Glaubt er, ich werde mir das Gesicht und die Hände und den Hals schwarz anstreichen, wegen seiner Königin von Saba? Das soll er sich nur vergehen lassen."

Der alte Schiffbauer lächelte eigenthümlich vor sich hin. „Verkaufe nur das Fell nicht," sagte er, „eh' Du den Bären hast. Meinst Du benn, es ist so gar gewiß und ausgemacht, daß Du die Königin von Saba spielst?"

Wolfsind sah ihn verwundert an; ihr Schweigen sagte deutlich genug, daß sie keine Nebenbuhlerin kenne, die sich mit ihr zu messen vermöchte.

„Der Hanney," fuhr der Alte fort, indem er auf=

stand und das Heft einsteckte, „hat schon dafür gesorgt;
daß er seine schwarze Königin hat. Und er hat sich gleich
eine ausgesucht, bei der das Anstreichen nicht von Nöthen
ist ... er will haben, daß Niemand Anderes die Königin
von Saba spielt — als die Mohrenfranzel!"

Wolfsind war einen Augenblick verblüfft; dann brach
sie in ein Lachen aus, das spöttisch sein sollte, das aber
nur verletzt und bitter klang. „Das Mohrenfranzel?"
sagte sie verächtlich und doch gereizt. „Er hat das Stück
wohl gar eigens gemacht für sie? Ja ja, es wird schon
so sein ... er war ja schon neulich ganz Feuer und Flamme
für sie und hat mich stehen lassen mitten in der Prob'...."

„Es kann wohl sein, daß Du Recht hast," antwortete der Alte kurz, indem er sich zum Ausgehen fertig
machte, „wenigstens hat er's recht wichtig gemacht, daß
die Königin von Saba ja gegeben werden sollt' und ja
sein gleich, und daß die Franzel die schwarze Königin
spielen soll ...."

„Das wird aber nicht gescheh'n!" rief Wolfsind
zornig. „Nicht wahr, Vater, Du sorgst dafür? Du
gibst dem Hanney den Wisch zurück und sagst ihm, daß
die Franzel damit zu ihren Landsleuten geh'n soll, wenn
sie die Königin von Saba spielen will!"

Der Alte war fertig und stand mit Hut und Stock
an der Thür. „Fällt mir nicht ein!" sagte er. „Für's
Erste ist das Stück kein Wisch, und es wär' unrecht und
dumm von uns, wenn wir's uns entgehen ließen. Wir
werden überall ein Heidengeld damit verdienen, denn wenn
die Leute hören, daß eine wirkliche Schwarze d'rinnen
mitspielt, so laufen sie uns allein schon deßwegen das
Theater nieder. Für's Zweite ist die Franzel doch allemal

in Scharlerkind, und wir haben sie nur zurückweisen
müssen wegen ihrer Farb'... Der Hanney hat's zu
machen gewußt, daß die nicht mehr im Weg' ist dabei. —
Also haben wir kein Recht, die Franzel auszuschließen!"

„Aber Vater!" rief Wolfsind zornig. „Siehst Du
denn nicht ..."

„Ich seh' allerdings," antwortete er, „und noch dazu
recht gut und vielleicht mehr als Du meinst und als mir
lieb ist ... Also sag' ich Dir, mach' mir keine Dumm=
heiten, und schau' daß Du nicht noch ausgelacht wirst von
den Leuten. Ich gehe jetzt auf's Rathhaus, und laß das
Stück ausschreiben. Es ist nicht lang und hat nur drei
Akte; der Hanney kann seinen Salomon schon auswendig,
die Franzel lernt schon über Hals und Kopf an der Köni=
gin; ich werd' mit dem Hohenpriester auch fertig werden,
und so kann das Stück in acht Tagen sein, und wir
können's überall gleich geben, wo wir hinkommen. Und
damit Du auch was zu denken hast während dieser Zeit,
so will ich Dir sagen, daß ich nicht allemal auf dem
Stühlchen dasitzen und Deinen Launen zu Gefallen han=
deln will. Es wär' vielleicht klüger gewesen, ich hätte
gleich das erstemal Nein gesagt. Also besinn' Dich und
überlege Dir, wie Du es anstellen willst, den Melcher
wieder zurecht zu bringen, der mir von Burghausen einen
Brandbrief um den andern schreibt... Du verstehst mich
schon?"

Er ging, nicht ohne etwas theatralisches Pathos, das
ihm von der Bühne her zur Gewohnheit geworden war.
Wolfsind blieb allein zurück, das Taschentuch vor den
Augen und Thränen ohnmächtigen Zorns in denselben.

Sie hatte wohl auch einigen Grund dazu.

Wie viel hatte sie in ihren Augen sich selbst ver-
geben, als sie bei der Probe des bayrischen Hiesels die
wärmere Annäherung Hanneys nicht wie sonst mit vornehmer Kälte von sich abgehalten hatte! Und wie hatte
er ihr gedankt! In Mitte des zärtlichsten Gesprächs, im
Augenblick als vielleicht schon ein beglückendes Geständniß
auf ihren Lippen bebte, hatte er sie verlassen, und warum!
Wegen einer einfältigen häßlichen Person, die es sich einfallen lassen wollte, sich neben sie hinzustellen! Als
Hanney bei der nächsten Probe wieder vor sie trat, ließ
sie ihn das Gewicht seines Unrechts in der verdoppelten
Gleichgiltigkeit fühlen, mit der sie seine Versuche, sich
wieder zu nähern oder sich zu entschuldigen aufnahm. Sie
schnitt ihm sogar jede Gelegenheit dazu ab, indem sie die
erweichende Abschiedsscene zwischen der Wirthstochter und
dem Wildschützen gar nicht mehr probirte, unter dem
Vorwande, sie komme ihr langweilig vor und sei schon
genug probirt. Als Hanney gleichwohl nicht nachließ, sie
zu besänftigen, wurde sie allmälig etwas milder und als
die erste Aufführung des bayrischen Hiesels über alles
Erwarten glänzend und mit einem wahren Triumphe für
sie endigte, war sie zu verzeihen bereit. Die nächste Probe
hätte den Anlaß zur Aussöhnung und Erklärung gegeben...
wie stolz war sie auf Hanney, als sie sein Talent und
seine Arbeit so anerkannt sah; wie schmeichelhaft war ihr
die Huldigung, die sie darin für sich enthalten glaubte,
daß er die Rolle einer Königin geschrieben — und nun
diese Enttäuschung! — Sollte er die Schwarze wirklich
lieben? Das war unmöglich! Aber was fesselte ihn dann
so sehr an sie? Was bewog ihn, ihren Wunsch wegen
des Theaters zu erfüllen und sogar ein eigenes Stück

bloß ihretwegen zu schreiben? „Ich will und muß es wissen," sagte sie nach längerem Sinnen zu sich selbst. „Wenn sie es noch so fein anstellen, ich komme doch dahinter und wenn es so wäre, wenn er mich hintergangen hätte, dann sollen alle Beide an mich denken!"

Während dieß in Wolfsinds Gemüth vorging, war Hanney in einer nicht viel bessern und ebenso unklaren Gemüthsstimmung. Er hatte Wolfsind nicht hintergangen; er liebte sie wirklich — aber was bei ihr schon ein bestimmtes Gefühl geworden, war bei ihm erst eine in der Entwicklung begriffene Ahnung. Seit er Mohrenfranzel wieder gesehn, war in ihm eine ihm selbst unerklärliche Veränderung vor sich gegangen. Er konnte nicht mehr an Wolfsind denken, ohne daß das Bild Franzels wie ein dunkler Schatten sich daneben drängte. Er fühlte das tiefste Mitleid mit ihr und versank wider Willen in förmliche Träumereien, wie er ihr helfen könne. Seit dem abendlichen Besuche, seit der Berührung ihres Arms war das Uebel noch um Vieles ärger geworden. Er zankte mit sich selbst, daß ihm die Sache so nachginge und war ordentlich froh, als er in dem Versprechen, sie zum Theaterspielen zu bringen, den Ausweg vor sich sah, all' die unnützen Gedanken auf einmal los zu werden. War das erreicht, so hatte er seine Verpflichtung gegen sie erfüllt, er hatte dem Rechte seiner Jugenderinnerungen Genüge gethan, sie war geborgen und er hatte in Kopf und Herzen nichts mehr mit ihr zu schaffen. Dieser Gedankengang war auch richtig, aber er enthielt doch eine Täuschung, denn um so weit zu kommen, mußte er sich zuvor erst recht ernstlich mit dem Mädchen und mit den Planen beschäftigen, wie ihr die verschlossene Thüre des dramati-

schen Schopperstabels geöffnet werden könne. Damit
drückte er sich den unbeachteten Angelhacken selbst immer
tiefer in die Brust, und machte jeden spätern Versuch, ihn
herauszuziehen, wo nicht unmöglich, so doch noch schmerzlicher.

Daß er mit Vorstellungen und Bitten nichts aus=
richten werde, sah er leicht ein; er konnte sich auch nicht
verhehlen, daß Franzel wegen ihrer Hautfarbe in den ge=
wöhnlichen Stücken nicht zu verwenden war. Er besann
sich also auf ein anderes, auf ein ungewöhnliches, wobei
die Farbe kein Hinderniß wäre — er fand keines und
so stand er bald bei dem Gedanken stille, selber ein Stück
zurecht zu machen, in welchem eine Mohrin spielen könne.
Die Spöttereien der Bursche selbst brachten ihn hierauf
und als er einmal so weit war, fand sich auch bald ein
geeigneter Stoff dazu. Die Holzschnitte der alten Haus=
bibel verhalfen ihm endlich vollends ins Klare und bei
der ungetrübten Naivetät, womit er an die Arbeit ging
und an die Möglichkeit des Mißlingens gar nicht dachte,
war das merkwürdige Stück auch bald begonnen und schritt
mit Riesenschritten vorwärts. Die bekannten Stücke, in
denen er zu spielen pflegte, mußten dabei als Muster die=
nen und es war daher nur natürlich, wenn dasselbe in
Anlage und Ausführung ebenso einfach und grobkörnig,
aber auch von gleicher Naturwirkung war.

Endlich war die Riesenarbeit fertig; der Zunftmeister
hatte die Königin von Saba gelesen und gelobt und un=
bedenklich seine Zustimmung gegeben, daß dieselbe zum er=
sten Debut der Mohrenfranzel werden solle. Mit freudi=
gem Herzen eilte Hanney zu ihr, um ihr die große Neuig=
keit zu bringen. Er ging hin, in der bestimmten Erwar=
tung, daß er von ihr beruhigt und mit seinen frühern

25*

Gedanken und Empfindungen weggehen werde, — als er
aber vor ihr stand, stieg ihm eine Ahnung auf, daß er,
um dieses Ziel zu erreichen, denn doch nicht den rechten
Weg eingeschlagen habe. Er hatte Franzel seit dem Abend,
wo sie zu ihm kam, nicht wieder gesehn und stand wie
verdutzt vor ihr. Sie war im leichten Hausgewand; die
kurzen Aermel des schneeweißen Hemds ließen die schöne
Rundung der dunklen Arme vortheilhaft hervortreten; um
Hals und Nacken stieg die Hemdkrause ebenfalls angenehm
empor und das dunkelrothe Tuch, das sie nachlässig um
die Stirne und um das nicht eben lange aber reiche und
sich anmuthig kräuselnde schwarze Haar geschlungen hatte,
gab ihrer ganzen Erscheinung etwas Fremdartiges und
Eigenthümliches. Zudem strömten, als sie den einzigen
Freund erblickte, ihre Augen unbewußt von dem Entzücken
über, das in ihrem leidenschaftlichen Herzen loderte und
das Lächeln des feingeformten Gesichts war so verführe-
risch, daß er sich mit Gewalt an die dunkle Hautfarbe
erinnern mußte. „Ja," sagte sie, bebend vor Freude, „Ja,
Du bist ein Mann! Ich hab's gewußt, daß Du auch
durchführst, was Du Dir vorgenommen hast . . . aber Du
sollst Dich nicht schämen müssen meinetwegen. Das soll
mein Dank sein, daß ich allen Leuten zeige, daß der einzige Mensch, der sich um das Mohrenfranzel angenommen
hat, doch recht gethan hat!"

Hanney eilte, sobald als möglich aus der gefährlichen
Nähe fortzukommen. Er nahm die ihm dargebotene Hand
nicht an, denn er kannte ihre verwirrende Kraft. „Halte
Wort," rief er im Davoneilen und wußte selbst nicht recht,
was er sagte.

Und Franzel hielt Wort. Als die Königin von Saba

zum erstenmale über die Bretter schritt, dröhnte der ge=
drängt volle Saal von einem Beifalle wieder, wie er sel=
ten gehört worden war. Er galt dem Stücke, er galt
dem königlichen Salomo, er galt dem würdevollen Hohen=
priester, aber er galt im vollsten Maße der Königin von
Saba. Franzel hatte sich mit Wahl und Geschmack ge=
kleidet, sie war nicht nur in Gestalt und Erscheinung eine
wirkliche Königin; sie wußte sich auch als solche zu ge=
berben. Sie sprach gut und ohne Uebertreibung; ihr
etwas tiefes Organ hatte einen gewissen wehmüthig ein=
schmeichelnden Klang und in den leidenschaftlichen Scenen
entwickelte sie eine Kraft und ein Feuer, wie sie auf die=
sen Brettern noch nie erschienen waren. Sie hatte etwas
von der afrikanischen Glut ihres Vaters geerbt. Als nach
der großen rührenden Abschiedsscene der Vorhang gefal=
len, war kein Auge trocken geblieben, so lebhaft hatte
sie den Schmerz einer edlen Seele wiedergegeben, welche
Herz und Glück ihrer Ueberzeugung, ihrem besseren
Wollen opfert und ein freudloses einsames Dasein im
Bewußtsein der erfüllten Pflicht einem Leben voll Freude
aber von Schuld befleckt vorzieht. Alle Zuschauer, von
den Mägden und Handwerksgesellen bis hinauf zu den
Bürgern und ihren Frauen, bis zum Landrichter und De=
chant waren einig über das seltene Talent der Mohren=
franzel und wie aus Einem Munde erscholl das Lob Han=
neys, der ihr Auftreten möglich gemacht hatte.

Dieser stand, als der Lärmen ausgetobt hatte, hinter
den Coulissen, seiner Königin von Saba gegenüber und
dachte so wenig als sie daran, den Königsmantel und die
Krone Salomos abzulegen. Sie hielten sich an den Hän=
den und waren im eifrigsten Gespräch; Hanney fiel es

nicht mehr ein, wie gefährlich diese Berührung war, er sah und dachte nur an Franzels herrliches Spiel. Wohl hatte er schon auf den Proben gesehn, daß sie ihre Sache gut machen werde; aber der Strom von Gefühl, den sie dort zurückgehalten hatte, nun aber frei ausbrausen ließ, hatte auch ihn mit fortgerissen, daß er zuletzt selbst vergaß, daß er nur Komödie mit ihr spiele, und daß ihm im entscheidenden Augenblick wirklich zu Muthe war, als sei er König Salomo; als liebe er dieses Weib, das sich von ihm losreißen wollte, und als müsse mit dem Stücke wie seine Königsherrlichkeit auch all' sein Lebensglück zu Ende gehn!

Auf Franzel dagegen hatte das Spiel und der Beifall die entgegengesetzte Wirkung geäußert. Die fieberhafte Aufregung, in der sie während desselben sich befunden hatte, war verraucht und eine desto tiefere Abspannung, eine Entmuthigung zurückgeblieben, die sich nur in Thränen zu äußern vermochte. Sie mußte sich Gewalt anthun, um den Ausbruch derselben zurück zu halten.

„Franzel!" rief Hanney, „sage mir nur, Franzel, wie es möglich ist, daß Du so spielen kannst? Wo hast Du das gelernt?"

„Gelernt!" antwortete sie traurig. „Kann man das lernen? Ich hab' mich eben hineingedacht, wie der armen Königin ums Herz gewesen sein muß und da kommt Alles von selbst!"

„Aber wenn man in so etwas so hineindenken soll, muß man doch etwas Aehnliches erlebt haben! Und Du . . ."

„Und ich? Hab' ich das etwa nicht? — Ach, . . ." rief sie und die Thränen strömten unaufhaltsam vor, „ich habe

ja nur mich selber gespielt ... ich bin ja selber die un=
glückliche Königin von Saba!"

„Sei nicht ungerecht, Franzel ... Wie kannst Du so
was sagen?"

„Ungerecht? Bin ich nicht ebenso schlimm, bin ich
nicht noch schlimmer daran als die arme Königin? Sie
kann in ihr Land zurückkehren, wo sie treue Diener und
Freunde hat ... wo habe ich eine Heimath? Muß ich
nicht wie sie, auf Alles verzichten, was Einem lieb und
werth ist und muß dazu noch ein fröhliches Gesicht ma=
chen, damit man mich nicht gleich vor die Thüre weist?"

„Nein, nein, — jetzt, nach Deinem heutigen Spielen
gehörst Du zu unserm Theater ... Du wirst bei uns blei=
ben und bist geborgen."

„Geborgen? — Es thut mir leid, daß ich das sagen
muß und ich bitte Dich um Alles in der Welt, leg' es
mir nicht als Undankbarkeit aus — aber glaubst Du
denn, daß man immerfort die Königin von Saba geben
kann? Und wenn sie abgespielt ist, was dann?"

Hanney schwieg. „Dann ist's wieder das Alte," fuhr
sie fort, „dann schicken sie mich wieder weiter — dann
soll ich mir wieder mein Brod unter fremden Leuten su=
chen und soll dienen ... und kann ich es denn? Wo es
die Leute mit mir wagen, es geht nicht — die Nachbarn
beschweren sich, weil ihre Kinder sich vor mir fürchten, die
Dummen spotten über mich und die Abergläubischen scheuen
mich ... Du hast es ja selbst gehört, daß sie alle Schwar=
zen für Zauberer halten!"

„Und doch ist es nicht, wie Du sagst! Die Königin
muß den einzigen Freund aufgeben, den sie hat — das
mußt Du nicht, denn Du hast ja mich!"

„O sage das nicht!" rief Franzel gerührt und mit wankender Stimme. „Du hast schon genug gethan für mich; Du kannst nichts mehr thun und es wäre Unrecht, wenn ich Dich hindern und Dich aufhalten wollte — Du hast noch Dein ganzes junges Leben vor Dir!"

„Aber ich will auch künftig für Dich sorgen!" rief Hanney glühend. „Ich will in meinem ganzen Leben nicht von Dir lassen!"

Ein Schauder des Entzückens durchrieselte das Mädchen, daß sie nur zu stammeln vermochte. „Hanney..." flüsterte sie.

„Ja ich kann nicht leben ohne Dich!" rief er innig. „Jetzt auf einmal ist es mir klar, daß ich Dich von Jugend auf lieb gehabt habe; jetzt weiß ich erst, daß ich Dich noch immer lieb habe, daß ich Dich lieb haben muß, so lang ich lebe..."

Franzel vermochte noch immer nichts zu erwidern; stärker durchloderte sie der Glutgedanke, sich geliebt zu wissen.

„Aber Du?" fuhr Hanney zärtlich fort. „Wirst auch Du mich lieb haben... wirst auch Du nur mir gehören wollen?"

Er drückte die Schweigende fest an sich, und überdeckte ihre schwellenden Lippen mit feurigen Küssen — sie widerstrebte nicht — im unausgesprochenen wortlosen Glück des sich Angehörens hielten Beide sich fest umschlungen.

Da schlug höhnisches Gelächter an ihr Ohr und schreckte sie aus ihrem Traum empor. Es war Wolffind, welcher der Zutritt zur Bühne, auch wenn sie nicht spielte, unverwehrt war. Sie hatte treffend den rechten Moment abgelauert, Beide zu beschämen und sich dadurch an Hanney zu rächen. „Ha, ha, ha," rief sie so laut, daß Alles, was sich in der Nähe befand, aufmerksam wurde und herbei eilte. „Spielt die Komödie auch noch hinter den Coulissen fort? Der Abschied war auch gar zu hart! Man kann es dem weisen König Salomo nicht verdenken, wenn er sich ein wenig dafür entschädigt! Aber mit natürlichen Dingen geht es doch nicht zu ... ich möchte wohl auch das Zauber= tränklein wissen, das die Leute so kirre macht!"

Eine neugierige lachende Gruppe drängte sich um das Paar, Franzel klammerte sich wie betäubt und Hilfe suchend an Hanney — dieser stand da, wie Einer, der im Schlafe und im Traum gewandelt ist und sich erwachend plötzlich auf einer ungeheuren schroffen Höhe entdeckt. „Das ist es," murmelte er, indem er sich wie träumend über die Stirne fuhr, „das ist es ... Wie ist mir denn eigentlich geschehn?" Und auf einmal sich aus Franzels Armen windend, stieß er sie wie im Abscheu von sich und rief: „Laß mich los, schwarze Here... was willst Du von mir? Ich habe nichts mit Dir zu schaffen ..."

Wie besinnungslos stürzte er fort; die Andern folgten. Niemand hatte ein Wort oder einen Blick für die noch vor Minuten so gefeierte Königin von Saba.

In dumpfem Brüten saß sie in dem dunklen Seiten= raum der Bühne, während draußen das possenhafte Nach= spiel zu Ende ging. Das Lachgebrüll des Publikums schallte zu ihr herein — die Königin war vergessen und die um sie geweinten Thränen waren weggelacht. Wie um sich zu überzeugen, daß sie nicht träume, fuhr sie nach der heißen pochenden Stirn ... die Königskrone fiel ihr darüber aus dem Haar und kollerte vor sie hin auf den dunklen Boden des Bühnenraums!

3.

Hanney war nach Hause geeilt, er hatte nicht vermocht, der Unterhaltung beizuwohnen, welche jedesmal auf solche erste Vorstellungen zu folgen pflegten. Er suchte Einsamkeit und Ruhe in seinem Häuschen; in der kleinen Stube fand er zwar die erstere reichlich, aber die Ruhe wollte nicht kommen. Es stürmte fort in seiner Seele, wie draußen in der Natur, wo ein eisig kalter Nordwind über die Schneeflächen hinsauste, sie aufhob und durcheinander wirbelte, daß bald alle Niederungen verdeckt und Weg und Steg verweht waren. Er versuchte wohl zu Bette zu gehn, und hoffte schlafen zu können, weil er ermüdet war — aber wie er den Kopf auf das Kissen legte und die Augen schloß, war es ihm, als tauche neben ihm ein dunkles Leidensgesicht aus der Finsterniß auf, als sähe ihn daraus zwei kummervolle Augen an, als flüsterte eine wohlbekannte weiche Stimme ihm in's Ohr und fragte ihn: „Was hab' ich Dir gethan?" Dann wiederholte er sich diese Frage selbst immer und immer und suchte nach allerlei Vorwänden, um eine Antwort zu finden, aber er fand keinen, der ihn vor dem vorwurfsvollen Zuruf geschützt, keine Antwort, die ihn beruhigt hätte. „Sie hat Dir nichts — gar nichts zu Leid gethan!" mußte er sich immer selbst wieder sagen. „Sie hat in gar nichts gefehlt, als daß sie den Worten eines schwachen unentschlossenen Menschen geglaubt, der ihr von Liebe vorsprach ... daß sie nicht bei der ersten Annäherung ihn von sich gestoßen, der nicht den Muth hatte, diese Worte vor Andern zu wiederholen, der sich ihrer geschämt und vom Gelächter der Leute sich hinreißen ließ, sie zu verläugnen." So sehr er sich abmühte, er konnte an Franzel keinen Makel finden, als

daß sie nicht die weiße Farbe des Landes trug ... wie
schmachvoll und unedel stund dagegen er neben ihr! Statt
ihr zu helfen, wie er ihr versprochen, hatte er sie erst
völlig zu Grunde gerichtet, denn er hatte ihr auch die Ruhe
des Herzens genommen, hatte ihre unschuldige Dank=
barkeit entflammt, bis sie Liebe geworden war, und das
Alles nur, um Liebe und Dankbarkeit mit Einem höhnischen
Schlage dem Gelächter preis zu geben. Die Arme hatte
Recht gehabt: sie war wirklich die Königin von Saba und
noch unglücklicher — denn diese konnte den Mann ihres
Herzens lieben und achten, indem sie ihn von sich stieß ...
Wie mußte sie dagegen von ihm denken!...

Die Frucht dieser Kämpfe war der Entschluß, beim
ersten Tagesstrahl zu der so bitter Gekränkten zu eilen,
sich ihre Verzeihung zu erbitten, und wenn sie Herz und
Hand noch annehmen wollte, ihr beide anzubieten und zu
betheuern, daß sie sein geliebtes Weib sein solle, vor aller
Welt, und trotz alles Gelächters und Gespötts! Es litt
ihn nicht mehr auf dem schlaflosen Lager, aber es währte
noch lange, ehe die langsame Winternacht wich, und der
erste Sonnenstrahl über den vergoldeten Schneehügeln und
Schneedächern heraufblitzte. Mit ihm zugleich traf Hanney
vor dem Hause ein, in welchem Franzel eine Zuflucht ge=
funden hatte; er fragte nach ihr, er wollte sogleich mit
ihr sprechen — es war zu spät. Noch in der Nacht hatte
Franzel all' ihre kleinen Habseligkeiten zusammen gerafft
und war entflohn ... er stand vor der unscheinbaren
Kammer, die sie beherbergt hatte. Sie war unfreundlich
und kalt und doch war sie ein Paradies gegen den Auf=
enthalt im Freien, gegen den Schneesturm, der die Nacht
über getobt ... und in den er sie hinausgejagt hatte.

Das ärmliche Bett war unberührt; Alles war sauber nnd ordentlich in dem Gemache, nur hie und da ließ ein Ent= chen Band, eine Nadel oder eine verstreute Papierhülse erkennen, daß die Bewohnerin ferne sein mußte und daß sie Eile gehabt hatte, zu entkommen. Die Miethfrau wußte nichts zu sagen, als wie leid es ihr thue, eine so brave, stille Inwohnerin verloren zu haben, und wie sie nicht anders vermuthen könne, als daß sie nach Salzburg ge= gangen sein werde, wo sie eine Base haben solle . . .

Hanney verließ das Haus schweigend; aber sein Ent= schluß stand nun fester als zuvor. Er wollte stehenden Fußes nach Salzburg aufbrechen und nichts ruhen, bis er die Verlorene wieder gefunden haben würde. Hastig schritt er die vom Morgenfrost gehärtete Schneebahn dahin in der gewissen Ueberzeugung, sie einzuholen. Bei dem Unwetter der Nacht konnte sie nicht weit gekommen sein, sie konnte keinen großen Vorsprung haben, während er vor Angst und Sehnsucht beinahe wie beflügelt dahin schritt. Dabei spähte er beständig nach allen Seiten, ob er nicht irgendwo ihre Spur wahrnahm, denn wie leicht war es möglich, daß sie vom Wege abgekommen, und in eines der Schnee= gewinde gerathen war, die sich an den Hügelabhängen haus= hoch gebildet hatten. Wie leicht konnte sie vor Ermattung irgendwo zusammengebrochen sein und erstarrt und hilflos im Schnee zu Grunde gehn, wenn nicht rasche Hilfe kam! Trotz der scharfen Kälte glühte Hanney's Gesicht vor Aufregung und Anstrengung und der Schweiß hing in schweren Tropfen an der Stirn. Er hätte aufjauchzen mögen, als endlich durch den Morgennebel die Thürme und die Veste von Salzburg vor ihm aufstiegen, denn dort mußte er Gewiß= heit erhalten. Mit angstvoll klopfendem Herzen gab er

dem finstern Zollwart Antwort, der ihn an der Mauth-
schranke anhielt und wagte die Frage, ob nicht ein Mädchen
von dunkler Gesichtsfarbe diesen Morgen in die Stadt gekommen. Trotz seiner Amtsmiene lachte der Visitator hell
auf. „Ein Mädchen von dunkler Gesichtsfarbe!" rief er.
„Hat man je so etwas gehört und noch dazu von einem
Laufner Schiffmann, denn das bist Du doch nach Deiner
Kleidung und Deinem ganzen Aussehn! Warum sagst
Du nicht rund heraus, eine Negerin oder Mohrin oder
Mulattin oder was weiß ich! Ein Mädchen mit dunkler
Gesichtsfarbe habe ich nicht gesehn, aber eine Mohrin ist
herein heute früh — es war noch kaum grau!" Hanney
hörte nicht mehr, er wußte genug und eilte fort; trotz des
Scheltens hatte ihm die Stimme des bärbeißigen Mauth-
ners wie die eines Engels geklungen! Franzel war also
in Salzburg; er wußte den Namen ihrer Base, er konnte
sie erfragen und durfte hoffen, in einer Stunde ihr gegenüber treten und sie im Triumphe mit sich zurückführen
zu können!

Eben wollte er über die Straße gehn, als ein heran-
klingelnder Schlitten seine Blicke auf sich zog. Er erkannte
trotz Pelzmütze und Mantelkragen den alten Schopper- und
Zunftmeister, den Vater der schönen Wolfsind und diese
neben ihm, eingemummt bis an die Augen, die ihm aber
noch nie so scharf und so bissig vorgekommen waren als
diesmal. Bei ihrem Anblick fiel ihm erst ein, daß heute
der letzte Tag der Dult oder des Jahrmarktes in Salzburg war und daß beide wohl um Einkäufe zu machen,
dahin fuhren — im ersten Augenblick war es ihm gewesen, als führe sie dieselbe Absicht hieher, wie ihn . . .
er hatte im Augenblick keinen andern Gedanken und meinte,

die ganze Welt könne keinen andern Gedanken haben als
das arme Mohrenfranzel. Behutsam drückte er sich an
die Wand und huschte in eine Hausthüre, um nicht gesehen
zu werden — er hätte es nicht vermocht, mit dem Alten
ruhig zu reden, oder die boshafte Person anzusehn, der er
all' dieß Elend verdankte! Und dieses herzlose hochmüthige
Ding hatte er einmal zu lieben geglaubt! Ihr hatte er das
sanfte weiche Herz Franzels opfern wollen und sie vielleicht
für immer verloren! — Erst lange nachher, als der Schlitten
weiter geklingelt war, trat er wieder hervor.

Die Wohnung der Base war bald aufgefunden; es
war eine betagte Frau, die Vaterschwester Franzels, die
Wittwe eines kleinen fürstbischöflichen Bediensteten, von
einer kleinen Pension die letzten Lebenstage kärglich fristend.
Hanney hätte die wackelnde Alte beinahe umarmt vor
Freuden, als er erfuhr, Franzel sei wirklich da, wohne
bei ihr und wolle einige Tage bleiben, bis sie einen Dienst
oder eine sonstige Unterkunft gefunden haben würde. Sie
war augenblicklich nicht zu Hause, sondern in dem nahen
Dom zur Messe gegangen. Hanney bat die Alte, sie nicht
mehr fortzulassen, bis er wieder komme und eilte nach
dem Dom, um der so sehnlich Gesuchten vielleicht dort zu
begegnen.

Dem Mohrenfranzel war die Nacht nicht minder
traurig vergangen, als Hanney. Als das Theater zu
Ende war und die Lichter und Lampen ausgelöscht wurden,
warf sie die Königskleider achtlos von sich und schlüpfte
unbeachtet und unangehalten aus dem Hause, dessen Stille
grell mit dem Jubel kontrastirte, der noch vor so kurzer
Zeit dasselbe erschüttert hatte. Sie wußte kaum recht,
was sie that und dachte — nur Eines stand blitzeshell

vor ihrer umnachteten Seele, fort wollte und mußte sie — fort aus der Nähe dieser Menschen, die für sie nur Kränkungen hatten und deren Bester ihr vollends das Herz gebrochen. Vergebens waren Zureden und Bitten der weichherzigen Miethfrau, doch wenigstens den Tag und das Ende des Schneesturmes abzuwarten: sie riß sich los und eilte unaufhaltsam fort wie ein vom Bogen geschnellter Pfeil. Sie fühlte nicht, wie der Nordwind durch die dünnen Kleider blies, und ihr den Schnee in's Gesicht schlug — ihr ganzes Wesen war Eine Flamme des Zorns, des Jammers und der schrankenlosesten Liebe! Wie war ihr ganzes Denken und Fühlen ihm entgegengeströmt, als der augenblicklich wieder erkannte Jugendgespiele als Retter vor sie getreten war! Wie hatte sie mit sich selbst gerungen, die erwachende Neigung niederzukämpfen, die seine fortwährende Güte und Freundlichkeit immer lebhafter in ihr anfachte! Und als sie zuletzt nicht mehr zweifeln durfte, daß ein ähnliches Gefühl in Hanney's Brust dem ihrigen antwortete, wie hatte sie innerlich aufgejauchzt — wie war die lang angelernte Erstarrung ihres Herzens vor seinen Liebesworten geschmolzen — und nun hatte er sie doch verstoßen! Auch er hatte im Grunde seines Gemüths keinen Glauben an sie; um eines albernen Argwohns willen; um einer flüchtigen eingebildeten Beschämung zu entgehn, hatte er sie verläugnet, und in das Nichts zurückgestoßen, aus dem er sie hervorgezogen, nur um sie dessen Elend doppelt fühlen zu lassen. Wohl fühlte sie endlich ihre ungewohnten Glieder von der stürmischen Nachtwanderung erstarren, sie fühlte, wie der Augenblick heran kam, wo die Aufregung der Erschöpfung weichen, und sie ohnmächtig zusammensinken würde in den Schnee — aber sie riß und

raffte fich immer wieder empor und kam mit Morgen=
grauen vor dem Thore Salzburgs an. Kaum hatte fie fich,
von der Bafe genöthigt, ein wenig Ruhe gegönnt, als die
Domglocken zum Gottesdienft riefen. Sie folgte dem
erften Tone des Geläuts, denn wenn fie auch das Liebfte
verloren hatte, was .fie auf Erden während ein paar flüch=
tigen Sekunden befeffen, die Glocken mahnten fie gerade
zur rechten Zeit, daß fie doch noch Einen Freund habe,
der fie nicht zurückftoße und vor dem ihr dunkles beten=
des Geficht fo fchön war als das der weißeften Europäerin!

Gefaßt und beruhigt verließ fie den Dom, kurz zuvor
ehe Hanney denfelben erreichte. Sie hielt auf den Stufen
inne, und blickte gleichgiltig in das Gewühl hinein, das
der Jahrmarkt in Kramläden, Buden und Ständen aller
Art zu entwickeln begann. Langfam fchritt fie durch das
Gedräng und blieb auf einmal überrafcht und verwundert
vor einer Schaubude ftehn, vor welcher ein großer fchwarz=
bärtiger Mann im rothen Rock die Neugierigen unter dem
Schalle einer großen Trommel und einer verftimmten
Trompete zum Eintritt aufforderte. „Treten Sie ein, meine
Herrfchaften!" rief der Marktfchreier. „So eben ift der
Anfang! Hier find zu fehen die weltberühmten Hotten=
totten, Kaffern und Bufchmenfchen, fo von Königen und
Kaifern und allen hohen Potentaten bewundert, in hiefiger
Stadt aber noch niemals nicht gefehen worden! Treten
Sie ein — es find ächte wirkliche Kaffern, die Sie in
ihrer ganzen Natürlichkeit fehn, wie fie in ihrem Vater=
lande frei herum gehn! Immer herein fpaziert, meine
Herrfchaften — es wird Sie nicht gereuen!"

Franzel traute ihren Ohren kaum. Alfo wirkliche
Menfchen waren hier zur Schau ausgeftellt, wie fie fonft

wohl Löwen und Bären gesehen hatte! Und die Leute drängten
sich herzu, diese Menschen zu begaffen und Alles das nur,
weil sie nicht die Farbe dieses Himmelstrichs trugen, weil
sie eine dunkle Haut hatten, eine Haut, wie sie selbst! Es war
kein Zweifel möglich, denn vor der Bude hingen große Bilder
und bestätigten die Ankündigung dessen, was drinnen zu
sehen waren. Es waren nackte farbige Menschen darauf
gemalt, mit Federkronen und Federschürzen, mit Korallen=
schnüren um den Hals, spielend und tanzend, wie sie es
in ihrer Heimath gewohnt sein mochten. Sie wagte kaum
aufzuschauen oder sich zu regen, aus Furcht, daß sie be=
merkt und selbst ein Gegenstand der Neugierde werden
möchte, denn auch sie trug ja die gleiche Absonderlichkeit
an sich. Dennoch konnte sie einem unbestimmten Drange
nicht widerstehn, die armen farbigen Leute zu sehn, die ja
aus demselben Lande kommen mußten, aus welchem der Mann
gekommen war, dem sie ihr unglückseliges Dasein verdankte.
Sie legte rasch die paar Eintrittsgroschen vor die Frau,
die an der Kasse saß, eine aufgeputze und wohlgenährte
Person, welcher der Ertrag ihrer Schaustücke ganz wohl
zu bekommen schien. Sie sah die Kaffern auf einer Bühne,
wie sie draußen angemalt waren, hörte sie ihre Kriegs=
gesänge anstimmen und ihre Tänze aufführen und fühlte
ihr Herz von einer unsäglichen Wehmuth und Bitterkeit
beschleichen. Noch nie war ihr das Ungewöhnliche ihrer
Körperbildung so lebhaft vor die Seele getreten. „Das ist
der Platz, auf den Du gehörst," jammerte sie innerlich.
„Du bist auch ein Abenteuer, ein Schaustück, wie diese
wildfremden Menschen da!"

Unbemerkt wollte sie die Bude wieder verlassen, aber
dem rothen Manne, der draußen den Ausrufer gemacht

hatte, war ihr Eintritt nicht entgangen. Er kam jetzt auf sie zu und bat sie, einen Augenblick mit ihm hinter den Vorhang zu treten, der einen Theil des Budenraumes ab= schloß und zu einer Art Wohnzimmer machte. Sie folgte ohne zu bedenken, was sie that, und stand wie eine halb Träumende vor dem Manne und der ebenfalls herbeigerufe= nen aufgeputzten Kassiererin, die sie schmunzelnd betrachtete. Der Mann war ausnehmend artig gegen sie, und bezeigte ihr seine Verwunderung, eine Afrikanerin anzutreffen und noch dazu unter dem Landvolke, dem sie ihrer Kleidung nach anzugehören scheine. Sie hatte keinen Grund, aus ihren Verhältnissen im Allgemeinen Hehl zu machen und was sie verschwieg, mochte der verschmitzte Herr der Bude wohl errathen. „Du thust Unrecht, Mädel," rief er, „daß Du Dich in diesem Land und unter diesen Leuten herumquälst, und mit der Arbeit plagst, da Du doch ein Leben haben könntest, wie eine Dame. Geh' mit uns; mir fehlt gerade eine junge hübsche Wilde ... ich mache Dich dazu und putze Dich auf, daß Du Deine Freude daran haben und Dich selbst nicht wieder kennen sollst! Du sollst vollauf zu leben haben, wie Du es nur verlangst und Geld genug obendrein und brauchst nichts dafür zu thun, als Dich ein paar Stunden da hinauf zu stellen und Dich anschauen zu lassen ..."

Franzel hörte noch immer wie im Halbtraume zu und erwiderte nichts. Der Ausrufer glaubte, sie sei noch un= schlüssig und fuhr bringender fort: „Besinne Dich nicht lange und sage Ja. Du sollst es gut haben bei uns, ich gebe Dir mein Ehrenwort darauf!" Auch die Frau be= stätigte das und durch Franzels Seele zuckte der Gedanke, einzuschlagen. War sie doch ein Schaustück wie die Hotten=

totten und Kaffern, warum sollte es ihr anders ergehen als diesen...

In diesem Augenblick schlug der Luftzug den Vorhang etwas zurück und ließ einen Blick auf die Straße thun. Franzel sah halb unwillkührlich hinaus, zuckte zusammen und unterdrückte mit Mühe einen Schrei der Ueberraschung. „Nein, nein," rief sie hastig, „ich will nicht!" schob den verblüfften Ausrufer und das geputzte Weib bei Seite und stürzte hinaus.

Sie hatte Hanney gesehn, der vor der Bude stand, sie hatte gesehn, daß er bleich aussah und mit kummervollem Blick die ausgehängten Abbildungen der Wilden betrachtete... Er war also da! Er war ihr nachgeeilt, denn was konnte ihn sonst hieher geführt haben ... er bereute vielleicht ...

Enttäuscht blickte sie draußen um sich. Es war Hanney gewesen, sie hatte sich nicht geirrt — aber er war nirgends zu sehn, er hatte sich im wachsenden Gedränge des Jahrmarkts verloren. Sie lief schnell nach den verschiedenen Richtungen, die er eingeschlagen haben konnte, sie drängte sich durch, wo sie in der Ferne einen runden Schifferhut über die Menge emporragen sah — es war vergebens. Dennoch gab sie es nicht auf, nach ihm zu suchen. Sie wollte sich entweder überzeugen, daß sie dennoch falsch gesehn oder, wenn er es wirklich war, wollte sie ihn wenigstens von ferne beobachten, und wollte erfahren, ob ihr thörichtes Herz Recht hatte mit seiner Vermuthung, daß er ihretwegen gekommen.

Hanney war indessen wieder vergeblich bei der Base gewesen und dann in seinem Trübsinne ziel- und planlos herumgewandert. So war er auch an die Bude mit den

Wilden gekommen und hatte traurig die Bilder vor der=
selben betrachtet: waren es auch häßliche Gestalten und
Gesichter, ihre Farbe rief ihm doch noch lebhafter das
Bild des Mädchens vor Augen, das ihm ohnehin nicht
von der Seite wich.

Er riß sich los und eilte, des Tumultes überdrüssig,
in ein Seitengäßchen — und schnurgerade dem alten Zunft=
meister in die Hände, der mit Wolfsind plötzlich vor ihm
stand. „Ei sieh da, Hanney!“ rief der Alte vergnügt.
„Auch auf dem Jahrmarkt? Das ist schön und mir doppelt
angenehm, daß wir so zusammen kommen! Du bist ja
gestern nicht einmal in die Versammlung gekommen, wo
Alles voll war von Lob und Verwunderung über Dein
Stück und über Dein Spiel als Salomon!“

Ehe Hanney etwas erwidern konnte, hatte der Alte
ihn am Arme ergriffen und in das nächste offenstehende
Haus geführt und gezerrt. „Das müssen wir nachholen!
Komm nur mit da herein! Wir wollen eine Flasche Kloster=
neuburger mit einander ausstechen — da sind wir gerade
recht am goldenen Wallfisch, da bekommen wir ihn von
der ersten Sorte!“

Hanney konnte nur eine unzusammenhängende Ent=
schuldigung vorbringen. Sie wurde nicht gehört, und im
nächsten Augenblick befand er sich mit dem gesprächigen
und seelenvergnügten Alten und mit der schweigenden Wolf=
sind in der Schenkstube zum goldenen Wallfisch und mußte
Bescheid thun auf das vortreffliche Gelingen der Königin
von Saba. Der Alte schien von Franzels Flucht noch
nichts zu wissen, denn er baute goldene Luftschlösser, wie
das Stück in Braunau und überall, wo sie hinkommen
würden, gefallen und welch' reiche Einnahme es ihnen ver=

schaffen werde. Hanney munbete bei solchen Reden ber köstliche Wein wie Galle unb er mußte sich alle Gewalt anthun, um bem Alten nur nothbürftig zu antworten unb weder seine eigene Stimmung noch das Ereigniß zu ver= rathen, das ihn barein versetzt hatte. Endlich ließ ihn ber Alte einen Augenblick los, um mit bem Wirthe ein Geschäft abzumachen unb er blieb neben Wolffinb allein.

Er schwieg, benn sein Gemüth war voll Bitterkeit gegen sie unb finster sah er auf die Straße hinaus. Die breiten Glasfenster ber Schenkstube reichten fast bis an ben Boben hinab, baß man Alles übersah, was braußen vor= ging, baß man aber auch von bort die beim Weine sitzen= ben Gäste gewahren konnte.

Wolffinb hatte während ber Anwesenheit bes Vaters kein Wort zu Hanney gesprochen, unb ber Alte hatte im Grunde seines Herzens barüber gelacht, benn er sah barin nichts als die gekränkte Eitelkeit, baß ihr die Königin von Saba entgangen war. Jetzt rückte sie rasch näher zu Hanney, faßte seine widerstrebende Hanb und sagte halb= laut mit gepreßter Stimme: „Bist Du mir bös, Hanney? Sei es nicht," fuhr sie fort, als er beharrlich schwieg. „Wenn Du Dir Alles recht überlegst, mußt Du sagen, baß ich Recht gethan habe. Die heimtückische Schwarze hat es barauf angelegt, Dich anzuköbern unb ber Himmel weiß, was sie bazu für Mittel gebraucht hat... Unb was hätte braus werben sollen? Du wärst mit ihr in's schlechte Gerebe gekommen und ein Bursch, wie Du, hätte ja boch nie mit ihr Ernst machen unb eine Mohrin heirathen können..."

„Gib Dir keine Mühe, Wolffinb," erwiberte er enb= lich kalt. „Du machst Dich umsonst so schön. Du hast ein boshaftes Gemüth, sonst hättest Du der armen Franzel und mir den Spott nicht angethan!..."

Aus den Augen des Mädchens stürzten Thränen. „Das kannst Du mir sagen?" schluchzte sie. „Und Du weißt doch, wie viel ich immer auf Dich gehalten, wie ich Dich Allen andern vorgezogen habe..."

„Ich hab's gespürt gestern," sagte er und suchte seine Hand los zu machen, die sie ergriffen hatte. Sie ließ ihn aber nicht los, sondern drängte sich noch enger an ihn und rief leidenschaftlich: „Und wenn ich gefehlt habe, darfst Du mir ein hartes Wort sagen deßwegen? Warum habe ich denn Alles gethan, als Deinetwegen?"

„Meinetwegen?"

„Ja stell' Dich nur an, als ob Du von nichts wüßtest? Warum habe ich's gethan, als weil ich's nicht vertragen kann, Dich mit einer andern zu sehn? Weil ich Dich über Alles lieb hab' und nicht leben kann ohne Dich?..."

Im rücksichtslosen Ungestüm der Leidenschaft fiel sie ihm weinend an die Brust und schlang die Arme um seinen Hals. „Laß' mich los, Wolfsind," sagte er heftig, indem er sich loszumachen suchte. „Willst mich noch einmal zum Gespött machen, wenn Ein sterblicher Mensch in die Stuben kommt?" Als sie sich nicht regte, schob er sie entschieden von sich, stand auf und nahm seinen Hut. „Es ist wahr," sagte er, „es hat eine Zeit gegeben, wo ich durch's Feuer gegangen wär' um ein solches Wort von Dir... es ist vorbei und Du bist selbst Schuld, daß es so ist... Behüt' Dich Gott, Wolfsind — wir zwei sind fertig miteinander für diese Welt!"

Er verließ die Stube.

Franzel war inzwischen auf ihrer vergeblichen Wan-

derung auch in das Gäßchen gekommen und wollte eben
am goldenen Wallfisch vorüber, als ihr Blick in das Fenster
und auf Hanney und Wolffind fiel. Sie traute ihren
Augen kaum, sie meinte, es müsse ein Traum sein — aber
es war nichts anders! Es war Hanney; er saß neben
Wolffind, sie hatte ihn bei der Hand gefaßt und lehnte
mit dem Kopf an seiner Brust ... Also darum war er
nach Salzburg gekommen! Und die leichtgläubige Thörin
hatte einen Augenblick glauben können, er habe an sie ge=
dacht!... Schwarz schwamm es ihr vor den Augen, sie
mußte sich an der Wand des gegenüberstehenden Hauses
halten, um nicht umzusinken...

Dann aber stürzte sie wie außer sich dem Jahrmarkte
und der Bude mit den Wilden zu. Athemlos trat sie
vor den erstaunten Eigenthümer und rief: „Da bin ich!
Da habt Ihr mich, wenn es Euch Ernst mit Eurem An=
trag ist ... ich will werden, was ich werden muß, ein
Abenteuer für die müßige Welt, ein nichtsnutziges Schau=
stück." Das erfreute Marktschreierpaar war höchlich damit
zufrieden und suchte sie auf alle Weise zu beruhigen. Der
Handel war bald geschlossen und das Handgeld gegeben.
„Stell' Dir's nicht so schwer vor, Mädel," sagte die Frau.
„Du sollst es gut haben bei uns. Mach' Dich aber fertig
zur Reise; die Dult ist aus und wir reisen noch heute
Abend."

Franzel war bereit; sie verließ die Bude nicht mehr.
Abends polterte der Gauklerwagen mit allerlei seltsamem
Geräthe beladen durch das hallende Felsenthor; unter der
Blahe auf dem Stroh saß Franzel ruhig und thränenlos.
Sie war auf's Aeußerste gefaßt.

Tags darauf wanderte auch Hanney zur andern

Seite aus Salzburg. Er hatte lange bei der Base gewartet, bis er sich der Ueberzeugung nicht mehr verschließen konnte, daß Franzel die Stadt bereits wieder verlassen haben müsse. Er kam Nachts in seinem Häuschen an, und übergab am andern Tage der Alten die Schlüssel, weil er verreisen müsse.

Niemand wußte, wohin er gegangen war; aber seine Entfernung brachte große Verwirrung hervor, denn in den nächsten Tagen sollte die Braunauerabtheilung der Schauspieler abgehn. Um es möglich zu machen, mußte Melcher durch einen eignen reitenden Boten von Burghausen einberufen werden.

Die Königin von Saba war zum ersten und letzten Male gespielt worden.

4.

... Bis hieher hatten die Mittheilungen meines alten Schiffers von Tittmoning gereicht. Ich wußte nichts weiter, als daß Hanney sich wahrscheinlich nach Ungarn oder nach der Wallachei gewendet hatte, denn in jenen Gegenden war er von Schiffern zuletzt gesehn worden. Die Geschichte hatte mich interessirt, und ich war eben daran, ihr einen Abschluß aus eigener Erfindung anzupassen, als in der Hauptstadt des Landes ein großes Volksfest gefeiert wurde, bei welchem die Bewohner von nah und fern nach Tausenden herbeigeströmt waren. Auch ich ging der Festwiese zu und ergötzte mich an dem fröhlichen Gedränge heiterer Menschen, an der verschiedenen Art und Weise, sich zu gebahren, und an den lauten Abstufungen und Mannigfaltigkeiten der Trachten. Mit einem Male bemerkte ich einen alten hagern Mann in kurzer Jacke, rundem Hut und langen Wasserstiefeln, der unfern von mir einherschritt und mich fortwährend von der Seite betrachtete. Auch mir kam das scharfgeprägte muntere Gesicht bekannt vor; während ich mich aber gerade besann, wo ich ihm begegnet sein mochte, kam der Mann auf mich zu, und redete mich grüßend an. „Ich mein' alleweil, ich soll Euch kennen, Herr," sagte er und als ich erwiderte, daß es mir ebenso mit ihm er= ginge, fuhr er fort. „Seid Ihr vor ein paar Jahren in Tittmoning gewesen? Seid Ihr nicht der Herr, dem ich die Geschichte vom Mohrenfranzel erzählt habe?" Nun waren wir schnell im Klaren, die Bekanntschaft wurde erneuert und hinter einem Kruge Tölzerbier bestärkt. Er erzählte mir Vieles von den Wasser= und Bühnen=Fahrten seiner Ge= nossen und wie er heuer den Rummel noch mitmachen, dann aber sich zur Ruhe begeben wolle, denn „der Kopf läßt aus und die Füß' auch!" Er unterbrach sich dann selbst und rief: „Sakra, die Geschichte vom Mohrenfranzel muß ich Euch doch ganz aus erzählen: die hat seitdem eine Fortsetzung bekommen." Ich hörte zu und eben war mein Schiffer zu Ende, als das Zeichen zum Beginn des Pferde= rennens gegeben wurde. Das sollte nicht versäumt werden; wir gingen, waren aber im Nu durch das Gedräng von einander getrennt, um uns nicht wieder zu begegnen.

Ich war der Sorge enthoben, einen Schluß der Er= zählung erfinden zu müssen.

Hier ist, was mir der Schiffer als solchen gab.

*   *   *

Ein halbes Jahr mochte vorübergegangen sein, seit Hanney und Franzel verschwunden waren. Es war Früh= ling im „lieben Lande" an der Salzach, und Frühling weit unten in der Türkei und Wallachei, wo die Donau sich dem Ziele ihres Laufes nähert. Da schritt Hanney durch die engen schmutzigen Gassen einer türkischen Grenzfestungsstadt, und besah sich das fremde Leben und Treiben, die verschiedenen Menschen und die bunten noch verschiedeneren Trachten. Er trug den Ledergürtel um die Mitte, welcher den Schiffer immer auf die Reise begleitet und die Art über der Schulter zeigte, daß er erst unlängst angekommen sein mußte. Er hatte den ersten Schiffzug mitgemacht und wollte nun aufs Gerathewohl bis ans Meer wandern und sich auf ein Seeschiff verdingen. Er wollte die weite Welt sehn und dazu schien ihm dieß das beste Mittel zu sein; daheim litt es ihn nicht nicht mehr, seit er die Hoffnung hatte aufgeben müssen, Franzel wieder zu finden. Er war nicht mehr der alte rüstige und lustige Bursche; er wanderte trübselig dahin, denn die Ungewißheit über das Schicksal des Mädchens ließ ihn nicht ruhen. „Wenn ich nur wüßte, daß sie lebt," sagte er oft zu sich selbst, „dann wollte ich getroster sein! Oder wenn ich wüßte, wie es ihr ginge! Daß sie nicht krank, nicht in der Noth und im Elend ist und Niemand hat, der sich um sie annimmt . . ."

Eben schritt er auf einen größern Platz hinaus, wo ihn Trompetenton und die Schläge einer großen Trommel aufmerksam machten. Er trat näher und stand vor einer Schaubude, in welcher Springer und Seiltänzer ihre Künste zum Besten gaben. Zugleich hingen Bilder an den Bretterwänden mit den Abbildungen von Kaffern, die da auch zu sehen sein sollten. Er erkannte die Bilder wieder; er hatte sie in Salzburg an dem Tage gesehn, an welchem er Franzel vergeblich gesucht. Die Erinnerung trieb ihn an, sich unter das bunte Volk zu mi=

ſchen, das in den Schauplatz drängte. Er ſehnte ſich or=
dentlich darnach, Menſchen zu ſehn, die wenigſtens in
Einem Stücke der lieben Verlorenen ähnlich waren.

Er ſchenkte den Kraftſtücken und Sprüngen, welche
die Aufführung einleiteten, wenig Aufmerkſamkeit und er=
wartete mit Ungeduld das Auftreten der Wilden. Jetzt
wurde die berühmte Afrikanerin angekündigt, das Non
plus ultra von Gewandtheit und Zierlichkeit in ihren hei=
mathlichen Tänzen. Alles war begierig, aber die Ange=
kündigte kam nicht; ſtatt deſſen hörte man hinter der
Bühne eine wilde ſcheltende und fluchende Stimme und
der Gegenſtand der allgemeinen Neugier erſchien endlich,
aber offenbar widerwillig und mehr herausgeſchoben als
ſelbſt vortretend. Es war eine hohe ſchlanke Geſtalt in
einem hellblauen Gewande, das von einem goldenen Gür=
tel zuſammengehalten, Arme und Beine frei ließ, an de=
nen ebenfalls metallene Ringe glänzten. Sie trug gelbe
Kugeln in den Händen, mit denen ſie den Tanz zwiſchen
allerlei Hinderniſſen beginnen ſollte, die am Boden um=
hergeſtellt wurden und nicht berührt werden durften. Eine
mißtönende Muſik begann, aber ſie brach plötzlich wieder
ab, denn Hanney, dem ſchon beim bloßen Heraustreten
Hören und Sehen vergangen war, hatte die Arme erkannt,
wie ſie nur den erſten Schritt vorwärts machte. „Fran=
zel!“ rief er, „Franzel!“ mit überlauter Stimme, unbeküm=
mert um all' die Türkenköpfe, die ſich nach ihm umwen=
deten und über die Störung zürnten. Franzel ſtand bei
dem Rufe eine Sekunde wie verſteinert; ſie ließ dann die
Kugeln auf die Bühne fallen und ſtarrte, die zitternden
Arme weit vorſtreckend nach dem Orte, woher der Laut
gekommen war. „Franzel!“ rief es wieder . . . ſie fand

ihn aus; sie erkannte unter den Türken die liebe Tracht
der Heimath . . . „Hanney," rief sie entgegen und war
mit Einem Sprunge über die Bühne herab und über die
verblüfften Musikanten und Zuschauer weg. Nichts hielt
sie zurück, und im nächsten Momente hing sie aufgelöst
in Thränen und unfähig eines Wortes am Herzen des
Jugendfreundes.

Ein unbeschreiblicher Tumult brach los; die Türken
kreischten und drängten auf das Paar ein und fluchten,
diesen unverständlich, über die Störung des Schauspiels,
dessen Fortsetzung sie ungestüm verlangten. Auch der „Di-
rektor" der Bude, der Mann im rothen Rock, kam heran,
fluchte und wetterte und wollte Franzel mit sich fortrei=
ßen. Sie aber klammerte sich fest an den Freund und
rief: „Laß mich nicht los, Hanney," rief sie, um Gottes=
willen — „laß' mich nicht wieder zu den schrecklichen Men=
schen! Ich will thun, was Du von mir verlangst — nur
nicht wieder zu diesen . . . eher will ich sterben!"

„Hat keine Gefahr, Franzel!" rief Hanney, „Weil ich
Dich nur wieder hab', sollen nur noch ein paarhundert
solche Hanaken und Türken herkommen und sollen's pro=
biren, Dich mir zu entreißen!" Mit einer geschickten
Wendung stellte er sich so, daß er den Rücken frei bekam,
und zugleich Franzel bedeckte. Dann schwang er seine Art
und rief den Schreiern und Drängern zu: „Halt! Zurück!
Dem Ersten, der mir näher kommt, hau' ich den Schädel
auseinander!"

Das Volk wich zurück; auch der Bubenherr hatte
keine Lust zu versuchen, ob der Bursche entschlossen sei,
seine Drohung zu erfüllen. Man schrie hinüber und
herüber; über dem Lärmen erschien die Wache und die

Sache sollte vor den Pascha kommen zur Entscheidung. Das mochte dem Marktschreier nicht genehm sein. Er rief Hanney zu, das Mädchen sei ihm schuldig — er solle für sie zahlen, dann wolle er die widerwillige Person laufen lassen, die doch zu nichts zu brauchen sei! Den Türken ließ er durch einen Dollmetscher ein anderes Schauspiel versprechen, das sie vollauf für das verlorene entschädigen würde. „Es ist wahr," sagte Franzel, „der Mensch hat es schon zu machen gewußt, daß ich ihm schuldig geworden bin und immer tiefer hinein kam... das war's ja allein, womit er mich immer festhielt... ohne das wär' ich ihnen längst entsprungen und wär' es ins Wasser gewesen!"

Hanney warf dem Manne, der sich aber nicht darum bekümmerte, mit dem Gelde einen sehr verständlichen Halunken zu... und stand nach wenig Augenblicken vor der Bude, sein braunes Liebchen am Arm und einen Bündel mit ihren wenigen Habseligkeiten in der Hand.

Das Nothwendigste, eine Unterkunft war bald gefunden, in kurzer Zeit war Franzel umgekleidet und trat wieder vor Hanney, dem das Entzücken aus den Augen strahlte. Sein Benehmen, seine halben Worte, seine Blicke hatten ihr in den ersten Sekunden gesagt, daß sie wieder einen Platz in dessen Herzen ihr eigen nennen durfte. Sie saßen bei einander, immer von Neuem einander betrachtend und sich verwundernd, daß sie sich wirklich wieder gefunden hatten, so wunderbar, so weit vom Vaterlande, und daß sie einander wieder Alles sein konnten, ungestört von Spott und neidischem Gelächter. Sie wußten gar nicht, wo mit Erzählen begonnen und wo geendet werden solle; alle Ereignisse des verhängnißvollen Tages von

Salzburg wurden aufgeklärt und über dem süßesten Ge=
plauder waren einige Stunden verflogen und der Abend
war da.

Was sollte nun werden? Hanney warf die Frage
auf, indem er sie zugleich beantwortete. „Und nun," rief
er, „weil wir einander wieder haben, wollen wir auch
nicht wieder von einander lassen! Mache Dich fertig,
Franzel — morgen in aller Frühe reisen wir nach Haus,
in drei Wochen ist Hochzeit und ich führe Dich als mein
Weib in das kleine Obslaufener Haus — für uns hat es
ja doch Platz genug!"

Er zog den Silberring seines Vaters vom Finger
und suchte ihn an Franzels Hand zu stecken: „Da nimm,"
sagte er, „Du hast mir ihn gebracht — nimm ihn wieder
als Verlobungsring . . ."

Ungewiß und schwankend hielt Franzel den Reif in
der Hand und sah Hanney mit liebevollem Blick an:
„Gott weiß, daß ich kein größeres Glück im Himmel und
auf Erden für mich weiß, als was Du mir anbietest!
Dein Weib werden, Hanney . . . ich kann mir's kaum
denken und vorstellen, daß das möglich sein soll . . . und
doch muß ich . . . Nein sagen!"

Hanney sprang entsetzt auf: „Nein?" rief er „Du
könntest Nein sagen, jetzt wo uns der Himmel so sichtbar
zusammengeführt hat? Du willst den Ring nicht neh=
men, willst nicht mein Weib werden?"

„Ich will, Hanney, ich will . . . aber ich kann ja
nicht . . . ich kann nicht mehr zurückgehn in die Heimath, . . .
ich hab' kein Herz mehr dafür, und für die Leute dort,
ich hab' zu viel Bitterkeit erfahren müssen . . . Dir kann
ich nicht zumuthen, daß Du die Heimath aufgibst, die

Dir nichts zu Leid gethan hat... also siehst Du wohl, daß ich nicht kann..."

Hanney saß schweigend vor sich hin. „Ich kann Dir nicht Unrecht geben," sagte er, „aber das will überlegt sein ... es ist keine Kleinigkeit um einen solchen Ent= schluß; wir wollens beschlafen und sehn, ob guter Rath über Nacht kommt ..."

Sie schieden mit schwereren Herzen, als nach dem Jubel des Wiederfindens zu erwarten gewesen war, aber der Rath kam wirklich über Nacht.

„Franzel," sagte Hanney, als er sie am Morgen wieder sah ... „ich hab' mir's überlegt. Ich will Dich nicht zwingen, in die Heimath zurückzugehn ... ich kann mir wohl vorstellen, wie Dir ums Herz ist — aber ich hab' ja auch nichts mehr, was mich dahin zieht. Mein Vater ist längst todt, Geschwister und nahe Befreundte hab' ich nicht — ich hab' Niemand auf der weiten Gotteswelt als Dich, drum will ich Dich auch nicht wieder von mir lassen und wo Du bleibst, will ich auch bleiben und mir eine neue Heimath bauen."

Franzel hatte nur Thränen des entzücktesten Dankes zur Erwiderung. „Wenn's Dir recht ist, bleiben wir gleich hier; der Ort liegt just recht, daß man einen Han= del anfangen kann ... etwas Geld zum Anfangen hab' ich und so wird unser Herrgott wohl weiter helfen!"

— Nach wenigen Tagen waren beide Mann und Frau. Ein freundliches Häuschen vor den Thoren, mit der Aussicht auf die Donau war zur Wohnung gewählt, und zugleich mit ihnen von Zufriedenheit und ungetrübter glücklicher Heiterkeit bezogen.

— Sie blieben auch ihre Hausgenossen Jahre lang,

vermehrt durch steigenden Wohlstand, denn Hanneys Holz=
handel dehnte sich von Tag zu Tag mehr aus, und durch
ein paar muntere Kinder, in denen die Hautfarbe der
Eltern zu Franzels großer Freude fast bis zu einer un=
merklich tiefern Tinte gebrochen erschien. Dennoch ent=
ging es der glücklichen Franzel nicht, daß Hanney seit eini=
ger Zeit etwas verändert, daß der frühere frohe Sinn
etwas von ihm gewichen schien. Er saß oft Viertelstunden=
lang wie in Gedanken und wenn sie ihn anredete, war er
betroffen und wußte wohl gar nicht mehr, wovon sie in
der letzten Viertelstunde mit ihm gesprochen hatte. Sie
fragte und beobachtete, aber sie erhielt nur ausweichende
Antwort und konnte nichts bemerken, was sie auf eine
sichere Spur gebracht hätte.

Eines Abends trat sie unbeachtet in den Garten, wo
er gerne zu sitzen pflegte und auf die Donau hinaus sah.
Sie duckte sich hinter die hohen Kürbisranken und die
Maiskolben, um ungesehen näher zu kommen. Hanney
stand an einen Baum gelehnt und sah starr in das Was=
ser hinaus, in welchem die untergehende Sonne brannte...
es kam Franzel vor, als ob er mit halber Stimme vor
sich hin sänge... noch ein paar Schritte und sie hörte
und verstand, was er sang.

> „Ich möchte sterben, da wo ich geboren,
> Im lieben Land, wo meine Salzach braust!"

Es war das Heimweh, das über ihn gekommen war
und das ihm in den Worten seines eigenen Liedes zur
Klage wurde. Sie störte ihn nicht; unbemerkt schlich sie
zurück, er saß noch lange ungestört und einsam bis in die
dunkelnde Nacht.

Am andern Tage begrüßte ihn Franzel beim Früh=

stück mit ihrem schönsten Lächeln. Sie war schon vor
Tage aufgestanden und hatte allerlei hin und wieder geräumt und getragen. Hanney bemerkte das und fragte:
„Was machst Du doch für Zubereitungen? Was hast Du
denn vor?"

„Sonderbare Frage — man hat doch eine Menge
herzurichten, wenn man reist..."

„Wenn man reist? Wer will denn verreisen?"

„Nun, ich und Du und die Kinder — wir Alle miteinander..."

„Ich begreife Dich nicht, Franzel... Wohin sollten
wir denn reisen?"

Franzel legte ihre Arbeit weg, faßte ihn an der Hand
und sah ihm zärtlich in die Augen. „Wohin? Kannst Du
das wirklich nicht errathen? Was hast Du denn gestern
für ein Lied gesungen, als Du Abends allein draußen
saßest an der Donau?"

„Franzel... Du weißt?"

„Ja, ich weiß. Ich habe erlauschen müssen, was Du
mir nicht gesagt hast... Du sehnst Dich nach Deiner
Heimath."

„Nun ja denn, was soll ich es läugnen... es kommen
ja wohl manchmal solche Augenblicke über Einen. Es wird
wieder vorübergehn... Geschehene Dinge sind einmal nicht
zu ändern..."

„Wohl ist es zu ändern, Hanney... wir reisen in
das liebe Land, wo Deine Salzach braust, in Deine
Heimath!"

„Franzel!" rief Hanney, sie entzückt umhalsend, „Du
wolltest wirklich? Du konntest Dich entschließen..."

„Wozu? Du hast mir ein großes Opfer gebr

als Du hier bliebst: soll ich Dir's nicht vergelten und mit Dir zurückgehn, wenn es Deine Ruhe gilt...?"

„O Du gute herzliche Franzel ... Ja es hat mir in der Stille am Herzen gefressen und ich hab's nicht verwinden können... nun werd' ich erst wieder anfangen zu leben! O Du gutes, herzliebes Weib..."

„Lob' mich nicht zu sehr, es ist nicht so viel dahinter. Jetzt ist es anders, wenn wir heim kommen, als wenn wir vor sechs Jahren heimgekommen wären. Jetzt sind wir gemachte Leute, die sich sehn lassen dürfen und was die Hauptsache ist — ich bin Dein Weib, Hanney, Dein glückliches Weib, ich bin die Mutter Deiner Kinder — nun sollen sie kommen und über mich lachen, wenn sie Lust haben ... nun steht mein Glück so fest, daß nichts mehr daran rütteln kann!"

— Bald war alle Habe zu Geld gemacht und die Reise wurde angetreten. Nicht gering war das Gerede und das Aufsehen, als der leichte ungarische Korbwagen mit den vier kleinen Pferdchen und dem zierlichen Troddelgeschirr vor dem Posthause zu Laufen anhielt. Wie ein Lauffeuer verbreitete sich die Nachricht, der Hanney sei wieder gekommen aus der Türkei als ein steinreicher Holzhändler und das Mohrenfranzel sei seine Frau und ein paar kleine Halbmohren seien auch dabei. Man freute sich ihrer Wiederkehr und gönnte ihnen das stille Glück, als sie sich auf einem Gütchen in der Nähe ansiedelten und wieder die alten Bekannten und Nachbarn waren, wie vor Jahren.

Hanney trieb seinen Handel fort. Dabei konnte es nicht ausbleiben, daß er mit Melcher zusammentraf, der inzwischen Schiffmeister geworden und Wolfsind geheirathet hatte. Sie spielten noch immer wacker Komödie und Niemand war, der ihnen die Helden und Liebhaberinnen streitig gemacht hätte.

Es läßt sich denken, daß die Unterhaltung anfangs etwas gezwungen und einsilbig war, als sich einmal die beiden Familien gegenüber standen, und Wolffind vor Hanney und Franzel trat. Eine trübe Vergangenheit lag noch ungesühnt zwischen ihnen.

Um nur etwas zu sagen, streichelte die stattliche Frau Schiffmeisterin die braunen Kinder und fragte nach deren Namen. „Der Bube," antwortete Franzel, „mußte nach dem Vater heißen — das Mädel aber haben wir — Wolffind getauft!"

Ueberrascht blickte sie die Beiden an, und streckte ihnen die Hände entgegen; sie wurden herzlich ergriffen und versöhnt stand die Schiffmeisterin zwischen Hanney und der glücklichen Mohrenfranzel.